AMANDA EYRE WARD
Die Urlauber

Autor

Amanda Eyre Ward wurde in New York City geboren und lebt heute mit ihrem Mann und ihren Kindern in Austin, Texas und Ouray Colorado. Bereits ihr erster Roman »Die Träumenden« stieß auf ein begeistertes Leser- und Medienecho. Viele ihrer Romane erklommen die US-Bestsellerlisten, wurden für Film und Fernsehen optioniert und in 15 Sprachen übersetzt. Wenn Amanda Eyre Ward nicht gerade schreibt, verbringt sie die Nachmittage mit ihren Kindern. »Die Urlauber« ist ihr erster Roman im Limes Verlag.

Besuchen Sie uns auch auf www.instagram.com/blanvalet.verlag und www.facebook.com/blanvalet.

AMANDA EYRE WARD

DIE
URLAUBER

ROMAN

Deutsch von
Christiane Winkler

blanvalet

Die Originalausgabe erschien 2020 unter dem Titel
»The Jetsetters« bei Ballantine Books, New York.

Penguin Random House Verlagsgruppe FSC® N001967

1. Auflage
Copyright der Originalausgabe © 2020 by Amanda Eyre Ward
Copyright der deutschen Erstausgabe © 2021 by Limes
in der Penguin Random House Verlagsgruppe GmbH,
Neumarkter Straße 28, 81673 München
Copyright der Taschenbuchausgabe © 2022 by Blanvalet
in der Penguin Random House Verlagsgruppe GmbH,
Neumarkter Straße 28, 81673 München
Redaktion: Friedel Wahren
Umschlaggestaltung und -motiv: www.buerosued.de
LA · Herstellung: DM
Satz: Vornehm Mediengestaltung GmbH, München
Druck und Bindung: GGP Media GmbH, Pößneck
Printed in Germany
ISBN 978-3-7341-1112-9
www.blanvalet.de

Für meinen ersten Leser, meinen besten Freund
Claiborne Smith

Inhalt

Prolog / Hilton Head Island, 1983

DAS GROSSE ÖLPORTRÄT von Charlotte und ihren Kindern beruht auf einem Foto, das am Strand von Hilton Head Island bei Sonnenuntergang aufgenommen wurde. Charlotte hatte den perfekten Abend vorbereitet und eine Kühlbox mit Bier und Cola in Glasflaschen gefüllt. Sie waren alle stark sonnenverbrannt und fühlten sich benommen. Winston hielt sich selbst für einen begnadeten Amateurfotografen.

Auf dem Porträt sieht Charlotte glücklich aus, wenn auch nicht allzu glücklich. Sie ist neununddreißig, schlank, ihre Haut ist braun gebrannt, sie sitzt auf einer Decke im Sand. Ringsum ihre drei Kinder: Lee, krauses blondes Haar, das im salzigen Wind weht; Cord in Seersucker-Shorts und weißem Polohemdchen; Baby Regan barfuß im Sommerkleidchen.

Lee war gerade mal sechs Jahre alt, sie liebte es, anderen zu gefallen. Wortlos verstand sie ihre Eltern, spürte sofort, wenn Gefahr im Verzug war. Winston hatte den ganzen Tag in der Ferienvilla verbracht, Zigaretten geraucht und ferngesehen. Obwohl er sich geduscht hatte, roch er noch immer nach Tabak. Die Wochenenden, an denen Winston zu Hause war, hatte Lee für die schlimmsten gehalten, doch da hatte sie sich geirrt.

Es war die Sonne, die auf Lees Haut brannte, die schmerzte, selbst nachdem Charlotte klebrige Aloe vera aufgetragen hatte. Es waren die Stunden, in denen nicht klar war, wann er aus dem Schlafzimmer kam, ob er wütend war oder sich einfach nur ausgebrannt fühlte. Charlotte war nervöser als sonst. Ihr schien es unglaublich wichtig zu sein, dass ihr einwöchiger Urlaub gelang, und Lee versuchte zu verstehen, was das bedeutete. Wichtig war, sich ruhig zu verhalten. Sich für Leuchttürme, flache Seeigel, diese Sanddollars und das Sammeln von Muscheln zu begeistern war unerlässlich. Wer von einer Qualle gestochen wurde, durfte das Charlotte ruhig sagen, aber ohne zu dramatisieren, egal, wie weh es tat. Kein Sand in der Wohnung. Keine Widerrede. Kein Gib mir, gib mir, gib mir, gib mir! Und wenn man ein Eis bekam, aß man es auf, und zwar ganz, auch wenn es nicht die Sorte war, die man am liebsten mochte, und man achtete darauf, keinen einzigen Happen zu verschwenden. Und wenn beim Salty Dog Hähnchenschenkel bestellt wurden, ließ man nicht wie eine verwöhnte Göre halb gare Pommes auf dem Papierteller liegen.

Lee gab ihr Bestes, um alle Regeln zu befolgen, sobald sie sie begriffen hatte, aber ihre Geschwister hielten sich nicht immer daran. Sie verstand, dass Regan noch zu klein war, doch ausgerechnet an diesem Nachmittag hatte ihre kleine Schwester zu heulen angefangen, als Winston im Raum war. Lee bekam Bauchschmerzen, als ihr Vater sie musterte und die Augen zu Schlitzen verengte. Lee hatte gelernt, unsichtbar zu sein, auch wenn ihr Körper in Winstons Schusslinie blieb. Doch das sah niemand. Sie beförderte ihr Gehirn einfach woandershin, an einen sicheren Platz. Doch wenn sie woanders war, hieß das auch, dass niemand sich schützend vor den vierjährigen Cord und Baby Regan stellte. Also versuchte Lee zu bleiben und biss sich manchmal in die Innenseite ihrer Wange, um keinen Laut von sich zu geben.

Lee glaubte, dass Cord die Lage allmählich begriff. Er stürmte nicht mehr die Treppe hinauf und tat so, als könne er das Krabbenfischen mit seinem Vater genießen. Dabei wusste Lee ganz genau, wie verzweifelt er war, wenn Winston seinem Sohn einen Hühnerhals reichte, den er an den Angelhaken hängen sollte. Es war drückend heiß. Cord war empfindsam. Lee sah, wie er mit den Tränen kämpfte und nach der Krabbenstange griff. Winston würde seinem Sohn auf den Rücken klopfen, Cord machte sich darauf gefasst und schreckte nicht zurück. Wenn Winston auf das Wasser blickte, schien es, als sähe er etwas anderes, etwas Herzzerreißendes in der Ferne.

Lee und ihr Vater waren die Frühaufsteher der Familie, sie hielten sich an den Händen und spazierten über die Strandpromenade zum Strand, um den Sonnenaufgang zu beobachten. Der Sand war noch kühl. Ihr Vater sagte ihr Freundlichkeiten. Er liebte ihr goldenes Haar, sie war sein Superstar. Aber er sagte auch Seltsames zu ihr. »Ich gebe mir wirklich Mühe« oder »Es ist wie ein Nebel. Ich möchte ihn verschwinden lassen, aber ich weiß nicht, wie ich das anstellen soll.«

Lee umarmte ihn fest. Viele Jahre später würde sie verstehen, wovon er sprach, aber an diesem Morgen waren seine Worte ein Rätsel für sie.

Zeit für das Foto. Auf ihre ängstliche Art lachte Charlotte schrill und strich das Haar zurück. »Liebling, wie sehe ich aus?«, fragte sie.

»Gut, ihr seht alle gut aus«, sagte Winston. »Meine Familie.«

Es war, als ob er es selbst nicht glauben konnte, als ob es ein Film wäre, den er mögen wollte, es aber einfach nicht schaffte. Cord legte den Kopf auf Charlottes Knie und blickte gelassen in die Kamera. Vielleicht wusste ja auch er, wie er sein Gehirn woanders hin bringen konnte.

»Cord, du siehst unglücklich aus«, sagte Winston.

Cord blinzelte, als wäre er aus tiefem Schlaf erwacht. Baby Regan lag stumm in den Armen seiner Mutter. Charlotte hob das Kinn.

»So ist es gut«, sagte Winston, während seine teure Nikon klickte.

Regan griff nach Lees Finger, nahm ihn in ihre winzige Hand, Lee schob den Arm an Charlottes Rücken vorbei und berührte ihren Bruder. Wenigstens hat sie Regan und Cord, dachte Lee, so wäre sie niemals allein. Sie wünschte sich so sehr, dass ihre Familie

funktionierte, dass sie den Nebel ihres Vaters vertrei-
ben konnte, dass sie ihn von seinen Wutausbrüchen
abhalten konnte. Wie gern hätte sie ihrer Mutter gesagt, wie schön sie sei, damit sie sich nicht länger nach
Komplimenten sehnte.

»Lee!«, sagte Winston. »Komm schon, schenk mir
dieses besondere Lächeln!«

Lee setzte ein strahlendes Lächeln auf und hoffte,
ihren Vater stolz zu machen. Dieser Tag und die folgenden zwei quälenden Tage – voller Sand und nach
Bier stinkendem Elend – waren das letzte Mal, dass
Lee mit ihrer Mutter und ihren Geschwistern ver-
reiste. Bis sie zweiunddreißig Jahre später zu Urlau-
bern und Jetsettern wurden.

Eins

GEPÄCK

1 / Charlotte

MANCHMAL STAND CHARLOTTE abends vor dem Familienporträt. Es hing in ihrer Eigentumswohnung in Savannah, Georgia, über dem Gaskamin, den sie nur selten anfeuerte. Auf dem Gemälde wirkte ihr Haar wie ein Meisterwerk aus Bernsteinfarbe und Gold, das in lockeren Wellen ihr Gesicht umrahmte. Ihre Züge zeigten ein unergründliches Mona-Lisa-Lächeln, wie man es nannte, das durch seine Zurückhaltung verlockend wirkte. In Wirklichkeit lächelte niemand so. Es war ein Ausdruck, auf den der Betrachter blicken sollte, kein Lächeln, das spontan war oder auf Freude beruhte. Und dennoch, so schloss Charlotte, sah sie auf dem Bild reizend aus, viel besser, als sie je im wirklichen Leben ausgesehen hatte. Und sicherlich viel besser, als sie jetzt mit einundsiebzig Jahren aussah. Ihr graues Haar ließ sie sich jeden dritten Dienstag von Hannah bei Shear Envy zu Marilyn Monroes Platinblond aufhellen.

Charlotte beschloss, auf der Beerdigung ihrer besten Freundin ein kleines Schwarzes zu tragen. Minnie hatte sich ein bisschen über Charlotte lustig gemacht, als sie im Ralph Lauren Outlet Store eine neonpinke Strickjacke gekauft hatte. Die warf sich Charlotte über die Schultern und griff nach einer weißen Coach-Tasche. Charlotte hätte ihre Tochter Regan anrufen und darum bitten können, sie zu fahren, doch dann hätte sie sich wieder die Geschichte vom Weight-Watchers-Geschenkgutschein anhören müssen. Also beschloss sie, selbst zu fahren.

Charlotte und Minnie hatten sich öfter über Särge unterhalten. Für Charlotte hatte ein offener Sarg etwas Beängstigendes, und sie fand es auch irgendwie geschmacklos. Minnie hingegen war ganz anderer Meinung. Sie fand, dass man sich von einem echten Gesicht besser verabschieden konnte. »Ich lebe in der Realität«, hatte Minnie gesagt. »Und du verdrängst alles. Oder zumindest versuchst du das. Aber das wird dich eines Tages einholen, Char.«

Vielleicht war heute dieser Tag.

Langsam ging Charlotte zum Altar, sie fühlte sich schwach, und ihr war schwindelig. Sie sah, dass Pfarrer Thomas sie beobachtete, und wusste es zu schätzen, dass er sich Sorgen machte. Sie blickte in den offenen Sarg, genau wie Minnie es gewollt hatte. Minnie trug zu viel Bronzer, aber sie hatte schon immer zu viel Bronzer getragen. Charlotte hatte sie gewarnt. »Minnie, sei vorsichtig mit dem Bronzer!« Aber Minnie wollte nicht hören und machte einfach immer, was sie wollte. Das war einer der Gründe, weshalb Charlotte sie vom ersten Moment an ins Herz geschlossen hatte. Sie hatten sich in der St.-James-Kirche beim Pancake-Frühstück kennengelernt, kurz nachdem Minnie nach Savannah gezogen war. Die Pancakes waren furchtbar mehlig und mit billigem Sirup getränkt gewesen, und Minnie hatte sich zu Charlotte umgedreht und einfach nur »Igitt« gesagt. Charlotte hatte verlegen nach unten geblickt, weil sie sich für kultiviert und für keine Frau hielt, die in einer Kirche schlecht über Pancakes sprach.

»Haben Sie gehört?«, hatte Minnie gefragt. »Ich habe ›Igitt‹ gesagt.«

»Das habe ich gehört«, hatte Charlotte gemurmelt.

»Ihre Hose ist toll«, hatte Minnie gesagt.

Charlotte hatte mit der Hand über die Hose im Leopardenmuster gestrichen (die zu ihren Schuhen mit Gepardenmuster passte). Sie war tatsächlich todschick. Beide waren sie einsam gewesen. Und so besuchten sie zusammen Vernissagen, Weinverkostungen und das Driftaway-Café. Sie besuchten den Marshwood Pool und den Franklin Creek Pool, wirbelten über Golfplätze, vorbei an Magnolienbäumen und Kamelien, die im Winter blühten. Sie spielten Golf und sahen den Menschen beim Tennisspielen zu. Minnie hatte einen Golfwagen Modell Blue Demon mit einem Achtundvierzig-Volt-Motor und Ledersitzen. Irgendwie – ja wie? – waren zwanzig Jahre vergangen, und Charlotte war nun offiziell alt und Minnie tot.

»Zu viel Bronzer, Schätzchen«, flüsterte Charlotte, und ihr Hals fühlte sich heiß an. Sie berührte Minnies Wange. »Hübsches Rouge. Warum nicht hübsches Rouge, Min?«, fragte sie leise. Einmal, nachdem sie sich eine Flasche Barefoot Chardonnay geteilt hatten, hatte Minnie Charlotte erlaubt, ihr ein Make-up zu verpassen. Dafür hatte Minnie in Charlottes Badezimmer ihr Gesicht zur Verfügung gestellt. Charlotte trug Grundierung, Mascara, Lippenkonturenstift und Lippenstift auf. Sie tuschte Minnies spärliche Wimpern und bestäubte sie mit Puder. Dann endlich durfte Minnie die Augen öffnen. Charlotte fuhr mit einer Bürste durch das Haar ihrer besten Freundin, während Minnie ihr verbessertes neues Gesicht betrachtete.

»Und?«, meinte Charlotte und verschränkte die Arme. »Bist du nicht wunderschön?«

»Ich sehe aus wie eine Nutte am Samstagabend«, erwiderte Minnie und drehte den Kopf zur Seite, um Charlottes fachmännisch ausgeführte Konturierung zu begutachten.

»Es ist Mittwoch«, kommentierte Charlotte gelassen.

Dann waren beide in Gelächter ausgebrochen. *Wie gut es sich doch anfühlt, sich das Lachen zu gestatten*, dachte Charlotte, *und für einen Moment die Deckung fallen zu lassen.* Am nächsten Tag, als sie sich bei Sonnenaufgang zu ihrem Spaziergang um die Lagune trafen, war Minnies Gesicht wieder so nackt wie das eines Säuglings. Einige Jahre später, nachdem ihre Tochter ihr Bronzer zum Geburtstag geschickt hatte, kreuzte Minnie dann jeden Morgen mit ihrer üblichen Kappe und in Jogginghose, aber mit karottenfarbenen Wangen auf. Bei Abendveranstaltungen erstrahlte Minnie dann vom Haaransatz bis zum Dekolleté orangefarben. Je mehr Charlotte sie beriet und Minnie sogar zart getönte Sonnencremes und flüssiges Rouge bei TK Maxx kaufte, desto aufsässiger trug Minnie Bronzer auf.

Charlotte musste an Minnies warme Wangen unter ihren Fingern denken, an Minnies kleinen Seufzer, als sie das Vergnügen einer Berührung genoss. Nun war Minnies Haut eiskalt.

»Madam?«, sagte die Frau, die hinter Charlotte in der Schlange stand. Sie drehte sich um, doch die Frau war eine Fremde.

Vor der St.-James-Kirche schüttete es. Ein junger Mann bot seinen Regenschirm an, doch Charlotte schüttelte den Kopf. Sie konnte es nicht leiden, von irgendjemandem abhängig zu sein.

Sie hatte Mühe, ihren Schlüssel ins Schloss ihres VW zu stecken. Es regnete unerbittlich. Wenn sie zu Hause in ihrer gemütlichen Eigentumswohnung saß, genoss sie die Gewitter in Savannah. Aber hier, auf einem Parkplatz, empfand sie Angst. Alles wirkte viel zu laut. Charlotte wollte nur noch nach Hause, sich ein Glas kühlen Barefoot Chardonnay einschenken und das Glas leeren. Warum konnte sie Minnie nicht anrufen, um über die Beerdigung zu tratschen? Wer hatte Minnie in ihre verhassteste Bluse mit Tulpenmuster und den unvorteilhaften, hoch taillierten Rock gesteckt?

Minnie hatte zwei Kinder, einen nichtsnutzigen Sohn und eine geschiedene Tochter. Beide lebten in New Jersey, dem Bundesstaat, aus dem Minnie nach dem Tod ihres Mannes geflohen war. Charlotte hatte per Mail eine Einladung zu einem Brunch erhalten, der in Minnies Stadthaus nach der Beerdigung unserer geliebten Mama stattfinden sollte, aber sie hatte sie gelöscht. Charlotte ertrug es nicht, zusehen zu müssen, wie Minnie in die Erde versenkt wurde. In ihrem Namen war sie bestürzt, dass ihre Kinder sich nicht die Mühe gemacht hatten, eine Einladung in Papierform zu verschicken. Minnie wäre das vermutlich gleichgültig gewesen. Aber Charlotte war es nicht gleichgültig. Es war einfach lieblos, eine elektronische Einladung zu einem Brunch nach dem Begräbnis zu verschicken. Minnie hätte etwas Besseres verdient – eine eierschalenweiße oder blassrosa Einladung, handgeschrieben, auf dickem Papier. Wussten Charlottes eigene Kinder, wie man Einladungen auf Papier verschickte? Wussten sie, dass sie nach ihrer Beerdigung ein Mittagessen in Marshwood haben wollte? Sie machte sich im Kopf eine Notiz, mit Regan darüber zu sprechen, die würde sich daran erinnern. Für einen Moment überkam Charlotte im Regen eine Welle der Dankbarkeit für ihre übergewichtige, aufmerksame Tochter. Sie beschloss, sich mehr Mühe mit ihr zu geben und freundlicher zu ihr zu sein.

Die Batterie in Charlottes Schlüssel war seit Monaten leer. Sie wusste, dass sie ihren Schlüssel an die richtige Stelle drückte, aber die Tür blieb verschlossen. »Mrs. Perkins!«, rief der junge Mann, von dem Charlotte sich kurz zuvor entfernt hatte. »Kann ich Ihnen behilflich sein?«

Was hätte Charlotte dafür gegeben, in ihr Auto zu steigen und abrauschen zu können!

»Ich kann Ihnen helfen!«, fuhr er fort und rannte unter seinem riesigen Golfschirm über den Parkplatz auf sie zu. »Mrs. Perkins«, sagte er, und seine Stimme klang eine Spur zu besorgt. Charlotte wusste, dass sie für ihn einfach nur eine ältere Dame war, die im Regen stand. Sie hätte ihm gern vermittelt, dass sie früher eine atemberaubende Schönheit gewesen war … und dass sie in ihrem Innern noch immer diese anmutige junge Schönheit war. Denn dass Fremde sie als einen Menschen wahrnahmen, der sie nicht sein wollte, war einfach eine der Demütigungen des Alters. Man konnte es akzeptieren, darauf schimpfen oder einfach so tun, als würde es nicht passieren. Charlotte bewegte sich zwischen Akzeptanz und vorsätzlichem Ignorieren, sie war sich zu gut (oder vielleicht war sie auch zu erschöpft), um sich mit Schönheitsoperationen und Videos über straffe Strandhintern zu beschäftigen, auf die ihre Freundin Greer schwor.

»Kommen Sie, ich helfe Ihnen, Mrs. Perkins!«, sagte der Mann. Er nahm ihr die Schlüssel aus der Hand, und sie ließ es zu. »Ich habe Ihnen meinen Regenschirm angeboten«, erinnerte er sie.

Als sie im Auto saß, zögerte der junge Mann noch einen Moment lang. »Ich weiß, dass Sie und Mrs. Robbins unzertrennlich waren«, sagte er dann. »Nach der Messe habe ich Sie immer zusammen kichern gesehen. Mein aufrichtiges Beileid.«

Charlotte spürte, wie ihre Abneigung gegen diesen Mann wuchs, gegen seinen Geruch nach Kölnisch Wasser, seine gründliche Rasur, seine Verwendung des Wortes kichern, als wären sie und Minnie nichts weiter als runzelige alte Tanten gewesen. Seine überflüssigen Beileidsbekundungen. Doch das Schlimmste war, dass er lebte und Minnie, munter, sarkastisch und voller Flausen im Kopf, gestorben war.

»Ich sagte, es tut mir wirklich leid«, wiederholte der Mann.

»Danke«, murmelte Charlotte. Am Ende schloss er die Tür und eilte zur Kirchentreppe zurück. Charlotte kniff die Augen zu. Regen prasselte nieder.

Auf der Rückfahrt zu ihrer Wohnanlage konzentrierte sie sich auf die Straße. Sie fuhr um den Tidewater Square herum, wo Minnie Charlotte einmal zum Anhalten des Golfwagens überredet hatte, damit sie endlos lange einen Scherenschnabelschnäpper beobachten konnte. Sie bog rechts in die Brandenberry ein, wo das Gras immer noch struppig war und sich noch nicht davon erholt hatte, dass Minnie vor Jahren den Bordstein verpasst hatte. Danach ging es noch einmal rechts ab in die Boar's Nest Lane. Das Louisianamoos, das an den Eichen hing, tanzte betörend im Wind. Und doch war es schwer, eine quälende Frage in Schach zu halten.

Was nun?

Der Herzinfarkt, den Minnie am Abend erlitten hatte, machte Charlotte klar, dass sie die Nächste sein konnte. Minnie war aus heiterem Himmel gestorben, ohne vorherige Herzbeschwerden, von denen Charlotte gewusst hätte. Und Charlotte hätte davon gewusst, denn Minnie erzählte ihr oft von ihren kleinen Beschwerden, manchmal vielleicht sogar zu oft. Wer wusste schon, wie viel Zeit Charlotte noch blieb? Und wollte sie überhaupt noch hier sein, jetzt, da Minnie nicht mehr lebte? Und wenn sie ihre verbleibende Zeit nicht hier verbringen wollte, in einer bewachten Wohnanlage am Rand von Savannah, Georgia, wohin sollte sie sich wenden? Keins ihrer Kinder lud sie zu einem Besuch ein.

Ach. Charlottes Kinder.

Zu ihrem großen Bedauern waren Charlottes drei erwachsene Kinder ihr und vielleicht auch sich selbst abhandengekommen, was sie nicht ganz begreifen konnte. Zu lernen, wie man sich ohne Ehemann in der Welt zurechtfand, war ein schmerzhafter Prozess gewesen. Einen Job zu finden, ihre dunkle Mietwohnung mit Laura-Ashley-Tapeten zu verschönern, Fragen nach Winston abzuwehren … manchmal vermisste Charlotte jene Tage tatsächlich. Als sie alle zusammengepfercht in einem winzigen Haus im Kolonialstil saßen, in dem sie sich ein Badezimmer mit einer undichten Dusche teilen mussten. Damals war ihr das nicht bewusst gewesen, doch nun wusste Charlotte, wie wichtig Nähe war.

Die Reise von jenem Ort damals bis zu diesem Tag schien ihr fast unmöglich. Sie hatten jeden Abend zusammengesessen und alle das Lieblingsessen des anderen gekannt. Charlotte hatte keine Ahnung, was ihre Kinder jetzt zum Frühstück aßen und ob sie überhaupt frühstückten. Cord hatte immer eine Schwäche für Haferflocken mit Apfel-Zimt-Geschmack und Zucker obendrauf gehabt. Regan liebte Donuts so sehr, dass Charlotte sich den Wecker auf 5:45 Uhr stellte, damit sie Zeit hatte, zu Publix zu laufen und ihrer süßen kleinen Regan einen frisch glasierten Donut zu holen, bevor sie zur Arbeit bei Lowcountry Realtors ging. Regan, die in ihrem L. L. Bean-Flanell-nachthemd schläfrig murmelte: »Oh, Mama, der ist ja noch ganz warm!« Allein dafür hatte sich das frühe Aufstehen gelohnt. Lee trank SlimFast-Milchshakes, die sie vor der Schule selbst zubereitete und die ek-lige Spuren von bräunlichem Pulver in den Tassen hinterließen. Charlotte selbst aß am liebsten einen englischen Muffin mit viel Butter und trank dazu drei bis vier Tassen schwarzen Kaffee.

Als Charlotte wieder zu Hause war, zog sie ihr Trau-erkleid aus und schlüpfte in eine kuschelige weiße Hose, dazu zog sie ein neonpink und weiß gestreiftes Oberteil und rosafarbene Sandalen an. Vor etwa fünf Jahren war Pfarrer Thomas einmal abends vorbeige-kommen, deshalb wollte Charlotte vorbereitet sein, für den Fall, dass er seinen Besuch wiederholte. Sie bereitete sich ein Abendessen zu, Triscuits, ein Stück-chen Cheddar, dazu ein Glas Chardonnay, und schaute dabei auf ABC das Nachrichtenmagazin 20/20. Dabei ging es um Jugendliche, die halluzinogene Drogen nehmen, um sich zu entspannen. Das kam ihr ein bisschen übertrieben vor, nachdem Chardonnay oder auch Pinot Grigio doch so leicht erhältlich war, wenn man den lieber mochte. Sie aß eine Nachspeise, einen Mint-Milano-Keks und trank Chardonnay. Dann spülte sie das Geschirr ab und setzte sich ins Wohnzimmer, um zu sehen, welcher alte Film ihr gefallen könnte. Ihre Siamkatze kletterte ihr auf den Schoß.

Godiva schnurrte, und der Wein verlieh dem Abend eine butterweiche Üppigkeit. Nachdem ihre Kinder ausgezogen waren, hatte ihr jeder ruhige Abend wehgetan, doch Charlotte war stolz darauf, dass sie sich mit dem Alleinsein abgefunden hatte. Aber ganz ohne Minnie, die auf einen Drink vorbeischaute oder sich mit ihr zu einem Spaziergang um die Lagune bei Sonnenaufgang verabredete oder sie mitten in der Sendung 20/20 anrief, weil sie ihr *unbedingt etwas erzählen* musste, fand Charlotte sich wieder an einem traurigen Ort, an dem die Stunden sich langsam auf die Schlafenszeit zubewegten. Niemand interessierte sich dafür, wann sie zu Bett ging. Niemand außer Pfarrer Thomas, denn der erwartete, sie am folgenden Morgen zu sehen. Ihr Abendessen mit Triscuits war erbärmlich.

Charlotte zappte zum Turner-Classic-Film-Kanal, als das Gesicht eines gut aussehenden Mannes auf dem Bildschirm erschien. »Ich bin heute Abend hier«, sagte er, »um Ihnen von dem erstaunlichsten

Wettbewerb in der Geschichte der Wettbewerbe zu berichten. Aber zuerst habe ich eine Frage. Hier ist sie. Wollen Sie Urlaubs-Jetsetter werden?«

Mit dem Weinglas auf halbem Weg zu den Lippen hielt Charlotte inne.

»Ist Ihre Geschichte eine Liebesgeschichte?«, fragte der Mann. »Oder eine Abenteuergeschichte? Jetzt haben Sie die Möglichkeit, Ihre Geschichte zu erzählen … und ein Urlaubs-Jetsetter zu werden.«

Charlotte hatte eine gute Geschichte, eine Geschichte, die einen Preis verdiente. Sie saß auf ihrem zitronengelben Sofa, nippte genüsslich an ihrem Glas und sah Bilder von europäischen Sehenswürdigkeiten vorbeiziehen, das Kolosseum, die Akropolis, einen sonnenüberfluteten, von blauen Sonnenschirmen gesäumten Strand.

Der Gewinner des Wettbewerbs *Werde ein Urlaubs-Jetsetter* erhielt ein Ticket erster Klasse nach Athen und eine neuntägige Kreuzfahrt nach Barcelona. Hmm, ein Ticket erster Klasse galt wohl kaum für einen Privatjet. Andererseits war Charlotte bisher immer nur Economy geflogen. Seit ihrem sechzehnten Lebensjahr war sie nicht mehr im Ausland gewesen, und keins ihrer Kinder hatte das Land je verlassen. Charlotte war es zugegebenermaßen etwas peinlich – auch vor sich selbst –, dass für sie Museumsbesuche und Sightseeing nicht unbedingt attraktiv waren. Doch plötzlich wünschte sie sich nichts sehnlicher, als wieder durch eine europäische Stadt zu streifen und den Nervenkitzel eines glamourösen fremden Ortes zu spüren, an dem sie selbst fremd und glamourös war.

Charlotte schwelgte in Erinnerungen an den Sommer, als sie sechzehn war. Die Hitze, die Aufregung, auserwählt worden zu sein, leidenschaftlich geküsst zu werden. Warum also nicht am Wettbewerb teilnehmen? Sie hörte förmlich, was Minnie ihr aus dem Jenseits zuflüsterte. »Nur zu! Tipp die Geschichte deiner ersten Liebe ab!«

Charlotte redete sich ein, dass sie die Seiten ja niemandem zeigen müsse, zog sich Nachthemd und Morgenmantel an, füllte ihr Glas noch einmal nach und setzte sich an den Laptop. Neben dem Monitor lag ihr verblasstes Hochzeitsfoto. Winston war groß gewesen. Aber er hatte ihr nie das Gefühl gegeben, sie zu lieben. Ihr Liebesspiel war bestenfalls oberflächlich und zuweilen verzweifelt traurig gewesen. Hin und wieder, wenn Charlotte an einem Mann vorbeikam, der nach dem Whiskey der vergangenen Nacht roch, zuckte sie zusammen und erinnerte sich an ihre nächtlichen Begegnungen mit Winston.

Aus Verzweiflung zu heiraten war wohl Charlottes größter Fehler gewesen. Die Nachwirkungen ihres erotischen Sommers hatten sie einsam und hilflos zurückgelassen. Ihre Mutter hatte sie als *abgelaufene Ware* bezeichnet. Als Winston später wieder in ihr Leben trat und sie für ihn noch immer das strahlende Mädchen war, hatte sie die Gelegenheit beim Schopf ergriffen. Vielleicht wollte sie es wiedergutmachen. Vielleicht hatte ein Teil von ihr ihn einmal wirklich geliebt. Doch sie hatte sich keinen anderen Weg nach vorn vorstellen können, und das entsprach der Wahrheit. Wäre Winston jetzt aus dem Grab auferstanden und hätte ihr Anweisungen erteilt, sie hätte sie vermutlich befolgt.

Auf der Website des Wettbewerbs meldete sich Charlotte an. Meine Güte, war das schön! Bewegte Bilder, die sich drehten, doch Charlotte platzierte den Cursor ihrer Maus unter dem Befehl *Gewinnen Sie First-Class-Flüge nach Europa und eine voll bezahlte Mittelmeerkreuzfahrt! Erzählen Sie Ihre Geschichte HIER.*

Charlotte klickte und schrieb ihre Antwort.

Heute mag es kaum glaublich sein, aber früher war ich wie eine ungeschälte Banane, eine unreife Frucht.

Entsetzt starrte sie auf die Worte. Eine Banane! Woher kam bloß dieses Bild? Sie löschte den abscheulichen Satz und begann von vorn.

Mein erster Liebhaber war stark wie ein Stier. Er spießte mich mit seinem ...

Ihr Gesicht glühte, ihr Mund war halb geöffnet, bebend löschte sie den Satz. Was um alles in der Welt? Was wäre, wenn ein nächtlicher Hundeausführer vorbeikäme? Charlotte zog den Morgenmantel enger um den Körper. Sie versuchte, wie eine Frau auszusehen, die Rechnungen online bezahlt oder auf *weather.com* nach herannahenden Gewittern Ausschau hält.

Sie atmete tief durch und tippte dann, ohne anzuhalten, ließ die Erinnerungen kommen und berichtete ohne Zensur oder Scham über jenen Sommer, als sie sechzehn war. Sie schrieb alles auf, jedes aufregende Detail.

Von Zeit zu Zeit füllte sie ihr Glas nach.

Als Charlotte innehielt, war die Flasche leer und ihr Mund trocken. Was würden ihre Kinder denken, wenn sie davon erführen? Was würden ihre Freunde in der Kirchengemeinde denken? Man würde sie aus dem Bibelkreis werfen, so viel war sicher. Diese Geschichte gehörte nicht zu jenen Geschichten, die Charlotte über sich selbst erfunden hatte und die sie von Paris nach Savannah geführt hatten, von der Asche der Witwenschaft in ein robustes, zielstrebiges Leben. Diese Geschichte entlarvte sie als die mutwillige Frau, für die sie sich insgeheim selbst hielt und vor der sie sich fürchtete. Schwach! Sie wollte nicht schwach erscheinen, das wäre schrecklich gewesen. Nur Minnie kannte die Geschichte, und sie hatte Charlottes Geheimnis (soweit Charlotte wusste) bis zu ihrem Todestag bewahrt.

Wie gelähmt verharrte Charlotte über ihrer Tastatur, noch immer beherrscht, noch immer bedacht … wenn schon nicht perfekt, so doch zumindest frei von Sünde. Ehrbar. Eine Frau, die ihre Mutter bewundern würde. Oh, Charlotte war es so leid, sich darum kümmern zu müssen, was Louisa denken würde! Und doch sehnte sie sich immer noch nach der Anerkennung ihrer Mutter, hörte immer noch ihre verächtliche, spröde Stimme, obwohl Louisa seit zwanzig Jahren bei Bonaventure begraben lag.

Charlotte sehnte sich danach, ihre Kinder um sich

zu haben, sie wollte glauben, dass sie immer noch mit ihnen verbunden war und gebraucht wurde. Falls sie den Wettbewerb gewann, könnten sie alle nach Europa fliegen. Sie könnten neun ganze Tage lang auf einem Kreuzfahrtschiff zusammen sein. Es wäre wie in alten Zeiten, nur luxuriöser.

Und dann war da noch der Sex. Irgendetwas war mit Charlotte geschehen. Früher konnte sie erotische Gedanken ausschalten, jetzt verbrachte sie Stunden damit, in ihrer Fantasie Begegnungen heraufzubeschwören. Sie erinnerte sich an Männer, die sie im Klub oder in der Kirche sah, starke Schultern, Grübchen im Kinn, die Art und Weise, wie ein Kunde bei Publix am Mülleimer seine Finger über ihre Hand gleiten ließ. Wenn sie dann allein war, fügte sie diese Teile zusammen und stellte sich vor, in Landhäusern, Schränken und verstohlenen Umarmungen im Regen gefangen zu sein. Sie las die schmutzigen Teile ihres Liebesromans noch einmal durch und löschte pikante Szenen heraus, um diese für später aufzubewahren.

Gäbe es auf einem Schiff voller Kerle nicht vielleicht auch einen Mann für Charlotte?

Von dem Moment an, als sie zu spät an Minnies Bett geeilt war, hatte sich diese Frage in ihrem Kopf festgesetzt: Was nun?

Sie biss sich auf die Lippen und klickte auf die Taste, die da verkündete: *Senden*.

2 / Cord

CORD STARRTE AUF die Champagnerflasche im Kühl-schrank. Wer würde schon erfahren, wenn er ein Glas trank, nur eins, um sich für seinen Heiratsantrag zu stärken? Seine Firma hatte den Entzug bezahlt, der am Ende gewirkt hatte, aber er hatte sich den Tag freigenommen. Ihm blieb mindestens noch eine Stunde Zeit, mehr als genug, um das eine oder andere Gläschen zu trinken, zu duschen und die Zähne zu putzen. Er spürte förmlich die wohltuende Ruhe, die ihm der Alkohol schenken würde.

Cord nahm die Flasche aus dem Kühlschrank, die irgendwer vor Monaten einmal vorbeigebracht hatte. Sie war schön kühl. Ach, hätte er doch zu den glück-lichen Tagen zurückkehren können, als er noch nicht wusste, dass er Alkoholiker war … bevor er begriff, dass der Knall des Korkens und das Prickeln der Champagnerperlen Vorboten eines Schmerzes wären, den er kaum überleben würde.

Cords Herz pochte heftig.

Es ist zu schwer, sagte die einsame Stimme in

seinem Innern. Trink einfach! Trink ihn doch einfach!

Er drehte den Draht um den Korken auf, riss die Folie ab und zog den Korken heraus. Dann hielt er seinen Daumen über die Flaschenöffnung, um keinen Tropfen zu vergeuden.

Er hatte Zeit. Er konnte die Flasche austrinken, trotzdem duschen und bereit sein. Er konnte sie in der Dusche austrinken, was seinem Eidechsenhirn kurzzeitig wie ein sauberer und einfacher Plan vorkam.

Cord fühlte sich fiebrig, aber vielleicht lag das an der engen Küche, die eher zur Zubereitung von Vorspeisen als zum Backen geeignet war. Eine ganze Mahlzeit hatte er hier noch nie zubereitet, ausgenommen ein einziges Mal, als er nach einem Saufgelage mitten in der Nacht aufwachte, die Sendung *Top Chef* anschaute und sich in der Morgendämmerung nackt in seiner Küche vor verschiedenen erstarrten Eierkreationen wiederfand. Da hatte er zum ersten Mal versucht, von seinen Schlaftabletten loszukommen.

Cord wollte, dass der Abend bestens verlief. Er hatte zehn Käsesorten ausgewählt, ein letztes Laster, das ihm geblieben war. Er hatte nicht nur eine Nudelmaschine und ein Nudelholz bei Amazon Prime Now bestellt, sondern es auch benutzt, genüsslich die Hände im Mehl versenkt und mit dem Nudelholz Fettuccine ausgerollt, die er im Wohnzimmer über Drahtbügel zum Trocknen aufhängte. Es gab eine Tüte Salat. Warme Baguettes von Levain. Und das *pièce de résistance,* eine mehlfreie Schokoladentorte, für die Cord drei Versuche gebraucht hatte, bis er sie richtig hinbekam. Drei! Er hatte tatsächlich zwei misslungene Torten gemacht, die eine fiel in sich zusammen, die andere verbrannte. Erst dann triumphierte er mit *numéro trois.*

Cord sah sich bereits als Verlobter auf dem Herman-Miller-Sofa (einer Kopie) kuscheln, wenn die Torte serviert würde, die derzeit noch elegant auf einem Teller zum Abkühlen ruhte. Nach Jahren mit geizigen und unattraktiven Liebhabern gäbe es nun eine Hochzeit in Savannah bei seiner Mutter. Vor seinem geistigen Auge sah er sich selbst, das immer noch volle sandbraune Haar, die gebräunte Haut, die beachtliche Größe, den Hauch von sexy Bartstoppeln, ganz nach dem Motto *Ich war am Strand und habe vergessen, mich zu rasieren.* Und er sah seine blassblauen Augen, die er von Charlotte hatte. Tatsächlich sah er ihr sehr ähnlich, nur dass er jünger, größer und männlich war. Also Charlotte mit dem Haarschnitt eines Mannes. Und mit Bartstoppeln.

Cord blickte aus dem Küchenfenster seiner Wohnung an der West Eighty-Sixth und Riverside. Wahrscheinlich hatte er noch nie am Nachmittag hier gestanden. Das Licht, das auf die Bäume fiel, wirkte irgendwie blass und traurig.

Sein Vater hatte ihm gesagt, er solle stark und ein richtiger Mann sein. Cord hätte seinen Vater am liebsten nach dieser einsamen Stimme gefragt. Hatte Winston sie auch gehört? Nicht zuletzt hatte Cords

Vater am eigenen Beispiel gezeigt, was passieren konnte, wenn man sich von seinen Dämonen unterkriegen ließ.

Cord richtete sich auf und drückte die Schultern zurück. Er trat ans Waschbecken und schüttete den Champagner bis auf den letzten Tropfen in den Abfluss, atmete den Geruch ein, der ihn krank machte und verzweifelt nach seinem Untergang rief.

Tag 534.

Auf dem Weg zur Dusche blieb Cord in seinem Esszimmer stehen. Er hatte den Tisch sorgfältig gedeckt, mit silbernen Salz- und Pfefferstreuern, nagelneuem Geschirr von Williams-Sonoma, einer Tischdecke und gebügelten Servietten. Dazu eine elegante Rose.

Er duschte viel zu heiß und zu intensiv, aber wenn man eine vorsintflutliche Badeinrichtung haben wollte, musste man die Dinge eben nehmen, wie sie kamen. Während Cord sich einschäumte, kam ihm der von Azaleenbüschen gesäumte Hinterhof des Stadthauses seiner Mutter in den Sinn. Sie konnten für die Hochzeit eine Pergola aufbauen und einen Caterer aus Savannah beauftragen. Cord wollte einen Leinenanzug von Cucinelli tragen und einen Mini Crab Cake in der Hand halten. Doch sosehr er sich auch bemühte, irgendwie gelang es ihm nicht, Charlotte in die Szene einzufügen. Er sah sie nur immer wieder schluchzend in ihrem Golfcart oder an ihrem Schminktisch sitzen, während sie sich ein Glas billigen Chardonnay einschenkte und sich wie Blanche DuBois in Tennessee Williams *Endstation Sehnsucht* aufführte. Cord verdrängte die Bilder der Mutter aus seinen Gedanken. Das war sein Leben und vielleicht seine letzte Chance. Mit seiner Mutter würde er zu gegebener Zeit schon noch fertigwerden. Sie würde ihn trotzdem noch lieben, auch wenn sie wüsste, wer er war, nicht wahr?

»Es kommt darauf an, dass du dich selbst liebst. Hast du mich verstanden?«, hatte sein Partner bei den Anonymen Alkoholikern gesagt. Cord hatte genickt und innerlich über diese Plattitüde der AA gelächelt. Liebe dich selbst? Was bedeutete das überhaupt?

Cord rasierte sich und benutzte dabei die Seifenbürste aus Rosshaar, die ihm seine ältere Schwester Lee zum sechsunddreißigsten Geburtstag aus Los Angeles geschickt hatte. (Arme Lee! Sie versuchte, so zu tun, als wäre sie erfolgreich, obwohl alle wussten, dass sie trotz der Tamponwerbung und des Werbeflyers für Sommerschuhe von Walmart Schwierigkeiten hatte. Ihre Zehen waren allerdings schon immer wunderschön gewesen.)

Als er nur mit einem Handtuch um die Hüften vor seinem Schrank stand und den Inhalt begutachtete, drängte sich Cords schokoladenbrauner Labrador Franklin ins Schlafzimmer. »Na, du«, sagte Cord und kraulte den Hund hinter den Ohren. Doch als er gerade nach einem eisblauen Hemd greifen wollte (das perfekt zu seinen Augen passte), hörte er ein schreckliches, würgendes Geräusch. Alarmiert drehte er sich um und sah, wie sich der liebe Franklin auf Cords

Sneaker von Louis Vuitton erbrach. »Was machst du denn da?«, fragte er panisch. »Was soll das, Franklin? Was machst du da?«

Cord rannte in die Küche, um ein Geschirrtuch zu holen, und sah sofort, dass sein Hund jede einzelne handgefertigte Nudel gefressen hatte. Und von der Torte mit der Aufschrift *Heirate mich* waren nur noch ein paar feuchte Krümel übrig. Dann läutete es an der Tür, und über die Gegensprechanlage hörte er Giovannis wohltönende Stimme. »Weißt du noch? Du hast mir einen Schlüssel gegeben!«, trällerte er. »Ich lasse mich jetzt selbst rein.«

Als er vor den Trümmern seiner Pläne stand und sie begutachtete, rieb sich Cord die Augen und atmete tief durch. Aus dem Schlafzimmer hörte er, dass sein geliebter Hund noch immer würgte.

Giovanni stürmte mit einer Flasche italienischer Limonade in der einen und einer brennenden Zigarette in der anderen Hand in die Wohnung. »Endlich Freitag!«, rief er, hielt dann aber inne. Fassungslosigkeit lag auf seinem hübschen jungen Gesicht. »Schatz?«, fragte er.

Cord wischte sich die Tränen aus den Augen. Giovanni kam näher, nahm Cord in die Arme und legte ihm den Kopf an die Brust. Franklin schlich in die Küche und brach zu ihren Füßen zusammen. »Was ist?«, fragte Giovanni. »Liebling, was ist denn?«

»Es ist nur …« murmelte Cord. Wie sollte er die Gefühle in Worte fassen, die in ihm hochkamen? Sein Wissen darüber, dass man ihn irgendwann im Stich lassen würde, gepaart mit dem heftigen Wunsch, um jeden Preis an der Liebe festzuhalten ... sein Gefühl, dass etwas nicht stimmte und er es in Ordnung bringen musste, auch wenn er keine Ahnung hatte, worum es sich überhaupt handelte. Seine Sehnsucht, sich zu betrinken, und wie sehr er seine Mutter vermisste, die Art und Weise, wie Giovannis Lächeln alles in einem anderen Licht erstrahlen ließ und seine Tage erhellte, als hätte sich endlich ein schwerer Vorhang gelüftet ...

»Was?«, fragte Giovanni.

»Ach, es ist nur, dass ich dich liebe«, flüsterte Cord.

3 / Regan

REGAN SCHOB DEN Einkaufswagen langsamer und berührte einen Beutel mit Rattengift. Mit welchem Getränk konnte man den Geschmack von RatX-Pellets überdecken? Mit einem kräftigen Zimtlatte von Starbucks? Sie stellte sich den ersten Schluck und die krampfauslösende Wirkung des Strychnins vor ... Aber nein: Sie hatte diese Szene x-mal durchgespielt. So verlockend es auch war, Rattengift würde sie nicht einsetzen. Sie setzte lieber auf das lange Spiel.

Nach ihrem Einkauf bei Walmart ging Regan zu Monet's Playhouse in der Oglethorpe Mall, ihrem Lieblingsort. Als sie mit dem Bemalen von Keramik angefangen hatte, war sie angeblich nur gekommen, weil sie auf eine Freundin wartete oder ein Geschenk zum Geburtstag eines Kindes suchte. Sie hatte sogar ein paarmal ihre Töchter mitgenommen und deren Unmut und Zappelei ertragen. Aber das war jetzt Vergangenheit. Kendall, die Geschäftsführerin des Monet's Playhouse, kannte Regan und hatte nichts dagegen, dass sie oft kam, vermutlich hielt sie sogar das Geschäft am Laufen.

»Oh, hallo, Mrs. Willingham!«, begrüßte Kendall Regan, als sie die Keramikfiguren betrachtete.

»Guten Morgen, Kendall«, sagte Regan.

»Alles ist in Ordnung?«, fragte Kendall.

Regan lächelte und nickte, korrigierte sie aber nicht. Sie hob ein Tablett mit weißen Dinosauriern hoch und überlegte, dass sie diese türkisfarben oder grün bemalen sollte.

»Ich habe auch ein paar Affen«, schlug Kendall vor. »Und da hinten noch ein Stück mit kuschelnden Katzen.«

Regan nickte. Sie wusste von den Affen: Sie hatte selbst drei davon in ihrem geheimen Töpferschrank zu Hause stehen. Sie hatte auch vier Dinosaurier, Salz- und Pfefferstreuer, Teller, Platten und Weinkelche aus Keramik. Alles, was sie bei Monet's Playhouse kaufte, brauchte sie eigentlich nicht und benutzte es darum auch nicht. Doch in diesem fröhlichen Atelier zu sitzen beruhigte sie. Hier konnte Regan die Verzweiflung beiseiteschieben, die in ihr aufstieg, wenn sie ihr Leben mit einem Auto verglich, das gegen eine Wand gefahren war, ohne dass die Airbags aufgegangen waren, und nun völlig zerbeult dastand. Auch metaphorisch gesehen, war nicht einmal ein Krankenwagen zu ihrer Rettung unterwegs. Nein, ihr Leben war über die Leitplanken hinaus in die Luft gesegelt, dann in einem Meer aus Furcht und Langeweile gelandet und sank nun langsam in die Tiefe, während die Insassin (Regan) keine Zeit mehr hatte, nach Luft zu ringen oder den Sicherheitsgurt zu lösen (Symbol für ihre Ehe, falls es die je gegeben hatte), der sie an den Sitz fesselte und ihren sicheren Untergang besiegelte.

Regan lauschte Kendalls Playlist mit Boybands, während sie Farbe auf eine saubere Palette drückte. Dann wählte sie Pinsel verschiedener Größen aus.

Einmal hatte Regan geglaubt, dass sie Künstlerin werden würde. Manchmal, wenn sie ihren geheimen Töpferschrank öffnete, im Schneidersitz auf dem Boden saß und ihre Hochglanzkreationen bewunderte, fühlte sie sich fast wie eine Künstlerin. Klar, sie hatte ihre Schulausbildung über Bord geworfen, um an Matt festzuhalten und ein großzügiges, buntes Leben zu führen, das ganz im Gegensatz zu ihrer eher auf Sparsamkeit ausgerichteten Kindheit stand. Doch Regan ging alle paar Tage ins Einkaufszentrum, malte, als stünde sie unter einem glücklichen Zauber, und versuchte, etwas aus Seriengussformen zu machen, das es vorher noch nie gegeben hatte und das es ohne ihre Hingabe nicht geben würde. War das nicht der Sinn der Kunst und genaugenommen der Ursprung, das Leben selbst?

Als Regan die Dinosaurier fertig bemalt hatte, übergab sie Kendall ihre Arbeit zum Brennen und legte ihre Kreditkarte hin.

Nach *Monet's Playhouse* schlenderte Regan durch das Einkaufszentrum und suchte nach Dingen, die sie erwerben konnte, damit sie sich weniger wie ein

Goldfisch in einer Plastiktüte fühlte. In einem Schaufenster erhaschte sie einen Blick auf sich selbst. Sie war nicht mehr hübsch, sondern versteckte ihren einst schlanken Körper unter Kleidergröße zweiundvierzig. Wenn sie ging, scheuerten ihre Oberschenkel aneinander. Sie hatte Kinder geboren, gestillt und gab sich Mühe, stolz auf die Verwüstung zu sein, die die Geburten an ihrem Körper angerichtet hatten. Regan kochte gern und genoss das Essen. Ihre Mutter hatte ihr Leben mit Diäten verbracht, doch Regan wollte ihren Mädchen ein besseres Vorbild sein. Dennoch war es irgendwie ätzend, unsichtbar statt süß zu sein.

Regan blieb vor einem Reisebüro stehen und starrte auf ein Poster mit einer Chaiselongue und einem Sonnenschirm. Der Werbeslogan darauf lautete: *Get away … irgendwohin!*

Regan legte eine Hand an den Hals. Sie hatte das Gefühl, vor Sehnsucht zu ersticken. »Ich will weg«, sagte sie, blickte auf den rosafarbenen Sonnenstuhl und das fruchtige Getränk daneben. Rattengift, ihn mit einem Kissen ersticken, Bremsen am Toyota Tundra manipulieren. Keiner dieser Pläne hätte jedoch das bewirkt, was sie sich am meisten wünschte … nämlich frei zu sein.

Regan ging an dem Reisebüro vorbei, ohne einzutreten. In einer halben Stunde wurde sie als freiwillige Helferin beim Savannah Country Day in der Sporthalle erwartet. Das war eine teure Schule, aber jedes Mal, wenn Regan zum Campus fuhr und ihre Kinder in ihren schicken Uniformen sah, ergriff sie eine Welle der Genugtuung. Ihr Vater war Anwalt gewesen, doch nach seinem Tod war das Geld knapp geworden. Charlotte hatte die Familie als Immobilienmaklerin über Wasser gehalten.

Charlotte war eine mittelmäßige Maklerin gewesen. Ab und zu verkaufte sie ein großes Haus an einen Rentner, der aus irgendeiner teuren Gegend kam, oder für einen Freund aus der Kirchengemeinde. Diese Verkäufe unterstützten sie, als Regan die Highschool besuchte. Doch Regan konnte sich auch an magere Zeiten erinnern, wenn Charlotte mit ihrer Lesebrille auf der Nase über einem Stapel Rechnungen saß und in einen Taschenrechner tippte. Es gab Wochenenden, an denen Charlotte Regan samt Hausaufgaben zu öffentlichen Besichtigungsterminen mitnahm und ein Lächeln aufsetzte, wenn Interessenten hereinkamen. Damals rührten Regan die Mühen, die ihre Mutter auf sich nahm, zugleich war es aber auch schwer, Charlotte später an diesen Abenden zu sehen, wenn sie erschöpft und besorgt zum Abendessen einen armseligen Cheeseburger von McDonald's verdrückte.

Irgendwie hatte Charlotte genug Geld für Cord und Lee aufgetrieben, damit beide die Savannah-Country-Schule beenden konnten, um dann die Stadt zu verlassen und aufs College zu gehen. Regan hingegen war in die alten Pullover ihrer Schwester gesteckt und auf eine öffentliche Schule geschickt worden. Ihr Kunstlehrer hatte sie für begabt gehalten, doch für Extrawürste wie Kunstunterricht an der Telfair oder der SCAD fehlte das Geld.

Regan seufzte tief auf. Sie hatte so hart für ihr großes neues Zuhause, ihren fabelhaften Ehemann und
ihre beiden entzückenden Töchter gearbeitet. Ihren
beiden Mädchen war sie die hingebungsvolle Mutter,
die sie sich selbst immer gewünscht hatte, zugewandt,
aufmerksam, enthusiastisch. Sie wusste aber auch,
dass ihr Leben im Nu explodieren würde, sobald man
nur ein brennendes Streichholz in die Nähe hielte.
Und darüber war sie gleichzeitig entsetzt und auch
bereit, es zu wagen.

Regan parkte ihren Minivan auf dem Besucherplatz
vor der Savannah-Country-Schule. Sie griff nach ihrer
Sporttasche, entnahm ihren Freiwilligenausweis, um
die Schule zu betreten. In der Lehrertoilette schlüpfte
sie in eine Trainingshose und ein rosafarbenes T-Shirt.
Es war Volleyball-Schnupperwoche. In der Turnhalle
herrschte eine feierliche Atmosphäre. Sie stand neben
Trainer Randy. Wie er ging sie in Habachtstellung
und täuschte für ihre Töchter Begeisterung vor. Regans Töchter Isabella, neun Jahre, und Flora, sieben,
lächelten sie strahlend an. Regan wusste, dass der Tag
kommen würde, an dem die Mädchen ihre Mutter
nicht mehr in den heiligen Hallen ihrer Schule sehen
wollten. Sie las Blogs mit Überschriften wie *Als ich vergaß, jeden einzelnen Augenblick zu schätzen* und *Das war das
letzte Mal, dass mein Sohn meine Umarmung wollte. Hätte ich
das nur gewusst!* Also tat Regan ihr Bestes, um diesen
verdammten Moment in Ehren zu halten.

Nach der Schule ging Regan mit den Mädchen Eis
essen. Als sie zu Hause am She Crab Circle angekom-

men waren, ließ sie ihnen ein Bad ein und kämpfte sich mit einem Tangle Teezer durch ihr langes blondes Haar. Sie zog ihnen Sommerkleidchen an, drückte jeder eine Packung Seifenblasen aus dem Wühltisch von Target in die Hand und schickte sie zum Spielen in den Garten. Isabella tat so, als hielte sie Seifenblasen für kindisch, doch Regan wusste genau, dass ihre ältere Tochter noch sehr kindlich war, auch wenn sie die Augen verdrehte und die Hüften schwang. Sobald Flora ihre ersten Seifenblasen pustete, ließ Isabella ihr Getue und rannte barfuß ihrer Schwester nach.

Um sechs Uhr war Matt immer noch nicht zu Hause. Regans Anrufe auf seinem Handy liefen ins Leere. Sie bereitete für die Mädchen Nudeln mit Butter zum Abendessen zu und erlaubte ihnen dann, den Film *Findet Nemo* anzuschauen. Als der Film zu Ende war und Matt immer noch nicht zurückgekommen war, brachte Regan die Mädchen ins Bett, nahm das Telefon und setzte sich mit einer Tasse Tee in den Garten.

Ein paar Minuten lang zögerte Regan. Abermals versuchte sie, Matt anzurufen, doch ihr Anruf landete auf der Mailbox.

Verschwinden .... irgendwohin, nur weg von hier!

Regan wusste, dass sie sich zurückhalten und sich einfach mit After Eight und den alten Liebesromanen ihrer Mutter trösten sollte, denen die pikanten Teile fehlten. Fromm, wie Charlotte war, hatte sie die entsprechenden Seiten herausgerissen. Dies führte zu erschütternden Lücken in den Geschichten. Aber Regan war es leid, geduldig zu sein.

Sie blickte in ihren Garten hinaus und überlegte, giftigen Oleander oder Belladonna zu pflanzen. Sie hatte sogar nach *Pflanzen, die töten und keine Spuren hinterlassen* gegoogelt und dann den Suchverlauf gelöscht. Nun wählte sie ihre älteste Freundin Zoë in Atlanta an.

»Ja, hallo!«, sagte Zoë. »Was verschafft mir die Ehre dieses abendlichen Anrufs?«

Regan wählte ihre Worte mit Bedacht.

Zoë schwieg eine Weile, bis sie fragte: »Hmm, meinst du nicht, es wäre besser, einen Detektiv zu beauftragen?«

»Wie bitte?«, fragte Regan und biss sich in den Daumennagel.

»Ob du's glaubst oder nicht, ich kenne jemanden in Savannah«, erklärte Zoë, die Polizeibeamtin war.

»Das glaube ich dir«, entgegnete Regan.

»Er ist wirklich gut, so etwas wie ein Ermittler, wie ein Kopfgeldjäger oder Bildhauer.«

»Okay«, stimmte Regan zu.

»Ich kann ihn für dich anrufen«, sagte Zoë. »Ich weiß, dass du ihn von selbst nicht anrufen wirst.«

»Oh«, sagte Regan. »Okay, ich danke dir.«

»Vielleicht ist es nichts«, räumte Zoë ein.

»Richtig«, stimmte Regan zu, stemmte die Füße auf den Boden und stand auf. Sie schloss die Augen und stellte sich vor, wie alles in Flammen aufging, ihr perfekt gepflegter Rasen, ihr Haus, jedes Kleidungsstück in ihren Schränken. Nur die Mädchen würde sie retten, mehr nicht.

4 / Lee

LEE FUHR VON Los Angeles nach Savannah, um bei
ihrer Mutter unterzuschlüpfen. Ihre Kreditkarten
waren am Limit, ihr Bankkonto hatte sie leer geräumt. Tagsüber fuhr sie, nachts rollte sie sich auf
dem Rücksitz ihres gemieteten Toyota Prius zusammen. Wie ein Kind. Oder wie ein Hund. Benzin und
Snacks bezahlte sie mit Charlottes Geldkarte, die
diese ihr für den äußersten Notfall gegeben hatte, als
sie noch aufs College ging. Als sie in Atlanta und nur
noch vier Stunden von Skidaway Island entfernt war,
tankte sie und rief Charlotte an. Als Charlotte sich
an ihrem Festnetzanschluss meldete, sagte Lee nur:
»Hallo, Mom, ich bin's.«

»Lee, Lee!«, rief Charlotte. Lee wurde warm ums
Herz, weil Charlotte jedes Mal, wenn sie ihre Mutter
anrief, *Lee, Lee, Lee!* wiederholte, als wäre ihr Anruf das
Größte.

»Mom, ich habe eine Überraschung für dich«, sagte
Lee. Ihre Stimme klang rostig, weil sie so lange nicht
mehr geredet hatte. Eine Woche, vielleicht zehn Tage?

»Oh, Schatz, was ist es denn?«, fragte Charlotte. »Hast du eine große neue Filmrolle?«

»Nicht ganz«, erwiderte Lee und blickte zu den Leitungen über der Sunoco-Tankstelle hinauf, auf der unzählige zänkische Stare saßen.

»Ist es eine kleinere neue Rolle?«, wagte Charlotte zu fragen.

»Nein«, erklärte Lee und beschloss, sich nach diesem Gespräch ein Twix oder ein Snickers zu gönnen. Vielleicht beides.

»Jason und du, wollt ihr heiraten?«

»Mom ...«, sagte Lee und wappnete sich. In der Familie Perkins sprach man bestimmte Themen nicht wirklich an. Man lebte und tat so, als wäre alles perfekt. Jeder, der ein Problem ansprach oder Unsicherheit zeigte, war ein Unruhestifter oder *übertrieb*. Lee hatte schon vor langer Zeit gelernt, ihre Worte, so schrecklich sie auch sein mochten, mit kugelsicherem Jubel zu überziehen. Erst vor Kurzem hatte sie sich eingestanden, wie sehr es schmerzte, immer so zu tun, als wäre alles in perfekter Ordnung.

Bei Lee war nichts in Ordnung. Schon lange schlief sie nicht mehr richtig, und ihr Verstand fühlte sich an wie damals, als sie am College Amphetamin geschnupft hatte und voller Energie, großartiger Einfälle und tiefsinniger Erkenntnisse gewesen war. Sie war nicht deprimiert, ganz im Gegenteil. Sie war euphorisch und schien wie von einer seltsamen, fantastischen Energie getrieben zu sein. Als ihre La-Quinta-Schlüsselkarte an der Tür ihres Motelzimmers in West

Hollywood nicht mehr funktionierte, war ihr schlagartig klar geworden, dass sie eine Reise mit dem Auto machen musste. Sie wollte ihre Mutter sehen. Also sammelte sie ihre Post ein (alte Kreditkartenrechnungen, neue Kreditkartenangebote, die Einladung zu einer Bar Mitzwa), tankte den Prius voll und fuhr in Richtung Osten.

»Ich komme nach Hause«, sagte Lee.

Schweigen.

»Das ist die Überraschung«, bekräftigte Lee.

Charlotte fing sich schnell wieder. »Nun, das ist die beste Nachricht aller Zeiten!«, rief sie.

»Das ist sie«, bestätigte Lee. »Na klar.«

»Wir haben bestimmt viel Spaß«, verkündete Charlotte. »Kommt Jason mit?«

»Nein«, log Lee und schluckte. »Er hat zu tun, schickt dir aber liebe Grüße.«

»Übrigens, ich will dir zwar keine allzu großen Hoffnungen machen, aber ich nehme an einem Wettbewerb teil, den ich vielleicht gewinnen werde«, berichtete Charlotte. »Es geht um eine Reise nach Europa, bei der alle Kosten übernommen werden. Eine neuntägige Kreuzfahrt von Athen nach Barcelona.«

»Wow, Mom!«, rief Lee. Sie machte sich wegen Charlottes Gesundheit Sorgen. Seit sie die Leiche ihres Vaters gefunden hatte, hatte sie stets das Gefühl, Charlotte beschützen zu müssen. Das betrachtete sie ganz einfach als ihre Aufgabe. Sie rief oft in Savannah an, und Jason beklagte sich schon, Lees Gehirn sei so von Charlotte besetzt, dass nicht mehr genügend Raum für eine Romanze mit ihm übrig blieb. Als Jason mit dem Geldverdienen anfing, gab Lee es aus, um Charlotte jede Woche frische Blumen zu schicken. Noch immer besaß Lee eine Kreditkarte auf Jasons Namen, war aber zu stolz, sie zu benutzen. Schließlich wohnte er jetzt mit Alexandria Fumillini zusammen.

»Ich kann es kaum erwarten, mit allen zusammen am Mittelmeer zu sein«, sinnierte Charlotte verträumt.

Das versetzte Lee einen Stich. Sie wusste, dass ihre Mutter diesen Wettbewerb nicht gewinnen würde … niemand konnte so etwas gewinnen. Aber sie hätte Charlottes Enttäuschung nicht ertragen. »Ich auch nicht«, murmelte Lee.

»Bist du rechtzeitig zum Abendessen hier? Ich mache Shrimps mit Rührei. Die aus Martha Stewarts Buch Quick Cook«, versprach Charlotte.

»Großartig«, sagte Lee. Dankbarkeit überwältigte sie. Schon lange hatte ihr niemand mehr ein Abendessen angeboten.

Lee hatte jahrelang nur von Eiweiß und Kokain gelebt und geglaubt, es sei nur eine Frage der Zeit, bis sie den Job bekam, der alles veränderte. Sie war so dicht dran gewesen, wurde angerufen, ausgewählt, für genügend kleine Rollen engagiert, damit sie sich über Wasser halten konnte. Doch je älter sie wurde, desto weniger Anrufe bekam sie, bis sie feststellen musste, dass sich womöglich nie etwas ändern würde.

Was hatte Lee überhaupt in Los Angeles gewollt?

Seit ihrem vierten Lebensjahr hatte man ihr immer wieder gesagt, wie schön sie sei, vielleicht auch schon vorher. Jedenfalls galt ihre erste Erinnerung den Worten ihres Vaters, der ihr in die Augen gesehen und zu ihr gesagt hatte: »Du denkst, du bist schöner als alle anderen, nicht wahr? Nun, du hast recht.«

Während der gesamten Zeit an der Highschool und auch am College wurde Lee bei jeder Schulaufführung von *Guys and Dolls* bis *The Seagull* als Hauptdarstellerin gecastet. Aber war sie überhaupt eine gute Schauspielerin? Der Unterricht hatte sie immer gelangweilt. Sie wollte berühmt sein und nicht in traurigen Kindheitserinnerungen schwelgen. Außerdem konnte es einer Schauspielerin durchaus schaden, wenn sie zu oft zu sehen war. Sie musste vermittelbar und verletzlich bleiben. Ansprechend eben. Man musste so sein, wie es die Casting-Agentur im Sinn hatte. Doch Lee vermutete, dass die Casting-Agentur oft selbst nicht wusste, was sie im Sinn hatte. Es war eine Sache des Bauchgefühls, genau wie in der Liebe. Geliebt zu werden, konnte nicht geübt werden. Es passierte einfach. Oder eben nicht.

Wenn Lees Agentin Francine ihr ein Vorsprechen buchte, bereitete sich Lee darauf vor, indem sie die Seiten las, ihre Zeilen unterstrich und ihr Porträtfoto an den Lebenslauf heftete. Sie und Francine überlegten dann, wie sie ihr Haar stylen, was sie anziehen oder welche High Heels sie tragen sollte. Die anderen Frauen im Warteraum zum Vorsprechzimmer gaben dann die entscheidenden Hinweise, was sich die Casting-Agentur *vorstellte*. Als Lee noch jünger war, saßen im Warteraum meistens vollbusige Schönheiten. Diese Beobachtung hatte Lee zu ihrem ersten Termin bei einem angesehenen Schönheitschirurgen und zu ihrer zweiten Kreditlinie geführt.

Seit Kurzem saß Lee hingegen in Warteräumen für Charakterdarsteller mittleren Alters. Eine Zeit lang wurde sie für MILF-Rollen vorgesehen, dann nur noch für normale Mütter oder für sexy Frauen, die auf die schiefe Bahn geraten waren. Von Francine erhielt sie immer weniger Anrufe. Und irgendwann gar keine mehr. Dann drohte Jason, ein Psychologiestudent, der Schauspieler geworden war, dass er sie verlassen würde, wenn sie keinen Psychiater aufsuchte. Mit dessen Hilfe sollte sie sich mit ihrer Angst vor langfristiger Bindung, Fragen der Co-Abhängigkeit, einem wahrscheinlichen Serotoninmangel und möglichen manischen Tendenzen auseinandersetzen. Doch man hatte Lee beigebracht, sich durchzukämpfen, nicht, in die Tiefe zu gehen. Sie würde nicht zulassen, noch einmal den Tod ihres Vaters zu durchleben, auf gar keinen Fall.

Und so hatte Jason sie verlassen, genau wie er es angekündigt hatte.

Lee zog nach Los Angeles, weil man dorthin ging, wenn man reich und berühmt werden wollte. Eine Zeit lang dachte sie, sie sei nicht klug genug und müsse sich mehr anstrengen. Außerdem müsse sie das Buch von Stanislawski, das auf ihrem Couchtisch lag, einmal wirklich lesen. Doch eine seriöse Schauspielerin zu werden, zu lernen, wie man sich in eine andere Person versetzte, wie man Rollen ausfüllte ... das interessierte Lee im Grunde gar nicht. Sie kuschelte sich mit Stanislawskis Buch *An Actor Prepares* und einer Tasse Kaffee auf das Sofa und hing ihren Gedanken nach. Immerhin hatte sie es versucht. Doch ganz egal, wie lange sie die Seiten anstarrte, es gefiel ihr einfach nicht. Sie hasste es sogar.

Jason hatte die große Rolle an Land gezogen. Er spielte einen Roboter in einer Sitcom mit dem Titel *Me & My Robot*, aber trotzdem. Nach kurzer Zeit kaufte Jason ein Haus in den Hills und schrieb Lee dann eine E-Mail, in der er sich offiziell von seiner Co-Abhängigkeit verabschiedete, um weiterzuziehen. Er traf sich öfter mit einer Frau in den Zwanzigern, die später seine Lebensgefährtin wurde und die er als *stabil* und *offen für Familienplanung* bezeichnete. (Die neue Freundin spielte das *Ich* zu Jasons widerlich schrulligem *Roboter*.) Vor Lees Augen verschwamm alles, sie hatte in letzter Sekunde die gemeinsame Mietwohnung geräumt und war in ein Motel gezogen.

Innerhalb weniger Wochen hatte sie jeden Vorschuss aufgebraucht, den ihr irgendjemand irgendwann geschuldet hatte, und war zur Persona ingrata beim Friseur, im Fitnessstudio, im Yogastudio, im Pilates-Yoga-Studio, bei Whole Foods und Whole Earth geworden. Sogar bei ihren Freunden! Sobald jemand in ein *La Quinta Motel* zog, kam keiner mehr zur Happy Hour vorbei, das war Lee schmerzlich bewusst geworden.

Lee Perkins, die einst zur beliebtesten und schönsten Frau der Savannah-Country-Schule gekürt worden war, gehörte nun auch offiziell zum alten Eisen. Sie hatte tatsächlich geglaubt, Savannah und ihren Freund Matt zu verlassen und weit weg zu ziehen, sei für alle die beste Entscheidung gewesen. Womit sie nie gerechnet hatte, war die Heirat ihrer Schwester.

Obwohl Lee seit Regans Hochzeit nicht mehr mit ihr gesprochen hatte, folgte sie ihrer Schwester wie eine Besessene auf den sozialen Medien. Es zerriss ihr das Herz, wenn sie ihre strahlend lächelnden Nichten sah. Flora und Isabella hatte sie noch nie persönlich gesehen und sehnte sich danach, sie kennenzulernen.

Früher hing Regan förmlich an Lees Lippen und verkleidete sich gern mit den Sachen ihrer älteren Schwester. Regan war schon immer leicht pummelig gewesen und für Männer längst nicht so attraktiv wie Lee. Dafür war sie ein äußerst aufrichtiger Mensch. Von Anfang an ein Mütterchen, das auf Lee zustürmte, wenn sie aus der Schule kam, sie umarmte, ihr den Rücken kraulte und ihr selbst gemachte Snacks anbot. Regan war am glücklichsten, wenn sie sich um andere kümmern konnte. Im Gegensatz zu Lee schien sie die richtigen Entscheidungen getroffen zu haben. Jetzt war sie die erwachsene Frau, die sie in ihrem Innern schon als Kind gewesen war, hatte zwei Kinder, die auf ihrem Facebook-Profilfoto zu sehen waren.

Und so hatte Lee eines Nachts die Arme um zwei La-Quinta-Kissen geschlungen und sich vorgestellt, süß in den Schlaf zu entschweben.

Charlotte begrüßte Lee mit vorbehaltloser Begeisterung. Sie hatte ihr Haar frisch gestylt und sich in ein helles, modisches Outfit geworfen.

Seit Charlottes letztem Besuch in Los Angeles waren sechs Monate vergangen, und obwohl Lee und ihre Mutter oft telefonierten, zuckte Lee zusammen, als sie sah, wie sehr ihre Mutter ... nun ja, gealtert war.

»Seit Minnies Tod bin ich ... ein wenig deprimiert«, sagte Charlotte während des köstlichen Abendessens und schenkte von dem schrecklichen Wein nach.

»Ihr wart lange befreundet«, stellte Lee fest. »Natürlich bist du deprimiert.«

Charlotte nickte. »Es schmerzt, mir bewusst zu machen, worauf ich mich gefasst machen muss«, sagte sie mit trauriger Stimme.

»Na ja«, sagte Lee und suchte verzweifelt nach einer Möglichkeit, ihre Mutter aufzumuntern. »Da wäre doch noch der große Preis, oder? Eine Reise nach Europa.«

»Oh, Lee!«, rief Charlotte und strahlte. »Wir würden von Athen nach Barcelona segeln! Der Wettbewerb heißt *Werde ein Jetsetter*. Auch wenn man eigentlich keinen eigenen Privatjet bekommt. Man erhält Tickets erster Klasse. Aber trotzdem.«

»Das wäre einfach großartig«, begeisterte sich Lee

und streckte eine Hand nach ihrer Mutter aus. »Darauf können wir uns doch freuen. Stimmt's, Mom?«

»Stimmt«, bestätigte Charlotte. »Du hast recht.« Lee trank noch einen Schluck Wein. Charlotte griff so fest nach ihrer Hand, als müssten sie sich ein Leben lang festhalten. »Mit dir erscheint gleich alles in viel hellerem Licht«, sagte Charlotte. Die Worte, die sie mit ängstlicher Stimme aussprach, klangen weniger wie ein Kompliment, sondern eher wie eine verzweifelte Bitte. Lee wurde unruhig, sie wollte sich befreien, rührte sich aber nicht.

5 / Charlotte

AM MORGEN GING Charlotte zum Gottesdienst. Nach der Feier des Abendmahls, dem Augenblick, als sie das Gefühl hatte, in engstem Kontakt mit Gott zu stehen, kniete sie nieder und betete. *Lieber Gott, bitte lass mich eine Mittelmeerkreuzfahrt gewinnen!*

Als sie den Heimweg antrat, fühlte sie sich unbeschwerter, ließ das Autofenster herunter und atmete tief die nach Sumpfland duftende Luft ein. Backsteinhäuser säumten die historischen Plätze der Stadt, während an den Landungsstegen neue Häuser in historischem Stil entstanden waren, die aussahen, als stammten sie aus *Vom Winde verweht*. Tara-Kopien, Herrenhäuser mit Basketballkörben an der Vorderfront. Charlotte besaß eine Wohnung in einer Reihenhaussiedlung gegenüber dem neunten Loch des Deer-Creek-Golfplatzes. Sie parkte ihren Wagen, zögerte noch einen Moment lang und freute sich darauf, dass ihr eine Stimme antworten würde, wenn sie die drei Backsteinstufen zu ihrer Haustür hinaufstieg, aufsperrte und »Halloooo!« rief. Lee war wieder zu Hause.

Als Charlotte zum ersten Mal die neugeborene Lee in den Armen hielt, ihre Erstgeborene, lief Louisa in ihrem Krankenhauszimmer hin und her, arrangierte Blumen und machte sich zurecht. Dabei redete sie darüber, wie dankbar Charlotte sein müsse, dass sich Louisa bei den Ärzten dafür eingesetzt hatte, Charlotte in einen *Dämmerschlaf* zu versetzen, obwohl der gerade wieder unpopulär geworden war. Späteren Berichten zufolge hätte das bei Charlotte im Lauf der Zeit schreckliche Erinnerungen hervorrufen können, da ihr Gehirn Lees Geburt miterlebt hatte, gleichgültig, wie viel Morphium und bewusstseinstrübende Medikamente man ihr verabreicht hatte. In den Veröffentlichungen wurde auch berichtet, dass man die Frauen während der Geburtswehen fesselte, dass sie schrien und verängstigt waren, während die Ärzte munter den Geburtsvorgang beobachteten, in der Annahme, dass sich die Frauen später an nichts mehr erinnern würden.

Eine Krankenschwester hatte Charlotte die kleine Tochter gebracht. Mit verschwommenem Blick hatte sie auf ihr Kind hinabgesehen. Lees blaue Augen brannten sich in Charlottes Gehirn. Wie intensiv ihr Blick war! Hach, hatte Charlotte gedacht, endlich! Dieses Menschenkind ist nur für mich bestimmt. Charlotte hatte Lee angelächelt, und dabei waren Lee die Augen zugefallen. Der Stolz hatte Charlottes Herz erwärmt und sie fast zu Tränen gerührt.

»Sieh sie dir an!«, hatte Winston gesagt, als er an Charlottes Bett getreten war, nach den Zigarren stinkend, die er auf den Krankenhausfluren verteilt und im Fernsehraum gepafft hatte. Sein Gesicht hatte freundlich gewirkt und war gerötet gewesen. Er schien glücklich zu sein, zumindest in diesem Moment. Und vielleicht – dieser Wunsch war in Charlottes Kopf wie die Flamme aus Winstons silbernem Feuerzeug aufgeflackert – konnte das Baby ihn heilen. Sie hatten ihr den Namen Elizabeth Lear gegeben, nach Winstons Großmutter und Charlottes und Winstons Lieblingsstück von Shakespeare, das sie gleich zu Beginn ihrer Liaison in Paris unter freiem Himmel gesehen hatten. Der Name wurde innerhalb weniger Tage auf Lee verkürzt.

»Sieh dir unser Mädchen an!«, hatte Winston gesagt.

Charlotte hatte genickt, die Arme um den Säugling geschlungen und gedacht: *Sie ist nicht unser Mädchen. Sie gehört mir.*

Niemand antwortete, als Charlotte die Treppe hinaufstieg und »Halloooo!« rief. Lee schlief immer noch. Charlotte zog ihren Badeanzug an, warf den Frotteeumhang über die Schultern und packte zwei Handtücher und drei Liebesromane in ihre monogrammierte Strandtasche. Als Charlotte die *New York Times* halb durchgelesen hatte, tauchte Lee in einem Negligé auf. Sie hatte ihr Handy am Ohr, griff nach der Kaffeekanne, schenkte sich eine Tasse ein, kehrte ins Gästezimmer zurück, winkte Charlotte wortlos zu und gestikulierte an ihrem Telefon, als würde sie in Unterhosen ein wichtiges Geschäft abwickeln.

»Möchtest du einen englischen Muffin?«, rief Charlotte ihrer Tochter hinterher.

»Klar, Mom, danke!«, sagte Lee über die Schulter hinweg.

»Getoastet? Mit viel Butter?«, fragte Charlotte.

»Natürlich!«, sagte Charlotte. »Danke!«, rief Lee, stieg die Treppe hinauf, ging den Flur entlang und schloss die Tür zum Gästezimmer hinter sich.

Nun gut! Charlotte kehrte in die Küche zurück, schnitt einen englischen Muffin auseinander und steckte ihn in den kleinen Toaster. Aber irgendetwas stimmte mit dem Toaster nicht. Er funktionierte, aber es dauerte fünfzehn Minuten oder länger, bis alles braun war. Charlotte überlegte, das Gerät zu ersetzen, aber eilig hatte sie es damit nicht. Wen kümmerte es schon, ob ihre Muffins eine Weile brauchten? Als Lees Frühstück endlich fertig war, trug Charlotte es auf einem Porzellanteller, mit einer gefalteten Serviette, ins Gästezimmer. Charlotte hörte Lee reden, konnte aber nicht verstehen, was sie sagte. Als Charlotte anklopfte, saß Lee auf dem Bett, das Telefon immer noch ans Ohr gepresst, umgeben von Werbepost. »Was ist das?«, fragte Charlotte. »Kreditkartenanträge?«

»Was?«, fragte Lee. »Nein, nein. Ich komme gleich. Danke für den Muffin!«

Als Lee endlich aus ihrem Zimmer aufgetaucht war, gingen sie und Charlotte zum Pool, lasen in der Sonne Liebesromane, schlürften gemeinsam Margaritas zum Mittagessen und fuhren dann mit dem

Golfwagen zurück zu Charlottes Haus. »Ich fahre zu Publix. Brauchst du was?«, fragte Charlotte.

»Vielleicht etwas Wein?«

»Daran habe ich schon gedacht«, antwortete Charlotte, hielt den Wagen an und griff in ihren Briefkasten. Sie holte einen Stapel Umschläge heraus und legte ihn auf Lees Schoß. Kurz darauf fuhr sie mit dem Golfwägelchen in die Garage. Ein Tennisball hing von der Decke. Als der Ball auf die Windschutzscheibe traf, kam der Golfwagen zum Stehen, und sie schloss ihn zum Aufladen an.

»Also, ich rufe besser noch einmal meinen Agenten an«, meinte Lee und sprang aus dem Wagen. »Mal sehen, ob's was Neues gibt.«

»Ooooh, ja«, sagte Charlotte und sammelte ihre nassen Handtücher und Zeitschriften ein. Lee warf die Post auf den Tresen und schnappte sich ihr Telefon. Charlotte sortierte einen Stapel von Katalogen und Coupons, bevor sie einen großen weißen Umschlag entdeckte, auf dessen Vorderseite ihr Name und ihre Adresse eingetippt waren. »Ach …«, murmelte sie, und Hoffnung stieg wie ein heißer Ballon in ihrer Brust auf. Das konnte nicht sein! Aber es war so. Sie hatte einen Brief von Splendido Cruise Lines erhalten.

»Was ist das?«, fragte Lee.

Charlotte merkte, wie sie zitterte. War das ein weiteres Zeichen, dass sie alt wurde, oder spielten einfach nur die Nerven nicht mit? Höchstwahrscheinlich war es nur der Schock. Sie nahm den Brief und öffnete ihn langsam. Der Text verschwamm vor ihren Augen.

Herzlichen Glückwunsch! Wir freuen uns, Ihnen mitzuteilen, dass Sie eine Kreuzfahrt gewonnen haben. Bitte nehmen Sie so bald wie möglich Kontakt mit uns auf! Charlotte Perkins, erste Klasse, Athen, Griechenland.

Charlotte konnte ihre Freude kaum fassen. Wenn er mich jetzt bloß sehen könnte, dachte sie. Das *er* bezog sich auf so einige Männer, diejenigen, über die sie die Geschichte geschrieben hatte (diese starken Hände auf ihrem Körper), den Ehemann, der sie nie kennengelernt hatte (diese kleinen Hände, irgendwie stämmig und weich), den Golfprofi, dessen Hände ein bisschen zu lange auf ihren Hüften verweilten, als er ihren Schwung ausrichtete (das hatte sie wirklich geglaubt, aber vielleicht hatte sie sich auch getäuscht).

Eine Geliebte. Eine Kämpferin. Eine Siegerin … Charlotte Perkins.

Natürlich war sie sich für eine Kreuzfahrt eigentlich zu fein. Sie war elegant und kultiviert, für sie eigneten sich eher schicke Hotelzimmer in London oder Paris. Aber Charlotte war seit fünfzig Jahren nirgends mehr gewesen, weder vornehm noch sonst wie. Urlaube, die sie sich leisten konnte, kamen längst nicht mehr infrage. Also war sie zu Hause geblieben. Doch jetzt kribbelte es in ihr, als wäre sie mit Champagner aufgefüllt. War doch egal, ob eine Kreuzfahrt kitschig war oder nicht!

Zittrig holte Charlotte Luft. Sie und ihre Kinder würden die europäischen Meisterwerke bewundern und dann nebeneinander an Deck eines Kreuzfahrtschiffs sitzen, während die Sonne über dem Mittelmeer unterging, und sich mit Gläsern voller Chardonnay zuprosten. Vielleicht würde sie sogar einem Mann begegnen, der sie küssen wollte, der ihr mit warmen Händen über den Rücken bis zum Po hinunterfuhr, ihren Hintern umschloss und sie an sich zog … Oh, hier am helllichten Tag stellte sie sich vor, wie sich die Erektion ihres Traumliebhabers gegen seine teure Gabardinehose stemmte. Sie versuchte, in der Realität zu bleiben, doch ihr Gehirn erlaubte es ihrem Traumliebhaber, sich mit den Lippen an ihren Hals, an ihre intime Stelle zu drücken. Heißes Verlangen stieg in ihr auf, sie errötete.

»Alles in Ordnung, Mom?«, fragte Lee.

»Oh, Liebling«, sagte Charlotte und sah ihrer Erstgeborenen in die Augen. Lees Blick war so unverwandt und durchdringend wie damals, als sie noch ein Säugling gewesen war. Charlotte zog ihr Mädchen an sich und umarmte es. Diese Kreuzfahrt würde alles zurechtrücken und heilen, was je in Lee zerbrochen war. »Oh, Liebling«, raunte Charlotte, »ich habe gewonnen.«

6 / Cord

ES WAR BEREITS zu einem Running Gag zwischen Cord und Giovanni geworden. Cords Mutter rief immer dann an, wenn sie gerade Sex hatten. Sie schien förmlich ein Gespür dafür zu haben. Darum schloss Cord sein Telefon und seinen Hund immer in der Küche ein, wenn es zur Sache ging. »Ich bin gleich wieder da«, sagte er Donnerstagabend zu Franklin.

Der Hund sah ihn wissend an.

»Okay«, sagte Cord. »Du hast recht. Es könnte eine Weile dauern. Das verstehst du doch, nicht wahr?«

Seufzend sank Franklin auf sein Hermès-Hundebett.

Als er endlich trocken war (zum letzten Mal, wirklich!), hatte Cord ein Duftspray und eine Geräuschmaschine gekauft, um sein empfindliches Nervensystem zu entlasten. Nach seinen Worten war sein Schlafzimmer eine Oase der Ruhe. »Lavendel oder Ylang-Ylang?«, fragte er, betrat den Raum und schwang zwei blaue Fläschchen.

»Wen interessiert das schon?«, meinte Giovanni. »Komm her!«

Cord schüttelte den Kopf, er liebte Giovanni, seinen angeborenen Frohsinn. War Cord jemals so entspannt gewesen, etwa mit einundzwanzig, als frischgebackener Princeton-Absolvent mit einem tollen Job in der Risikokapitalbranche und einem geheimen Nachtleben in Alphabet City, der trank und Drogen nahm und mit jedem Kerl schlief, der in Sichtweite geriet? Das waren geile Zeiten gewesen. Aber Faketage, unmöglich zu überstehen. Er sah Giovanni an, der ungeduldig und erregt war. »Komm her, habe ich gesagt!«, wiederholte Giovanni.

Hastig kippte Cord Lavendelöl in den Diffusor, drückte auf Nebel, atmete tief ein und eilte durch den Raum auf seinen Verlobten zu.

Verlobter!

Mitten im Liebesspiel entkam Franklin aus der Küche, tappte ins Schlafzimmer und wollte es sich heimlich auf dem Bett bequem machen. »Dein ... verdammter ... Hund«, schimpfte Giovanni.

»Unser Hund«, antwortete Cord. »Ja, ja, er ist UNSER HUND, GIOVANNI!«

Franklin musterte beide verächtlich.

Giovanni steckte sich eine Zigarette an. »Was ist eigentlich mit dem Hund geplant?«, fragte er.

»Geplant?«, fragte Cord und beobachtete Giovannis Gesicht. Die einsame Stimme in Cords Gehirn ergriff wieder das Wort. *Jetzt wird er dir sagen, dass du Franklin loswerden sollst. Er wird dir sagen, entweder er oder der Hund.*

»Der Hochzeitsplan«, sagte Giovanni. »Ich meine, wird er uns zum Altar begleiten, mit den Ringen um den Hals? Oder wird er ein Blumenmädchen sein, mit den Kindern deiner Schwester und meinen vielen, vielen bezaubernden Nichten?«

Cords Magen – der immer nur Sekunden vom Chaos entfernt war – entspannte sich. »Er trägt die Ringe«, sagte er.

»Ja, das gefällt mir«, stimmte Giovanni zu.

Cord beobachtete, wie der Rauch von Giovannis Zigarette zur Decke stieg. Er war so von Glück überwältigt, dass er die Augen schloss. Das gehörte zu den Freuden der Genesung. Man öffnete dem Schmerz und der Langeweile die Tür, doch auch Freude kam herein. Strahlend, unschuldig, sauber, wahrhaftig.

Giovanni sprach weiter, doch Cord hatte abgeschaltet und atmete den Lavendel- und Zigarettenduft in tiefen Zügen ein.

Luft.

»Ich weiß, dass du mich hören kannst«, sagte Giovanni.

»Entschuldige, wie bitte?«, fragte Cord.

»Ich sagte, wir sind seit über einem Jahr zusammen. Wann lerne ich endlich deine Mutter und deine Schwestern kennen?«

»Ich halte dich auf dem Laufenden«, wich Cord aus. Er setzte sich auf. »Ich muss zur Arbeit.«

Giovanni wirkte sehr nachdenklich und schien zu überlegen, ob er das Thema fallen lassen sollte. »Hast du eine Besprechung zu dem Deal mit der supertollen Geheimgesellschaft, die uns reich machen wird?«, fragte er seufzend.

»Ich könnte es dir verraten, aber danach müsste ich dich töten.«

»Pfui! Wann kann ich in Rente gehen?«, wollte Giovanni wissen, der fünfundzwanzig Jahre alt war und seit drei Jahren in Dalton an der Mittelschule Kunst und Italienisch unterrichtete.

»Bald«, versprach Cord. Der Börsengang von 3rd Eyez stand kurz bevor, und mit der Beteiligung seiner Firma an dem Unternehmen würde Cord sehr reich werden. Wenn das Virtual-Reality-Produkt von 3rd Eyez so unglaublich war, wie Cord annahm. Das Produkt hatte er angeblich vor 535 Tagen während seines letzten Alkoholrauschs erfahren.

Giovanni drückte seine Zigarette in einem Aschenbecher aus, den Cord in seiner Jugend aus dem Plaza geklaut hatte. »Bist du nur wegen meines Geldes bei mir?«, fragte Cord in scherzhaftem Ton, doch die einsame Stimme in ihm flüsterte sogleich Ja.

»Ich bin nur wegen deines Körpers mit dir zusammen«, entgegnete Giovanni.

Cord lächelte. Er versuchte, das Beste aus seinen Sitzungen mit seinem Personal Trainer Thatcher herauszuholen.

»Du hältst mich auf dem Laufenden?«, fragte Giovanni. »Über das Treffen mit Charlotte Perkins?«

»Bitte hör auf, sie so zu nennen!«

»Wie soll ich sie denn sonst nennen?«

»Das weiß ich nicht«, räumte Cord ein und verließ das Bett.

»Ich bin nicht der Typ, der ewig wartet«, erklärte

Giovanni. Obwohl sein Tonfall unbeschwert klang, fühlten sich seine Worte wie eine Ohrfeige an. (Die einsame Stimme würde sie den ganzen Tag wiederholen.)

Giovanni hatte sich mit dreizehn Jahren bei seiner italoamerikanischen Familie geoutet. Er war Vorsitzender seines LGBTQ-Vereins an der Highschool gewesen. An der Savannah-Country-Schule hatte es noch keinen LGBTQ-Verein gegeben. Offiziell gab es in Savannah in den 1980er Jahren weder L, G noch B und schon gar keine T oder Q. Cord hatte so lange in parallelen Universen gelebt, dass er am Ende zwei Persönlichkeiten besaß. Cord, der in Manhattan lebte, und Cord, der nach Savannah in den Urlaub fuhr.

Der Ferien-Cord war ein wählerischer heterosexueller Mann, der bohrenden Fragen aus dem Weg ging und nach New York zurückflog, wenn er die Farce nicht mehr ertrug. Und weil er den Schmerz missachtete, den er seiner Mutter zufügte, war er seit sieben Jahren nicht mehr der Cord gewesen, der in den Ferien nach Hause fuhr. Aber er konnte sich nicht für immer von seiner Familie fernhalten ... oder etwa doch?

Er konnte es doch einfach versuchen.

Die Beziehung zu seinen Schwestern beschränkte sich auf E-Mails und SMS. Sie schickten sich Fotos, Kettenbriefwitze und Wortspiele. Niemals kopierten sie einander, die shakespearische Fehde zwischen Cords Schwestern bildete eine Mauer zwischen ihnen. Regan schickte GIFs von Frauen, die sich in verschie-

denen Stadien der Verwirrung befanden. Beispiels-
weise rissen sie sich an den Haaren, und darüber
standen Akronyme wie OMG oder WTF, und sie hoben
riesige Weingläser (»TGIF!!!!«). Lee und Cord tausch-
ten alle paar Tage Fotos von altmodischen Fremden
aus und fügten abfällige Kommentare hinzu ... die
Amateur-Joan Riverses auf dem roten Teppich des
Lebens. Waren das überhaupt Beziehungen oder nur
Datenspuren, Zeugnisse der Liebe zwischen Menschen, die einmal eine Familie gewesen waren?

Kehrten alle Geschwister zu ihrem kindlichen
Selbst zurück, wenn sie zusammen waren, oder gab
es einen Weg, erwachsen und selbständig zu werden
und dennoch am Leben der Geschwister teilzuha-
ben? War die Entfremdung normal, vielleicht sogar
gesund? Und wenn ja, warum hatte er das Gefühl,
dass ihm manchmal ein Glied fehlte? Es fehlten
zwei Gliedmaßen, zwei Anhängsel, die wegen eines
Chirurgen namens Matt nicht miteinander sprechen
wollten.

Matt! Die meiste Zeit über hatte Cord einfach nur
Mitleid mit dem Kerl, der im Geflecht des Perkins-
Mädchen-Dramas gefangen war. Doch Cord hätte gelogen, wenn er nicht zugegeben hätte, dass er sich ab
und zu Matts Tod wünschte. Welch freudiges Wiedersehen wäre das bei Matts Beerdigung gewesen!

Mit Gleichgültigkeit versuchte Cord, der Tatsache
zu begegnen, dass niemand in seiner Familie nach
seinem Privatleben fragte. Er selbst wollte seine eigenen Beweggründe gleichfalls nicht untersuchen

und verheimlichte daher seine sexuelle Orientierung. Vermutlich wussten seine Schwestern sogar, dass er schwul war, und es war ihnen einfach egal. Die Fehlfunktion lag mit ziemlicher Sicherheit bei Cord, es war ein Biest aus Selbsthass und kindlicher Angst. Dennoch sollte er es *auspacken*, um es mit den Worten seines Sponsors bei den Anonymen Alkoholikern zu sagen, eines ehemaligen Kinderschauspielers namens Handy. Doch Cord hielt seinen emotionalen Koffer fest verschlossen.

»Hast du gehört, was ich gesagt habe?«, fragte Giovanni und folgte Cord in die Küche, wo sein Telefon lag, das (natürlich) drei verpasste Anrufe seiner Mutter anzeigte. »Ich sagte, ich werde nicht einfach nur dasitzen und abwarten. Das ist krank, Schatz!«

»Ich habe dir zugehört«, behauptete Cord. Er hoffte, dass Giovanni das Thema irgendwann fallen ließ, denn Cords Gefühle bezüglich eines Treffens zwischen seiner Mutter und seinem Geliebten waren die Hölle. *Nein, niemals, das wird nicht passieren.*

An diesem Abend kaufte Cord an der Grand Central einen Strauß rosafarbener Rosen und wartete auf den Zug um 5:54 Uhr nach Rye. Er war nervös, obwohl er Giovannis große Familie bereits kennengelernt hatte und alle immer nett zu ihm gewesen waren. Giovannis Vater Cosimo verbrachte seine Freizeit im Fernsehsessel, schaute Fußball und nahm die Mahlzeiten und Getränke, die ihm Giovannis Mutter Rose vorsetzte, mit größter Selbstverständlichkeit an. Ihr kleines Haus war immer voll mit Verwandten, Freunden und dem Geruch von überbackenen Zitinudeln. Dennoch war sich Cord nicht sicher, wie die Lombardis die Nachricht von der Verlobung ihres schwulen Sohns aufnehmen würden.

Oh, wie gern er jetzt ein Bier getrunken hätte … oder sogar sieben. Es war immer noch schwer für Cord, seine Gefühle zuzulassen und zu spüren. Er aß ein Twix, als der Regionalzug aus der Grand Central hinausrumpelte. Er wusste, dass die Nervosität von selbst verging, wenn er nur lange genug wartete. Und Giovanni, sein Balsam, würde ihn am Bahnhof abholen.

»Ich habe es ihnen gesagt«, sagte Giovanni, sobald sie sich im Toyota seiner Mutter angeschnallt hatten und zum Haus am Mead Place fuhren.

»Bitte«, verlangte Cord, »sag mir, dass du es nicht getan hast!«

»Das habe ich aber. Mach dir keine Sorgen!«, antwortete Giovanni.

»Ich fürchte, ich muss mich übergeben!«, stieß Cord hervor. Er kurbelte das Autofenster herunter, in der Hoffnung, dass ihm die frische Luft half. Die Purchase Street von Rye zog an ihnen vorbei, June & Ho, Crisfield's Prime Meats, Rye Eye Care, Royal Jewels of Rye. Giovanni war damit aufgewachsen, zum Eckladen zu gehen, um für seine Eltern Zigaretten zu kaufen. Das hatte er Cord erzählt. Und Rose hatte Giovanni immer extra zehn Cent mitgegeben, damit er sich Bonbons kaufen konnte.

»Ich weiß nicht, wofür du dich so schämst«, sagte Giovanni jetzt.

Cord sah ihn an. Giovanni hatte den Mund zu einer grimmigen Linie verzogen. »Ich …«, begann Cord.

»Das ist ein glücklicher Anlass«, wandte Giovanni ein. »Ich war schon bei gefühlt achttausend Hochzeitsfeiern für meine Schwestern, Cousinen und Cousins, und heute Abend geht es einmal um mich. Entschuldige, um uns. Ich finde es ziemlich beunruhigend, dass du die einzige Person bist, die glaubt, wir würden etwas falsch machen.«

»Es tut mir leid«, flüsterte Cord.

»Reiß dich zusammen!«, verlangte Giovanni und fuhr in die Einfahrt seines Elternhauses.

Ein Gefühl der Angst beschlich Cord, doch er wusste nicht, wie er es ausdrücken sollte. Die einsame Stimme war die seines Vaters, die ihm sagte, er solle sich konzentrieren und um Himmels willen zusammenreißen, als Cord nicht in der Lage war, den Baseball im Hinterhof zu fangen.

»Wir sind da«, erklärte Giovanni.

»Es tut mir leid«, wiederholte Cord. Es fiel ihm schwer, aus dem Auto auszusteigen. Ihm war schummerig zumute, und er fühlte sich orientierungslos, als würde er gleich ohnmächtig zusammenbrechen.

»Was ist los?«, fragte Giovanni mit schmerzverzerrtem Gesicht. »Warum kannst du nicht einfach stolz auf dich selbst sein?«

Doch noch bevor Cord antworten konnte, öffnete sich die Tür zu Giovannis Elternhaus, und Rose stürmte heraus. Sie war übergewichtig, trug eine Polyesterhose, ein T-Shirt und eine Schürze. Sie hatte schulterlanges graues Haar und trug dickes Make-up, dazu tolle falsche Wimpern. Schon in der Einfahrt schloss sie Cord in ihre Arme, die nach Blumen- parfüm und Tomaten rochen. In dieser Umarmung konnte sich Cord entspannen. Und die einsame Stimme schwieg. »Ich habe Ziti für dich gemacht, Cord«, sagte Rose. »Ich habe Ziti gemacht.«

Es fühlte sich wunderbar an, von einer Mutter um- armt zu werden, die ihn kannte.

7 / Regan

REGAN ERWACHTE IM Zimmer ihrer Tochter. Es war nicht ungewöhnlich, dass sie neben Flora einschlief. Regan litt an Schlaflosigkeit und fühlte sich einfach sicherer, wenn sie sich neben ihre duftende süße Tochter kuschelte als neben ihren Ehemann.

Eine Weile lag Regan still da und beobachtete Flora beim Atmen. Die Wölbung ihrer Nase, ihre Wimpern auf der unfassbar milchweißen Haut. Für einen Moment stellte Regan ihren Plan infrage. Sie wollte einfach dafür sorgen, dass es Flora auch danach gut ging.

Regan stand auf, streckte sich und tappte in ihrem Seidenpyjama den Flur entlang. Matt schlief fest im gemeinsamen Schlafzimmer und hatte einen Arm ausgestreckt, als wolle er nach etwas greifen. Sein Mund stand offen, und er schnarchte schamlos laut. *Wie konnte man sich nur so bedenkenlos gehen lassen?*, fragte sich Regan (und das nicht zum ersten Mal). Sie überlegte, dass ihre Schlaflosigkeit vermutlich ihren Ursprung in der Angst vor Kontrollverlust hatte. Alphonso Ragdale, ihr Kunstlehrer an der Highschool, hatte ihr einmal gesagt, sie sei am schönsten, wenn sie schlief. Abgesehen von der im Nachhinein offensichtlichen Unangebrachtheit dieses Kommentars, fragte sich Regan, ob sie auf einer unbewussten Ebene das Gefühl hatte, dass sie im Schlaf immer schön sein müsse. Ein Glaube, der sie davon abhielt, auch mal zerzaust zu schlafen.

Die Gedanken schwirrten ihr im Kopf herum. Ihre Mutter hatte am Tag zuvor angerufen und ihr die bizarre Neuigkeit mitgeteilt, dass sie eine Mittelmeerkreuzfahrt gewonnen habe. Charlotte wollte, dass Regan sie zusammen mit den Geschwistern auf der Kreuzfahrt begleitete. »Bitte, Liebling!«, hatte Charlotte gesagt. »Bitte, lass uns nach Europa fliegen, bevor es mich nicht mehr gibt!«

Regans Mutter liebte theatralische Äußerungen.

»Bitte!«, rief Charlotte.

»Ich weiß nicht, was ich sagen soll ...« Eine Reise ohne Kinder, stattdessen mit Mutter und Geschwistern war das Letzte, was sich Regan auf Erden wünschte.

In fünf Online-Sitzungen mit einem Therapeuten hatte Regan herausgefunden, dass ihre Familie Gift für sie war. Sie solle akzeptieren, so der Therapeut, dass sie sich entfremdet hatten. Sie solle Frieden damit schließen. Und das versuchte sie auch. Aber Regan vermisste sie, so einfach war das. Manchmal träumte sie, mit ihrer Schwester und ihrem Bruder auf einem Riesentrampolin herumzuspringen, während Charlotte zusah und Limonade ausschenkte. Sie waren so glücklich, hüpften und hüpften und hüpf-

ten. In dem Traum musste Regan nicht einmal pinkeln, wie es ihr im echten Leben passierte, wenn sie
auf einem Trampolin herumsprang.

»Komm schon, Schätzchen!«, sagte Charlotte.
»Komm schon, meine süße kleine Regan!«

Etwas in Regan entspannte sich, als ihre Mutter
sie so nannte. Nachdem Winston plötzlich an einem
Herzinfarkt gestorben war, hatten Lee und Cord
nie Gelegenheit gehabt, etwas Zeit mit Charlotte zu
verbringen. Nachdem sie in ein Mietshaus gezogen
waren, machte sich Regan in der winzigen Küche zu
schaffen. Wenn Charlotte von der Arbeit nach Hause
kam, stützte sich Regan mit den Ellbogen auf dem
massiven Holztisch ab, nahm auf einem hohen Hocker Platz und schlenkerte mit den Beinen.

»Ohne dich würde ich es doch nie schaffen, meine
süße Kleine«, hatte Charlotte gesagt, ihre Stöckel-
schuhe ausgezogen, sich ein Glas Wein eingeschenkt
und den Kühlschrank nach einem Snack durchstö-
bert.

Die muntere zehnjährige Regan hätte Charlotte
gesagt, dass sie sich setzen, eine Gemüseplatte mit
Hummus anrichten und Wein nachschenken solle.
Manchmal erfand Regan Geschichten über nicht
existierende schräge Freundinnen. Charlotte hörte
gern, dass Regan glücklich und sehr beliebt war, obwohl sie in Wahrheit einsam war und sich für ihre
gebrauchten Klamotten schämte.

Jedes Wochenende, wenn ihre Mutter und die Geschwister ausschliefen, sammelte Regan ihre herum-

liegende Wäsche ein und wusch sie im Keller. Danach stellte sie die Körbe mit gefalteter sauberer Kleidung vor die Zimmertüren.

Regan seufzte und bedauerte, nicht mehr eine barfüßige Zehnjährige mit französischen Zöpfen und Sommersprossen zu sein. Was hätte dieses Mädchen in Regans Situation getan? Regan zuckte zusammen und verstand, für wie erbärmlich das Mädchen die erwachsene Regan gehalten hätte ... so passiv! Und eine Hausfrau? Das Mädchen, so vermutete Regan, wäre aus der Stadt geflohen.

Regan hatte Matt dazu bringen wollen, sie wieder zu lieben. Jahrelang hatte sie es versucht. Doch dann hatte sie allmählich aufgegeben und sich eingeredet, dass es reichte, Mitbewohnerin und gute Freundin zu sein. Regan hätte es niemals zugelassen, dass ein Freund sie so behandelte, wie Matt sich ihr gegenüber verhielt. Schlimmer noch. Die Mädchen erlebten, dass er Regan schlecht behandelte, und er hatte auch über die Mädchen Bemerkungen gemacht. Regan hatte nur einmal und nach mehreren Gläsern Wein eine Scheidung angesprochen: »Vielleicht wären wir beide glücklicher ...«, hatte sie sich vorgewagt. »Wenn wir uns trennen würden ...«

Mit eisiger Miene hatte er sich zu ihr umgewandt und sein Glas zu Boden geworfen, wo es mit beängstigendem Knall landete. »Psst«, hatte Regan gesagt. »Die Mädchen ...«

»Die Mädchen?«, hatte Matt geantwortet. »Du machst dir Sorgen um die Mädchen?«

»Matt, ich wollte doch nur …«

»Wenn du mich verlässt, bekommst du gar nichts. Das garantiere ich dir«, hatte Matt gedroht.

»Aber Matt …«

»Nein!«, hatte er gesagt und Regan so fest am Oberarm gepackt, dass sie laut aufkeuchte. Matt hatte sie dabei angestarrt und ihren Arm wieder losgelassen. »Ich bin kein verdammter Versager«, hatte er gesagt.

Ich bin auch keine Versagerin, sagte Regan zu sich selbst.

»Bist du bereit, ein Urlaubs-Jetsetter zu werden, Regan, Liebes?«, fragte Charlotte.

»Was ist mit Flora und Isabella?«, fragte Regan.

»Schick sie in ein Ferienlager!«, schlug Charlotte vor. »Du hast doch Ferienlager immer geliebt.«

»Nein«, sagte Regan. »Das war Lee. Ich war in der Tagesfreizeit.« Eine Erinnerung tauchte auf. Sie stand in einer riesigen Turnhalle und musste feststellen, dass sie das einzige Mädchen im Basketballcamp war. Der Geruch nach Achselhöhlen und Socken der Jungs. Sie hatte ihr Skizzenbuch aus dem Rucksack genommen, sich unter der Tribüne versteckt und Meerjungfrauen in Königreichen unter Wasser gezeichnet, bis es Zeit wurde, nach Hause zu gehen. Wenn sie das Geräusch von dribbelnden Basketbällen und das durchdringende Quietschen von Turnschuhen hörte, zuckte sie zusammen.

»Stimmt. Nun, wie auch immer …«, sagte Charlotte.

»Ich habe keinen Reisepass«, wehrte Regan ab.

»Meiner ist abgelaufen«, gab Charlotte zu. »Wir stellen Eilanträge und können den Papierkram zusammen erledigen.«

»Ist das alles wirklich wahr?«, fragte Regan.

»Jippie!«, rief Charlotte.

Regan hatte einen Reiterhof im Osten Georgias gefunden. Die Mädchen waren begeistert. Jetzt musste sie es nur noch Matt erzählen. Sie sah ihm beim Schlafen zu. Er war groß und stämmig, mit schütterem schwarzem Haar und einem Bauchansatz. Regan konnte sich noch immer an ihn als Teenager erinnern. An Lees tollen Freund, den Fußballstar, die einzige Person, die Regan anrief, als sie ihre Meinung änderte und doch nicht mit Mr. Ragdale durchbrennen wollte. Und Matt war gekommen, hatte sie vor ihrem Kunstlehrer gerettet und auf seiner Harley-Davidson nach Hause gebracht. Zu dem Zeitpunkt hatte Lee Matt bereits verlassen und war nach Los Angeles gezogen. Matt kam an einigen Abenden vorbei und setzte sich zu Regan auf die Verandaschaukel.

Ihre Romanze hatte sich langsam entwickelt. Matt hatte Regan geholfen, über Mr. Ragdale zu sprechen, und darauf bestanden, dass es nicht ihre Schuld war. Matt hatte sie auch ermutigt, Anzeige zu erstatten. Doch Regan wollte den ganzen Vorfall einfach nur vergessen, und Charlotte stimmte zu, dass sie nie wieder darüber sprechen sollten. Im letzten Schuljahr wechselte Regan an eine andere Highschool. Matt, der sich am Savannah Technical College auf ein Medizinstudium vorbereitete, arbeitete in der Stadt in einer Bar namens *Pinkie Masters*. Als Regan mit ihren Freunden vorbeikam, spendierte er ihr Freigetränke. Sie hatte eine Vorliebe für Alabama Slammers, da sie laut ihrem gefälschten Ausweis aus Montgomery, Alabama, stammte. Sie war nie eine große Trinkerin gewesen und nahm nur einen, wechselte dann zu Sprite.

An einem Abend kam Regan allein. Es war Karaoke-Abend, Regan holte sich eine Limonade und lernte für ihre Abschlussprüfung in Englisch. Sie war fassungslos, als sie Matts Stimme über die Lautsprecher hörte. »Das ist für meinen Engel aus Montgomery«, sagte er. Regan blickte auf und sah, dass er sie anlächelte. Seine Stimme, die das Lied von Bonnie Raitt sang, klang sanft und tief. Regan konnte kaum atmen. Zum ersten Mal zog sie flüchtig die Möglichkeit in Erwägung, dass ihr größter Traum in Erfüllung gehen könne.

»Gib mir nur eins, woran ich mich festhalten kann!«, krähte Matt.

Regan biss sich auf die Unterlippe und nickte.

Kurz darauf schliefen sie miteinander, in der Nacht ihres achtzehnten Geburtstags, nur wenige Wochen bevor sie an der NYU aufgenommen wurde. Als Matt ihr tief in die Augen sah und in sie eindrang, sich sanft in ihr bewegte und ihren Namen flüsterte, wusste sie, dass sie Savannah nie verlassen würde. Er war ihre Liebe, er war ihr Zuhause.

Regan starrte ihren schlafenden Ehemann an. Einen

Moment lang bedauerte sie, was sie im *Bonna Bella Yacht Club* getan hatte. Aber es war zu spät.

Matt öffnete die Augen. »Hallo«, sagte er.

Gib mir nur eins, woran ich mich festhalten kann!

»Meine Mutter hat eine Kreuzfahrt gewonnen«, berichtete Regan. »Die Mädchen dürfen ins Ferien-lager, und ich fahre hin. Mit meiner Familie. Auf die Kreuzfahrt.«

»Was?«

»Ich verreise für eine Weile«, sagte Regan mit schwankender Stimme.

»Mmmm«, machte Matt und schloss die Augen. Regan dachte, er sei wieder eingeschlafen, doch dann öffnete er sie wieder. Ihre Blicke trafen sich.

»Ich komme mit«, erklärte er.

8 / Lee

LEE HATTE SICHER nicht damit gerechnet, dass sie ihren ersten Flug nach Europa mit ihrer Mutter unternahm. Doch einer der Vorzüge der sozialen Medien ist das Verschleiern von Tatsachen. Zum Beispiel konnte sie ihre Mutter bitten, ein Foto von ihr im Wartebereich des Flughafens zu machen, auf dem Lee entspannt ein Bein vor das andere setzte und ihre schönen Schuhe zur Schau stellte. Sobald sie sich vergewissert hatte, dass ihr Foto für einen Post geeignet war, konnte sie sie wieder gegen die Flipflops in ihrer Tasche tauschen.

Lees Mutter fiel es schwer, ihren alten Koffer zu heben, sie hatte sich geweigert, ihn zu kontrollieren. Sobald Charlotte die Nachricht erhalten hatte, dass sie den Wettbewerb gewonnen hatte, hatte sie in ihrem Apartment herumgekramt und eine Reihe alter Koffer ausgegraben, wobei sie wiederholte, wie viel sie noch zu tun habe, um sich auf diese Reise vorzubereiten. Als Lee fragte, was sie so nervös mache, rang Charlotte die Hände. »Einfach alles!«, stöhnte sie. »Handdesinfektionsmittel! Erdnussbuttercracker!«

Lee war mit dem Golfwagen zu Publix gefahren und hatte Minihanddesinfektionsmittel, Crackerpackungen in Reisegröße, Frauenzeitschriften und Wein gekauft. Sie hatte neben einer kleinen Kühltruhe mit Blumen angehalten und einen Blumenstrauß herausgeholt. »Ich habe dich lieb, Mom«, hatte sie gesagt, als sie zu Hause Charlotte die Blumen überreicht hatte.

»Oje«, hatte Charlotte sichtlich gerührt geantwortet.

Das Zeitfenster war knapp, aber Lee freute sich über ein Abenteuer, das sie von der unaufhörlichen Berichterstattung über Jason und Alexandria in der Boulevardpresse ablenkte. Ihre romantischen Radtouren im Sonnenschein in Los Angeles, das Betreten und Verlassen von Fitnessstudios, der Spaziergang mit einem neuen Welpen, den sie im Tierheim ausgewählt hatten (einen wahnsinnig niedlichen Schnudel-Welpen, eine Kreuzung zwischen Schnauzer und Pudel). Ihre lauen Nächte, Sushi für zwei, Lionel Richies Geburtstagsfeier, Eiswaffeln bei Sonnenuntergang, während sie mit dem Schnudel Noodles Gassi gingen.

Auf die Frage nach dem Namen des bezaubernden Welpen lachte Alexandria. »Ich glaube, ich liebe einfach Nudeln«, vertraute sie uns an.

Und ihr verknallter Kerl fügte hinzu: »Sie liebt wirklich Nudeln.«

»Wer liebt keine Nudeln?«, hatte Lee geheult und ihr Handy auf Charlottes Gästebett gepfeffert.

»Was ist los, Liebes?«, hatte Charlotte gerufen.

»NICHTS!«, hatte Lee geschrien.

»Möchtest du Nudeln zum Abendessen?«, hatte Charlotte gefragt und war mit Golfvisier und im Badeanzug an der Tür erschienen.

Mit verheulten Augen hatte Lee traurig genickt.

An Gate C-22 kam Lee ihrer Mutter mit ihrem schweren runden Koffer zu Hilfe. Was war das denn? Eine Hutschachtel? »Ich hab's, Mom«, sagte Lee. Sie packte den Griff, und er blieb in ihrer Hand hängen.

»Meine Tasche!«, rief Charlotte.

»Wir besorgen dir in Europa einfach eine neue«, versprach ihr Lee.

»Aber das waren die Gepäckstücke, die ich beim letzten Mal benutzt habe«, klagte Charlotte. »Es sind französische Koffer.«

Beim letzten Mal? Lees Laune verschlechterte sich. Irgendwo hatte sie gelesen, dass ältere Menschen zum Hamstern neigten. Das konnte eine Möglichkeit sein, um die Kontrolle zu behalten oder so ähnlich. Lee hatte tatsächlich in einer Folge CSI eine Prostituierte gespielt, die alles hortete. Man hatte sie gezwungen, eine rote Perücke und ein kastanienbraunes Negligé zu tragen. Sie und Jason hatten eine große Party veranstaltet, um die Folge zu sehen, und alle hatten ihre Champagnergläser gehoben, als sie ihren Zweizeiler aufgesagt hatte: »Ich dachte, Sie würden

morgen kommen. Ich hatte noch keine Zeit, um auf-
zuräumen.«

Kling, kling! Das Leben war gut zu ihr gewesen.

Lee ließ sich im Eingangsbereich neben ihrer Mutter auf den Sitz fallen. Charlotte begutachtete den
abgerissenen Koffergriff und wirkte völlig verloren.
Wo steckte Cord, als sie ihn brauchten? Er war immer
derjenige gewesen, der Charlotte besänftigte, sich um
sie kümmerte und sie beruhigte. Er war mit vierzehn
Jahren der Mann im Haus geworden. Aber sie würde
Cord erst in Athen treffen.

Lee hatte auf Bitte ihres Bruders das Ticket für
Cord umgebucht, damit er direkt nach Griechenland
fliegen konnte. Lee und Cord chatteten über die Jet-
settermode. Jedes Mal, wenn einer von ihnen einen
Reisenden mit einer Gürteltasche oder einer schrecklichen Sonnenbrille sah, schickten sie sich gegenseitig ein Bild mit dem Hashtag *#jetsetter*. Lee liebte es,
mit ihrem Bruder zu chatten. Es war so viel besser, als
reden zu müssen. In gewisser Weise stand sie ihrem
Bruder näher als jedem anderen Menschen. Fast täglich schrieben sie sich Textnachrichten, und sie stellte
sich vor, dass er genauso einsam war wie sie. Sie freute
sich darauf, Geschichten zu erzählen, wie ihr Leben
bei einem Cocktail in einer merkwürdigen Bar auf
einem Kreuzfahrtschiff in eine Sackgasse geraten war.

»Das mit deiner Tasche tut mir wirklich leid,
Mom«, sagte Lee. Charlotte wirkte bestürzt, und in
Lee stieg ein kurzes Angstgefühl auf. Jedes Anzei-
chen von Schwäche bei ihrer Mutter verunsicherte

sie. Charlottes wertende Blicke, ihr schlechter Wein und ihre wunderbaren Abendessen. Ihre absolute Gewissheit darüber, womit sich Charlotte abends beschäftigte (mit der Katze Godiva und den Auftritten von Brian Williams), verliehen Lee Halt. Es war ehrlich gesagt ziemlich peinlich, wie sehr Lee Charlotte immer noch brauchte. Solange ihre Mutter in der Nähe war, durfte Lee ein Kind sein, das Mist baute, weil sie wusste, dass Charlotte hinter ihr aufräumte und alles wieder in Ordnung brachte. Oh, wie sehr hatte Lee es als Teenager genossen, wenn Charlotte ihre schmutzige Kleidung einsammelte und sie sorgsam gefaltet in einem Korb vor ihre Schlafzimmertür stellte!

»Mom«, sagte Lee sanft, »du weißt, dass wir nach Europa fliegen, nicht wahr?«

Charlotte blickte auf, und ihr Gesichtsausdruck hatte etwas Kindliches. »Europa«, wiederholte sie.

»Ja.«

»Lee«, sagte Charlotte.

»Ja?«

»Du bist zu alt für einen so kurzen Rock.«

Und da war es wieder, das Miststück. Lee war erleichtert, und vertraute Wut stieg in ihr auf. »Bin ich gar nicht«, sagte sie und klang in den eigenen Ohren wie ein launischer Teenager. Wie sehr sie es doch vermisste, ein launischer Teenager zu sein! Für sie war das Erwachsenenalter das Schlimmste.

»Da bin ich anderer Meinung«, widersprach Charlotte. »Hier ist dein Handy, Liebes.«

Lee fühlte sich verletzt, niedergeschlagen und frustriert. Wann würde sie ihr Bedürfnis, Charlotte zu gefallen, endlich ablegen?

Lee begutachtete das Foto, das Charlotte von ihr gemacht hatte, legte einen Filter darüber, um ihr Gesicht aufzuhellen, und schnitt es zurecht. Dann postete sie es auf Instagram, Facebook, Tumblr und twitterte es. Sie versah es mit den Hashtags #jetsetter #offtoeurope #jimmychoos #bonvoyage.

Für einen Moment genoss Lee die Tatsache, dass sie derzeit das Leben lebte, von dem sie immer geträumt hatte, als sie während eines Visionboard-Workshops Bildchen aus Zeitschriften ausschnitt. Sie hatte tatsächlich Weltreisen visualisiert. Sie hatte über genau diese Hashtags nachgedacht, als Jason sie dazu gebracht hatte, jeden Morgen an drei aufeinanderfolgenden Vormittagen zu meditieren. Und jetzt war es so weit.

Vielleicht würde ja doch alles gut werden. Jedenfalls hatte sich Lee nach zwei Wochen selbst gekochter Mahlzeiten und Paracetamol forte ruhiger gefühlt und ein fasziniertes Publikum (Charlotte) genossen, das an ihren Lippen hing und ihr vertraute, als sie erzählte, dass sie sich vor ihrem nächsten großen Filmprojekt eine kurze Pause gönnte. Je unverfrorener Lee mit ihrer Karriere prahlte, desto fester glaubte sie selbst daran. Ihr Magen hatte aufgehört zu krampfen, ihr Gedankenkarussell hatte sich entschleunigt, und sie hatte sich bei TK Maxx mit Charlottes Geld einen neongelben Bikini gekauft, der bei der Poolparty in

Marshwood der absolute Hingucker gewesen war. Die Aufmerksamkeit der Männer ... Lee wusste, dass die nur vorübergehend und letztlich so nützlich war wie ein Eisbeutel, der an eine lodernde Flamme gehalten wird. Ihr Leben war Chaos. Doch Trost war Trost, gleichgültig, wie vergänglich er war.

Lee hatte befürchtet, irgendwo bei den Anlegestellen Regan in die Arme zu laufen, ihr auf den Golfwagenrouten über den Weg zu laufen und sie auszuspionieren, wie sie mit ihren Kindern im Franklin Pool planschte. Aber das geschah nie. Sie dachte daran, bei der Willingham McMansion vorbeizuschauen, aber es schien ihr leichter, ihr unvermeidliches Wiedersehen noch zu verschieben. Seit zehn Jahren hatten sie nicht mehr miteinander gesprochen. Zehn Jahre! Lee hatte Regan Dutzende Male in den Monaten nach den vorhochzeitlichen Fressereien angerufen, aber Regan hatte nie geantwortet. Irgendwann war Lee zutiefst verletzt und hatte aufgegeben. Dieses Chaos war nicht ihre Schuld. Nun ja, jedenfalls nicht nur.

Und doch waren sich Lee und Regan einmal sehr nahe gewesen. Lee erinnerte sich noch daran, wie sie mit Regan Rollschuh lief und bis zum Sonnenuntergang draußen blieb. Sie hielten sich an den Händen und sausten durch die Straßen ihrer Nachbarschaft, während ihnen die Abendluft warm über die Gesichter strich.

Was hätte Lee sonst tun sollen? Zum einen hätte sie Matts Worte für sich behalten können. Unzählige Male hatte sie sich gewünscht, sie hätte auf der Damentoilette des Elizabeth in der 37. Straße den Mund gehalten, ihre Schwester einfach umarmt und ihr Glückwünsche zugeflüstert. Doch dann hätte sie das Gefühl gehabt, etwas vor Regan zu verheimlichen.

Matt hatte Lee im Regen an der Schulter gepackt und gesagt: *Ich lasse das alles sausen, wenn du mich zurückhaben willst. Ich bitte dich.*

Lee schluckte, um eine jahrzehntealte Unsicherheit hinunterzuschlucken. Sie warf einen Blick auf ihr Handy. Ihr Post sammelte bereits Herzen und Likes.

»Regan!«, rief Charlotte. »Regan ist da!«

Lee blickte auf und erkannte ihre Schwester. Regan wirkte strahlend … das war das richtige Wort. Sie hatte leicht zugenommen, aber in ihrem schicken schwarzen Hosenanzug und einer Jeansjacke, dazu mit einer strassbesetzten Sonnenbrille, die ihr rotbraunes Haar zurückhielt, sah sie umwerfend aus. In einer bitteren Welle brandete Eifersucht in Lee auf.

»Hier drüben!«, rief Charlotte, stand auf und winkte. »Regan! Wir sind hier drüben!« Charlotte umarmte Regan, während Lee unbeholfen neben ihnen stand und kein Wort hervorbrachte. Es gab so viel, was sie hätte sagen wollen. *Es tut mir so leid. Ich habe dich lieb. Du hast alles, was ich wollte. Bitte, sieh wieder zu mir auf!*

Lee betrachtete ihren winzigen Minirock und wurde plötzlich verlegen. Angesichts der Beobachtung, wie Regan in ihrer Mutterrolle aufging, wirkte Lees Aufmachung fast geschmacklos. Was wollte sie beweisen? Sie schloss die Augen, atmete tief durch, um Kraft zu schöpfen, und erinnerte sich daran, wie der Blick des Uber-Fahrers auf ihren Beinen ruhte, als sie aus seinem Honda stieg. Was hatte sie außer ihrer Attraktivität noch zu bieten?

»Da bist du ja«, sagte Matt und näherte sich. Zu Lees Überraschung waren seine Haare dünner geworden, er hatte fast eine Glatze. Zu seinem teuren Anzug trug er Mokassins.

»Trägst du Mokassins?«, fragte Lee. Sie versuchte, nicht zu flirten, doch in Wirklichkeit klang es so.

Matts Augen blitzten voller Genugtuung. »Tue ich«, sagte er. »Gefallen sie dir?«

»Ich stehe nicht so auf Mokassins«, wiegelte Lee ab.

Matt legte einen Arm um Regan und zog sie an sich. »Regan hat sie mir gekauft«, sagte Matt. »Ich bin auch kein Mokassinfan.«

»Oh«, machte Regan und schien in seiner Umarmung zusammenzuzucken. »Du hast doch gesagt, dass du ...«

»Sie sind schon okay«, sagte Matt in scharfem Ton. Lee blinzelte. Seine Stimme klang genau wie die ihres Vaters. Mein Gott, dachte sie, Matt hat sich in einen glatzköpfigen Winston verwandelt! Hatte sie ihn sich deshalb vor einer Million Jahren ausgesucht? Brauchte sie einen Mann, der ihrem Vater ähnelte, um der Geschichte ein besseres Ende zu bescheren?

Seit dem Moment, als sie Matt zum ersten Mal gesehen hatte (da lief er den Flur der Savannah-Country-Schule entlang, als gehöre ihm der Laden), war Lee wie besessen von ihm gewesen. Matt, ein Stipendiat, ein Stürmer, selbstbewusst und sprachgewandt, der sich pudelwohl in seiner Haut fühlte, so wie Lee gern gewesen wäre. Und jetzt stieg die Angst in ihr auf. Regan sah tatsächlich sehr blass aus. War Matt nicht nett zu ihr?

Regan musterte Lee, ihr Blick wirkte traurig.

»Du siehst toll aus«, sagte Lee.

»Oh, bitte!«, wehrte Regan ab, doch sie errötete, und das erinnerte Lee an Regans abendliche Familienauftritte. Sie bastelte kleine Eintrittskarten für ihre *Gesangsshow*, und alle kamen auf der Terrasse zusammen. Regan stand auf der Wiese und begrüßte sie im Nachthemd. Sie nahm ihre Eintrittskarten entgegen. Und dann sang sie mit ihrer klaren, engelsgleichen Stimme. Wenn sie fertig war, senkte sie den Blick, genau wie jetzt, und wurde immer nervös, wenn alle applaudierten.

Ohne lange nachzudenken, umarmte Lee ihre Schwester. Regan erstarrte in ihren Armen und zog sich zurück. Doch sie roch immer noch wie früher, nach Babypuder, Deodorant und Erdbeershampoo.

9 / Charlotte

VON IHREM PLATZ in der First Class aus blickte Charlotte zu ihren Töchtern hinüber. Sie hatte eine Plüschdecke auf dem Schoß und eine Schüssel mit gerösteten Nüssen auf dem Tischchen vor sich. Sobald Lee an Bord gekommen war, hatte sie Wein bestellt und ihren Sitznachbarn angesprochen, einen jungen Mann mit Bart. Nun schlief sie mit offenem Mund tief und fest. Gedankenverloren blickte Regan aus dem Fenster. *Wovon träumt sie wohl?*, fragte sich Charlotte.

Charlotte war sich bewusst, wie unfair es war, sich über Regans auffällige, formlose Kleidung zu ärgern. Ihre Tochter trug Mu'umu'us, statt eine ordentliche Diät zu machen! Das führte dazu, dass Charlotte sich schuldig fühlte, als ob sie etwas falsch gemacht hätte.

Im Lauf der Jahre hatte Charlotte beschlossen, netter zu Regan zu sein. Sie war schließlich das einzige Kind, das in ihrer Nähe geblieben war. Doch Regans unterwürfiges Verhalten Matt gegenüber, ihr gluckenhaftes Getue um die Kinder und ihre Schlabberhosen mit Kordelzug verursachten Charlotte Magenschmerzen. Charlotte hatte einiges auf die harte Tour lernen müssen, Regan hingegen wollte davon nichts wissen. Sie hielt Charlotte für dumm, ihre Meinung für nutzlos. Charlotte befürchtete, dass das stimmen könnte. Deshalb war es auch so schmerzhaft für sie, mit einer Tochter zusammen zu sein, die sie wie ein Kind behandelte.

Regan hatte Charlotte während ihrer schlimmsten Zeiten als alleinerziehende Mutter erlebt, die knauserte und sparte und sich gegenüber neureichen (und richtig reichen) Kunden geradezu unterwürfig verhielt. Für Regan musste Charlotte ein warnendes Beispiel gewesen sein: Sieh nur, was passiert, wenn dich dein Mann verlässt! Du wirst allein bleiben. Du wirst vor deinen Kindern in Tränen ausbrechen. Du wirst hart arbeiten müssen, sehr hart, und am Ende wirst du scheitern. Jetzt, da Charlotte ein wenig Würde zurückgewonnen hatte, wollte sie sich gar nicht vorstellen, was Regan nach den schrecklichen Szenen, die sie miterlebt hatte, über sie dachte.

Und Regan hatte noch nicht einmal das Schlimmste gesehen!

Letztendlich beneidete Charlotte ihre Tochter. Indem sie Regan ablehnte, versetzte Charlotte sich in die Lage, nicht näher auf ihre eigene Scham, Schuld und Eifersucht eingehen zu müssen.

Charlotte war nicht sonderlich begeistert, als Matt sich plötzlich ihrem Urlaub anschloss. Aber er hatte seine Teilnahme aus eigener Tasche bezahlt, wie hätte sie dem also begegnen sollen, ohne eine Szene zu machen? Irgendwie war es ja süß, vermutete Charlotte, trotzdem war sie verärgert. Matt war Chirurg, vielleicht rief man ihn wegen eines orthopädischen Notfalls ja nach Hause. Das konnte Charlotte nur hoffen (und ein Stoßgebet zum Himmel schicken). Hatte Matt nicht schon genug kaputt gemacht?

Aber vielleicht war es ja Charlottes Schuld, dass ihre Familie auseinandergebrochen war, auch das war möglich. Sie konnte nicht genau sagen, was sie falsch gemacht hatte, doch irgendwie waren ihre späteren Jahre zum Spiegel ihrer einsamen Kindheit geworden. Wie man das beseitigen konnte, welche Maßnahmen zu ergreifen oder welche Wunden zu heilen waren, das wusste sie nicht genau. Sie hoffte, dass diese Reise etwas heilen, alle einander wieder näherbringen würde. Auf dem Flug nach Athen fühlte sie sich jedenfalls einfach nur fehl am Platz.

Charlotte hätte sich gewünscht, auch eine Pillenschluckerin zu sein. Sie schloss die Augen und sehnte den Schlaf herbei, doch stattdessen sah sie das Gesicht ihrer Mutter vor sich, die tiefe Furche zwischen den Brauen und den Lippenstift, der sich in den Falten um den Mund verteilte. Ihre Zigaretten der Marke Parlament mit rubinrotem Lippenstiftabdruck auf dem Filter.

Als ihr Vater nach Frankreich versetzt worden war, ließ man die achtjährige Charlotte mit ihrem Kindermädchen in Washington D. C. zurück. Mit zehn wurde sie auf ein Internat geschickt. Das wurde nicht

als Strafe betrachtet. So lief das eben in diplomati-
schen Kreisen. Ihr Vater Richard war achtundzwan-
zig Jahre älter als ihre Mutter gewesen. Auf Charlotte
wirkte er wie ein entfernter Großvater, und mehr als
alles andere wünschte sie sich, dass er ihr etwas Aufmerksamkeit schenkte.

Charlottes Mutter war ein begehrter Gast in Diplo-
matenkreisen gewesen. Selbst wenn Charlotte in den
Schulferien zu Hause war, saß Louisa (die ihr eigenes, von ihrem Mann getrenntes Schlafzimmer hatte
und jeden Morgen allein im Bett frühstückte) um
8.30 Uhr an ihrem Schreibtisch. Sie arbeitete an ihrer
Korrespondenz, bis es Zeit wurde, sich mit der Haus-
hälterin zu treffen, die ein siebzehnköpfiges Team zu
beaufsichtigen hatte. Die Köchin traf sich fünfzehn
Minuten lang mit Louisa, und an den meisten Tagen
gab es ein Mittagessen. Louisa kaufte ein, besuchte
nachmittags den Friseur und achtete strikt darauf,
Charlotte von 17.00 bis 18.00 Uhr um jeden Preis zu
sehen. Charlotte saß meistens in der Badewanne, ihre
Mutter daneben auf dem Toilettendeckel. Sie nippte
an einem Sherry und blickte an Charlottes rosafarbenen Schultern vorbei zum Fenster, das auf das 8. Ar-
rondissement hinausging.

Abends nahmen Charlottes Eltern an Empfängen,
Ausstellungen, Banketten und ausgedehnten Dinner-
partys teil. In ihrer Freizeit feilte Louisa an ihren sieben Fremdsprachen (Französisch, Italienisch, Deutsch,
Schwedisch, Ungarisch, Japanisch, Chinesisch) oder arbeitete an ihrem historischen Roman.

Charlotte versuchte, allein einzuschlafen. Aber oft schlich sie zu später Stunde, wenn sie sicher war, dass ihr Kindermädchen Aimeé schlief, die Treppe hinunter in Aimeés Zimmer und kuschelte sich an sie, um körperliche Wärme zu spüren. Aimeé war kugelrund, stammte vom Land und fühlte sich in Paris wahrscheinlich noch mehr fehl am Platz als Charlotte. Wenn Charlotte aufwachte, war sie gut zugedeckt, und die Laken dufteten noch immer nach Aimeé.

Im Jahr 1960, als Charlotte sechzehn Jahre alt war, flog sie in den Sommerferien nach Paris, doch Aimeé war nicht mehr da. Sie konnte sie weder in einer der drei Küchen noch in den gepflegten Gärten finden. In Charlottes Zimmer, in dem ihre Koffer ausgepackt und ihre Kleider verstaut wurden, fand sie einen Zettel ihrer Mutter, auf dem stand, dass sie den Sommer allein verbringen werde.

Liebste Charlotte,
ich wollte es Dir nicht auf dem Postweg mitteilen, aber Aimeé ging es nicht gut, und so ist sie im letzten Winter verstorben. Wie Du weißt, hat sie Dich sehr geliebt und sich gewünscht, dass Du Dich stets mit Zuneigung an sie erinnerst und sie bei allem, was Du tust, stolz auf Dich sein kann. Papa und ich haben ein Abendessen, das wir nicht verpassen dürfen, aber wir freuen uns sehr, dass Du wieder zu Hause bist. Wir sehen uns morgen Nachmittag!
Alles Liebe,
Mutter

Wie immer gab es kein Gespräch, keinen Raum für Verzweiflung, keine Hoffnung auf Trost. In Charlottes Haus wurden Emotionen als unangenehm abgetan, und man gestand sie sich nicht ein. Man hatte ihr beigebracht, dass man Stärke darin fand, indem man sich auf sich selbst verließ, auf die eiserne Fähigkeit, Komplikationen nicht zur Kenntnis zu nehmen. Louisas Lieblingsausdruck war *und übrigens*. Das bedeutete: Es ist, wie es ist. Mach weiter! Sprich nicht mehr darüber!

Der Blick aus Charlottes Kinderzimmer umfasste die breite Rue du Faubourg Saint-Honoré. Helle, stattliche Gebäude mit quadratischen Fenstern und Markisen wie ordentlich geglättete Röcke. Autos bewegten sich langsam an teuren Geschäften vorbei. Charlotte war zu alt, um zu weinen, also stand sie regungslos da und schaute dem Treiben zu. Sie wartete darauf, dass etwas geschah. Die Geschäfte schlossen, und die Nacht wurde still, Licht aus den Schaufenstern warf geometrische Formen auf die Straße. Der Himmel wurde scharlachrot, dann schwarz.

Leise öffnete sie das Fenster, drückte es auf, und die heiße Nacht berührte ihre Haut. Charlotte verließ ihr Zimmer, überquerte das Dach, wo es fast einen Baum berührte, und sprang.

Hätte sie abstürzen und sich die Beine brechen können? Sicher. Aber das geschah nicht. Stattdessen klammerte sie sich an den Baum und machte sich vorsichtig auf den Weg nach unten, hangelte sich mühsam von einem Ast zum anderen, bis sie den Boden erreichte. Am vorderen Tor stand ein Wächter, also benutzte sie den Hinterausgang. Kurz darauf stand sie auf der Straße und konnte sich überall hinwenden.

Charlotte schlenderte die Rue de Rivoli entlang. Sie hatte keinen konkreten Plan und ging schließlich fast eine Stunde lang an der Seine entlang bis zum Marais, vorbei an dem hell beleuchteten Pont Neuf, dessen Lichter sich in der Seine spiegelten.

Inzwischen war sie hungrig und müde. Sie folgte dem Lachen, das aus dem *Café Le Zinc* in der Avenue Ledru-Rollin zu ihr herausdrang. Durch das Fenster sah sie einen Tisch mit Leuten, die ein paar Jahre älter waren als sie. Einige der Männer hatten Bärte, alle Frauen hatten langes, wirres Haar. Sie rauchten Zigaretten, ihre Münder waren mit Rotwein verschmiert. Das war der Moment. Würde sie wieder nach Hause zurückkehren, in ihr Bett steigen und auf den Morgen warten? Oder hatte Charlotte den Mut, das Café zu betreten und sich einem Tisch zu nähern?

Sie berührte die Tür. Ein gut aussehender Mann hob den Kopf und blickte sie an. Hatte man sie zuvor schon einmal wahrgenommen? Der Mann (der Junge eigentlich – damals war er noch so jung gewesen!) kam auf Charlotte zu.

Das braune Haar fiel ihm über den Hemdkragen. Er trug einen Schnurrbart.

Charlotte hätte sich noch umdrehen und weglaufen können.

Charlotte beobachtete Winston durch die Fensterscheibe. Er kam näher. Als er die Tür öffnete, roch sie

Zigarettenrauch und noch etwas anderes, das sauer nach moschusartigem Schnaps roch. Erwachsenenduft, dachte Charlotte.

Seine Lippen waren schmal und wirkten rissig. Er beugte sich so weit zu ihr vor, dass sie mit einem Kuss rechnete. Sie war verwirrt, wurde fast hysterisch. Angst ergriff sie und das Gefühl, dass nun endlich ihr Leben begann. Hitze stieg ihr ins Gesicht. Winston öffnete den Mund und wollte gerade etwas in die funkelnde Nacht hinaus sagen, als jemand Charlotte schüttelte und sie in die Gegenwart beförderte.

»Mom«, sagte Regan, ihre Stimme klang kindlich vor Aufregung. »Mom! Wir sind da.«

»Was?«, fragte Charlotte.

»Wir sind in Athen«, sagte Regan.

»Wie bitte?«, sagte Charlotte.

»Wir sind da, Mom! In Griechenland, in Athen.«

Zwei

GRIECHENLAND,
ATHEN

1 / Charlotte

ALS CHARLOTTES GRIECHISCHES Taxi um eine Ecke
fuhr, kam die *Splendido Marveloso* in Sicht. Das Schiff
war riesig, dreizehn Stockwerke, über dreihundert
Meter lang und weiß, gekrönt von einer Wasserrutsche wie von einem knalligen Hut. Charlotte blinzelte. Radfahrer drehten Runden auf dem oberen
Deck. Auf einem darunterliegenden Deck warteten
orangefarbene Rettungsboote auf die nächste Katastrophe.

»Wow!«, rief Lee, die sich mit Charlotte das Taxi
zum Hafen von Piräus teilte, während Matt in einem
Tageszimmer, das sein Reisebüro für ihn gebucht
hatte, ein Nickerchen hielt. Regan und Cord hatten
sich auf die Suche nach einem Esslokal gemacht.

»Es ist unglaublich«, staunte Charlotte.

»Ich habe gerade eine E-Mail von meinem Agenten erhalten«, berichtete Lee. »Vor dir steht Leiche
Nr. 2, Episode 714, *Law & Order: Special Victims Unit*.«

»Das kling toll, Liebling!«, rief Charlotte. »Herzlichen Glückwunsch.« Sie war ziemlich sicher, dass

Lee log, beschloss aber, über diese beunruhigende Tatsache hinwegzusehen.

»Wir sind da«, sagte der Taxifahrer. Er hievte sich aus dem Taxi, öffnete den Kofferraum und ließ Charlotte und Lee mitsamt dem Perkins-Gepäck mitten auf einem riesigen Parkplatz stehen. Der Bürgersteig dampfte förmlich in der Hitze. Zwei Männer in orangefarbenen Hemden und schwarzen Hosen eilten mit Karren herbei. Lee riss Charlotte, die wie benommen dastand, die Bordkarte aus der Hand. Die griechische Sonne war tatsächlich beeindruckend. War dies die Sonne, die auch Agamemnon gespürt hatte, als er sich in die Schlacht stürzte? Daran musste Charlotte denken. Und wie Agamemnon war auch sie bereit, sich ins Unbekannte zu stürzen …

Lee schien mit den Jungs von der Gepäckabfertigung zu flirten. Charlotte wankte auf ein graues Gebäude zu, auf dem Kreuzfahrtterminal B stand, *Themistokles*.

»Lee«, sagte Charlotte und drehte sich um, um den neuesten Flirtversuch ihrer Tochter zu unterbrechen. »Wer war Themistokles? Erinnerst du dich?«

»Das ist das Terminal«, sagte einer der Männer in orangefarbenem Hemd.

»Terminal B«, stellte der andere fest.

»Stimmt das?«, fragte Lee und fuhr sich über den Hals. Charlotte beobachtete sie mit Besorgnis.

»Themistokles war Politiker und General im antiken Griechenland«, erläuterte ein Mann, der mit einem Klemmbrett aus dem Nichts aufzutauchen schien. Er war hochgewachsen. »Sein Name bedeutet *Ruhm des Gesetzes*. Er starb 459 vor Christi Geburt in Magnesia am Mäander«, fuhr der Mann fort.

Charlotte, Lee und die Jungs von der Gepäckabfertigung schienen darüber nachzudenken.

»Ich bin Bryson«, sagte der Mann und nahm die Schultern zurück. Charlotte warf einen Blick auf sein Klemmbrett. Sie sah eine Aufzählung mit der Überschrift *Mögliche Passagierfragen:* GRIECHEN-LAND. Bryson hatte riesige Zähne, so weiß, dass sie fast glühten. Er trug ein gut geschnittenes Hemd, unter dem sich diskret ein muskulöser Oberkörper abzeichnete, der den Blick gerade und ungehindert von einem Bierbauch nach unten Richtung einer schönen Ausbuchtung in seiner eleganten Hose lenkte. *Oje!*, dachte sie und lächelte Bryson an, bevor sie sich zu Lee umdrehte und sie ansah. *Oh nein*, dachte sie. Denn Lees Gesicht war ein offenes Buch für sie, das war es schon immer gewesen. Und das Buch trug in diesem Moment den Titel *Begehrliche Blicke.*

»Ich bin Ihr Reiseleiter«, erklärte Bryson, streckte eine glamouröse große Hand aus und zeigte perfekt oval geformte Fingernägel, die vielleicht sogar poliert oder mit Klarlack überzogen waren.

»Ich bin Lee«, hauchte Lee. Und dann – unglaublich, aber wahr – leckte sie sich die Lippen.

»Hallo! Ich bin Charlotte«, stellte sich Charlotte vor und versuchte vergeblich, das Aufflackern der Lust zwischen Lee und dem Reiseleiter zu unterbinden. »Ich habe den Wettbewerb *Werde ein Urlaubs-Jet-setter* gewonnen. Das bin ich.«

Bryson wandte sich zu Charlotte um und lächelte sie an, als ob er keine Ahnung hätte, wovon sie sprach. Der Mann musste einen Meter neunzig groß sein. Er war hinreißend und sah sogar noch besser aus als Lees Geliebter (oder ehemaliger Geliebter?) Jason, der jetzt ein echter Fernsehstar war, obwohl Charlotte nicht begreifen konnte, warum man sich eine Sendung über einen erwachsenen Menschen mit einem Roboter als Haustier ansehen sollte.

Charlotte wurde leicht schwindelig. Während Lee und Bryson sich unterhielten, fiel die griechische Sonne auf Lees Gesicht. Bei der Aussicht auf eine neue Liebe erstrahlte sie. Charlotte seufzte. Warum war sie nie diejenige, die von Lebensfreude erfüllt war?

»Ich fühle mich ein bisschen schwach«, murmelte Charlotte.

»Brauchst du ein Glas Wasser?«, fragte Lee.

Charlotte hob das Kinn. »Was ich brauche, ist ein Glas kühlen Chardonnay«, sagte sie.

2 / Cord

ALS SIE DURCH die Straßen von Athen schlenderten, färbte sich Regans Gesicht leicht rötlich. In Cord stieg der väterliche Impuls auf, ihr Sonnencreme zu kaufen und auf ihren sommersprossigen Wangen zu verteilen, so wie er das als Kind getan hatte, wenn sie am Pool spielten. Regan wollte immer, dass Cord mit ihr auf die Wasserrutsche ging, und obwohl seine Freunde ihn dafür hänselten, willigte er ein, hielt ihre Hand, wenn sie auf der Leiter nach oben stieg, schlang die Arme um sie, wenn sie nach unten rutschten, und achtete darauf, als Erster auf dem Wasser aufzuschlagen, damit er sie hochheben und sie Luft holen konnte.

Cord schluckte und hätte am liebsten den Anruf ignoriert, den er gerade von Zoë erhalten hatte, der besten Freundin seiner Schwester. Wie sollte er seiner kleinen Schwester vermitteln, dass ihr Mann ein Scheusal war?

»Alles okay?«, fragte Regan.

»Wir sollten uns setzen«, schlug Cord vor. Er entdeckte ein Schild mit griechischer Aufschrift und darunter die Übersetzung: *Taverne, wir bedienen auch im Garten.* »Oh, schau mal!«, rief er. »Ein Restaurant. Irgendwo habe ich gelesen, dass Taverne Restaurant bedeutet. Komm, essen wir einen Happen!«

»Ich sollte lieber ins Hotel zurückkehren«, widersprach Regan. »Matt hat uns ein Tageszimmer gebucht.«

»Oh nein!«, stieß Cord hervor. »Ich habe wirklich Hunger.«

Regan blieb stehen, hob die Schultern und willigte ein. Durch einen engen Durchgang folgten sie dem Pfeil auf dem Schild. In einem verborgenen Garten standen Holztische, an denen niemand saß und auf denen weiße Papiertischdecken lagen. In der Mitte standen Salz- und Pfefferstreuer, zwischen denen Servietten und Zahnstocher klemmten. Cord kam dies nicht wie ein Restaurant vor, nirgends waren Kellner zu sehen, dennoch suchte er einen Tisch an einem schattigen Plätzchen, und sie setzten sich. Ein Metzger näherte sich ... jedenfalls sah er aus wie ein Metzger aus einem Film, dicker Bauch, lockiges graues Haar und eine blutverschmierte Schürze.

Der Mann sagte irgendetwas Schroffes auf Griechisch. Als Cord den Kopf schüttelte und freundlich verwirrt dreinschaute, fragte der Metzger nur: »Lammkotelett?« Zumindest klang es wie *Lammkotelett.*

»Lammkotelett«, stimmte Cord zu. Der Mann stiefelte los, verschwand in einem Flur und außer Sichtweite.

»Lammkoteletts?«, fragte Regan. »Wir sollen Lammkoteletts essen?«

»Wenn wir schon mal in Athen sind …«, wandte Cord ein und gab sich Mühe, unbeschwert zu klingen. Regan zuckte die Achseln.

»Also«, begann Cord und versuchte, einen angemessen ernsten Ton anzunehmen, »wie geht es dir?« Er hoffte, dass dieser Anfang sie animierte, ihm von dem Privatdetektiv zu erzählen, den sie engagiert hatte. Cord beugte sich nach vorn und musterte sie ermutigend.

»Mir geht es gut«, antwortete Regan.

»Sicher?«, fragte Cord. Er hob die Brauen und hätte sich gewünscht, dass sie sich ihm anvertraute. Ach, wie gern er doch der Retter eines Mitmenschen gewesen wäre!

»Ja«, sagte Regan und fingerte an ihrer Serviette herum. »Ganz sicher.«

Mit den Armen voller Teller kehrte der Mann zurück. Essen hatte Cord schon immer bei der Linderung seiner Angst geholfen. Er griff nach einem warmen Stück Brot (es schien gegrillt worden zu sein) und biss ab. Es schmeckte köstlich und intensiv nach Olivenöl. Dann nahm er sich etwas Salat und verspürte eine Geschmacksexplosion im Mund, als hätte er noch nie zuvor eine echte Tomate oder einen zentimeterdick geschnittenen Fetakäse probiert. Cord dachte einen Moment an die jämmerlichen Fetakrümel, die er manchmal über seinen Feinkostsalat verteilte, und wurde traurig.

»Also ist alles …?«, fragte er.

»Gut«, antwortete Regan, die sich auf die Reben zu konzentrieren schien, die über ihr schwebten. Cord erkannte, dass dieses Gespräch schwieriger als gedacht werden würde.

»Ich frage mich nur … wie es dir und Matt geht«, sagte Cord.

»Warum?«, fragte Regan.

»Einfach so«, wich Cord aus, aber das war gelogen. Die Wahrheit lautete, dass Zoë Cord erzählt hatte, ein Privatdetektiv habe Matt beschattet und einige schockierende und schmutzige Details aufgedeckt.

»Ich habe Regan seinen Bericht zugeschickt«, hatte Zoë gesagt. »Aber sie hat nicht einmal geantwortet. Ich rufe sie immer wieder an, aber sie antwortet nicht mehr.« Also hatte Zoë Cord angefleht, sich zu vergewissern, dass es Regan gut ging.

»Es geht uns gut«, sagte Regan und spießte ein Stück Feta auf die Gabel. »Du weißt doch, wie Ehealltag so ist. Oder vermutlich weißt du's nicht.«

Cord beobachtete sie. Sie wirkte zurückhaltend, aber vielleicht gehörte das jetzt einfach zu ihrer Persönlichkeit. Die junge Regan war lebhaft gewesen, hatte sich von allem mitreißen lassen, von Vögeln, Pommes frites, dem Mond. »Hast du … ähm … eine E-Mail von Zoë bekommen?«, fragte er.

»Eine E-Mail von Zoë?«, wiederholte Regan. »Nein. Nicht dass ich wüsste.«

Der Metzger stellte einen Teller mit Fleisch ab, dann zwei Teller mit Dips, einen mit weißem Joghurt und einen mit einer blassgrünen Creme. »Für Brot«, sagte er und deutete auf den Korb. Cord nickte dankbar, drückte ein Stück geviertelte Zitrone über dem Fleisch aus und nahm ein Kotelett. Es schien kleiner und zarter zu sein als das steroidfette amerikanische Kotelett. Er kostete einen Bissen und stöhnte geradezu vor Lust, als er Oregano und Salz schmeckte … ja! Salz, kombiniert mit einer Zitrone, die besser war als amerikanische Zitronen, und dem gut abgehangenen, zarten Lamm.

Cord wandte sich an seine kleine Schwester und griff über den Tisch nach ihrer Hand. »Hast du dir den Bericht angesehen?«, fragte er. »Das können wir auch gemeinsam tun, Ray Ray.«

Sie riss ihre Hand weg und stand auf. »Ich weiß nicht, wovon du sprichst«, stieß sie hervor, und ihre Stimme klang kalt und verärgert. »Hör zu! Ich weiß nicht, wovon du sprichst, und ich will nichts davon hören.«

Cord seufzte. Er versuchte doch gerade, von Lügen und Täuschungsmanövern wegzukommen, und wünschte sich, dass das Gespräch anders verlief. Er sehnte sich danach, sich Regan zu öffnen, ihr von Giovanni zu erzählen und mit ihr eine Strategie zu entwickeln, wie sie Charlotte die Nachricht gemeinsam überbringen konnten. Er wollte Regan helfen, ein neues Leben ohne Matt zu beginnen.

»Ich gehe ins Hotel zurück«, kündigte Regan an.

»Regan! Ist ja gut, wenn du das willst. Wir müssen nicht darüber reden. Aber … ich kann dir helfen, Regan. Willst du nicht, dass ich dir helfe?« Sie schob ihre strassbesetzte Sonnenbrille auf die Nase. Ihr grimmiger Gesichtsausdruck und ihr Wunsch, die Wahrheit über ihre Ehe zu verdrängen, machten Cord traurig und wütend. »Was zum Teufel ist los mit dir, Regan?«, rief er. »Das sieht dir doch gar nicht ähnlich!«

»Du kennst mich doch gar nicht mehr«, wehrte sich Regan. »Du hast ja keine Ahnung, wer ich inzwischen bin.«

»Natürlich weiß ich das«, widersprach Cord. »Hör auf, so ein Theater zu machen!«

Er wollte, dass sie lächelte, dass sie den Kopf schüttelte. Doch Regan beugte sich zu ihm vor. »Vergiss es!«, zischte sie. »Ich meine es ernst. Damit willst du nichts zu tun haben, glaub mir!«

Cord war fassungslos. Befanden sie sich in einem Krimi? Was um alles in der Welt war mit der süßen kleinen Ray Ray passiert? Als sie sich umdrehte und ging, nahm er schnell in jede Hand ein Lammkotelett. Zum Teufel mit seiner Schwester! Er biss ab, dann noch einmal. Zum Teufel mit dem Perkins-Drama! Er würde einen Flug buchen und nach Hause zu seinem Giovanni fliegen.

Aber zuerst wollte er noch sein köstliches Festmahl in Athen genießen.

3 / Regan

IRGENDWANN MITTEN IN der Nacht hatte Zoë eine E-Mail an Regan weitergeleitet, den Bericht des Privatdetektivs über Matt. In der Betreffzeile der Mail stand RUF MICH AN, ES IST SCHLIMM. Regan hatte auf die Zeile gestarrt, die Mail aber nicht geöffnet.

Seitdem hatte Zoë zweimal versucht, Regan anzurufen, offenbar auch einmal Cord. Regan geriet in Panik, als ihr Taxi vor dem *Acropolis Select Hotel* hielt. Mit einer neuen Sonnenbrille wartete Matt auf sie. Wann hatte er sich eine neue Sonnenbrille gekauft? Regan kurbelte das Fenster herunter, winkte ihm zu und versuchte zu lächeln. Matt stieg ins Auto, und sie fuhren zum Hafen von Piräus. Er roch nach Old-Spice-Deodorant und begrüßte den Taxifahrer mit einem fröhlichen »Yassus«. Regan war überrascht.

»Was denn?«, fragte Matt. »Ist doch das Mindeste, dass man lernt, wie man *Hallo* sagt.« Er hielt sein Handy hoch und zeigte ihr seine Übersetzungs-App. »Ich war noch nie irgendwo«, sagte er. »Für mich ist das eine große Sache.«

Das stimmte. Seit sie zusammen waren, hatten sie Georgia kaum verlassen. In den Flitterwochen waren sie nach Tybee Island gefahren und danach ab und zu nach Atlanta zu Kongressen. Bevor die Kinder kamen, hatte Regan Cord in New York besucht, doch Matt hatte nie Zeit gehabt, sie zu begleiten.

Jetzt schien er wieder ganz der Alte zu sein, wie ausgewechselt, glücklich … und Regan hatte Magenschmerzen vor lauter Unentschlossenheit. Ihr Telefon summte ständig und zeigte verpasste Anrufe von Zoë an. Konnte sie ihre Entscheidung noch einmal überdenken und ihre Beziehung zu Matt korrigieren?

Schon seit ihrer Kindheit war Regan immer eine Person gewesen, die gern die Probleme anderer löste. Sie war die Mutter, die man anrief, wenn man in letzter Minute jemanden für eine Fahrgemeinschaft brauchte. Sie konnte (und das hatte sie auch) ein Kindergartenrodeo zusammenstellen, als die Mutter, die eigentlich beim Ponyhof anrufen sollte, mit einem norwegischen Piloten durchgebrannt war, den sie online kennengelernt hatte.

Regan erinnerte sich, dass sie nachts von den Streitereien wach wurde, die sich ihre Mutter und ihr Vater lieferten. Dann schlich sie im Nachthemd nach unten und richtete einen Teller mit Käse und Crackern an. Wenn sie damit ins Wohnzimmer kam, drehten sich die beiden mit verweinten Gesichtern zu ihr um.

»Käse und Cracker!«, sagte sie dann nur. Meine Güte, damals musste sie um die sieben Jahre alt gewesen sein!

Käse und verdammte Cracker. Aber die Eltern hörten auf zu streiten.

Regan starrte aus dem Taxifenster, als sie an der gewaltigen Akropolis vorbeifuhren. Der Legende nach hatten hier Athene und Poseidon um die Herrschaft über Athen gekämpft, als Poseidon mit seinem Dreizack neben der Akropolis auf den Boden schlug und eine salzige Quelle schuf. Athene kniete nieder und pflanzte einen Olivenbaum. König Kekrops erklärte Athene zur Siegerin, da ihre Gabe Nahrung und Öl für die Athener bringen sollte.

Regan hatte beschlossen, wie ein im Boden verwurzelter Olivenbaum zu sein, der dem Zahn der Zeit und den ehelichen Enttäuschungen zum Trotz gedieh. Sie würde sich über jede Schwierigkeit erheben und ihre Mädchen vor Schmerzen schützen. Sie war stark genug, um jeden Angriff abzuwehren, der da kommen würde! Sie war wie der gottverdammte freigebige Baum!

Eines Abends, als Regan *Der freigebige Baum* aus dem Bücherregal geholt hatte, war Flora wütend geworden und hatte gesagt, sie könne es nicht mehr hören.

»Warum denn nicht?«, hatte Regan gefragt.

»Weil das die traurigste Geschichte der Welt ist, Mommy«, hatte Flora geantwortet.

4 / Lee

AUF DER MARVELOSO folgte Lee den Schildern zu ihrer Kabine. Das Geräusch ihrer Schritte wurde von dem Teppich mit blaugrünem Wellenmuster verschluckt. Als sie den Flur entlangging, an dessen Wänden Leuchter ein angenehmes Licht verbreiteten, verflüchtigte sich der Duft nach Popcorn und wurde vom Duft nach Blumen abgelöst, obwohl nirgends Blumen zu sehen waren.

Endlich erreichte sie ihre Kabine und steckte die Karte ins Türschloss. Es blinkte grün, die Tür öffnete sich. Ihre Kabine waren die entzückendsten siebzehn Quadratmeter der Welt. Auf der einen Seite stand eine Couch, gegenüber ein reizender kleiner Schreibtisch, am Fenster ein Doppelbett. Die Vorhänge waren geschlossen.

Über dem Bett lag ein Synthetiküberwurf mit einer Aufschrift.

ICH BIN EINE GEPÄCKMATTE
DER SCHUTZ DES BETTES IST MEINE AUFGABE

Lee hatte ihren eigenen kleinen Balkon mit zwei Metallstühlen, mit Blick aufs Wasser und den Hafen von Piräus. Durch die Hitze in Athen fühlte sie sich verschwitzt und klebrig, also beschloss sie, sich im Miniaturbadezimmer zu duschen.

Mit dem Druck des Wassers auf dem Körper konzentrierte sie sich auf die Atmung, so wie sie es früher als Wettkampfschwimmerin getan hatte. Anfangs hatte sie das Schwimmtraining gehasst, das Chlor in den Augen, die langweiligen Runden und den strengen Trainer, die muffige Luft im Hallenbad. Aber als sie stärker wurde, freute sie sich immer mehr auf ihr abendliches Training.

Lee und ihr Vater verließen das Haus früher als nötig, um sich am Wochenende zum Schwimmen zu treffen, sich Eiersandwiches zu holen und diese auf einer Bank im Forsyth Park zu essen. Winston kaufte die *Savannah Morning News*, und während der endlosen Wettkämpfe las er auf der Tribüne, blickte regelmäßig über seine Zeitung und zwinkerte Lee zu, die in Badeanzug und Jogginghose unter ihm saß.

Lees Gehirn schaltete sich ab, wenn sie sich auf die Schwimmstöße konzentrierte. In L. A. begann sie mit TM, Transzendentaler Meditation, weil viele große Regisseure das so machten und sie dachte, die Beschäftigung damit könne nicht schaden. Dann war ihr klar geworden, dass sie durch das Schwimmen bereits wusste, wie man meditierte.

Die Konzentration auf ihren Atem und nicht auf die chaotischen und willkürlichen Gedanken in ihrem

Kopf schien der Schlüssel zu sein. Und so lernte sie, so zu tun, als befände sie sich im Wasser, obwohl sie sich an Land aufhielt. Sie fuhr ihr Gehirn herunter, sah sich um und stoppte die Zeit. Das führte zu einem Gefühl der Dankbarkeit, und Dankbarkeit half, ihre angeborene Traurigkeit zu lindern. Vielleicht war sie aber auch ohne Traurigkeit geboren worden, jedenfalls wurde sie, solange sie denken konnte, von einem Gefühl der Hoffnungslosigkeit begleitet. Nachdem Winston sich erhängt hatte, war Lee klar geworden, dass sie seine Verzweiflung geerbt hatte. Und so hatte sie sich verzweifelt an den Glauben geklammert, dass sich mithilfe des Ruhms das Zerbrochene in ihr irgendwie reparieren ließ. Damit wollte sie sich über die Dunkelheit erheben, die ihren Vater verschlungen hatte.

Als sie aus der Dusche trat, vergaß Lee ihren Vorsatz, nicht in den Spiegel zu sehen. Da stand sie nun, achtunddreißig Jahre alt, und mit der inneren Ruhe war es vorbei. Es waren nicht die Fältchen um die Augen, gegen die sie etwas tun konnte, und es war auch nicht die kreppartige Haut am Hals.

Nein, es war der Ausdruck auf ihrem Gesicht. Sie sah grimmig aus, gejagt. Als wäre etwas hinter ihr her und der Boden gäbe unter ihr nach. Lee schlang ein Handtuch um den Körper und setzte sich aufs Bett. Sie dachte an Jason, der es geschafft hatte, der alles bekam, worüber sie geredet hatten, alles und noch mehr. Warum hatte sie nicht Ja zu einem Leben mit ihm sagen können … zu Stabilität, zu einer Familie?

Bevor er sie abserviert hatte, hatte Jason online Fragebogen in ihrem Namen ausgefüllt und Lee erzählt, dass ihre rasenden Gedanken und ihr Gefühl der Hoffnungslosigkeit Zeichen einer Depression seien, vermutlich einer manischen Depression. Aber wer wäre in ihrer Lage nicht depressiv geworden? Jason hatte ihr Bücher gekauft, ihr von Podcasts erzählt und Nahrungsergänzungsmittel zur Behandlung ihres Gehirns bestellt. Aber Magnesiumshakes brachten ihr auch keine neuen Jobs. Und Johanniskrautpillen änderten nichts an dem latenten Wissen, dass ihr nichts – nicht einmal der Ruhm – inneren Frieden brachte.

Ohne diese Hoffnung schien das Leben unerträglich zu sein. Und doch wurde auch das Festhalten an dieser Hoffnung unerträglich. Lee sank aufs Bett und fühlte, wie der traurige Nebel sie umhüllte. Sie musste sich zum Aufstehen zwingen und schloss die Augen.

5 / Charlotte

ALLEIN IN IHRER Kabine, öffnete Charlotte ihren Koffer, holte den erotischen Aufsatz heraus, trat an den Safe, der in den Schrank eingebaut war, und schloss den Ausdruck, ihre Reiseschecks und ihren Pass darin ein. (Code: 1960, das Jahr, in dem sie den Maler getroffen hatte.)

In jenem Sommer war sie gestaltlos gewesen, ein Schatten ihrer selbst. Nach der ersten Nacht in *Le Zinc* war ihr aber klar geworden, was sie wollte. Es war nicht Winston, bei Weitem nicht, sondern die billige Rotweinwelt, der er angehörte. Es waren die zornigen, attraktiven Menschen, die bis spät in die Nacht wach blieben und den bürgerlichen Lebensstil ihrer Eltern zu verachten schienen. Die Beobachtung, wie sie ihre Verzweiflung gegen Verachtung eintauschten, fand sie überaus aufregend.

Innerhalb weniger Tage hatte Charlotte das Gefühl, als sei die Clique des Cafés zu ihrer Familie geworden: Winston, sein Bruder Paul, drei Mädchen, die im Sommer per Anhalter aus London gekommen waren, und verschiedene aufstrebende Schriftsteller, Künstler und Bohemiens. Charlotte war ein paar Jahre jünger als die anderen, doch das schien kaum eine Rolle zu spielen. Sie hatte das Geld, um die Rechnungen zu bezahlen, und das wurde sehr geschätzt.

Paul (der kurz nach der Hochzeit von Winston und Charlotte bei einem Unfall unter Alkoholeinfluss ums Leben kam) war ein Dichter. Er trug einen flachkrempigen schwarzen Hut und rauchte Zigarillos, lud Charlotte zu einem Picknick ein, bei dem sie Baguettes aßen und Wein tranken. Währenddessen schrieb Paul, und die Mädchen aus London zogen sich nackt aus und tanzten. Obwohl total betrunken, war Charlotte schockiert. (Winston hatte sie früh nach Hause gebracht und sie wie ein Kavalier bis zur Eingangstür der Botschaft begleitet.)

Es war ein Sommer der angebrannten Abendessen in engen Wohnungen, der Zigaretten, des langen, in der Mitte gescheitelten und im Nacken zusammengebundenen Haars, der Ballerinas und der schwarzen Kleidung. Winston riet ihr, was sie lesen sollte, und sie las es, Sartre, Hemingway, Paul und Jane Bowles. Charlotte wusste, dass Winston in sie verliebt war, und das machte ihr nichts aus. Sie perfektionierte die Kunst, das Thema zu wechseln.

Eines frühen Abends kam die Kellnerin im *Le Zinc* mit einer Flasche Absinth auf einem silbernen Tablett an ihren Tisch. Sie legte einen Zuckerwürfel auf einen Absinthlöffel und goss die grüne Spirituose darüber. Dann hob sie die Brauen und stellte das Glas vor Charlotte hin. In Charlottes Erinnerung wurde es dunkel im Raum (obwohl das nicht sein konnte), und ein Scheinwerfer ging über ihr an.

»Das ist von ihm«, sagte die Kellnerin mit ehrfürchtiger Stimme und neigte den Kopf. Alle drehten sich um. In der Ecke des Cafés saß ein kahlköpfiger, knochiger Mann (um die achtzig!), umgeben von seinem Gefolge.

Der alte Mann hatte helle Augen, trug ein grünes Tuch und starrte Charlotte unverwandt an. Sie fuhr mit den Fingern um den Rand des Glases.

»Du lieber Himmel!«, rief Winston. »Charlotte, weißt du, wer das ist?«

Charlotte konnte dem Mann nicht in die Augen sehen. Sie schüttelte den Kopf.

Winston sprach den Namen aus und wirkte besorgt, beeindruckt und verängstigt.

»Oh«, sagte Charlotte, »ich glaube, ich habe schon von ihm gehört.« Sie hob den Absinth, sah dem Fremden in die Augen und trank.

»Sei vorsichtig, Charlotte!«, riet Winston und legte ihr einen Arm besitzergreifend um die Schultern.

»Wer, ich?«, fragte Charlotte und schüttelte den Arm ab.

Drei

WILLKOMMEN
AN BORD

1 / Charlotte

SEIT IHRER KINDHEIT eine pflichtbewusste Katholikin, besuchte Charlotte jeden Morgen die Messe und machte sich daher Sorgen, auf der Kreuzfahrt einen Gottesdienst zu verpassen. Einige Kreuzfahrtgesellschaften stellten einem katholischen Priester ein freies Zimmer zur Verfügung, der Messen abhalten konnte, aber Charlotte hatte in ihrem Bibelkreis auch gehört, dass diese *Mietpriester* nicht immer den besten Ruf genossen. Charlotte hatte sich mit Pater Thomas beraten. Er meinte, der Gewinn des Wettbewerbs *Werde ein Urlaubs-Jetsetter* sei eine vernünftige Ausnahme und rechtfertige das Versäumen der Messe. Sie könne die Kreuzfahrt genießen, nach Hause zurückkehren und zur Beichte gehen. Pater Thomas würde sie von ihren Sünden freisprechen, und sie könne wieder die Heilige Kommunion empfangen.

Dennoch hatte Charlotte ein gerahmtes Foto von Jesus mitgenommen und auf den Fernseher in ihrer Kabine gestellt. Ihre Toilettenartikel packte sie im Badezimmer aus, das nicht besser oder schlechter war als das zu Hause. Einer ihrer Kirchenfreunde hatte Charlotte einen Link geschickt. Der Artikel trug den Titel *Nachdem Sie hinuntergespült haben – Abfallentsorgung auf See ist eine komplizierte Angelegenheit.* Aber Charlotte hatte sich geweigert, ihn anzuklicken. Es gab Bereiche, über die man nicht Bescheid wissen musste, und wie Kreuzfahrtschiffe menschliche Abwässer entsorgten, gehörte ganz eindeutig dazu.

Es gab reichlich saubere (wenn auch dünne) Handtücher, und man konnte eine Kordel von einer Seite des Badezimmers zur anderen spannen, wenn man seine feine Unterwäsche im Waschbecken waschen wollte. Charlotte hoffte, dass in ihrem Preispaket auch die Wäsche inbegriffen war, zum Kuckuck.

Neben ihrem Bett spielte bereits das Radio, und Frank Sinatra sang *Fly me to the moon, let me play among the stars.*

Beim Auspacken summte Charlotte vor sich hin. Charlottes Mutter hatte immer zuallererst ihre Koffer ausgepackt (oder auspacken lassen). Louisa hatte noch nie in ihrem Leben auch nur eine Strickjacke gefaltet, und schon bald spürte Charlotte, dass ihre Energie nachließ und sie einen Schluck Champagner brauchte. Rasch schlüpfte sie in ein Kleid von Talbot Runhof (Kellygrün) und passende Schuhe, steckte Löwenohrringe von Ralph Lauren aus Kunstgold an und trug Lippenstift, Lidschatten und Wimperntusche auf. Sie fuhr mit der Bürste durch ihr Haar und sprühte ein wenig Haarspray auf. Wie sie ihr Aqua Net vermisste, doch man musste tun, was für den

Planeten richtig war, ganz zu schweigen von diesen armen australischen Kindern mit einem Loch in ihrer Ozonschicht. Dann war Charlotte bereit, sofort loszulegen.

Sie öffnete die Kabinentür und stand einem gut aussehenden Mann in Uniform gegenüber. »Oh!«, sagte Charlotte und legte eine Hand auf die Brust.

»Guten Abend, Madam«, sagte der Mann. Er war ungefähr so alt wie Charlotte, hatte dichtes graues Haar und ein breites Lächeln. »Mein Name ist Paros, ich bin Ihr Steward. Tut mir leid, wenn ich Sie erschreckt habe.«

Charlotte war nicht im Geringsten verängstigt. Sie nahm Paros' männlich seifigen Geruch wahr, und Verlangen stieg in ihr auf. Sie wollte diesen Mann berühren, von ihm berührt werden.

»Bitte sagen Sie mir Bescheid, wenn ich Ihnen behilflich sein kann«, sagte Paros und hob den Arm, als wolle er ihr den schmalen Flur zeigen.

»Ach …«, hauchte Charlotte.

Paros sah sie an, nicht an ihr vorbei, nicht über ihren Kopf hinweg. Sein Lächeln war freundlich und ein bisschen traurig. Sein Gesicht war von den vielen Jahren unter der Sonne gezeichnet, und seine Zähne waren auch nicht mehr die besten. Dennoch fühlte Charlotte, wie ihr Herz schneller schlug. Hatte sie diese Person schon einmal getroffen? Sie hatte das Gefühl, ihn zu kennen, ihn schon einmal getroffen zu haben.

»Die Nacht gehört Ihnen, Madam«, sagte Paros.

2 / Cord

»GEH NICHT AUF das Schiff!«, sagte Handy, Cords Be-
treuer.

»Ich weiß«, stimmte Cord zu, presste das Telefon
ans Ohr und starrte auf das gigantische Schiff *Splendido Marveloso*, das in der Ägäis vor Anker lag. Er wollte
zum Flughafen fahren … er hatte es vor. Aber dann
hatte ihn irgendetwas veranlasst, dem Uber-Fahrer zu
sagen, er solle ihn vom internationalen Flughafen in
Athen zu seiner anstrengenden Familie fahren. »Was
mache ich hier?«, fragte er.

»Du musst deine Nüchternheit schützen«, sagte
Handy, die Stimme klang stark und sicher, fast tyran-
nisch. »Steig in ein Flugzeug und komm nach Hause!
Du darfst gehen. Du musst auf niemanden Rücksicht
nehmen, nur auf dich selbst. Du bist nicht allein,
Mann! Ich bin hier. Sprich mit mir!«

»Richtig«, sagte Cord. »Du hast ja recht.« Er sah
den einstigen Kinderstar Handy förmlich vor sich.
Ab und zu, wenn sie mit ihren dicken Büchern vor
sich dasaßen und Kaffee tranken, schielte Cord zum

ehemaligen Teeniestar Handy hinüber und hörte zu, wenn er seinen Spruch sagte: »Das geht alles vorbei.« Handy war nicht unbedingt clever, aber er hatte unzählige Sprüche parat, die man auf Kissen hätte sticken können, doch soweit Cord das beurteilen konnte, hieß das vor allem: Programm durcharbeiten, zuhören, nüchtern bleiben und seine Gedanken für sich behalten. Jeder andere Weg führte zu Selbsthass und Verzweiflung, also bemühte er sich, er bemühte sich wirklich.

»Okay, also du steigst in ein Taxi? Soll ich dir einen Flug raussuchen?«, fragte Handy. »Soll ich dich am JFK abholen?«

»Ich gehe nicht auf dieses Schiff«, erklärte Cord. Doch wie von einer geheimnisvollen Kraft getrieben, steuerte er geradewegs darauf zu. Ein Mann in einem weißen Overall winkte ihm hektisch zu und signalisierte Cord, er möge sich beeilen. Auf einem Plakat stand: *WILLKOMMEN UND VIEL SPASS.*

»Ich gehe nicht auf das Schiff«, wiederholte Cord und marschierte schnurstracks auf das Plakat zu. Er konnte seine Mutter doch nicht einfach so im Stich lassen. Wie kam er dazu, Charlotte das letzte Abenteuer zu ruinieren?

»Gute Entscheidung«, lobte Handy. »Du tust genau das Richtige. Soll ich am Telefon bleiben, Mann?«

»Mir geht's gut«, erwiderte Cord.

Er wollte nur noch an Bord gehen und sich höflich mit Matt unterhalten, den er noch nie leiden konnte. Ganz im Gegenteil, inzwischen verabscheute er ihn.

Regan würde versuchen, ihren Mann zurückzugewinnen, und Cord musste dabei zusehen. Er würde seine Mutter zum Büfett und in den *Twitters Comedy Club* begleiten und die Zähne zusammenbeißen, wenn sie ihn auf mögliche Ehefrauen hinwies. Cord würde so tun, als wäre er stolz auf Lee, die ihr Talent vergeudet hatte, die oberflächlich und eitel war. (Zu allem Überfluss waren ihre Oberflächlichkeit und Eitelkeit ähnlich wie die von Cord, sodass er nicht nur verärgert war, sondern sich auch noch schuldig fühlte.)

Cord wusste, was er tat. Aber wenn man süchtig ist, kommt es nicht darauf an, dass man weiß, was man tut. Vielmehr ist es wichtig, dass man es begreift. Man hat es x-mal getan, und jedes Mal führt es in den Abgrund. Es war irgendwie vertraut, verlockend, offenbar unvermeidlich. Die logische Gedankenfolge eines Alkoholikers, der sich Ausrede um Ausrede in den engen Anzug eines Märtyrers zwängte. Er musste an Bord gehen, und um auf der *Marveloso* bleiben zu können, musste er trinken.

Hurra!

Er schmeckte schon förmlich das fruchtige rosafarbene Gebräu mit Rum. Ah, ein Shot! Dann das Feuer auf der Zunge, die schlagartige Leichtigkeit und das Wohlbefinden, das in ihm aufstieg. Der Schmerz über sein multiples Leben würde verschwinden. Er konnte sich dem Mythos hingeben, dass sie alle glücklich waren. In den Stunden, in denen er Schnaps im System hatte, konnte Cord vergessen, was er Giovanni schuldete.

Der Steward gestikulierte verzweifelt und wedelte wie ein Verrückter bei einem Spiel der Yankees mit beiden Armen in der Luft. »Das Schiff!«, rief er. »Das Schiff legt gleich ab! Beeilung, bitte! Bitte laufen Sie los!«

Wenn Cord stehen bliebe, keinen Muskel bewegte, wäre er okay. Die dysfunktionale Familie würde in die Ägäis aufbrechen, und er stünde auf festem Boden. »Cord?«, fragte Handy. »Bist du noch da, Mann?«

»Ich höre dich nicht mehr«, leugnete Cord.

»Okay, Mann, ruf mich an, wenn du …«

»Ich höre dich nicht mehr«, wiederholte Cord. Er steckte sein Handy weg, nahm seine Tasche und rannte los. Mehrere Leute in weißen Overalls mit Namensschildern, auf denen *Splendido* stand, begrüßten Cord, kontrollierten seine Papiere, nahmen ihm die Taschen ab, begleiteten ihn durch einen Metalldetektor und wiesen ihm den Weg in einen Flur. Eine große Tür öffnete sich, und dahinter führte eine Zugbrücke aus Metall in das Schiff. Für einen Augenblick, auf der Zugbrücke über dem Wasser, meldete sich der kleine Cord in ihm zu Wort: *Wow, ein Schiff!*

Der kleine Cord war schwach, verwundbar. Cord drückte ihn nieder.

Er ging weiter in einen von Bullaugen gesäumten Flur. Er wählte eine zufällige Richtung und fand sich in einer futuristischen Diskothek wieder. Die Wände sahen aus wie glühende Felsblöcke, und die Stühle ähnelten denen an Bord des Raumschiffs *Enterprise*. Eine Wand war völlig mit Schnapsflaschen bedeckt,

Reihe um Reihe Flaschen jeder Form und Farbe, die von hinten beleuchtet wurden. Cords Speicheldrüsen erwachten zum Leben und gierten nach Grappa, Jägermeister und Crème de Menthe.

Cord sah, dass ein Quizwettbewerb in vollem Gang war. Menschen drängten sich um Stehtische und kritzelten irgendetwas mit winzigen Bleistiften. Eine junge Blondine mit deutschem Akzent, die auf einem Hocker saß, las eine Antwort in ihr Mikrofon. »Die Farbe der Haut eines Eisbären? Ist? Tatsächlich? SCHWARZ!«, rief sie.

Einige Passagiere jubelten, während andere niedergeschlagen wirkten. »Es tut mir so leid«, flehte ein älterer Mann seine Frau an. »Ich dachte wirklich, sie sei rosa.«

»Das weiß ich doch, Liebling«, murrte seine Frau mürrisch und blickte in ihr leeres Glas.

Cord entdeckte eine große Treppe und stieg hinauf, während er versuchte, die glänzenden Handläufe nicht mit verschwitzten Händen zu beschmutzen. Noch nie in seinem Leben hatte er so viel Chrom gesehen. Überall, überall endlose polierte Metallflächen, in denen sich blinkende Lichter spiegelten. Angesichts dieser Helligkeit hoffte Cord, dass keiner seiner Mitreisenden anfällig für spastische Anfälle war.

Über der *Jetsons Disco* schlenderte Cord einen Flur entlang, der mit den schrecklichsten Kunstwerken bestückt war, die er je gesehen hatte … ein riesiges Gemälde, das Michael Jackson und Ringo Starr auf

Tigern reitend darstellte, daneben ein Gorilla, der einer fliegenden Eule in die Augen blickte. »Bitte, sehen Sie es sich an!«, sagte eine dunkelhaarige Frau, die plötzlich aus dem Nichts vor ihm auftauchte und ihm ein Glas mit Champagner in die Hand drückte. »Dies«, sagte sie mit heiserer Stimme und starkem Akzent und gestikulierte vor einem Gemälde von Robert De Niro, der in weißem Anzug vor einem Löwen in grellen Farben stand und eine Waffe schwang. »Dies ist etwas ganz Besonderes, eine limitierte Auflage.«

»Etwas ganz Besonderes«, stimmte Cord zu.

»Trinken Sie!«, forderte ihn die Frau auf. »Das geht aufs Haus.«

Cord umklammerte das Glas. Wer würde schon davon erfahren, wenn er es an die Lippen führte?

»Champagner-Auktion, sie findet morgen statt«, sagte die Dame. »Aber für Sie startet sie schon heute.«

»Äh …«, machte Cord. Irgendwie wollte er dieses Bild haben, denn Gio liebte solchen Kitsch. Sie konnten es über ihrem Bett oder im Wohnzimmer über dem Kamin aufhängen.

Später würde er sich fragen, was ihn zum Kauf dieses Bildes bewegt hatte. Die Frau? Der friedlich dreinblickende Löwe? De Niros Ausdruck, der so viel sagte wie *Nach mir die Sintflut*. Doch in diesem Moment dachte er nicht nach. Er reichte der Dame seine Sail-N-Shop-Karte. »Ich nehme es«, sagte er.

Nachdem er die Papiere unterschrieben hatte, die ihm für knapp tausend Dollar diesen Witz eines Gemäldes zusicherten, ging Cord durch einen schumm-rigen, lediglich von Wandleuchtern beleuchteten Flur. Er kam an der bizarren Statue eines Mädchens vorbei, das ein riesiges Ei streichelte, eilte an einem Eingang mit der Aufschrift *Sportsman's Bar* vorbei und stieg eine Treppe hinunter.

Im Schiffsbauch entdeckte er ein Einkaufszentrum mit einem Eisstand, einer Kaffeebar und einer Viel-zahl von Geschäften. Eine ganze Reihe überteuerter Dinge, die niemand brauchte, lag vor ihm, Uhren, M&M's, *Marveloso*-Raumdiffuser, grelle Sarongs. An der Decke strahlten Scheinwerfer in Sternform.

Befanden sie sich etwa unter der Wasseroberfläche? Cord gab sich alle Mühe, nicht durchzudrehen.

Drei adrette junge Damen in Uniform standen hin-ter einer wackeligen Anordnung von Parfüm- und Kölnischwasserflaschen. Großzügig versprühten sie die teuren Essenzen, doch es war eine Zigarrenbar am Ende des kleinen Einkaufszentrums, die Cords olfaktorischen Input dominierte. »Gratis-Champag-ner und zwei Zerstäuber Versace pour Homme Eau de Toilette zum Preis von einem?«, fragte ein hoch-gewachsenes Mädchen, das grünen Lidschatten trug und sich mächtig ins Zeug legte.

»Warum sollte ich zwei davon haben wollen?«, fragte Cord.

»Ich spreche nicht so gut Englisch«, kicherte das Mädchen bezaubernd. Sie reichte Cord ein weiteres Glas Champagner und besprühte ihn, indem sie den Arm in einer schwindelerregenden Acht kreisen ließ.

Cord nahm einen kräftigen Schluck und atmete Zigarrenrauch und europäischen Herrenduft ein.

Die *Marveloso* war tatsächlich ein Wunder, ein wahres Xanadu der Freude. Cord betrat einen Raum, der Liberaces Ballsaal alle Ehre gemacht hätte, wenn Liberace zehn Stockwerke mit geschliffenen Kristalltreppen installiert und ein paar tausend frustrierte Gäste eingeladen hätte, die in Badeanzügen durch seinen Ballsaal liefen. Es gab kastanienbraune Sitzbänke, darüber hingen glitzernde Kronleuchter. Auf den Teppichen mit Fischgrätmuster standen Topfpalmen. Die Wände sahen aus, als bestünden sie aus Marmor, und alle drei Meter sprudelten mit Neonröhren beleuchtete Springbrunnen.

In der Mitte des Raumes saß eine vogelähnliche Frau in einem Ballkleid und hämmerte auf einen Flügel ein. Sie hatte knochige Schulterblätter und gab bei den Noten zu *Memories* ihr absolut Bestes. Dabei warf sie den Kopf ekstatisch zurück, wobei ihre enorme Bienenstockfrisur bemerkenswerterweise intakt blieb.

»Lächeln, Sir!«, rief ein Kerl mit einer teuren Kamera um den Hals. Pflichtbewusst lächelte Cord. Ein Blitz blendete ihn, und als er wieder richtig sehen konnte, erblickte er den Sänger.

Ein Mann im Smoking, der so korpulent war, dass er für die Georgia Bulldogs hätte spielen können, setzte seine ganze Lungenkraft ein, um den Raum mit Klang zu füllen. »Touch me, it is so easy to leave me, all alone with the memory, of my days … in the sun!« Eine Frauenschar in Flipflops und übergroßen T-Shirts, deren Haare noch nass vom Pool waren, wiegte sich neben dem Klavier im Takt und sang mit.

Cord näherte sich einem gläsernen Aufzug und trat ein, als sich die Türen öffneten. Es war der hellste Raum, in dem er sich je aufgehalten hatte, und als der Lift schnell über dem Ballsaal von Liberace aufstieg, ergriff ihn Ehrfurcht, und er taumelte rückwärts in zwei Jungs im Teenageralter hinein, die Fußbälle in den Händen hielten. »Pass doch auf, Alter!«, schimpfte der eine, während der andere lachend etwas auf Italienisch murmelte. Cord errötete vor Scham (war er wirklich ein alter Mann?), verließ bei nächster Gelegenheit den Aufzug und fand sich neben einem überfüllten Hallenbad wieder. In den vier Whirlpools tummelten sich zahllose menschliche Leiber.

»Zwei Nutellacrêpes zum Preis von einer?«, bot ein Mann mit Kochmütze an.

»Wie bitte?«, fragte Cord. Dann passierte irgendetwas über seinem Kopf, er sah nach oben und entdeckte ein Schiebedach, hinter dem der violette Himmel zum Vorschein kam. »Wow!«, stieß Cord hervor.

»Zwei Nutellacrêpes zum Preis von einer«, wiederholte der Kerl, der neben Cord stand. »Man kauft eine, bekommt aber eigentlich zwei.« War Cord dissoziativ? Er fühlte sich, als hätte er Drogen genommen. Der Mann mit den Crêpes musterte ihn erwartungsvoll. Hinter Cord hatte sich eine Schlange gebildet, und ein von Kopf bis Fuß behaarter Mann in Badehose stand ein wenig zu dicht hinter ihm. Der Crêpes-Bäcker zwinkerte ihm zu. Bildete Cord sich das alles nur ein?

»Oh, na klar!«, rief Cord und überreichte seine Bordkarte.

Er ging durch eine Reihe von Doppeltüren und tauchte auf dem Außendeck des Pools auf. Überall drängten sich Menschen, eingeölt, mit Tellern voller Essen, Getränke schlürfend, tanzend, lesend, schlafend (oder – igitt – tot?). Über ihm wand sich eine dreistöckige Wasserrutsche. Cord knabberte an seiner warmen, süßen Crêpe. Ein DJ drehte Salt-N-Pepas Klassiker Push It auf, und Cord schwang die Hüften im Takt. Er konnte es sich nicht verkneifen und murmelte: »Ooooh, baby, baby. Baby, Baby, Baby.«

Wo war sein Gepäck? Wo war seine Familie? Wo war seine Würde? Konnte er für den Rest seines Lebens auf diesem Schiff bleiben?

Push it good! Push it real good!

Aus dem fußballfeldgroßen Pool schoss Wasser aus Düsen in die Höhe und fiel in Bogen wieder in das türkisfarbene Wasser zurück. Glaswände säumten den Rand des Schiffes, und dahinter lag das tiefe, geheimnisvolle Meer.

Cord streckte sich, um die drei gewaltigen Schornsteine zu sehen, die Abgasfahnen in den Abendhimmel stießen. Die einsame Stimme in ihm wollte über den Klimawandel sprechen, darüber, ein Teil der Lösung und nicht des Problems zu sein, über Dürren und Hungersnöte, Flüchtlinge im Meer und den Untergang der Menschheit. Aber Cord wollte einfach nicht auf sie hören.

Hinter dem Wasserbereich lag der Eingang zu einem üppigen Büfett. Mittelmäßiges Essen, so weit das Auge reichte, Burger, Pizza, Obstsalat, mit Nudeln gefüllte Auflaufformen, Eintöpfe und Kasserollen, Kuchen, Torten, Wackelpudding, Eclairs, Braten, von denen man sich Scheiben abschneiden lassen konnte. Und warum hingen überall gerahmte Zeichnungen von amerikanischen Ureinwohnern mit Kopfschmuck hinter dem Nachspeisentresen? Warum das Marzipanklavier? Wen interessierte das? Ganz ehrlich, im Ernst, wen interessierte das?

Cord schnappte sich einen warmen, sauberen Teller (denk nicht an Keime, nein, denk nicht einmal an Salmonellen!) und füllte ihn auf, während er dabei *Push it* summte und Taquitos aß, direkt vom Tablett unter dem Schild mit der Aufschrift: *Bitte benutzen Sie immer unser Servierbesteck!*

Yo yo yo yo yo, Baby Pop – yeah, YOU! Komm her, gib mir einen Kuss. Beeil dich, sonst werde ich sauer.

Er aß einen Burger, dann ein Nudel-mit-Lachs-Gericht und beendete den Schmaus mit einem Stück Apfelkuchen und einer Marzipanmaus. Seinen leeren Teller ließ er einfach stehen, schwebte dann in einen Flur und über eine Treppe hinunter in ein vollgestopftes *Las Vegas* Casino.

Die Wände des Casinos waren mit Ansichten verschiedener Städte versehen, darunter Havanna, Istanbul und Monte Carlo. In Marmorsäulen steckten

Metallpalmenwedel und kugelförmige Lichter. Es war noch nicht acht Uhr abends, doch da saßen schon Frauen in paillettenbesetzten Kleidern und warfen Jetons, während das Personal im Smoking an Rouletterädern drehte. Und da waren die allgegenwärtigen Jungs mit aschfahlen Gesichtern, die wie Zombies vor Spielautomaten saßen.

»Gratis-Champagner und zwei Bingos zum Preis für eines?«, schnurrte ein süßer Bursche, der aus dem Nichts aufgetaucht zu sein schien (aus Cords wildesten Träumen?).

Er würde einen, nur einen einzigen Drink zu sich nehmen und dann wieder nach draußen in den Freiluftbereich treten und zusehen, wie sich der Himmel purpurrot und die Wolken über dem weiten Meer lila färbten. Es war so einfach, nach all dem Schmerz und all der nüchternen, traurigen, mühsamen Arbeit.

Er musste nur Ja sagen.

3 / Regan

REGAN UND MATT hatten seit über einem Jahr keinen Sex mehr gehabt. Es war unerträglich, zu zweit allein zu sein, eingepfercht in eine winzige Kabine. Matt lag ausgestreckt auf dem Bett, Regan saß so weit weg wie möglich am Frisiertisch und bürstete sich das Haar. Wie gern hatte sie ihn früher einmal berührt! Doch jetzt machte sie der Gedanke, ihrem Mann körperlich nahe zu sein, einfach nur krank. Regan versuchte, sich zu erinnern, wann sie überhaupt zum letzten Mal allein gewesen waren. Die Mädchen waren gefühlt immer in der Nähe oder in Hörweite gewesen.

Matt drehte sich zu ihr um. »Komm her, Liebling!«, sagte er. »Du bist so weit weg.«

Das Adrenalin pulsierte in ihren Adern, als sie sich dem Bett näherte. Vielleicht fühlten sich Spione ja so, wenn sie Staatsgeheimnisse stehlen wollten. Matt breitete die Arme aus. »Zu viel Kleidung«, sagte er.

Regan zog ihr Seidentop über den Kopf, richtete sich in voller Pracht vor ihrem Ehemann auf und zeigte, was er einmal *die absolut schönsten Brüste in*

Georgia genannt hatte. Ihr Herz pochte wie wild. Sie verbarg die Dehnungsstreifen auf ihrem Bauch unter den Händen. Die kalte Kabinenluft verursachte ihr Gänsehaut.

»Oh, meine Süße, du hast mir gefehlt«, murmelte Matt.

Sie hätte ihm am liebsten gesagt, dass sie die ganze Zeit bei ihm gewesen war. Vielleicht meinte Matt aber auch, dass er den Sex vermisste oder dass ihm jetzt klar wurde, was sie alles zu verlieren hatten. Sie ließ sich auf dem Bett nieder, und es fühlte sich an wie das Furchterregendste, das sie je getan hatte.

»Ich habe dich auch vermisst«, log sie.

Ihr Leben vor Matt war so schmerzhaft und leer gewesen. Es war, als hätte sie ohne Haut gelebt und er hätte sie mit Liebe umhüllt. Sie hatte einmal befürchtet, dass es sie umbrächte, sich noch einmal so heftig zu fühlen. Doch jetzt war sie wie ein Panther im Zoo, der Tag und Nacht im Gehege auf und ab läuft und auf eine Fluchtmöglichkeit wartet.

Regan wusste, was sie zu tun hatte. Sie brauchte nur den Mund zu schließen und ihren Körper dem Mann hinzugeben, der sie von einer naiven Närrin zu dem gemacht hatte, was sie jetzt war – ein Raubtier, eine Frau, die am Tag von Mord träumte.

»Küss mich!«, verlangte Matt. Sie konnte es tun, und sie tat es.

4 / Lee

ALS LEE DREIZEHN war, hatte Charlotte (mithilfe eines katholischen Suchtberaters namens Robby) eine Sonntagnachmittags-Intervention für Winston organisiert. Robby hatte Lee angewiesen, ihren Vater unter einem Vorwand in das Esszimmer zu locken, wo alle anderen warteten. Er erklärte, ein Überraschungsmoment könne nützlich sein. Nachdem Winston keine Zeit zu seiner Verteidigung hätte, könne man ihn leichter überzeugen, in die Reha im Norden des Bundesstaates New York zu fliegen.

Lee wusste, dass ihr Vater zu viel trank. Er war gemein, sogar beleidigend. Trotzdem liebte sie ihn, liebte ihn über alles und sehnte sich nach seiner Anerkennung. Als sie also an die Tür klopfte und Robbys Satz probte (»Papa, im Esszimmer haben wir eine Überraschung für dich«), hasste sie ihre Mutter dafür, sie zum Verrat an ihrem Vater verleitet zu haben.

»Was?«, fragte Winston. Eigentlich durfte man ihn im Arbeitszimmer nicht stören.

»Ich bin's«, sagte Lee.

»Ah, Lee Lee«, sagte Winston. »Komm herein!«

Sie drehte den Türknopf um. Die Jalousien waren zugezogen, und Winston saß auf seiner Ledersitzgruppe auf dem Orientteppich mit einem Glas Scotch in der Hand und einer rauchenden Zigarette im Aschenbecher. »Was gibt's denn?«, fragte er.

Sie hatte ein flaues Gefühl im Magen. In Winstons Nähe war sie immer ein wenig nervös und auf dem Sprung zum Davonlaufen. Schließlich wusste sie nie, ob er sie verletzen würde. Lee hatte ihm einmal einen Zettel geschrieben, auf dem stand: *Wenn du mich lieb hast, hörst du auf zu trinken.* Den Zettel hatte sie zwischen seiner Unterwäsche versteckt. Das war alles, womit sie ihm drohen konnte, und sie hatte tatsächlich geglaubt, das sei genug. Es war nicht genug.

»Papa, im Esszimmer haben wir eine Überraschung für dich«, sagte Lee.

Er stand auf und seufzte. Dann drückte er seine Zigarette aus und zündete sich eine neue an. »Eine Intervention, nehme ich an«, sagte er.

Lee erblasste.

»Du jetzt auch noch«, murmelte Winston bitter und schüttelte den Kopf. »Von dir hätte ich das nicht gedacht.«

»Dad, ich …«

»Lass es einfach!«, sagte er. Er nahm sein Glas, ging ins Esszimmer und drückte die Schwingtür auf. »Also, was haben wir hier?«, fragte er.

Lees Geschwister saßen mit Charlotte und Robby am Esstisch. Widerwillig gesellte sich Lee zu den Anwesenden. Sie alle sprachen Winston so an, wie man es ihnen vorgegeben hatte. *Was hast du uns alles mit deinem Trinken angetan! Deshalb solltest du gleich nach diesem Treffen nach St. Josephs gehen, es ist alles vorbereitet. Wir haben dich lieb.* Während jeder von ihnen etwas sagte, weinte die neunjährige Regan so heftig, dass sie kaum sprechen konnte. *Scheiß drauf,* dachte Lee nur. Sie sah die Verachtung in den Augen ihres Vaters, und auf verräterische Weise gab Lee ihm recht. Dieses Geheule, diese Verletzlichkeit waren ein Witz.

Als Lee an die Reihe kam, schaute sie von dem sorgfältig vorbereiteten Skript auf, einem Ausdruck, der Winstons terrorisierendes Verhalten und seine Trunkenheit am Steuer beschrieb, und sagte nur: »Ich habe dich lieb, Dad.« Charlotte griff nach Lees Hand, doch Lee schüttelte sie ab.

Winston betrachtete seine Familie, die sich in der naiven Hoffnung zusammengeschlossen hatte, ihn ändern zu können. Ohne ein Wort kehrte er zur Esszimmertür zurück, drückte sie auf und verließ den Raum. Sie hörten, wie er seine Zimmertür zuschlug. Lee wandte sich am Tisch um und blickte in das aschfahle Gesicht ihrer Mutter, auf ihre verzagt dreinschauenden Geschwister und den enttäuschten Robby. Sie konnte verstehen, dass sie schwach waren. Lee stand auf und verließ den Raum.

Als sie nach Los Angeles gezogen war, hatte Lee geglaubt, frei zu sein. Doch selbst auf der anderen Seite des Landes hatte sie sich immer noch für Charlotte verantwortlich gefühlt. Und jetzt war sie hier, umgeben von ihrer Familie auf einem Kreuzfahrtschiff, und beobachtete, wie sich die obligatorische Sicherheitseinweisung in eine Tanzshow verwandelte.

»Zu viel Spaß kann es gar nicht geben«, krähte Cord, kam auf sie zu und reichte ihr ein blaues Getränk. Lee spürte, wie ihr die Tränen kamen. Cord, ihr kleiner Bruder. Sie wollte ihr Gesicht an seine Brust drücken und ihm alles erzählen. Aber sie wusste nicht, wie sie über ihr Versagen sprechen sollte. Sie wusste nicht, wie sie um Hilfe bitten sollte.

»Hey!«, rief Cord, der ihr die Stimmung offenbar vom Gesicht ablas. »Alles in Ordnung?«

Es hatte eine Zeit gegeben, als Cord spät nachts betrunken anrief, weil er mit Lee reden wollte. Sie schenkte sich Wein ein, setzte sich auf einen Stuhl am Erkerfenster, und die beiden bemitleideten sich gegenseitig und plauderten stundenlang über dieses und jenes. Wann hatten diese Anrufe aufgehört? Lee war so in ihr eigenes Leben verstrickt gewesen, dass sie sich nicht einmal mehr daran erinnerte. Er hatte ihr bei einem der letzten Anrufe gestanden, dass ihm das eigene Trinken Angst machte. Lee hatte abgewiegelt … waren sie nicht alle zu hart zu sich selbst? »Natürlich geht es mir gut«, beteuerte Lee. »Warum fragst du?«

»Du siehst traurig aus«, befand Cord.

Lee bäumte sich auf und ging sofort in Verteidigungsstellung. »Und du siehst betrunken aus«, konterte sie.

Er trat einen Schritt zurück, als hätte man ihm eine Ohrfeige verpasst. Sie waren immer so hart zueinander, und Lee merkte sofort, dass sie ihn verletzt hatte. Das kam wie von selbst … so waren sie immer miteinander umgegangen. Lee gab den Weg vor und zog Cord und Regan hinter sich her. Sie trug die Fackel.

Cord schwankte auf den Füßen. Lee hatte gedacht, dass sie sich in Sicherheit befände, wenn ihr das alles nichts ausmachte. Aber was wäre gewesen, wenn sie damals im Esszimmer geblieben wäre, nachdem Winston gegangen war? Was, wenn auch sie Charlottes Hand gedrückt hätte?

»Es tut mir leid«, sagte Lee. »Es tut mir so leid, Cord.«

Cord sah jung aus, das Streulicht einer Discokugel fiel auf sein Gesicht. »Ich bin betrunken«, erklärte er. »Offenbar kann ich nicht aufhören. Und soll ich dir noch etwas sagen? Ich bin schwul.« Er senkte den Blick und schien unfähig, ihr in die Augen zu sehen. Dachte er wirklich, sie würde ihn ablehnen? Lee schmolz innerlich dahin. Ihr kleiner Bruder trug seine Verletzlichkeit so offen zur Schau, wie sie es sich niemals erlaubt hätte. Selbst jetzt hätte sie die Unterhaltung am liebsten abgebrochen und wäre gegangen.

»Ich habe dich lieb«, sagte Lee. Natürlich wussten alle, dass er schwul war. Seltsam war nur, dass er es ihnen nie gesagt hatte. Lee erklärte es sich damit, dass sie sich einfach zu selten sahen.

»Ich muss es Mom auch sagen«, fügte Cord hinzu.

Da war er, der geeignete Moment, um ihm zu sagen, wie verloren sie sich fühlte, wie allein. Ein Weg, um durch die Zeit zurückzureisen und ihn in ihre Nähe zu holen. Vielleicht war die Antwort schon immer in diesem Esszimmer zu suchen gewesen, dass ihnen nämlich nichts passierte, solange sie zusammenhielten.

Lee und Cord starrten sich an. Rings um Lee drehte sich alles, ihr wurde schwarz vor Augen. Ihr war heiß. Sie schüttelte den Kopf und konnte nicht sprechen. Aber Cord blieb ruhig, glaubte mehr an Lee als an sich selbst und vertraute darauf, dass sie ihm etwas sagen würde.

5 / Charlotte

ES WAR ZEIT für den Trinkspruch des Kapitäns. Charlotte und ihre Familie standen im Atrium, innerhalb einer dreistöckigen Konstruktion, die einem Einkaufszentrum glich, und starrten auf eine riesige zylindrische Leinwand, auf die bewegte Bilder projiziert wurden, aus denen eine Farbsäule entstand. Die verjüngte sich zu einer Bar im unteren Stockwerk, wo attraktive junge Männer mit Cocktailshakern hantierten. Der Kapitän und seine Crew – wie nannte man die noch mal? Matrosen? – erschienen auf einer der Atriumtreppen, die von Scheinwerfern beleuchtet wurden.

Die Säule, die bei ihrer Ankunft mit Wasser und riesigen bunten Fischen gefüllt zu sein schien, pulsierte nun im Licht von Korken, die aus Champagnerflaschen flogen. Wie bezaubernd, dachte Charlotte, sie wollte es auch so machen. Hätte sie eine riesige pulsierende Säule in ihrem Wohnzimmer, würde sie das vielleicht von ihrer Einsamkeit und dem Altern ablenken.

»Ist das schön oder kitschig?«, fragte sich Charlotte laut.

»Ich finde es fantastisch«, antwortete Matt.

Charlotte beobachtete ihn und wie er dieses irrsinnige Atrium in sich aufnahm. Matt griff nach Regans Hand, und in Charlotte stieg Wehmut auf.

Sie wünschte sich gar nicht, verheiratet zu sein, und schon gar nicht mit einem Mann wie Matt. Er war schon so lange ein Teil der Familie, dass sie Matt fast als ihren eigenen Sohn betrachtete. Obwohl er geistlos war, also die perfekte Partie für Regan, zog Charlotte etwas mehr Würze vor. Matt war ein Langweiler, und wonach sich Charlotte sehnte, war metaphorisch gesehen eine scharfe Pfefferschote.

Sie sehnte sich danach, die Erektion eines Mannes zu spüren, die gegen ihren schmalen Rücken drückte, heißen Atem im Nacken. Sie wollte Haut auf Haut spüren und errötete.

»Willkommen auf der *Splendido Marveloso!*«, sprach der Kapitän in ein Mikrofon. Er trug eine weiße Uniform und eine Schirmmütze wie Paros, Charlottes stattlicher Steward, nur dass auf der Brust des Kapitäns Abzeichen prangten. »Ihnen steht ein ganz besonderer Moment bevor.«

Ein stämmiges Paar machte sich auf den Weg an der eleganten Besatzung vorbei. Der Raum wurde ruhiger, und der Mann fiel auf die Knie. Während er sprach, hüpfte die Frau aufgeregt auf und ab. Dann ergriff der Kapitän das Wort. »Er fragt: Willst du meine Frau werden? Sie antwortet: Ja, warum nicht?«

Im Atrium brach Jubel aus, in der Lichtsäule wirbelten kreisende Dreiecke umher.

Charlotte seufzte. Ihr eigener Heiratsantrag war eher ein Fiasko gewesen. Zur Beerdigung ihres Vaters zurück in Paris, war Charlotte Winston über den Weg gelaufen, und nach einer Woche hatte er ihr einen Heiratsantrag gemacht, indem er ihr ein Schmuckschächtelchen über einen Cafétisch geschoben hatte. »Ich schätze, wir gehören zusammen«, hatte er gesagt. Charlotte hatte das Schächtelchen geöffnet und den Ring angesteckt, nicht voller Hoffnung, sondern voller Resignation. Sie war beschädigte Ware, und mehr konnte sie nicht erwarten.

Vier

SPASS AUF SEE

1 / Charlotte

CORD WAR BEIM Abendessen sturzbetrunken, und das beunruhigte Charlotte. Ständig wiederholte er sich und sagte: »Habe ich recht, oder habe ich recht?« Charlotte hingegen hatte noch nie ein Problem gehabt und nach einigen Gläsern Wein einfach aufgehört. Es war eine Frage des Willens! Aber offenbar hatten manche das nicht unter Kontrolle. Winston zum Beispiel.

Hatte die Alkoholabhängigkeit Winston vom sanftmütigen Gentleman, den sie in Paris kennengelernt hatte, zum grausamen Tyrannen gemacht? Oder war der Alkohol für ihn eine Rettung gewesen? Charlotte wusste es nicht. Sie wollte glauben, dass Winstons Depressionen nicht ihre Schuld gewesen waren, und manchmal gelang ihr das auch.

Eilig verspeiste Charlotte die *köstliche mediterrane Fleischplatte* und lehnte den Nachtisch ab, weil sie in ihre sichere kleine Kabine zurückkehren und ihr Nachthemd anziehen wollte.

»Mom, du musst unbedingt das Tiramisu probieren!«, protestierte Lee. »Es kostet nichts«, zischte sie.

»Tiramisu für mich und für dich«, bot Cord an. »Habe ich recht, oder habe ich recht?« Seine Worte klangen irgendwie undeutlich und dann wiederum überdeutlich. Die Art, wie er sprach, erinnerte Charlotte so sehr an Winston, dass sie ins Zittern geriet, als sie die Mundwinkel mit der Serviette berührte.

»Du irrst dich«, widersprach Charlotte. »Ich gehe ins Bett. Gute Nacht!« Cord blickte kaum auf. Er schenkte jedermanns Weinglas mit großer Sorgfalt nach, kontrollierte die Gläser, um sicherzustellen, dass sie gleichmäßig gefüllt waren, dann goss er sich selbst bis zum Rand nach.

»Gute Nacht, Mom«, sagte Regan. »Hab dich lieb.«

»Oh«, sagte Charlotte gerührt. »Also, ich habe dich auch lieb.« Für einen Moment überlegte sie, ob sie doch zur Nachspeise bleiben sollte.

»Wir sehen uns morgen früh im Wasserbereich«, versprach Lee. »Wir nehmen doch an diesem Wettbewerb teil, Tiere falten aus Handtüchern.«

»Warte, was hast du gesagt?«, fragte Regan.

»Du hast mich gehört«, sagte Lee und hob die Brauen. »Ich sagte: Tiere falten aus Handtüchern.«

Charlottes Kinder kicherten. Machten sie sich über Charlottes Kreuzfahrt lustig? Sie blinzelte, versuchte sich nicht aufzuregen und stand auf.

»Ich finde, das klingt lustig«, sagte Regan und holte eine Rolle aus dem Korb.

»Aber sicher doch, Schatz«, sagte Matt und tätschelte Regans Hand. Lee und Matt lachten. Nun schien es, als seien sie gemein zu Regan, die auf ihren Butterteller hinabschaute.

»Wer von euch mag Grappa?«, fragte Cord und näherte sich dem Kellner.

Charlotte drehte sich um und wollte gehen. Nur Matt war so freundlich und rief ihr hinterher. »Charlotte? Findest du allein zurück in die Kabine? Brauchst du Hilfe?«

»Alles in Ordnung«, sagte sie, winkte allen mit erzwungener Fröhlichkeit zu und verließ das Restaurant. Wahrscheinlich brauchte sie Hilfe, aber es war ihr peinlich, dies zuzugeben. Als sie vor der breiten Treppe im blendenden Scheinwerferlicht stand, ging sie weiter geradeaus, fand sich aber schon bald völlig verloren in einer leeren Diskothek wieder. Sie sah zu, wie sich winzige Rechtecke aus Licht über den Boden bewegten, und versuchte, nicht mehr an Cord zu denken. Der Gedanke, dass er auf den Pfaden seines Vaters wandelte, war ihr unerträglich. Charlotte wäre am liebsten in dem Glauben umgekehrt, sie schulde ihrem Sohn etwas oder könne ihm irgendwie helfen. Ihn zum Beispiel ins Bett bringen oder ihm den Rücken kraulen, so wie sie das früher getan hatte.

Früher kam er immer spät in der Nacht in ihr Zimmer. Neben dem schnarchenden Winston und später allein hatte Charlotte das Gefühl, dass jemand sie brauchte – Mutterinstinkt –, und wenn sie die Augen öffnete, sah sie Cord. Er zappelte nicht, gab keinen Laut von sich, sondern saß einfach im Schneidersitz auf dem Boden neben ihrer Seite des Bettes und wartete, bis sie wach war. Dann sah er mit weit geöffneten Pupillen in der Dunkelheit zu ihr auf. Seine dünnen Beinchen in einem Pyjama, die großen Augen umgeben von dichten Wimpern. »Tut mir leid, Mom«, flüsterte er ihr zu.

»Schschsch«, machte Charlotte dann, nahm ihn an der Hand und begleitete ihn zurück in sein Zimmer. Sie brachte ihn wieder ins Bett, kraulte ihm den Rücken und hoffte, dass er wieder einschlief. Aber das geschah nie. Wenn sie mit dem Kraulen aufhörte und den Atem anhielt, drehte er den Kopf und öffnete die unergründlichen Augen.

Nur ein einziges Mal hatte er es gewagt, sie zu fragen. »Kannst du nicht einfach bleiben?«

»Oh, nein, Liebling«, hatte sie dann instinktiv und ganz schnell geantwortet. Er hatte nie wieder gefragt. Sie fuhr ihm noch ein paarmal mit den Fingernägeln über den Rücken und ließ ihn in der Dunkelheit zurück, um in das eigene Bett zurückzukehren, wo sie bis zum Morgengrauen wach lag und ihn vermisste, seinen warmen Körper, seine gleichmäßigen süßen Atemzüge.

Warum war sie nicht geblieben? Es war ihr unangebracht oder ungebührlich erschienen. Schwach. Man hatte ihr beigebracht, allein zu bleiben. Charlotte war stolz auf ihre Fähigkeit, ihre Wünsche zu unterdrücken und sich darüber zu erheben. Louisa war nie in Charlottes Bett geblieben, niemals! Wäre sie unter Cords marineblaue Bettdecke geschlüpft, hätte Charlotte vielleicht einen Weg in den tiefen

Schlaf zurückgefunden wie früher neben ihrem Kindermädchen Aimée. Aber irgendwie dachte sie, dass sie allein in ihrem Bett schlafen sollte. Charlotte hielt sich nicht für so hilfsbedürftig, dass sie Trost neben einem Kind suchen musste.

Jetzt wäre Charlotte am liebsten zu Cord zurückgekehrt, um ihn an der Hand zu nehmen, ihn in sein Zimmer zurückzubringen, ihn zuzudecken und ihm ein Glas Wasser mit zwei Ibuprofen auf den Nachttisch zu stellen. Und ihm dann die Lippen an die Schläfe zu drücken.

Doch sie kehrte nicht um, ging weiter und trotzte Treppen, Aufzügen, Gängen und Kabinennummern, die sich im Vorbeigehen zu verändern schienen. An einem Punkt tief im Schiffsinneren öffnete sie eine Metalltür und entdeckte Männer, die Laken in Waschmaschinen steckten, die so groß wie Autos waren. Schwankend blieb sie stehen, blinzelte im hellen Licht und sah zu, wie die Männer Bettwäsche in eine Maschine stopften und sie tadellos gebügelt wieder auffingen. Der Raum war ungemütlich warm und roch nach Bleiche und Metall.

Schließlich stieg sie in einen Aufzug, stellte sich mit dem Rücken zur Wand und ließ sich nach oben in den Passagierbereich befördern. Wie sie ihn überhaupt verlassen hatte, konnte sie nicht sagen. Wieder schlenderte sie gleichförmige, schummrige Gänge entlang, die nach Desinfektionsmittel und Pommes frites rochen. War sie die Einzige auf dem Schiff? Und dann entdeckte sie ihn. Am Ende eines langen Korridors stand ihr Steward Paros. War er real oder nur ein Traum? »Mrs. Perkins?«, sagte Paros.

Sie wollte auf ihn zulaufen. Auf ihn einschlagen. Ihre Arme um ihn schlingen, sich von ihm hochheben lassen, sich leise über den endlos langen Teppich in ihre Kabine tragen lassen. Dort Tiramisu bestellen, damit sie sich gegenseitig mit langstieligen Löffeln füttern konnten. Er würde sie festhalten und dürfte bleiben.

Charlotte hatte ihre Wünsche so lange verleugnet, nicht nur die sexuellen, sondern auch die Sehnsucht, der begehrenden Frau in ihr eine Stimme zu verleihen. Fast schlafwandlerisch schlug sie sich durch den Tag – Messe, Einkauf, Abendessen, Bett. Charlotte fürchtete, von der Flamme ihrer Bedürfnisse verzehrt zu werden, wenn sie ihr erst einmal nachgab.

»Mrs. Perkins, sind Sie das?«, fragte Paros.

2 / Cord

CORD ROLLTE SICH zur Seite, seine Augen fühlten sich an wie glühende Kohlen, sein Mund war trocken wie eine Wüste. Eineinhalb Jahre nüchtern, aus und vorbei. Er griff nach seinem iPhone auf dem Nachttisch und setzte seinen Nüchternheitsrechner auf null. Nein, sagte er sich, auf eins. Tag eins, schon wieder.

Sein letzter Tag eins war der Morgen nach seinem 3rd Eyez-Besuch gewesen, die Reise, die sein Schicksal besiegeln sollte. Wenn 3rd Eyez ein Erfolg würde, wäre er wohlhabend und angesehen. Wenn es scheiterte, war er ruiniert. Ruiniert und allein, sagte die einsame Stimme in seinem Kopf. Nach einem Saufgelage war sie immer am lautesten, so eindringlich und autoritär, dass Cord sie kaum unterdrücken oder mit Logik zum Schweigen zu bringen vermochte. Ruiniert und allein, wiederholte sie düster.

2001 hatte Cord gegen Ende des Internetbooms seinen Abschluss in Princeton gemacht. NYC Ventures war 1998 von zwei Mitgliedern von Cords Kochklub Tiger Inn gegründet worden. Sie hatten reichlich Kapital, und Cord schloss sich der Firma freudig an, bezog eine Wohnung in der Upper West Side, bestellt seine Möbel online und behauptete – mithilfe des Alkohols –, heterosexuell zu sein. Von 2001 an ging es mit Risikokapital im Allgemeinen und NYC Ventures im Besonderen bergab. Cord aber klammerte sich weiter an seinen Job, selbst als die Firma schrumpfte und seine ehemaligen Kumpels ihn mit Samthandschuhen anfassten. Bei einer Gay-Pride-Parade war er nämlich gesichtet worden, und Hammersmith hatte ihn bei einem Drink im Dorian's gefragt: »Cord, bist du schwul?«

Jacoby und Wyatt warteten auf Cords Antwort.

Cord nickte und bekam Bauchweh dabei.

»Das hätte ich nie gedacht«, bedauerte Jacoby und zuckte die Achseln.

Und übrigens ..., wie Charlotte gesagt hätte.

Auf Biegen und Brechen hatten sie NYC Ventures am Leben erhalten. Im Jahr 2014, als nur noch sechs Angestellte übrig waren, hatten sie einen kleinen Fonds eingerichtet. »Wir sind auf der Suche nach einem Wendepunkt«, hatte Jacoby gesagt (der inzwischen langsam kahl wurde, drei Kinder und eine Exfrau in Rye hatte).

Während Cords Zeit in Princeton war eine seiner besten Freundinnen Georgie gewesen, ein spindeldürres, käsiges Mädchen aus Florida. Sie trafen sich spätnachts in der Bibliothek, ein merkwürdiges Paar, der heimliche Homosexuelle und das schüchterne Genie. Aber beide liebten Rap aus den Neunzigern, Popcorn aus der Mikrowelle, und sie liebten sich.

Georgie hatte das Medizinstudium abgebrochen, nachdem sie ein kompliziertes chirurgisches Instrument geschaffen und damit Geld verdient hatte. Kürzlich hatte sie Cord per E-Mail mitgeteilt, dass sie ein VR-Produkt geschaffen habe, das einen um den Verstand bringen könnte. Nach Georgies Überzeugung konnte ihr Produkt 3rd Eyez die Fähigkeit des Gehirns, zwischen real und virtuell zu unterscheiden, außer Kraft setzen – im Gegensatz zu den dummen Headsets und Akkus, mit denen jeder herumspielte. Es hatte etwas mit Lasern zu tun, die auf die Augäpfel gerichtet waren. »Im Ernst«, hatte Georgie gesagt. »Ich kann dein Gehirn davon überzeugen, dass jede Welt, die ich erschaffe, real ist. Und wenn wir die Welten lustig genug machen, will sie niemand mehr verlassen. Die reale Welt ist dann im wahrsten Sinn des Wortes Schnee von gestern.«

Abgesehen von den erschreckenden Auswirkungen, hatte Cord vor allem Dollarzeichen in den Augen. Videospiele, Telefonkonferenzen, Filme … die Hoffnung, alle Bildschirme zu ersetzen. 3rd Eyez klang, als sei es eine Abrissbirne, wie Georgies Marketingleute es nannten.

Weil er Georgies Freund war und weil 3rd Eyez einen Leiter der Serie-A-Finanzierungsrunde suchte, war Cord nach Orlando eingeladen worden, um sich den Prototyp anzusehen. Als Georgie plötzlich Grippe bekam und das Produkt nicht mit ihrem Team Cord vorstellen konnte, hatte Cord sich selbst die Erlaubnis erteilt, seine Minibar im Sheraton Hotel zu leeren.

Als er sich mit dem Team zum Abendessen in einem Steakrestaurant traf, fügte er seinem Blutkreislauf noch ein paar Martinis hinzu und befand sich auf einem Höhenflug. Er erinnerte sich, dass er sich bei einem Ingenieur hinten ins Auto gesetzt hatte. Es gab ein Lagerhaus, einen Parkplatz in der dampfenden Hitze und einen Kühlschrank mit Bier, das er genießen konnte, während sie die Maschine ausprobierten.

Waren an seinem Kopf Drähte befestigt gewesen? Elektroden? Cord erinnerte sich an etwas über Dschungeltiere, die im Konferenzraum von 3rd Eyez zum Leben erwachten. Ein Elefant? Dann hingen Michael Jordan und Babe Ruth herum und interagierten mit ihnen. Etwas wie ein Spaziergang durch einen norwegischen Wald, bei dem man Eiszapfen berührte …

Dann Schwärze. Schweißgebadet war Cord um 3.24 Uhr morgens in seinem *Sheraton*-Zimmer erwacht, und ihm war schlecht gewesen. Er spürte den vertrauten Schwindel des bevorstehenden Absturzes. An den Anruf, den er getätigt hatte und in dem er sein NYC Ventures-Team angewiesen hatte, jeden verfügbaren Cent in 3rd Eyez zu investieren, erinnerte er sich nicht mehr. Auch wusste er nicht mehr, dass er mehrmals geschworen hatte, ihre Gebete seien erhört worden. *Ich vertraue dir, du Scheißkerl!!!*, hatte Wyatt irgendwann per SMS geschrieben.

Als Cord in einem Meeting der Anonymen Alkoholiker saß, einen Styroporbecher mit Kaffee in der Hand und vor Scham und Trauer zitternd, war das

Geld bereits überwiesen worden. NYC Ventures führte die Runde der Serie A an und katapultierte 3rd Eyez in die Gewinnerzone.

Wenige Tage später fanden sie heraus, dass Cord bestimmte Papiere unterzeichnet hatte. Sie stellten sicher, dass 3rd Eyez bis zum Börsengang niemandem das Produkt zeigen durfte. Cord hatte ihnen genug Geld gegeben, um im Geheimen zu operieren.

»Mann, ich kann es kaum erwarten, es zu sehen!«, rief Jacoby und klopfte Cord auf den Rücken, als er ins Büro zurückgekehrt war.

Ich auch, das wagte Cord nicht zu sagen.

Und da war er wieder, ein neuer Tag eins. Warum konnte er nicht trocken bleiben? Warum nicht? Giovanni kannte nur den nüchternen Cord, Cord in Genesung. »Man kann doch ab und zu ein Glas guten Wein trinken, oder?«, hatte Gio sogar einmal gesagt.

Cord stützte den Kopf in die Hände. Furcht erfüllte ihn. Und Furcht pulsierte in seinem Magen. Er wollte weitertrinken und wusste, dass er Giovanni verlieren würde. Was immer er von seinem Vater geerbt hatte, es würde ihn umbringen. Er konnte genauso gut aufhören zu kämpfen, die Minibar öffnen und trinken. Den Inhalt hatte er bereits überprüft: Fläschchen mit allen Spirituosen, von Wodka bis Malbec. Cord ließ zu, dass ihn die Möglichkeit des Nachgebens mit Freude und Scham erfüllte.

Natürlich wusste er, dass die Entscheidung real und möglicherweise endgültig war. Er konnte sich dem Alkohol hingeben oder sich weiter um Aufrichtigkeit bemühen, um sowohl den Schmerz als auch die Herrlichkeit des gewöhnlichen, schönen Lebens zu spüren. Er starrte auf den winzigen Kühlschrank.

3 / Regan

ALS REGAN ERWACHTE, lag sie allein im Bett. Matt saß auf dem Balkon, den Kopf über sein Telefon gebeugt. Regans Träume waren erschütternd gewesen. Mit Mr. Ragdale, ihrem Kunstlehrer an der Highschool, war sie im *Come On Inn* gewesen. Er hatte sie davon überzeugt, dass sie füreinander bestimmt waren. Vielleicht hatte sie sich auch selbst davon überzeugt, dass sie füreinander bestimmt waren.

Die muffigen Laken, der Geruch von billigem Putzmittel. Als die Tage verstrichen, war Regan klar geworden, welcher Fehler es gewesen war, mit Alphonso zu fliehen. Doch sie konnte Charlotte nicht anrufen. Stattdessen rief Regan den Exfreund ihrer Schwester an, weil sie sich bis zur Unkenntlichkeit beschmutzt gefühlt hatte. Und Matt hatte sie abgeholt, war mit seinem Motorrad den ganzen Weg nach Statesboro gefahren, hatte an die dünne Moteltür gehämmert, Mr. Ragdale zur Rede gestellt, ihm sogar mit dem Zeigefinger in die Brust gestochen. Dann hatte er Regan und ihren Seesack mit ihren Habseligkeiten mitgenommen.

Der Wind hatte ihr Haar gepeitscht, als sie sich während der Rückfahrt auf dem Motorrad an Matts Rücken gepresst hatte. Sie hatte ihn als ihren Retter betrachtet, aber das war vor langer Zeit gewesen.

Regan brauchte die E-Mail von Zoë nicht zu öffnen. Wozu auch? Sie war wütend auf Zoë, weil sie Cord angerufen hatte. Alle dachten, sie sei so dumm, dass sie keinen Plan hatte und einfach nur auf einem verdammten Kreuzfahrtschiff dahinschwebte und sich von allen überrumpeln ließ.

Doch da irrten sie sich.

4 / Lee

LEE ERWACHTE, ALS jemand ihren Nacken mit Küssen bedeckte. Sie fügte sich in Luigis süße Umarmung. Er war einer der Kapitäne, nicht der ranghöchste, aber immerhin Italiener, und hatte ihr eine Flasche Cabernet in die *Capitano Cocktail Lounge* geschickt, wo Lee und Cord nach dem Abendessen gelandet waren. In der Bar war es so schummrig, dass Lee die Augen zusammenkneifen musste, als ihre Bedienung den Wein brachte und auf die uniformierten Männer wies, die an einem Tisch saßen. Luigi stand auf, verbeugte sich und blies ihr einen Kuss zu. Er war ein bisschen zu alt für sie, aber als er an ihrem Tisch stehen blieb und sie fragte, ob sie auf der Promenade spazieren gehen wolle, hatte sie gelächelt und zugestimmt.

»Hey!«, hatte Cord gesagt und sie am Handgelenk gepackt, während sie aufstand. Lee hatte ihren betrunkenen Bruder gemustert, seinen flehentlichen Ausdruck. »Lee Lee, komm schon, geh nicht!«, sagte er. »Ich habe dich so lange nicht mehr gesehen. Wir müssen reden.«

»Ach, Cord«, hatte Lee geantwortet und ihren Luigi angesehen, der auf sie wartete. »Das ist eine Kreuzfahrt, ich amüsiere mich nur.«

»Ich amüsiere mich nur«, hatte Cord mürrisch geantwortet. »Ich hab's verstanden, Lee Lee. Ich hab's verdammt noch mal kapiert. Adios.«

Lee wollte Cords Worte überhören, sie seinem betrunkenen Zustand zuschreiben, aber natürlich hatte sie ihn verstanden. Für einen Moment hatte sie überlegt, sich wieder hinzusetzen und mit ihrem Bruder zu sprechen. Am liebsten hätte sie ihm alles über ihre verpfuschte Karriere, ihre Verwirrung anvertraut und ihm erzählt, wie das Gesicht ihres Vaters blau angelaufen war, als sie ihn an der Badezimmertür hängend aufgefunden hatte. Wie sie ihn hochgehoben, ihm die Arme um die Beine geschlungen und geschrien hatte. Sie hatte im Badezimmer gestanden und ihn stundenlang hochgehalten. Doch da war Winston bereits tot gewesen.

Cord hatte hilflos gewirkt. Doch mit ihm zusammen zu sein erinnerte Lee an eine Zeit, die sie vergessen wollte. Cord und Regan wussten nicht einmal von Winstons Selbstmord. Charlotte hatte ihnen erzählt, ihr Vater sei an einem Herzinfarkt gestorben.

»Ich habe nur Spaß«, sagte Lee sowohl zu sich selbst als auch zu ihrem Bruder. Luigi hatte ihr einen Arm um die Taille gelegt.

Cord hatte nicht geantwortet, sie nicht angesehen, sondern nur die Hand gehoben und einen weiteren Drink geordert.

Die Promenade bei Nacht war herrlich und so hoch, dass der Sternenhimmel näher zu sein schien als das Meer. Wie konnte sich Lee da Luigis Umarmung entziehen?

Sie hatte gedacht, dass die unbeholfenen, aber zärtlichen Küsse im Mondschein sie zu Luigis geheimer, schicker Kapitänskabine führen würden, stattdessen hatte er sie in ihr Zimmer gebracht. Der Sex mit ihm war angenehm gewesen. Luigis offensichtliche Erregung angesichts ihres Körpers hatte ihre Lust noch gesteigert, doch dann hatte er einen Anruf bekommen und war davongeeilt.

Luigi hatte spät abends angerufen und sie gefragt, ob sie eine Nachspeise wolle. Das wolle sie, hatte Lee gesagt. Wenige Minuten später war er mit einem geschmolzenen Schokoladenkuchen und Kaffee gekommen. Lee hatte beides und dann noch eine weitere Runde Liebesspiel genossen.

Danach war er aus dem Bett gestiegen. Lee hatte zur Decke hochgeblickt, um seinen Bauch und seine faltige Haut nicht sehen zu müssen. »Wenn wir uns heute Abend begegnen, bin ich mit meiner Frau und meiner Familie zusammen«, hatte Luigi gesagt. »Übermorgen Abend hätte ich Zeit für dich, wenn du Lust hast.«

»Deine Frau?«, hatte Lee gefragt, und ihr Kopf hatte gepocht. Sie hätte es wissen müssen.

»Ich habe es dir doch gesagt«, hatte Luigi gemurmelt, war aufgestanden und hatte sich in seine Hose gekämpft.

»Hast du nicht«, hatte Lee geantwortet und war über ihre Wut selbst überrascht gewesen. Matt und Regan zusammen zu sehen hatte Lee klargemacht, wie sehr sie sich etwas Wahrhaftiges wünschte, etwas, worauf sie sich verlassen konnte. Und nun lag sie hier und wurde von einem verheirateten Mann ausrangiert.

»Doch, ich habe es dir ganz sicher erzählt«, hatte Luigi beteuert.

Doch Lee wusste, wie man Stärke vortäuschte. Sie war zur Tür gegangen und hatte sie weit aufgerissen. »Raus!«, hatte sie geschrien und ihre Tränen unterdrückt.

»Amerikaner«, hatte Luigi geantwortet und verächtlich den Kopf geschüttelt.

Lee hatte sein Hemd und die Kapitänsmütze genommen und in den Flur gepfeffert. Luigi hingegen war mit den Armen vor der Brust verschränkt auf dem Bett sitzen geblieben. »Bring mir meine Kleider zurück«, hatte er gefordert.

»RAUS HIER!«, hatte Lee geschrien.

Luigi war aufgestanden und hinausgegangen.

Lee war auf ihrem Bett zusammengebrochen, hatte ihr Telefon herausgezogen und sich wie immer Regans Bilder von ihrer Familie mit Matt angesehen, wie sie es oft tat, wenn sie sich einsam fühlte. Irgendwie erzeugten diese Bilder nicht nur Neid, sondern auch ein schmerzhaftes Vergnügen. Es machte Lee glücklich, sich Fotos dieser geliebten Mädchen anzusehen, die sich friedlich lächelnd durch die Welt bewegten. Wie es wohl war, sich so geborgen zu fühlen?

Regan, ein Mädchen an jeder Hand, beim Sonnenuntergang in Georgia.

Lee wollte auch bemuttert werden.

Isabella, der ein Vorderzahn fehlte.

Lee wollte auch Mutter werden.

Regan, zerzaust im Hintergrund, wie sie ihre Mädchen in rosafarbenen Trikots bewunderte.

Lee wäre eine schreckliche Mutter gewesen.

Flora und Isabella, die sich einen Milchshake teilten.

Lees Periode war überfällig.

5 / Charlotte

CHARLOTTE TRUG GERADE Lippenstift auf, als es an der Tür klopfte. Sie bewunderte gerade ihr *Fun-Day-at-Sea*-Outfit – ein gelbes Etuikleid mit goldenen Ballerinas –, wandte sich um und öffnete.

»Wo soll ich Ihr Frühstück hinstellen, Madam?«, fragte Paros und balancierte mit ungeschickten Bewegungen ein Tablett mit einer Kanne Kaffee und abgedeckten Tellern auf den Armen.

»Oh, Paros! Danke, dass Sie mir gestern Abend geholfen haben, meine Kabine zu finden. Es ist mir so peinlich. Wie konnte ich mich nur so verlaufen? Obwohl, die Gänge sehen sich sehr ähnlich.«

»Das Tablett?«, fragte Paros und wirkte leicht genervt. »Wo möchten Sie es gern …?«

»Oh! Tut mir leid. Suchen Sie selbst einen Platz dafür aus!«

Paros stellte das Tablett auf den Schreibtisch, griff nach einer Serviette und platzierte eine Kaffeetasse schwungvoll auf der Serviette. »Wie trinken Sie Ihren Kaffee am liebsten?«, fragte er und hob die Kanne.

Niemand hatte Charlotte je gefragt, wie sie ihren Kaffee trank ... niemand. Sie bereitete sich ihren Kaffee jeden Morgen mit der Mr.-Coffee-Maschine zu, gab eine Tablette Süßstoff und einen Schuss Milch hinzu. Nach Winstons Tod hatte sie die Milch nicht mehr in ein Kännchen gefüllt, sondern griff einfach nach der Packung, schenkte sich ein und stellte den Rest wieder in den Kühlschrank. Die junge Charlotte hatte Zuckerwürfel mit einer silbernen Zange präsentiert und die Süßstofftabletten in einer flachen Schüssel angeordnet. Jetzt empfand sie gleichermaßen Trauer und Stolz für die Frau, die sie einmal gewesen war.

»Ein bisschen Milch und eine Splenda, danke«, bat sie.

Paros runzelte die Stirn. »Ich habe ein Sweet'N Low«, sagte er. »Reicht das?«

Reicht das? Was für ein Kerl!, dachte Charlotte. Ein Koloss ... es gab keine Worte dafür! Und hier waren sie, in ihrer Kabine. *Was wäre, wenn er sie einfach in die Arme nähme?*, fragte sie sich. *Du liebe Güte, waren die behaart!* Sie erkannte drahtige graue und schwarze Haare unter dem Rand seines knackigen Hemdärmels. Würde sie dann wie im Film zu Boden sinken und seine Lippen berühren? Insgeheim bewunderte sie seine starken Schultern. Hitze stieg in ihr auf. Sie musste aufhören, erotische Romane zu lesen!

»Mrs. Perkins?«, fragte Paros. »Wäre Ihnen Sweet'N Low recht?«

»Sweet'N Low wäre mir recht«, stammelte sie.

Während Paros den Kaffee vorbereitete, erklang Brysons sanfte Stimme aus dem Lautsprecher. »Guten Morgen, liebe Passagiere der *Splendido Marveloso*. Sind Sie bereit für einen Tag voller SPASS, SPASS, SPASS an Bord der *Splendido Marveloso?* Haben Sie mich gehört? Ich hoffe, Sie haben mich SPASS, SPASS, SPASS sagen hören, denn heute werden wir SPASS auf See haben.«

Konnte man den Lautsprecher ausschalten? Charlotte sah sich im Raum nach einem Schalter um, konnte aber nirgends einen entdecken.

»Lassen Sie uns mit dem Spaß am Pool beginnen!«, krähte Bryson. »Mittags wird es eine Eisschnitzvorführung geben. Um 12:30 Uhr – machen Sie sich bereit, meine Damen und Herren! – steigt ein Brusthaarwettbewerb.«

Paros trat in den Flur. »Paros!«, rief Charlotte.

»Madam?«, fragte Paros und drehte sich um.

Gehen Sie nicht!, hätte sie am liebsten gesagt. »Sind Sie Italiener?«, fragte Charlotte stattdessen.

»Ich bin Grieche«, sagte Paros.

»Aus Athen?«

»Ich komme aus Ikaria. Das ist eine Insel.«

Charlotte suchte nach einer Möglichkeit, das Gespräch aufrechtzuerhalten. »Vermissen Sie Ihre Heimat?«, platzte sie heraus.

»Ja«, sagte Paros. »Sehr sogar. Genießen Sie Ihr Frühstück, Madam!«

»Ich war noch nie auf einer griechischen Insel. Ich freue mich schon sehr darauf.«

»Mrs. Perkins, haben Sie schon einmal Honig mit Joghurt zum Frühstück gegessen?«, fragte Paros.

»Bitte, sagen Sie Charlotte zu mir!«

»Wenn Sie möchten«, stimmte Paros zu.

»Ja, das möchte ich. Und übrigens bin ich Witwe.«

»Mein Beileid«, sagte Paros. »Meine Frau ist ebenfalls verstorben.«

Einen Moment lang sahen sie sich an. War er möglicherweise an ihr interessiert? Daran, ihr nahe genug zu kommen, um sie zu berühren? Charlotte maßregelte sich ... sie war eine alte Frau. Sie wusste, dass niemand sie als Objekt der Begierde betrachtete. Doch sie hoffte nichts sehnlicher, als dass sich Paros' förmliches Verhalten auf seine Dienstvorschriften zurückführen ließ oder dass er nicht gut genug Englisch sprach. Oder dass er vielleicht – aber nur ganz vielleicht – nervös war.

»Honig mit Joghurt?«, wiederholte Paros. »Haben Sie schon einmal Joghurt mit Honig zum Frühstück gegessen?«

Charlotte wusste, dass er nicht flirtete. Das konnte gar nicht sein. Oder doch? Ihr wurde schwindelig. »Nein«, entgegnete sie. »Ich glaube nicht. Am liebsten esse ich englische Muffins.«

Red keinen Unsinn!, ermahnte sich Charlotte. Englische Muffins?

»Ich kann Ihnen griechischen Honig bringen«, sagte Paros. »Meine Tochter stellt ihn her. Er ist dunkler als amerikanischer Honig. Er schmeckt nach Honigtau und Thymian.«

»Das wäre wunderbar«, sagte Charlotte.

Paros nickte. »Ikaria«, erklärte er, ohne sie anzusehen. »Meine Insel, sie liegt vor der Türkei.«

»Oh«, machte Charlotte. Sie wollte noch etwas hinzufügen, einen Weg finden, die Verbindung weiter aufrechtzuerhalten, doch Paros ging. Die Kabinentür schloss sich hinter ihm mit einem Geräusch, das so endgültig war wie der Schnitt einer Schere.

Sie setzte sich aufs Bett. Wäre sie ein Mensch gewesen, der näher auf etwas einging, hätten Paros und seine Kollegen ihr leidgetan, die sicher schlecht bezahlt wurden und in engen Kabinen unter dem Wasserspiegel hausten. Aber Charlotte war eindeutig kein Mensch, der sich über etwas Gedanken machte. Warum sollte sie auch?

Früher einmal hatte Charlotte den Dingen auf den Grund gehen wollen. Bei Winston, zum Beispiel. Immer wieder wollte sie herausfinden, was mit ihm nicht stimmte, wollte voraussehen, was er brauchte, um ihn vor der Traurigkeit und später vor dem Scotch zu bewahren. Das Abendessen hatte sie mit Sorgfalt zubereitet, sich dem Sex unterworfen, war früh aufgestanden, um zu duschen und sich anzuziehen, damit sie ihm makellos gepflegt das Frühstück servieren konnte.

Doch das alles änderte sich an einem Samstagmorgen, als Charlotte in ihrer Tennisjacke an der Küchentheke saß und das Kreuzworträtsel der New York Times löste. Sie hatte die jüngeren Kinder im Klub abgesetzt und wartete darauf, dass Lee aufwachte und ihr Badezeug packte. Winston hatte sich angewöhnt, im Arbeitszimmer einzuschlafen, was für Charlotte in Ordnung war. Sie wusste, dass sie ihn bis zum Mittagessen nicht stören durfte. Danach pflegte sie ihm Truthahn auf Roggenbrot mit Grey-Poupon-Senf und Lay's-Kartoffelchips zu servieren.

Da hörte Charlotte einen Schrei. Sie blickte von ihrem Kreuzworträtsel auf und setzte mit ihrem Bleistift noch das letzte E von *Café Carlyle* in die Reihe ein. Dem Schrei folgte kein weiteres Geräusch. Charlotte wartete und kehrte dann zu ihrem Rätsel zurück. (Fünf senkrecht: *Das Wohnzimmer eines Piloten.*) Ihr Gehirn schwirrte, sie zählte die freien Kästchen – ja! *Cockpit.* Sie füllte die Kästchen mit Buchstaben aus und legte ihren Bleistift nieder. Sie war noch immer jemand, der sich über dies und das eine Weile Gedanken machte.

Langsam stieg Charlotte die Treppe hinauf. Oben blieb sie stehen und lauschte angespannt, hörte aber nichts mehr. Hatte sie sich den Schrei nur eingebildet? »Lee?«, rief sie verhalten.

Als Antwort kam ein Schmerzensschrei von Lee. Charlotte eilte auf das Geräusch zu, das aus Lees Badezimmer zu kommen schien. Charlotte trug Tennissocken mit Pompons. Lees Zimmer roch nach Parfüm aus der Drogerie. Auf Zehenspitzen stand Lee in ihrem Badezimmer und hielt Winston umklammert, dessen Gesicht …

Warum hatte er es in Lees Badezimmer getan?

Wie sollte sie es ihren Freunden erzählen?

Was, wenn Charlotte zu ihm gegangen wäre, bevor sie die Kinder in den Klub gebracht hatte?

Wie konnte er es nur wagen, sie alleinzulassen?

Was sollte sie tun?

Oh, Winston, warum?

Man konnte sich weiter Fragen stellen, man konnte aber auch damit aufhören. Um zu überleben, tat Charlotte das Notwendige. Bis zum heutigen Tag konnte sie Lee kaum in die Augen sehen. Nur Lee wusste, wie sehr Charlotte versagt hatte. Charlotte wusste, dass die Wahrheit schwer auf ihrer ältesten Tochter lastete. Sie wusste, dass Lee zerbrach. Die Frage lautete: Konnte Lee das ertragen? Nein.

Charlotte schluckte. Sie konnte weiter Fragen stellen oder damit aufhören. Mit gesenktem Kopf betete sie und bat Gott, sich um Paros und Lee, Cord und Regan, ihre Mutter, ihren Vater und Minnie im Himmel und zuletzt um sie selbst zu kümmern. Dann stand sie auf und bereitete sich auf einen spaßigen Tag auf hoher See vor.

Fünf

RHODOS,
GRIECHENLAND

1 / Charlotte

ALS SIE DIE Vorhänge öffnete, staunte Charlotte über das lebhafte Treiben, das den ruhigen Horizont abgelöst hatte. Sie zog ihren Bademantel an und trat nach draußen. Unterhalb des Schiffes befand sich ein breiter Parkplatz, der mit Reisebussen und Taxis besetzt war. Hinter einer belebten Straße erhob sich eine mittelalterliche Welt, Festungsmauern mit Zinnen, die sich von dem strahlend blauen Himmel abhoben. Und stand da nicht auch ein Geschützturm? Charlotte stellte sich einen Ritter auf seinem Ross vor, der gegen die griechische Brise angaloppierte und seinen silbernen Schild schwang. Und einen Dolch! Er betrat einen dunklen Gang, der in einen … Graben führte? Den das Ross überspringen konnte? Ein Harem mit schönen … Prinzessinnen? Ein rasenbedecktes Schlachtfeld? Charlotte musste unbedingt ihre Kenntnisse über das mittelalterliche Europa auffrischen. Sie kehrte in ihre Kabine zurück und entdeckte dort ein Kaffeetablett, auf dem eine verpackte Schachtel lag.

Ihr Herz schlug schneller, sie öffnete die Schachtel und entdeckte darin ein Glas mit Honig. Im Spiegel über dem Schminktisch sah sie das Entzücken auf ihrem Gesicht und die rosigen Wangen, und das ganz ohne Rouge.

Charlotte erinnerte sich an ihre Mutter, die morgens nie ungeschminkt aus ihrem Zimmer kam. Als Charlotte fünfzehn Jahre alt war, hatte Louisa sie in eine Drogerie mitgenommen und ihrer Tochter eine Tüte voller Kosmetika gekauft. »Was soll ich damit?«, hatte Charlotte auf dem Heimweg gefragt, im Seidenpapier gekramt und Tiegel mit Make-up und flüssigem Rouge berührt.

»Kannst du dir vorstellen, ich käme ungeschminkt zum Frühstück?«, hatte Louisa gefragt und traurig gelacht.

»Was dann?«, fragte Charlotte.

»Dein Vater würde sich sofort eine Frau suchen, die sich nicht gehen lässt«, antwortete Louisa.

»Nein, würde er nicht«, widersprach Charlotte.

Louisa starrte aus dem Fenster. »Ich möchte es lieber nicht herausfinden«, murmelte sie.

Charlottes Eltern taten so, als stünden sie permanent im Scheinwerferlicht. Sie bewerteten sich ständig selbst und einander und sprachen affektiert. Charlottes Vater nannte Louisa *Liebling*, doch sie waren selten allein, und Charlotte sah nie, dass sie sich umarmten.

Vielleicht war dies der Grund, warum Charlotte sich nach Sex sehnte. Er war schamlos und authentisch. Man konnte nicht mit einer anderen Person Sex haben und gleichzeitig perfekt gestylt sein. Natürlich konnte ihr Liebhaber sie verlassen oder sie für hässlich und faltig halten. Aber vielleicht musste sie genau dieses Risiko eingehen, um sich mit einem anderen zu verbinden. War es zu spät für Charlotte, dieses Risiko einzugehen?

Sie schob das Honigglas in ihre Strandtasche.

2 / Cord

CORD HATTE GELESEN, dass die mittelalterliche Stadt von Rhodos über echte Burgen, byzantinische Tempel, Ritterbauten, Moscheen, gepflasterte Straßen und einen Graben verfügte. Als sie vom Schiff auf einen Parkplatz schlurften, auf dem überall Reisebusse standen, legte er die Hände an die Hüften und stellte sich vor, wie er alles von oben überblickte, nur ein kleiner Punkt auf einer verrückten Insel zwischen Athen und der Türkei inmitten der Ägäis. Sein eigenes Leben schien weit weg zu sein.

Er legte den Arm um seine Mutter und lächelte, als einer der allgegenwärtigen Schiffsfotografen hinter dem Pappausschnitt einer leuchtend orangefarbenen Schwimmweste mit Rhodos- und Griechenland-Aufdrucken (was sonst?) ein Bild von ihnen schoss. Seine Schwestern drängten sich aneinander und waren offenbar unfähig, eine Gelegenheit zur Selbstdarstellung auszulassen. Lee mit ihrer riesigen Sonnenbrille und den aufgespritzten Lippen machte einen Schmollmund, den man wohl *Duckface* nannte, während Regan mit ihrer Frage »Oh, meint ihr mich?« wie eine Zwölfjährige aussah. Cords Stimmung befand sich im Keller, und er war froh, dass er ein paar Drinks intus hatte, um das Elend des Zusammenseins mit seiner Familie abzufedern.

»Schau!«, schrie Regan. »Ein kleiner Wagen!«

Auf dem Platz parkte in der Tat ein winziger Wagen, neben dem ein Mann stand, der Alexis Sorbas ähnlich sah, wenn Sorbas einen Schaffnerhut getragen und ein Schild mit Werbung für eine Stadtrundfahrt durch Rhodos für nur sieben Euro hochgehalten hätte.

»Kommt, wir machen das!«, rief Regan und packte Cord am Arm. Als er ihn instinktiv wegriss, wirkte sie total zerknirscht.

»Entschuldigung«, sagte Cord. »Ich habe nur … wir haben bereits eine Rundfahrt geplant. Also dachte ich . . .«

»Ist schon gut«, erwiderte Regan, und ihre Stimme klang eisig.

Matt, der Schürzenjäger, wollte den ganzen Tag auf dem Schiff bleiben und hatte beim Frühstück erwähnt, dass er noch einiges an Arbeit nachzuholen habe. Cord hätte ihm am liebsten eine verpasst. Er drehte sich zu Charlotte um, die trotz ihres extrem grellen Strandoutfits irgendwie schmal und hilflos aussah. »Mom«, fragte er, »hast du die Tickets?«

»Tickets?«, echote Charlotte.

Cords Magen krampfte sich zusammen. Er sehnte sich danach, das Fläschchen Jägermeister aus seiner

Tasche zu holen, das er für den Notfall dort aufbe-
wahrte.

»Yassus! Yassus!«, rief eine junge Frau und näherte
sich ihnen. »Sie sind für den Strand?«

»Wir sind für den Strand«, sagte Charlotte stolz
und deutete auf ihr monogrammiertes Frottee-Outfit
(mit passender Kappe und monogrammierter Strandtasche).

Regan ging allen voran zum Bus, und Charlotte
folgte ihren Kindern. Cord drehte sich zu seiner älteren Schwester um. »Wir müssen über Regan sprechen«, platzte er heraus, verzweifelt, weil er ihr die
schlechte Nachricht überbrachte. »Zoë hat mich angerufen. Es gibt eine sehr schlechte Nachricht. Über
Matt.«

»Was?«, fragte Lee.

»Zoë hat einen Privatdetektiv engagiert, aber Regan
sieht sich seinen Bericht nicht einmal an.«

»Oh, mein Gott!«, stöhnte Lee. »Weißt du, was
drinsteht?«

»Ja«, sagte Cord, erzählte Lee alles und freute sich,
mit der schlimmen Nachricht nicht mehr allein zu
sein. Cord hatte undeutliche Erinnerungen daran,
dass Lee nicht nur seine Verbündete, sondern auch
seine beste Freundin war. Im Schwimmbad des CVJM,
wenn sie den Schmetterlingsstil übte, oder danach,
wenn sie in ihrem Schwimmteamanzug und ihrer
grauen Jogginghose dastand, wirkte sie unbesiegbar.
Eine Kämpferin. Sie stellte sich schützend vor Cord,
wenn Winston seine Wutausbrüche hatte. Sie vertei-

digte alle. Einmal traf Lee ihren Bruder weinend an, weil Winston ihn zwang, dem Flag-Football-Team beizutreten. Dort spielten Kinder, die ihn schikanierten. Da stürmte Lee in die Küche, wo sich Winston gerade einen Drink einschenkte, und fauchte ihn an, dass er sich schämen solle. Sie verwendete tatsächlich diese Worte! »Mach mal halblang, Lee Lee!«, antwortete Winston. »Der Junge braucht einen Sport.«

»Was er braucht«, fauchte Lee, »ist ein Vater, der ihn unterstützt!« Sie war damals dreizehn Jahre alt, das tapferste Mädchen der Welt, das Haar zu einem nach Chlor riechenden Pferdeschwanz gebunden, kräftige, schrille Stimme. Und Winston hatte nachgegeben! Cord, der sich im Flur an nagelneue Stollenschuhe klammerte, war von tiefer Erleichterung erfüllt, als Winston um die Ecke kam und ihm die Schuhe entriss. »Vergiss es!«, rief er. »Vergiss es einfach! Ich gebe sie zurück.«

»Wie wär's, wenn du ihm sagst, dass du ihn lieb hast?«, fragte Lee, die mit den Händen auf den Hüften hinter ihm stand. Doch Winston antwortete nicht, ging einfach in seine Höhle und schloss die Tür.

Cord sah Lee an. »Danke«, sagte er.

»Ich mag dich«, flüsterte sie ihm zu. Er rannte auf Lee zu, und sie umarmte ihn. »Wir sitzen in einem Boot«, versicherte sie ihm. »Ich bin immer für dich da.« Erst später fragte sich Cord, ob sie solche Worte vielleicht selbst gern einmal gehört hätte. Als Älteste hatte Lee wahrscheinlich nie das Gefühl gehabt, dass jemand auf sie aufpasste. Und so war sie zu der

Person geworden, die sie eigentlich am meisten gebraucht hätte.

Doch als Winston an einem plötzlichen Herzinfarkt starb, veränderte sich Lee. Sie kam kaum mehr nach Hause, nur noch zum Schlafen. Als Cord in ihrem Zimmer erschien und mit ihr reden wollte, behauptete sie, sie sei müde oder beschäftigt. Sie kaufte im Eisenwarengeschäft ein Schloss und installierte es an ihrer Zimmertür. Cord wusste, dass ihr die Enge ihres Mietshauses peinlich war. Nach und nach dämmerte ihm, dass sie vor der Familie fliehen wollte, zusammen mit Cord. Sie dachte, sie sei etwas Besseres und stehe über ihren ärmlichen Verhältnissen. Es war fast so, als erschöpfe sie das Gespräch mit ihren primitiven Verwandten. Dieses Wissen war niederschmetternd für Cord. Als sie nach Kalifornien ging, war sie eine Fremde. Selbst jetzt, als Lee neben ihm stand, vermisste er sie.

»Was sollen wir tun?«, fragte Cord.

»Das geht uns eigentlich nichts an«, erwiderte Lee. Cord war überrascht, denn er hatte gedacht, Lee werde alles herausfinden und Regan retten. Unsere Angelegenheit? War es einem überhaupt gestattet, sich einen Dreck um die eigene Familie zu scheren? Cord dachte nicht so. Er folgte Lee in den Bus und ließ sich neben Charlotte nieder.

»Cord, was geht hier vor?«, fragte seine Mutter.

»Nichts, gar nichts«, entgegnete Cord. Er wollte, dass alle glücklich waren, so weh das auch tat.

Charlotte kräuselte die Lippen. »Das musst du mir

nicht zweimal sagen«, rügte sie ihn. Und dann fügte sie mit kaltem Jubel hinzu: »Ich bin bereit für Spaß, Spaß, Spaß.«

»Dreimal Spaß, Mom?«

Charlotte zuckte die Achseln. »Ich verdiene drei Späße«, erklärte sie.

Als sie sich auf ihren Plätzen eingerichtet hatten, dachte Cord über diese Aussage nach. Er war ein Mensch, der seiner eigenen Meinung nach keinen Spaß verdiente, und er fragte sich, ob dies daran lag, dass seine Mutter dreimal Spaß zu verdienen glaubte.

Du darfst dich nicht amüsieren, sagte die einsame Stimme in seinem Innern. *Du bist das Trampolin, nicht der fröhliche Springer.*

»Ich will nicht das Trampolin sein«, flüsterte Cord. »Ich will der fröhliche Springer sein.«

»Was sagst du da, Liebling?«, fragte Charlotte.

»Ich bin nur müde«, murmelte Cord.

»Also bitte«, sagte Charlotte. »Du bist müde? Wenigstens bist du nicht einundsiebzig Jahre alt und allein.«

Cord biss sich so heftig auf die Zunge, dass sie blutete.

Sie fuhren durch eine unglaublich dicke Festungsmauer und tauchten ein in eine mittelalterliche Welt, in enge Gassen, gesäumt von sandfarbenen Burgen und hoch aufragenden Minaretten. Touristen mit Sonnenhüten krochen umher wie Ameisen, deuteten auf Türme und spähten in Schaufenster. Obwohl auch er ein Tourist in dem Bus war, fühlte er sich überlegen, als sie die Altstadt von Rhodos hinter sich ließen und auf eine Schnellstraße fuhren.

Der Bus holperte einen Hügel hinauf, und Cord genoss das Panorama über Terrakottadächer, leuchtend grüne Baumgruppen und weit entfernte buschige Hügel. Als sie um eine Ecke bogen, lag das Meer vor ihnen. Cord entdeckte zwei riesige Kreuzfahrtschiffe im kobaltblauen Mittelmeer, eine elegante Cunard und die käsige *Splendido Marveloso* mit der purpurroten Wasserrutsche, die an eine Schlange erinnerte.

Warum besichtigten sie die Burgen nicht? Wer hatte sich dafür entschieden, einen Strand aufzusuchen, statt über einen echten Burggraben nachzudenken? Cord hatte das ungute Gefühl, dass er etwas anderes, Besseres machen sollte … Andererseits kam ihm ein Tag in einem Strandkorb sehr gelegen. Die Arbeit war in letzter Zeit sehr anstrengend gewesen. Alle hatten dabei zusehen müssen, wie ihre Einkünfte versiegten und wie immer klarer wurde, dass die Firma völlig von der Investition in 3rd Eyez abhängig war.

Giovanni wird dich nicht mehr wollen, wenn das Geld erst einmal versiegt ist, meldete sich die einsame Stimme in seinem Innern.

»Halt die Klappe!«, raunzte Cord. Er brauchte noch ein paar Drinks, um die einsame Stimme zum Schweigen zu bringen.

»Was ist los?«, fragte Lee.

»Tut mir leid«, entschuldigte sich Cord. »Ich habe mit mir selbst gesprochen …« Doch dann unterbrach er sich, denn Lee hätte das mit der einsamen Stimme nicht verstanden. Als Erwachsener hatte er gefunden, dass seine Familie einfach gut daran täte, die Kritiker in ihren Köpfen zu ignorieren. Doch irgendwann war er zu der Überzeugung gelangt, dass Lee gar keine einsame Stimme hörte. Ebenso wenig wie Charlotte oder die bodenständige Regan, die als Einzige eine eigene Familie gegründet hatte. Es war eine seltsame Erkenntnis, dass in seinem Gehirn eine einsame Stimme verankert war und in dem der anderen nicht. Giovanni hatte einmal gesagt, Cords Fähigkeit, intensiv zu fühlen, mache ihn tiefgründiger und fähiger, einfach glaubwürdiger. Er wollte Giovanni gern glauben, dessen nachdenkliche, kluge Worte an guten Tagen den Platz der einsamen Stimme einnahmen. Handy hatte zu Cord gesagt, er müsse mit seinem inneren Kind reden, brauche EMDR, eine Traumatherapie. Vermutlich hatte Handy recht. Aber es war so viel leichter, einfach zu trinken.

Vor dem Busfenster sah Cord Anpflanzungen wilder Olivenbäume, die sich bis zum schillernden Meer erstreckten. Als sie um eine Kurve bogen, entdeckte er zahlreiche Obsthaine. Gelbe Zitronen leuchteten zwischen schillernd grünen Blättern. Cord blickte auf die niedrigen Steinhäuser und dachte bei sich, er sollte nach Griechenland ziehen und Oliven ernten.

»Ich sollte nach Griechenland ziehen und Honig herstellen«, sagte Charlotte.

»Du meinst Oliven ernten«, meinte Cord.

»Nein, Cord, ich meine Honig«, widersprach Charlotte. »Hast du eigentlich schon einmal griechischen Honig probiert? Echten griechischen Honig?«

»Das weiß ich nicht genau«, wiegelte Cord ab.

»Ah«, sagte Charlotte wissend. »Ich weiß es genau. Er schmeckt nach Thymian.«

»Tatsächlich?«, fragte Cord. Die Wangen seiner Mutter waren gerötet. Ihn schauderte bei dem Gedanken, dass sie über irgendeine honigsüße Sexszene in einem ihrer schmutzigen Bücher gelesen hatte, die sie und ihre Freundinnen einander zuschoben. Fromme Kirchgängerinnen! Sie waren nicht mehr als verdorbene Mädels.

»Ich habe noch nie echten griechischen Honig gegessen«, klagte Regan.

Der Busfahrer sprach ins Mikrofon. »Rhodos bedeutet Rose«, erklärte er. »Auf meiner Insel werden viele Artikel zum Verkauf angeboten, darunter Teppiche, Brandy, Zigaretten und Seife.«

»Faaaaszinierend«, jubelte Charlotte.

Plötzlich wünschte sich Cord seinen Freund Giovanni so sehr an seiner Seite, dass ihm schwindelig wurde. Er wollte, dass Giovanni ihm in die Augen sah, als Charlotte *Faaaaszinierend* sagte, und dass er Cord zuzwinkerte, damit er sich geliebt und verstanden fühlte. Giovanni war so freundlich und klar. Er würde ihm helfen, sich um Charlotte zu kümmern. Er würde über ihre Witze lachen und ihr Komplimente für ihre J.-Crew-Outfits machen. Und sie würde ihn vergöttern, seine entzückenden Nebenbemerkungen, seinen unerschütterlichen Glauben an die Kinder, die er unterrichtete, seinen Sinn für Humor. Charlotte würde sich total in Giovanni verlieben ... wenn sie nur eine andere gewesen wäre und Giovanni eine Frau.

3 / Regan

AM STRAND VON Tsambika schlugen makellose azurblaue Wellen auf weißen griechischen Sand. Lee stand neben Regan, öffnete ihr Bikinioberteil und streckte ihre perfekt symmetrischen Brüste in die gleißende Sonne.

»Lee!«, rief Charlotte. »Dein Oberteil!«

»Ach, Mom!«, wehrte Lee ab. »In Europa schämen sich die Menschen nicht so für ihren Körper.« Das stimmte, wie Regan zugeben musste. Überall sah man schrumpelige Hängebrüste (und übrigens auch schrumpelige alte Penisse).

»Ich gehe mal schwimmen!«, sagte Lee und stand auf.

Als Kind war Regan unglaublich eifersüchtig auf ihre ältere und glamourösere Schwester gewesen. Doch inzwischen machte es Regan traurig, als sie sah, wie Lee die Männer beobachtete, die ihr nachschauten. Wann war Lee so peinlich geworden? Ein schlanker Typ stand auf, als Lee an ihm vorbeiging. Sie watete ins Meer, und er folgte ihr wie ein Hai, der Blut gerochen hatte.

Ihr Leben lang hatte Regan ihre Schwester nachgeahmt und genauso umwerfend sein wollen wie sie, war jedoch gescheitert. Doch Regan wusste, dass sie bereit war, diese Last abzulegen und die geilen Männerblicke Frauen wie Lee zu überlassen, die sie zu genießen schienen.

Obwohl die meisten ihrer Zeitschriften und viele ihrer Freundinnen offenbar etwas anderes glaubten, wusste Regan instinktiv, dass sie sich selbst lieben und umsorgen sollte. Der Versuch, ihr Gesicht faltenlos und ihr Köpergewicht niedrig zu halten, war ein Kampf, der Regan ihre ganze Kraft kosten würde. Doch sie wollte ihren Verstand für anderes einsetzen, sie wollte Kunst kreieren, ihre Mädchen großziehen und verstehen, was in der Welt vor sich ging. Gott hatte ihr einen großen Hintern, starke Oberschenkel und den Bauch einer Rubensfigur mitgegeben. Ihre Brust und ihre prallen Arme waren zum Trösten und Lieben gemacht. Sie konnte sich jeden Tag Gedanken über Orangenhaut und Proteinshakes machen und würde dennoch nie wie Lee aussehen. Das entsprach der Wahrheit, und Regan wollte nicht länger so tun, als gäbe es diese Wahrheit nicht. Charlottes hartnäckiges Leugnen von allem Realen war anstrengend. Regan wollte anders leben.

Sie stand auf und lief im Badeanzug am Strand entlang. In den Wellen entdeckte sie ein älteres griechisches Paar. Die Frau war tief gebräunt, das Haar lag ihr wirr um den Kopf, und ihre Brüste hingen lang und blau geädert an ihrem Körper herunter. Auch der Mann hatte pralle, volle Brüste, und sein runder Bauch schimmerte in der Sonne. Die Frau spritzte mit Wasser herum, und das Paar tanzte unter den Tropfen, die auf sie zurückfielen. Regan lächelte.

Und dann rannte auch sie ins Meer.

4 / Lee

LEE SCHWAMM ZWISCHEN zerklüfteten Klippen hindurch auf einen Felsen zu, auf den eine griechische Flagge aufgemalt war. Sie hatte ihre Tage immer noch nicht bekommen, doch im kalten Wasser schwanden ihre Sorgen. Tsambika war so anders als die Strände in L.A., die Lee immer als durchaus hübsch, sicher, aber glanzlos empfunden hatte. Dieser Strand hatte Charakter. Er wirkte exklusiv, bildete eine Kulisse, wie man sie auf den Instagramfotos von Prominenten sah. Man erkannte einfach, dass es sich nicht um eine amerikanische Küste der unteren Kategorie handelte.

Und der Mann, der sich ihr im Wasser näherte, war auch kein Amerikaner. Seine Zähne verrieten ihn. Sie waren vergilbt und ein bisschen schief, ein Amerikaner hätte sie sich richten lassen. Er war groß, und seine stark gebräunte Brust wirkte so glatt wie die eines Otters. Lee spähte zum Strand zurück und tat so, als hätte sie ihn nicht bemerkt.

»Sie sind Schauspielerin, nicht wahr?«, sagte der

Mann mit britischem oder vielleicht auch australischem Akzent.

Lee tat erschrocken und legte eine manikürte Hand um den langen Hals. (Irgendwo hatte sie gelesen, dass sowohl Schwäne als auch Menschen ihre Hälse entblößten, um den männlichen Blick anzuziehen.) »Das ist richtig«, murmelte sie.

»Wusste ich's doch. Der Film über den Banküberfall?«

Lee schielte durch ihre verlängerten Wimpern zu ihm hinüber. »Nein.«

»Der Film im Weltraum, wo Sie einen silbernen Anzug und diese fabelhaften Moonboots tragen?«

»Nein«, lachte Lee.

»Ich weiß! Warten Sie … die Fernsehsendung, in der Sie Trainerin eines Little-League-Teams sind und eins der Kinder verschwindet?«

»Ja«, sagte Lee. »Mein Gott, das ist ewig her.«

»Aber diese roten Shorts.«

Lee lachte. *Run All the Way Home* war eine ihrer letzten großen Rollen gewesen, obwohl sie zu jenem Zeitpunkt, also vor drei Jahren, gedacht hatte, es sei ihre erste große Rolle gewesen. Wie deprimierend. Fast so deprimierend wie die Nachrichten über Matt. Lee verdrängte Regans Probleme und wandte sich wieder ihrem neuen Verehrer zu.

»Ich bin im Ruhestand«, erklärte Lee und kostete die Worte aus.

»Im Ruhestand?«, wiederholte der Mann. »Glückliches Mädchen.«

»Ich hatte das Hamsterrad satt«, bemerkte Lee lässig. »Nun bin ich Größerem und Besserem auf der Spur. L. A. im Rückspiegel, wenn Sie wissen, was ich meine.«

»Sicher«, bestätigte der Mann und musterte sie verwirrt, aber interessiert. »Und wo leben Sie jetzt?«

»Ich befinde mich … in einer Übergangsphase«, sagte Lee.

Der Mann streckte die Hand aus. »Pete«, stellte er sich vor. »Ich wohne in London.«

»Lee«, erwiderte sie und schüttelte ihm die Hand.

»Erster!«, rief Pete, und bevor sie antworten konnte, stürzte er sich in die Fluten und schwamm zu einem in der Ferne vertäuten Floß.

»Verdammt«, murmelte Lee, denn sie wusste, dass ihr Haar trocken und aufgeplustert besser aussah. Trotzdem würde es sich gut anfühlen, ihr Blut in Wallung zu bringen. Sie holte tief Luft und tauchte unter.

Nachdem Lee einen neuen Traum gefunden hatte, nämlich Schauspielerin zu werden, hatte sie das Schwimmteam verlassen. Aus einer Laune heraus hatte sie sich für *Ein Sommernachtstraum* beworben, wurde dann aber als Hermia gecastet. Ihr Partner war Felix Henderson, der heißeste Schauspieler ihrer Klasse. Sein strähniges blondes Haar war unwiderstehlich, und als Lysander blickte er ihr so unerschrocken in die Augen, dass Lee sich fragte, ob er sie vielleicht auch im wirklichen Leben liebte.

Zeit mit ihrem Vater zu verbringen war langweilig

geworden. Die Intervention hatte nichts bewirkt. Er würde weiter behaupten, mit dem Trinken aufgehört zu haben, nach zwei Nächten mit kalkweißem Gesicht aber wieder damit anfangen. Lee hasste seine Schwäche für Alkohol. Es entlarvte ihn als fehlbar, und ihn auf diese Weise zu erleben war so schrecklich, dass sie den Blick abwenden musste. In Richtung Felix. Und sein strähniges Haar.

An dem Abend, als sie gecastet worden war, verkündete Lee die Neuigkeit während des Abendessens mit Hühnchen, das sie mit ihren Geschwistern und ihrer Mutter in der Küche einnahm. Das war der übliche Ablauf: Charlotte kochte und verteilte das Abendessen für die Kinder in der Küche, während Winston allein in seiner Höhle trank. Dann bereitete sie eine weitere Mahlzeit für ihn zu und servierte sie ihm im Esszimmer mit vollem Gedeck, setzte sich ihm gegenüber und räumte hinter ihm auf, wenn er fertig war. An manchen Abenden nahm Winston seinen Teller und sein Geschirr mit in das Arbeitszimmer und ließ Charlotte allein am Tisch zurück. Lee konnte sich daran erinnern, wie Charlotte aus dem Fenster im Esszimmer starrte, während ihr trauriges Gesicht im Licht der Kerzen leuchtete, die sie für ihren Mann angezündet hatte.

»Also, ich höre mit dem Schwimmen auf«, hatte Lee verkündet. »Denn es würde zur selben Zeit wie die Theaterproben stattfinden, also ...«

Charlotte legte ihre Serviette weg. »Hast du es deinem Vater erzählt?«, fragte sie.

»Nein«, erwiderte Lee.

Dieser Antwort folgte ein betretenes Schweigen. Winston saß nur einige Zimmer weiter, sie hörten den Fernseher aus seiner Höhle.

»Er wird enttäuscht sein«, sagte Charlotte.

»Aber die Proben finden zur gleichen Zeit statt!«

»Das verstehe ich ja, Liebes«, meinte Charlotte. Hilfloser Zorn erfüllte Lee, denn wie immer warf ihre Mutter sie ohne Schwimmhilfe ins Meer, die sie über den unruhigen Wellen des betrunkenen Zorns ihres Vaters gehalten hätte.

»Ich komme mit«, verkündete Regan und schob ihren Teller weg.

»Du bist noch nicht fertig«, tadelte Charlotte. »Und ich habe noch nicht die Erlaubnis erteilt.«

»Ich komme mit«, sagte Cord, erhob sich und griff nach Lees Hand. Charlotte spitzte die Lippen und säbelte an ihrem Huhn herum. Sie wird sich nicht mit Prinz Cord streiten, dachte Lee. Das war ein ständiger Grund für Verärgerung, und doch stand er da wie eine Eins und wartete auf sie ... er war auch ihr Prinz. Er lächelte. »Komm, wir gehen!«, sagte er.

Er war erst zwölf Jahre alt, und doch war er schon sehr gut aussehend, sein Gesicht verlor allmählich die kindlichen Rundungen. Winston ging hart mit ihm um und wollte unbedingt einen harten Mann aus ihm machen, doch Cord hatte enge Freunde, die diese Behandlung ausglichen. Er hatte drei Kumpels, die seinen seltsamen Sinn für Humor teilten. Lee sah sie am Savannah Country Day im Flur der siebten

Klasse flüstern und kichern. Und die siebte Klasse kam Lee von ihrer Warte der neunten Klasse aus ziemlich naiv vor.

Gut, dachte Lee. Sie konnte Verstärkung gebrauchen und legte ihm eine Hand auf den Arm. Regan erhob sich, stellte sich auf ihre andere Seite und drückte sie kurz. Regan! Das süßeste kleine Mädchen. Sie wäre ihr überhaupt keine Hilfe, doch ihre Umarmung tat ihr gut. Gemeinsam näherten sie sich der Höhle. Cord klopfte an.

Winston erhob sich nicht aus seinem Ledersessel, sondern wandte sich nur zu ihnen um, als sie eintraten. Er wirkte verärgert, hob die Brauen und schüttelte den Kopf, als wolle er fragen: *Welcher Unsinn kommt da jetzt schon wieder?*

Lee schluckte und ergriff das Wort. »Ich höre mit dem Schwimmen auf. Ich finde, das solltest du wissen.«

Er lehnte sich auf seinem Stuhl zurück und richtete seine Aufmerksamkeit wieder auf den Fernseher. Regan drückte Lees Hand. Sie warteten. Nach einer Weile drehte er sich wieder zu ihnen um. »Du bist sowieso zu langsam«, sagte er, klopfte eine Zigarette aus der Schachtel und zündete sie mit einem silbernen Feuerzeug an. »Du hast die Oberschenkel deiner Mutter«, befand er.

Lee biss sich auf die Unterlippe. Sie verließ die Höhle und zog die Geschwister hinter sich her. Sie wussten, dass Winston noch nicht fertig war, sie wussten, dass Charlotte keinen Schutz bot. Indem sie ihre Mutter allein im Haus ließen, setzten sie sie einem Risiko aus. Allerdings hatten sie gelernt, dass jeder auf sich selbst aufpassen musste.

Cord und Regan führten Lee zu dem Platz in den Felsen. Sie spielten *Cave Family*, bis die Sonne unterging, ohne ein Wort über Winston oder Lees immer wieder aufsteigende Tränen zu verlieren. Lee war zu alt für *Cave Family*, aber sie aß das unsichtbare Wildkaninchen, das Cord trotzdem nach Hause brachte, und spielte das Stockspiel mit Regan. Niemand kam, um nach ihnen zu suchen. Die Sonne ging unter. Als es leicht zu regnen begann, brachten sie sich selbst ins Bett.

Lee musste Charlotte versprechen, niemandem − auch nicht ihrem Bruder oder ihrer Schwester − zu verraten, dass Winston nicht am Herzinfarkt gestorben war. Die Tatsache, dass sie ihn nicht vor dem Selbstmord gerettet hatte − ihn vielleicht sogar dazu getrieben hatte −, war so beschämend, dass Lee es nicht einmal Matt anvertraut hatte. Während also Winstons Tod für Cord und Regan, die ohne die dunkle Präsenz ihres Vaters aufblühten, eine Gnadenfrist bedeutete, war er für Lee der Beginn ihres Lebens als Betrügerin. Sie lud alles auf ihre Schultern, Angst, Trauer und den Schmerz, ihren toten Vater zu sehen. Sie ertrug es nicht, in der Nähe ihrer Geschwister zu sein, und floh so bald wie möglich. Doch das Geheimnis hatte sie innerlich aufgefressen. Und niemand würde ihr je dafür danken, dass sie es bewahrt hatte. Natürlich, wie hätten ihre Angehörigen wissen sollen, was sie getan hatte und noch immer tat, um eine heile Welt vorzutäuschen? Und doch sehnte sie sich danach, es ihnen zu erzählen, den Einzigen, die es verstehen würden.

Einen Monat, nachdem Lee mit dem Schwimmen aufgehört hatte, und einige Wochen, bevor er sich erhängte, klopfte Winston eines Tages an ihre Tür und drückte sie auf, ohne auf ihre Antwort zu warten. Er schwankte leicht, war aber noch nicht volltrunken. »Was?«, fragte sie laut. Eine solche Unbekümmertheit Winston gegenüber war neu für sie. »Was brauchst du, Papa?«, fuhr sie fort und dämpfte die Stimme ein wenig.

»Wie wär's mit Schwimmen?«, fragte er. »Du wirst fett, wenn du jeden Abend nur hier herumsitzt.«

»Dad, das ist wirklich nicht nett!« Lee warf einen Blick in den Spiegel über ihrem Schminktisch. War ihre Kieferpartie etwas runder als sonst? Sie war sich nicht sicher.

»Hör auf, dich anzustarren«, herrschte Winston sie an. »Ich will damit sagen, dass ich dich vermisse. Lass uns eine Spazierfahrt machen! Das Training beginnt in dreißig Minuten.«

»Ich habe dir doch gesagt, dass ich mit dem Schwimmen aufgehört habe«, beharrte Lee. »Ich werde Schauspielerin, Dad.«

»Ist das wahr?«, hakte Winston nach.

»Ja.«

»Okay, na dann«, meinte Winston und blieb einen Moment lang vor ihr stehen. »Gott hat dir diese Schönheit geschenkt. Vermassle es nicht!«

Als Winston sich umbrachte, hielt Lee den Selbstmord für ihre Schuld. Er hatte es schließlich in ihrem Badezimmer getan. Warum war sie nicht mit ihrem Vater spazieren gefahren? Er hatte sie gebraucht, und sie hatte ihn im Stich gelassen.

Sie schwor sich, schön zu bleiben. Sie würde nicht wieder verlassen werden. Sie würde so berühmt werden, dass man sie ewig liebte.

Mit heißem Gesicht tauchte Lee aus den griechischen Wellen auf. Der Mann winkte ihr vom Floß aus zu. Im grellen Sonnenlicht wirkte er leicht ungezähmt, mager wie ein Drogenabhängiger, mit fleckigen, schiefen Zähnen. Plötzlich wollte ihm Lee nicht mehr entgegenschwimmen. Sie trat gegen das Wasser, spürte, wie ihr das Blut durch den Körper pochte. »Huhu!«, rief der Mann.

»Huhu!«, antwortete Lee.

»Komm zu mir, du hinreißendes Geschöpf!«, rief Pete.

Lee konnte nicht Nein sagen.

5 / Charlotte

VOM KLANG DER Wellen und der Sonnenwärme eingelullt, träumte Charlotte davon, auf einem Strandtuch zu liegen, während der Mann auf dem Einband ihres Buches *Der gezähmte Zeus* ihren ganzen Körper mit einem Sonnenschutzmittel einrieb. Als Cord sie wachrüttelte, war ihr das sofort peinlich, denn ihr Körper pulsierte noch immer vor Verlangen.

»Der erste Bus fährt ab«, sagte Cord. »Ich wollte dich nicht wecken, aber er startet gleich.«

»Hmm«, machte Charlotte und zog sich bedauernd aus der Traumwelt zurück, in der Zeus mit einer Flasche Bain de Soleil in der Hand zurückblieb. Lee, Cord und ein Fremder starrten auf Charlotte hinab.

»Ich bin Pete«, sagte der Fremde mit britischem Akzent. Charlotte begutachtete seinen knochigen Körperbau und seine zerfledderte Badehose.

»Freut mich, Sie kennenzulernen«, sagte sie.

»Also, Mom, kommst du?«, fragte Lee. »Wenn wir jetzt losfahren, können wir noch einen Spaziergang durch die Altstadt von Rhodos machen.«

»Eigentlich heißt es Rhodos' Altstadt«, sagte Pete. »Ich will nicht pingelig sein.« Er gluckste, und Charlotte runzelte die Stirn.

»Ich wusste gar nicht, dass du dich für Geschichte interessierst, meine Liebe«, sagte sie.

»Da gibt es unglaubliche Shoppingmöglichkeiten«, sagte der Fremde ein wenig zu eifrig. »Briefbeschwerer, T-Shirts, Sarongs. Ziemlich viel, wirklich. Man hat das Gefühl, wieder im osmanischen Reich zu sein, durch Basare zu schlendern und sich in allem zu verlieren. Wie ein Sultan. Als wäre man Sultan Süleyman der Prächtige höchstpersönlich. Und Becher gibt es auch.«

Durch Basare zu schlendern und sich darin zu verlieren klang für Charlotte geradezu beängstigend. Sie verbrachte schon viel zu viel Zeit mit der Überlegung, ob sie den Verstand verlor. »Oh … ich weiß nicht …«, stammelte sie.

»Um ehrlich zu sein, wünsche ich mir manchmal, ein Sultan zu sein«, sagte der Fremde.

»Wem geht das nicht so?«, seufzte Cord, der eine fast leere Bierflasche umklammerte.

»Ich weiß nicht …«, wiederholte Charlotte. »Und wenn es euch nichts ausmacht, würde ich gern bleiben und den Strand genießen.« Lee und Cord wechselten Blicke und glaubten offenbar, dass Charlotte es nicht bemerkte, obwohl sie noch über ein ausgezeichnetes Sehvermögen verfügte. »Alles in Ordnung«, sagte Charlotte.

»Ich weiß nicht, Mom …« warf Cord ein. »Ich möchte dich nicht allein lassen.«

»Das macht ihr nichts aus«, beteuerte Lee. »Nicht wahr, Mom?«

Wenigstens hatte Lee ihr Oberteil wieder angezogen. »Natürlich nicht, ihr Lieben«, sagte Charlotte und lächelte süß.

»Wo steckt Regan?«, fragte Lee. »Das ist unsere Schwester«, erklärte sie dem anzüglich grinsenden Pete.

Charlotte suchte den Strand ab. »Ich sehe sie nicht«, stellte sie fest. »Schwimmt sie vielleicht?«

»In ihrem Altweiberbadeanzug?«, spottete Lee.

»Sei nett!«, bat Cord.

»Tut mir leid«, entschuldigte sich Lee.

Charlotte wandte sich ab. Der Anblick von Pete, der Lees Brüste anstarrte, verstörte sie. »Ciao«, sagte sie und schlug ihr Buch auf.

»Ich glaube, ich bleibe einfach bei Mom«, sagte Cord.

Charlotte sah vor ihrem geistigen Auge bereits Lee mit diesem widerlichen Kerl durch die Kopfsteinpflasterstraßen schlendern. Sie sah, wie Lee schwanger wurde und für immer mit Charlotte zusammenleben musste. Ein schreiender Bastard in ihrem ruhigen Zuhause. Namens Pete jr.

Pfui Teufel!

»Nein, Cord, auf keinen Fall!«, lehnte sie ab. »Ich bitte dich, es geht mir gut. Irgendwann wird Regan schon wiederauftauchen.«

»Bist du dir sicher, Mom?«, fragte Cord.

»Ich bin mir ganz sicher«, versicherte ihm Charlotte. »Pass einfach auf deine Schwester auf!«, fügte sie noch hinzu und gab sich Mühe, so unbeschwert wie möglich zu klingen.

»Oh, mein Gott, Mom!«, rief Lee.

»Ich passe auf sie auf«, beteuerte Cord, beugte sich vor und küsste Charlotte auf die Wange. Warum konnte Cord keine Liebschaft finden? Vielleicht traf auch er eine Expertin für griechische Antiquitäten, eine Frau mit Schildpattbrille und Pferdeschwanz, die tagsüber einen khakifarbenen Overall trug, abends aber in ein elegantes Kleid von Talbot Runhof schlüpfte und für Cord Lamm oder eine andere rhodische Spezialität zubereitete. Jemand im Bus hatte Tintenfisch erwähnt.

War Cord schwul? Das war möglich. Aber warum hätte er ihr nicht sagen sollen, dass er schwul war? Na gut, sie hatte gehofft, dass er nicht schwul sei. Papst Benedikt XVI. hatte gesagt, Homoehen seien *ein Verstoß gegen die Wahrheit des Menschen mit schweren Folgen für Gerechtigkeit und Frieden.* (Charlotte hatte es extra nachgeschlagen.) Doch jetzt gab es einen neuen Papst, Franziskus, der schien liberaler zu sein.

Es würde ihr schwerfallen, ihren Kirchenfreunden und gar Pater Thomas erzählen zu müssen, dass Cord schwul war. In der Bibel stand, Schwulsein sei abscheulich. Charlotte glaubte, dass in der Bibel einiges stand, was gelegentlich vielleicht bildhaft gemeint war. *Abscheulich* aber war schwer positiv zu bewerten.

Charlotte hätte sich gewünscht, dass Minnie bei ihr gewesen wäre. Aber natürlich wusste sie, was Minnie gesagt hätte. *Er ist dein Sohn! Du hast deinen Sohn gewählt.* Charlotte musste an Pater Thomas und sein freundliches Gesicht denken. Er war während all der Jahre für sie da gewesen … während all der Jahre, als ihre Kinder sie im Stich gelassen hatten.

Pater Thomas saß neben ihr, wenn sie Trost brauchte, und sie liebte seinen männlichen Geruch. Wenn sie nicht zur Morgenmesse kam, rief er an und fragte, ob alles in Ordnung sei. Es gab Tage, an denen Charlotte nach der Messe mit niemandem sprach. Die Stunden waren endlos, trostlos, doch es bestand immer die Möglichkeit, dass Pater Thomas auf einen Kaffee vorbeikam. Die Menschen vergaßen Charlotte, gingen davon aus, dass es ihr gut gehe oder sie beschäftigt sei und sich nicht einsam fühle. Pater Thomas hingegen erinnerte sich an sie. Er behandelte sie wie einen Menschen, wie eine Frau, als die sie sich innerlich noch fühlte, obwohl sie für alle anderen unsichtbar zu sein schien.

Charlotte würde nicht zulassen, dass sie wegen eines schwulen Sohnes von der Kirche geächtet würde. Wie sollte sie überhaupt zwischen dem Glauben, der sie getragen hatte, und ihrem Sohn entscheiden?

Charlotte liebte Cord, doch nach dem Tod von Minnie hätte sie ohne Pater Thomas niemanden mehr gehabt.

Sechs
VALLETTA, MALTA

1 / Charlotte

DIE MESSE AM Samstagabend war irgendwie seltsam.
Der Pfarrer durfte keine Kerzen anzünden, darum
standen überall batteriebetriebene Teelichter, die ein
gedämpftes Licht im Konferenzraum Tranquillo verbreiteten. Der Pfarrer zog Plastikhandschuhe über,
bevor er die Hostie berührte. Eine Passagierin im
Hosenanzug mit Zebrastreifen wandte sich an Charlotte. »Er trägt Handschuhe wegen des Norovirus«,
flüsterte sie ihr zu.

Charlotte nickte betroffen.

Die Frau im gestreiften Hosenanzug beugte sich so
dicht zu Charlotte herüber, dass sie ihr Parfüm und
ihren Körpergeruch wahrnahm. Sie flüsterte weiter. »Der einzige Grund, weshalb sie überhaupt eine
Messe abhalten, sind die Filipinos.« Sie wies mit dem
Kopf zu etwa einem Dutzend Männer und Frauen
auf Klappstühlen hinüber. »Ohne sie lässt sich keine
Schiffsküche betreiben«, erklärte die Frau. Charlotte
drehte sich zu dem behelfsmäßigen Altar um und
nahm die Schultern zurück, um unmissverständlich

zu verstehen zu geben (so hoffte sie wenigstens), dass die Frau nicht länger auf sie einredete. Als die Messe vorbei war, erhob sich die Dame zeitgleich mit Charlotte. »Hi«, sagte sie und lächelte. »Ich bin Jane-Ann und komme aus Oxford, Mississippi.«

»Charlotte Perkins. Ich stamme aus Savannah.«

»Wusste ich doch, dass Sie ein Mädchen aus dem Süden sind«, entgegnete Jane-Ann.

Charlotte fragte nicht, woher Jane-Ann das wusste. Sie hielt sich selbst nicht wirklich für ein Mädchen aus den Südstaaten, auch wenn sie seit vielen Jahren in Savannah lebte. Charlotte betrachtete sich selbst als eine Frau von Welt, als die Tochter eines Diplomaten und hätte Jane-Ann am liebsten zu verstehen gegeben, dass sie nicht das gleiche Niveau hatten.

»Werden Sie auch die Co-Cathedral besuchen?«, fragte Jane-Ann.

Charlotte hatte keine Ahnung, wovon Jane-Ann sprach, wollte aber nicht, dass sie einen dümmlichen Eindruck machte. »Hm«, machte sie.

»St. John's Co-Cathedral? Auf Malta? Sie soll großartig sein.«

»Hm«, wiederholte Charlotte und wich zurück. »Schön, Sie kennengelernt zu haben.«

»Sie auch!«, rief Jane-Ann. »Es ist wunderbar, hier eine echte Katholikin zu treffen, im Gegensatz zu den vielen Heiden, die oben am Morgenbüfett sitzen.«

»Sprechen Sie nicht so über meine Kinder!«, wehrte sich Charlotte.

»Das war nur ein Scherz! Auch wenn sie beim Morgenbüfett sitzen.«

»Haben Sie die Marzipantiere probiert?«, fragte Jane-Ann.

Charlotte war verblüfft und lächelte unverbindlich. Sie eilte zurück in ihre Kabine und bestellte ein Club-Sandwich, das ihr von einer Stewardess gebracht wurde.

Nach dem Abendessen trat Charlotte auf ihren Balkon und starrte auf das aufgewühlte Meer. Die Lichter des Schiffes spiegelten sich in den unmittelbar nahen Wellen, dahinter wurde das Wasser zu einer riesigen dunklen Decke, die sich bis zum marineblauen Himmel ausrollte.

Über ihrem Essay geriet Charlotte ins Grübeln. Der Pfarrer konnte im Publikum sitzen, wenn sie ihn vorlas … oder Jane-Ann. Charlotte ballte die Hände zu Fäusten. Hätte sie doch Minnie anrufen können! Hätte sie doch irgendjemanden anrufen können!

DER MALER & ICH
Von Charlotte Perkins

Ich war ein wunderschönes Mädchen, als ich zum ersten Mal zu seinem Schloss kam. Er hatte etwas von einem Troll, aber auf attraktive Art und Weise. Das ist schwer zu beschreiben, aber ich werde es versuchen. Aus der Entfernung gesehen, hätte man bestimmt igitt gesagt. Er war klein und hatte wuscheliges dünnes Haar wie ein alter Mann. Und er war lächerlich gekleidet. Gestreiftes Hemd, schmuddelige karierte Hose. Und er trug eine Baskenmütze. Hätte man ihn auf einer dunklen Straße in Aix auf sich zukommen gesehen, hätte man vermutlich gedacht: *Oje, ich wechsele besser die Straßenseite. Dieser obdachlose Zwerg sieht betrunken aus, vielleicht klaut er mir das Portemonnaie.*

Ihm war es gleichgültig, wie er aussah. Das war eine der Eigenschaften, die ich an ihm bewunderte. Es war auch ein Glück für ihn, denn sein Gesicht … Nun ja, sein Gesicht war zerfurcht, sein Blick wirkte irgendwie einfältig und hatte etwas Beängstigendes. Wer ihm begegnete, hielt ihn mit Sicherheit für keinen freundlichen Menschen. Nein. Wer ihn ansah, hatte das Gefühl, gleich gefressen zu werden. Er wirkte wie ein Tiger. Sein Blick war abschätzend, als überlege er, wie er sein Gegenüber zu Fall bringen und welches Stück er zuerst verschlingen sollte.

Er war der personifizierte Sex in Gestalt eines Zwergs, der bei TK Maxx einkaufte.

Zu mir hatte er gesagt, dass er mich zeichnen wolle, und da stand ich nun, im riesigen Speisesaal seines Schlosses. Meine Eltern dachten, ich sei bei einem Tagesausflug und würde Ruinen besichtigen. (Als ich ihnen meine Geschichte auftischte, stellte ich mir das faltige Gesicht des Malers vor und hatte nicht das Gefühl zu lügen.) Ich betrachtete die provenzalischen Bodenfliesen, während er Wein einschenkte. Sie waren achteckig und ziegelrot. Der Maler erzählte von sich.

»Als ich zum ersten Mal hierherkam, fragte man mich, ob es für mich nicht zu groß und zu düster sei. Ich habe geantwortet, dass es auf keinen Fall zu groß sei, weil ich es schon füllen würde!«

»Sehr interessant«, sagte ich, doch er ließ sich von meiner Antwort nicht unterbrechen, sondern fuhr fort.

»Ich sagte, was die Düsternis angeht … ich bin Spanier, und Melancholie liegt mir im Blut, ha, ha!«

»Ha, ha!«, stimmte ich zu.

Ich hatte Angst. Ich war noch unberührt und wusste, dass wir Sex haben würden. Man hatte mir beigebracht, dass Sex vor der Ehe eine Sünde sei und ich in die Hölle käme. Und genau deshalb war ich neugierig. Zu jener Zeit glaubte ich nicht ernsthaft an Gott oder die Hölle. Ich war jung und hatte nicht das Bedürfnis, zu einer höheren Macht zu beten, die für alles verantwortlich war, auch wenn mir das Leben manchmal ein grausames, willkürliches Mysterium zu sein schien.

Gott – bevor ich ihn brauchte – erschien mir unwirklich, und hier war der Maler, der mich an sich zog. Er roch nach Terpentin und Hundehaaren, aber ich sah nirgends einen Hund.

In seinem blendend weißen Atelier tranken wir noch mehr Wein. Der Raum war absolut prächtig, gesäumt von beeindruckenden Deckenleisten mit Blumenmustern. Ich entdeckte Muscheln, Hunde, Männer und Frauen, die in Togen gehüllt waren. In der Mitte des Ateliers erhob sich ein kunstvoller, mindestens sechs Meter hoher Kaminsims bis zur Decke. Statt einer Feuerstelle unter dem imposanten Kaminsims erstreckte sich ein leerer Raum, in dem eine schmutzige Kuhglocke hing.

Dies schien mir eine treffende Metapher zu sein.

Wir standen an den riesigen Fenstern, und ich sagte ihm, dass ich die Aussicht wunderschön fände. Und so war es auch. Blaugrüne Hügel. Der Maler stand hinter mir und schmiegte sich an mich. »Andere haben diese Berge gemalt, aber jetzt gehören sie mir«, sagte er. Ich gestand mir ein, dass mir das ein bisschen angeberisch vorkam.

Er reichte mir ein Leinengewand, das nicht sauber roch. Offenbar brauchte er jemanden, der seine Wäsche wusch. Jedenfalls schien es so, und ich war bereit, diese Arbeit zu erledigen. Ebenso konnte ich mir aber auch vorstellen, eine Staffelei neben ihm aufzustellen oder seine Buchhaltung zu führen. Dann hätte ich jemanden mit dem Wäschewaschen beauftragt. In seinem Badezimmer zog ich das Leinengewand an und legte mich auf ein Sofa.

Er hatte sein Hemd ausgezogen, wurde immer betrunkener und prahlte. Wo war sein Hemd? Ich sah mich um, konnte es aber nirgends entdecken. Das beunruhigte mich.

Er hörte auf zu reden und begann zu zeichnen. Er zeichnete mich, und ich genoss seinen Blick auf meinem Körper. Die Sonne schien durch das offene Fenster und wärmte meine Haut an. Ein Mann – ein berühmter Mann – zeichnete mich, blickte mir bis auf die Knochen und nahm die Haut darüber wahr. Ich strahlte.

Er legte den Bleistift beiseite und näherte sich mir. In seiner scheußlichen Hose sah ich, wie sein Verlangen wuchs. Er zog an der Kordel und machte sich frei, sodass seine stark behaarten Oberschenkel zum Vorschein kamen. In Liebesromanen wird geschrieben, dass *männliche Glieder pulsieren*. Und sein Glied pulsierte wirklich. *Ach, tatsächlich!*, dachte ich. Im Ernst.

Es pulsierte für mich.

Er öffnete den Gürtel meines Gewandes. Ich musste gar nichts tun. Er öffnete den Umhang und fuhr mit seinen rauen, stoppeligen Fingern über meinen Brustkorb zu meinen Brüsten, zu meinen Hüften. Er spreizte meine Beine und führte sein pochendes Glied an meinen geheimsten Ort. Er stieß zu, und ich war mehr als besorgt, dass uns jemand durch die geöffneten

Fenster beobachten konnte. Der Schmerz war heftig, irgendwie bedeutsam. Als er fertig war, war ich eine Frau.

ENDE

Nachtrag: Der Akt auf der Couch, der in Barcelona in einer Dauerausstellung zu sehen ist, wurde kurz nach unserem Treffen gemalt. Ich bin mir ziemlich sicher, dass ich der Akt auf der Couch bin.

2 / Cord

AUF DER *MARVELOSO* gab es vier *gewöhnliche* und sechs *besondere* Restaurants. Allen Passagieren wurde für Frühstück und Abendessen ein persönlicher Tisch zugewiesen. Familie Perkins hatte Tisch 233 im *Shells*, einer unbehaglichen Kombination aus *Denny's Diner* und einem Pariser Bordell. Der Raum erinnerte Cord an einen Bankettsaal, den er zu einem Arbeitsseminar in New Jersey besucht hatte, als er gerade bei der Firma angefangen hatte. Goldene Wandleuchter, kastanienbraune Tapeten, cremefarbene Stoffbahnen auf den Tischen und an den Fenstern. Alles schrie förmlich: *Seht her, wie luxuriös ich bin!*

Cord kam der Gedanke, dass Giovannis Mutter Rose eine Kreuzfahrt wie diese lieben würde … vielleicht konnte man sie einmal dazu einladen. Cord musste zugeben, dass auch er Kreuzfahrten mochte. Sosehr er das Schiff in Gedanken auch lächerlich machte, er liebte es, hier zu sein. Er liebte es, umherzuwandern und die hellen Lichter, die dröhnende Musik und die leckeren Snacks zu genießen. Das versetzte ihn in Euphorie.

Er hatte sich sogar der Fantasie hingegeben, Gio mit einer Balkonkabine auf der Kreuzfahrt *Splendido Around the World* zu überraschen, die auf der Riesenleinwand über dem Pool im Wasserbereich beworben wurde. Ein ganzes Jahr lang reisten die Passagiere von Europa zum Suezkanal, machten in Ägypten und Dubai halt, fuhren dann nach Indien, hinüber nach Singapur und bis nach Hongkong, dann nach Australien und Neuseeland, machten auf dem Weg nach Los Angeles in Samoa und Hawaii halt, segelten durch Mexiko und den Panamakanal nach Süden, erreichten Cartagena in Kolumbien, dann Curaçao, Fort Lauderdale und die Bermudas, bevor sie sich über den Atlantik zurück nach Funchal begaben. Wo lag überhaupt Funchal? Konnte er ein Jahr lang ein dickes Splendido-Gewand tragen? Cord stellte sich vor, in Petra mit Gio auf Kamelen zu reiten und in der *Starlight Lounge* Wange an Wange zu tanzen. Vor Freude über diesen Tagtraum wurde er fast ohnmächtig.

Als es zur Abendzeit schwach beleuchtet war, wirkte das *Shells*-Restaurant fast festlich. Doch am Morgen entpuppte es sich als das verkaterte Partygirl, das es war, ein bisschen schmierig, die Servietten zerknittert, zu viel Dekoration, zu hell, zu früh. Sogar in aller Herrgottsfrüh trugen die Bediensteten Smokings.

»Ich nehme ... hmmm ... das Malteser Frühstück. Warum nicht?«, sagte Charlotte. Sie reichte dem Kellner ihre laminierte Speisekarte. »Wie spricht man das überhaupt aus?«, fragte sie Cord und zeigte auf ihr Magical Malta Day Tour Ticket.

Cord bestellte ein Eiweißomelett und studierte dann das Wort auf dem Ticket seiner Mutter: Marsaxlokk. »Marsalok«, sagte er. Er hob die Kanne, die in der Mitte des Tisches stand, und schenkte seiner Mutter Kaffee ein, dann füllte er seine eigene Tasse auf.

»Wo sind denn alle?«, fragte Charlotte. »Ich muss mit euch über meinen Aufsatz sprechen. Es gibt so einiges, was ihr wissen müsst.«

»Ich habe seit gestern Abend niemanden mehr gesehen«, sagte Cord. »Gleich nach dem Essen bin ich schlafen gegangen.« In Wahrheit hatte er einen Film gesehen und über WhatsApp Sex mit Giovanni gehabt, der überraschend heiß gewesen war. Giovanni hatte Mittagspause gehabt und sein Telefon mit in die Lehrertoilette genommen.

Das Treffen war schamlos und sehr aufregend gewesen. Danach war Cord eingeschlafen, ohne etwas aus der Minibar zu trinken.

»Hmm«, machte Charlotte verärgert.

»Was ist los, Mom?«, fragte Cord.

»Ich glaube, ich sollte es euch allen sagen.«

»Mom, hast du ein Geheimnis?«, neckte sie Cord.

Sie wirkte nervös. »Was?«, fragte sie. »Nein, natürlich nicht!«

»Wer spricht hier über Geheimnisse?«, fragte Regan und näherte sich dem Tisch. Matt folgte einige Schritte hinterher, er trug ein Hemd, blassrosa Shorts und Slipper. Cord spürte, wie die Wut auf seinen Schwager in ihm hochkochte, auf alle heterosexuellen Männer aus den Südstaaten, die er gekannt hatte und die dachten, die Welt gehöre ihnen. Manchmal fragte er sich, wie es wohl wäre, einer dieser Männer zu sein. Von außen sah er aus wie sie, aber er wusste, dass er vollkommen anders war.

»Hört zu!«, sagte Charlotte und zog ihre Tourtickets heraus. »Nach einem Spaziergang durch ein traditionelles Fischerdorf gehen wir zum prähistorischen Tempel Hagar Qim, zur Blauen Grotte mit Unterwasserflora und -fauna, und dann mischen wir uns unter die Einheimischen an einem typischen Was-auch-immer und sehen uns den Ort an, an dem ein Film namens *Black Eagle* mit Jean-Claude Van Damme in der Hauptrolle gedreht wurde. Und dann sehen wir uns ein Gemälde von Caravaggio in der St. John's Co-Cathedral an.«

»Wow«, sagte Cord. »Das klingt …«

»Anstrengend«, gab Charlotte zu.

Cord war erleichtert, dass seine Mutter das auch so sah. »Vielleicht sollte ich am Ausflugsschalter mal nachfragen, ob wir zu einer weniger anstrengenden Tour wechseln können«, schlug er vor. »Einige Sehenswürdigkeiten möchte ich tatsächlich besuchen, aber vielleicht nicht alle.«

»Liebling, willst du das tun?«, antwortete Charlotte. »Ich muss auch nicht alle Sehenswürdigkeiten abhaken. Ein paar genügen mir.«

»Da gibt es ein unterirdisches Tunnelsystem, einen Kriegstunnel … das wäre doch cool, oder?«, meinte Regan.

»Aber wir müssen unbedingt die Co-Cathedral besichtigen«, sagte Charlotte. »Und uns dann vielleicht an einen schönen maltesischen Strand legen.«

»Ich habe gar keine Führungen gebucht«, meldete sich Matt zu Wort. »Ich entspanne mich einfach am Pool.«

»Matt, was redest du denn da?«, wies ihn Charlotte zurecht. »Wir sind in Europa. Du kannst nicht einfach auf dem Schiff bleiben.«

»Ich brauche eine Auszeit, keinen Ausflug«, wehrte sich Matt.

Verletzt senkte Charlotte den Blick. Regan schürzte die Lippen, sagte aber nichts. Cord schäumte innerlich vor Wut und sah Regan an. Ihr flehender Blick bat ihn zu schweigen. »Bin gleich wieder da«, sagte er und schluckte seinen Ärger hinunter.

Die Schlange am Ausflugsschalter war lang. Cord nahm sein Handy, fand eine kleine Agentur namens Kiko in Valletta und buchte eine Halbtagestour zu den maltesischen Sehenswürdigkeiten, die er mit seiner Karte bezahlte. Dann setzte er sich auf einen leuchtend orangefarbenen Stuhl und las die Zeitung auf seinem Handy, bevor er zum *Shells* zurückkehrte.

Der Bericht stand ziemlich weit hinten im Wirtschaftsteil des *Wall Street Journal*. Cord hätte ihn völlig überlesen, wenn er nicht so gezögert hätte, sich wieder zu seiner Familie zu gesellen. Es war ein Leitartikel, und die Schlagzeile lautete: *Ist 3rd Eyez der neue Theranos?*

»Oh, mein Gott!«, stieß Cord hervor.

In dem Artikel hieß es, dass *anonyme Quellen* von einer *Umwälzung innerhalb der 3rd Eyez* berichteten und die Firma als *in besorgniserregendem Maß intransparent* bezeichneten. Besorgt rieb sich Cord die Stirn. Ein *Insider* wurde mit den Worten zitiert: *Wird 3rd Eyez die Art und Weise, wie wir die Welt sehen, verändern ... oder wird sich am Ende herausstellen, dass das Unternehmen überbewertet wurde und es sich um einen weiteren Betrug handelt? Wir werden sehen.*

Ungeachtet der Zeitverschiebung rief Cord Georgie an. »Cord, es ist drei Uhr ...«, sagte sie.

»Hast du's gelesen?«

»Was gelesen ...?«

»3rd Eyez im *Wall Street Journal*. Ich warte.«

»Anonyme Quellen?«, fragte Georgie kurz darauf.

»Ja.«

»Tut mir leid, ich weiß wirklich nicht, wer ...«, begann Georgie.

Cord schnitt ihr das Wort ab. »Muss ich irgendetwas wissen?«

Es folgte eine lange Pause. »Nein«, sagte Georgie.

Cords Herz rutschte in die Hose. »Was ist los?«, fragte er.

»Nichts«, sagte Georgie. »Es ist nur ... es ist nichts.«

»Was soll dann die Aufregung?«, fragte Cord.

»Es ist ...«

»Sag es mir, G.«

»Ich verlasse 3rd Eyez«, erklärte Georgie. »Aus ...

persönlichen Gründen. Nicht wegen des Produkts, Cord. Das versichere ich dir. Das Produkt funktioniert. Du hast es selbst gesehen.«

»Persönliche Gründe?«

Georgie seufzte. »Na schön ... ich bekomme ein Baby«, sagte sie.

»Wow!«, staunte Cord und rieb sich die Augen. »Okay. Okay. Wow.«

»Du klingst nicht gerade begeistert.«

»Ich bin nur ... fassungslos, G. Wer ist der Vater?«

»Du kennst ihn nicht.«

»Wow!«, wiederholte Cord. Er lächelte und schüttelte den Kopf. »Ich freue mich für dich. Das ist erstaunlich. Ein Baby. Wann ist es so weit?«

»Im Januar«, sagte Georgie.

»Im Januar, nun ... okay. Aber sag mir Bescheid, wenn es mit 3rd Eyez Probleme geben sollte, G.! Versprochen?«

»Versprochen. Cord, du weißt, dass du dich auf mich verlassen kannst.«

»Mein Arsch steht auf dem Spiel.«

»Ich habe dir nie geraten, alles zu finanzieren«, gab Georgie zu bedenken. »Es war deine Entscheidung, Cord. Ich wollte dir nur eine Chance geben.«

Cord presste die Finger an die Schläfen. »Wir sprechen uns bald wieder«, sagte er.

»Ja«, sagte Georgie. Cord sah sie förmlich mit ihrem zerzausten Haar und in dem übergroßen Garfield-T-Shirt, in dem sie wahrscheinlich nach wie vor schlief.

»Es gibt immer noch Neptun«, sagte Cord.

Sie lachte müde. Cord konnte sich nicht einmal daran erinnern, woher diese Zuversicht kam ... irgendeine Zeile aus einem alten Film, die sie einander immer vorsagten.

»Ja«, sagte Georgie.

Dann rief Cord Wyatt an. Der las die Geschichte schläfrig vor und sagte dann: »Ich bleibe dran.«

»Okay. Ich melde mich später.«

»Cord ...«, sagte Wyatt.

»Was?«

»Die Technologie. Da ist etwas dran ... stimmt's?«

Cord hielt inne und rieb sich die Augen. »3rd Eyez wird die Welt verändern«, sagte er.

»Okay.«

»So wird es sein.«

»Klar, ich sagte okay«, wiederholte Wyatt.

Cord legte auf und starrte einen Moment lang ins Leere. Vor ihm befanden sich der Ausflugsschalter, eine Frau in rosafarbener Hose, die ein Bier aus der Dose trank, ein bunter Teppich, eine Glastreppe. Doch vor seinem geistigen Auge sah Cord das eigene Gesicht im Spiegel seines Badezimmers in Orlando am Morgen nach der 3rd Eyez-Präsentation ... grau, unruhig, ängstlich.

War da etwas in dem Lagerhaus in Florida gewesen? Jedenfalls hatte Cord es gehofft. Vergeblich versuchte er, sich zu erinnern. Was hatte er da gesehen? Immer wieder suchte er in seinem Gedächtnis, wie ein Fischer, der auf seinen Glauben vertraute.

Aber er fand nichts.

3 / Regan

VOM LIDODECK AUS gesehen, wirkte der Grand Harbour wie ein mittelalterliches Wunderland. Das war Malta, eine dreihundertsechzehn Quadratkilometer große Insel zwischen Afrika und Europa, Land der Ritter und geheimen Tunnel aus dem Zweiten Weltkrieg. Der Himmel war blassblau, das Meer tiefblau, und mittendrin leuchtete honigfarben Malta. Wie Rhodos schien Malta ein Ort aus einer anderen Zeit zu sein, so als hätte die Moderne mit ihren Wolkenkratzern, Wohnkasernen, mit ihrer Umweltverschmutzung und den Mobiltelefonen noch nicht stattgefunden.

»Also«, sagte Matt, »ich sehe dich dann heute Abend.«

»Sicher«, antwortete Regan.

»Was soll das heißen?«, fragte Matt. »Reicht es nicht, dass ich das dauernd von deiner Familie hören muss?« Regan reagierte nicht, also packte er sie an der Schulter. »Antworte mir!«, herrschte er sie an.

Regan drehte sich um. Mit einem kräftigen Stoß

wäre Matt über die Brüstung gestürzt, hätte sich beide Beine oder das Genick gebrochen. Ihre Hände zuckten. Sie lächelte so süß, wie es ihr nur möglich war. »Ich hätte mich gefreut, wenn du mit nach Malta gekommen wärst«, brachte sie hervor.

Matt musterte sie prüfend. Er war nicht dumm, das durfte sie nicht vergessen. »Es tut mir leid«, murmelte er.

»Ist schon gut«, beschwichtigte ihn Regan. Sie zwang sich zur Ruhe. Er sollte derjenige sein, der sich verabschiedete.

»Also dann, viel Spaß!«, sagte Matt. Er beugte sich vor, um sie auf die Wange zu küssen, und sie ließ es zu.

Als sie sich mit ihrer Mutter und ihrem Bruder in die Reihe der Ausflügler stellte (Lee war nicht zum Frühstück erschienen), versuchte sich Regan zu beruhigen. Ihr Gespräch mit Matt hatte sie so mitgenommen, dass sie noch immer erschüttert war. Sie gingen von Bord, und Regan entdeckte einen kleinen Mann, der ein Schild mit der Aufschrift Perkins hochhielt. Der Mann trug Cargoshorts und eine Kappe mit Yankeelogo.

»Schaut mal, das ist unser Mann!«, rief Cord.

»Ich bin kein Fan von so vielen Taschen«, merkte Charlotte an. Die Art und Weise, wie sie ihren Reiseleiter sofort nach seinen Shorts beurteilte, machte Regan wütend. Wie konnte man nur so oberflächlich sein?

»Willkommen, willkommen auf Malta! Ich bin Kiko«, sagte der Mann, als sie sich näherten.

»Schön, Sie kennenzulernen. Sehr schön, Sie kennenzulernen«, sagte Cord und schüttelte Kiko die Hand. Nicht zum ersten Mal fragte sich Regan, ob Cord schwul war. Aber das hätte er ihr inzwischen doch bestimmt gesagt, oder nicht? Trotzdem hatte sie sich das nicht eingebildet. Cords Blicke hafteten an Kikos Lippen. Er hatte schöne, pralle, rosige Lippen. Sie wirkten so weich, wie geschaffen zum Küssen.

Regan beobachtete Cord, wie er Kiko beobachtete. Sie war nicht homophob, aber sie hatte auch keine schwulen Freunde.

Regan erinnerte sich daran, wie ihr Vater Cord verprügelt hatte. Cords Unfähigkeit, einen Baseball zu fangen, schien eine Aussage über Winstons eigene Männlichkeit zu sein. Regan hegte zärtliche Gefühle für ihren Bruder. Die Schwierigkeiten, auf die sie als stimmgewaltige große Frau stieß, mussten für Cord um das Zigfache größer sein. Kein Wunder, dass er nach New York gezogen war. Vielleicht sollte Regan dasselbe tun.

»Ich fühle mich geehrt und freue mich, Ihnen meine Heimat zeigen zu können. Malta ist eine magische Insel mit reicher Geschichte«, begann Kiko und unterbrach damit Regans Gedanken. »Möchte jemand mit Kaffee oder Pastizzi anfangen?«, fragte er.

»Ich würde gern Pastizzi probieren«, sagte Cord. Er trug eine verspiegelte Sonnenbrille, sodass seine Blicke nicht zu lesen waren.

»Gut, wunderbar«, freute sich Kiko und führte seine Gäste über einen belebten Platz zu einem Essenswagen. Neben dem Wagen verkaufte ein Mann Fisch aus einem Eimer an vorbeifahrende Autos und feilschte lautstark. Kiko näherte sich dem Wagen, bestellte und reichte Cord ein Gebäck auf einer Serviette. Zaghaft biss Cord hinein und kaute. »Das ist …?«, sagte er.

»Erbsen und Ricotta«, erklärte Kiko.

»Würzig«, bemerkte Cord.

»Und hier eine weitere Leckerei«, kündigte Kiko an und überreichte Charlotte eine braune Papiertüte. Und wo blieb Regans Leckerbissen? Regan wandte sich an ihre Mutter, in der Hoffnung, Charlotte würde ihr etwas abgeben.

»Das ist Imqaret, ein Dattelkuchen«, sagte Kiko. »Das daneben sind Cannoli, kennen Sie die?« Alle nickten. »Und hier haben wir einen maltesischen Honigring und zum Schluss eine Mandeltorte.«

»Ich kann nicht«, sagte Charlotte.

»Sie können«, sagte Kiko. »Charlotte Perkins, Sie müssen.«

»Nun, wenn Sie meinen«, räumte Charlotte ein und griff nach der Mandeltorte. Als Regan bemerkte, dass niemand ihr etwas anbieten wollte, griff sie selbst in die Tüte, nahm ein Cannolo und biss hinein.

»Kommen Sie!«, sagte Kiko und führte sie zu einer Bank neben einer breiten Steintreppe. »Über diese Treppe gelangt man in ein geheimes Tunnelsystem, das im Zweiten Weltkrieg benutzt wurde«, erläuterte Kiko. »Aber es tut mir leid, die Tunnel sind montags geschlossen.«

»Mist«, murmelte Regan und leckte sich Puderzucker von den Lippen. Sie schlenderten am Wasser entlang, und Kiko wies mit großer Geste auf eine riesige Kanone. »Haben Sie schon mal eine größere Kanone gesehen?«, fragte er.

»Nein«, erwiderte Cord. »Ich habe noch nie eine größere Kanone gesehen.«

»Ich auch nicht«, bekannte Charlotte frech.

»Weil das die größte Kanone der Welt ist!«, rief Kiko und warf die Hände in die Luft.

»Ist sie das wirklich?«, fragte Charlotte. Kiko verschränkte die starken Arme vor der Brust und nickte. »Das ist etwas anderes«, sagte Charlotte, öffnete ihre Tüte mit Leckereien und suchte sich ein Stück aus.

»Die Briten haben die Rinella Battery zwischen 1879 und 1884 gebaut«, erklärte Kiko.

»Ach?«, sagte Charlotte.

»Sie wurde gebaut, um eine Kanone mit einem Gewicht von hundert Tonnen unterzubringen«, fuhr Kiko fort. »Außerdem ein Gewehr mit Vorderlader. Es gab einst eine weitere Battery westlich des Grand Harbour, aber die existiert nicht mehr.«

»Ist euch nicht heiß?«, erkundigte sich Charlotte. »Mir ist wirklich sehr warm.« Sie knöpfte ihre neongelbe Strickjacke auf und zog sie aus, knöpfte sie wieder zu und legte sie um die Schultern. Dabei verschränkte sie die Ärmel sorgfältig über der Brust. »Mir ist sehr warm«, wiederholte sie.

»Mama, möchtest du dich setzen?«, fragte Regan.

»Nur zweihundert Tonnen schwere Geschütze überleben«, erläuterte Kiko weiter. »Durch die Bewaffnung Gibraltars und Maltas hofften die Briten, ihre Route nach Indien durch das Mittelmeer zu schützen.«

»Gleich werde ich ohnmächtig«, stellte Charlotte nüchtern fest. »Ehrlich gesagt, bekommen mir diese maltesischen Snacks gar nicht.«

»Wartet!«, rief Kiko. »Gleich werden Darsteller in historischen Kostümen als britische Soldaten des neunzehnten Jahrhunderts auftreten, eine Militärshow bieten und dabei live die historische Artillerie und Kavallerie abfeuern.«

Charlotte drehte Kiko den Rücken zu, schleppte sich zu einer Bank und nahm darauf Platz. Regan biss sich auf die Lippen und widersetzte sich ausnahmsweise dem Impuls, den rettenden Engel zu spielen.

»Aber wir können die Militärshow auch überspringen«, schlug Kiko vor, fuhr sich mit der Hand durch das schwarze Haar und berührte seinen Spitzbart.

»Ein schönes, kühles Restaurant?«, wagte Charlotte die Frage mit geschlossenen Augen.

Kiko lächelte. »Ich bin der beste Koch auf ganz Malta.«

»Sind Sie das?«, flirtete Cord und klang richtig kokett.

»Ich nehme Sie mit zu mir. Mein Haus liegt in der Nähe eines kleinen Dorfs, ich mache Wein. Wir werden kochen und uns unter meinem schattigen Ghargharbaum entspannen.«

»Das klingt sehr schön«, seufzte Charlotte mit matter Stimme.

»Ich hole schnell mein Auto«, kündigte Kiko an. »Bitte halten Sie sich so lange in einem klimatisierten Touristenladen auf!« Kiko führte sie in einen Laden namens *Woohoo Malta*. »Bin gleich wieder da«, versprach er. Charlotte schien sich sichtlich zu erholen und sah sich Geschirrtücher mit aufgedruckten Rezepten der lokalen Küche an.

Regan begutachtete einen Nagelknipser, auf dem die maltesische Flagge aufgedruckt war. »Den kaufe ich«, sagte sie.

»Einen maltesischen Zehennagelknipser?«, fragte Cord.

»Der ist für mich«, sagte Regan.

»So verwöhnt man sich selbst.«

»Bitte«, sagte Regan. »Bitte, Cord, sei nicht so gemein!«

Cord drehte sich zu ihr um. Regan erwartete eine weitere zynische Bemerkung, aber zu ihrer Überraschung nahm er sie in die Arme. »Es tut mir leid, Ray Ray«, murmelte er und benutzte dabei den Spitznamen, mit dem er sie früher bedacht hatte. In seiner Umarmung erinnerte sich Regan an eine viel frühere Umarmung … als ihr Vater brüllend vor Cords Tür stand. Doch Cord hatte die Tür verriegelt, um sie zu beschützen. Regan sank in die Arme ihres großen Bruders und atmete seinen Geruch ein. Seinen wahren Duft nach Schmutz und Butter, der sich unter seinem ausgefallenen Kölnisch Wasser verbarg. Wie sehr sie ihn liebte. Und er würde für sie da sein. Sie würde ihn immer an ihrer Seite haben, was auch passieren

mochte. Ihre *Herkunftsfamilie* (wie ihr Online-Thera-
peut sie nannte) konnte giftig und seltsam sein, aber
sie gehörte zu ihr. Sie konnte ihr nicht entkommen,
nicht an guten, nicht an schlechten Tagen.

4 / Lee

LEE ERWACHTE AUF einem Liegestuhl an Deck. Sie wusste nicht genau, auf welchem Deck sie sich befand. Ihrer letzten klaren Erinnerung zufolge hatte sie in der *Red Rum Bar* einen doppelten Chardonnay (oh Gott!) bestellt. Und dann blitzte noch etwas auf, aber vielleicht war es nur ein Traum. Da hielt sie nämlich ein fluoreszierendes Getränk in einem Plastikbecher zum Sternenhimmel hinauf. Etwa dreißig Sekunden lang wollte ihr Gehirn sie überzeugen, dass es irgendwie glamourös war, auf einem Liegestuhl wach zu werden ... als Beweis für ihr wildes, ungezähmtes Naturell. Als sie sich aber aufrichtete und einen Mann in Uniform vor sich sah, der vorsichtig mit seinem Besen um sie herumfegte, wurde sie schlagartig nüchtern.

Auf dem Schiff gab es ein reges Nachtleben. Teenager, die den ganzen Tag in den von ihren Eltern bezahlten Innenkabinen schliefen, brachen plötzlich mit make-up-glänzenden Gesichtern und blühenden Körpern in Leder und Spandex aus ihren Käfigen aus.

Es gab Passagiere, die ihre Identität an Land gelassen hatten und unter den Discokugeln und blinkenden Casinolichtern zum Leben erwachten, Musiker, Komiker und Tänzer, die auf dem Schiff arbeiteten und sich im Mondlicht in Superstars verwandelten. Es gab Menschen, die sich in Lagerräumen küssten und in abgetrennten Ecken knutschten. Lee hatte das Schiff durchstreift und gestaunt.

Doch das Tageslicht schien den Reiz ihrer mitternächtlichen Abenteuer zu überstrahlen. Die morgendlichen Sonnenanbeter hatten einen weiten Bogen um Lee gemacht. Ihr Goldlamékleid gab zu verstehen, dass sie eine durchgedrehte Clubgängerin und keine Frühaufsteherin war. Ihr Kopf hämmerte. Sie hatte seit Jahren keinen solchen Kater mehr gehabt und schwor sich, niemals wieder zu viel zu trinken. Ihre Leber war zu alt, um Schnapsgifte zu verarbeiten. Und falls sie schwanger war, schadete sie damit ihrem Kind. War das überhaupt möglich? War sie schwanger? Lee dachte an Jason, der ihr manchmal Schaumbäder einließ, ihr sogar eine nach Zitronengras duftende Kerze anzündete und diese in die Seifenschale stellte. Einmal hatten sie sich in der Wanne geliebt, und ihr Haar war der Kerze zu nahe gekommen. Ihr Pferdeschwanz hatte Feuer gefangen, bevor Jason sie mit Badewasser übergoss.

Lees Gefühle überkamen sie in diesen Tagen überall. Zwischen tiefer Verzweiflung und sprühender Begeisterung schien sie hin- und hergeworfen zu werden. Doch nun spürte sie, wie ihr Glück schwand, und sie wusste, dass tiefes Elend und dichter Nebel auf sie zurollten. Wenn sich dieser Nebel lichtete, schien alles möglich. Doch im Nebel wollte sie sterben. Es war tatsächlich schlimm. Sie fühlte sich so niedergeschlagen, dass sie wohl nicht überleben würde. Als der Nebel wochenlang anhielt, hatte sie schon einmal zu viele Schlaftabletten genommen. Jason hatte sie angefleht, einen Arzt aufzusuchen, hatte ihr sogar einen Termin gemacht und sie bis in die kleine Praxis in West Hollywood gefahren.

»Mein Vater hat sich umgebracht«, hatte Lee der Psychiaterin berichtet. »Er hat sich erhängt, als ich vierzehn war. Ich habe ihn gefunden.«

»Wie haben Sie sich dabei gefühlt?«, fragte die Ärztin, eine schmächtige Frau namens Evelyn.

Lee hatte versucht, sich daran zu erinnern. »Ich weiß es nicht«, hatte sie schließlich ehrlich geantwortet.

»Sie wissen es nicht?«, hatte Evelyn nachgefragt.

»Ich habe keine Ahnung«, hatte sie erklärt. »Ich sehe das Badezimmer, ich sehe seinen Körper, aber ich erinnere mich nicht, wie ich mich gefühlt habe.«

Evelyn hatte genickt und etwas auf ihren Block gekritzelt.

»Mein Freund denkt, dass ich manisch depressiv bin«, hatte Lee gesagt.

»Und was denken Sie?«, hatte Evelyn gefragt.

»Ich fühle mich nur wie betäubt«, hatte Lee geantwortet. »Betäubt und hundemüde.«

Evelyn hatte die Hände im Schoß verschränkt und

abgewartet. Lee hatte sich gewunden und war nach zehn Minuten aufgestanden. »Nichts für ungut, aber ich habe für so etwas einfach keine Zeit«, hatte sie gesagt und die Tür geöffnet, um zu gehen.

»Ich bin hier, wenn Sie mich brauchen«, hatte Evelyn geantwortet. Dies hatte sich als Lüge herausgestellt. Etwa ein Jahr später, als der Nebel immer dichter und undurchdringlicher wurde, Jason Lee wegen Alexandria Fumillini verließ und sie wieder über Tabletten nachdachte, hatte Lee ihre ganze Kraft zusammengenommen und war zu dem Bürohaus im spanischen Stil gefahren. Sie hatte sich auf den Weg zu Evelyns Tür gemacht, dort aber ein Schild mit der Aufschrift gefunden, wie einfach Elektrolyse sei. Lee hatte trotzdem angeklopft. Die Tür blieb verschlossen.

Also war sie in den Wagen gestiegen und hatte ihre Mutter angerufen, sich Charlottes Geschwätz angehört und gewartet, bis sich der Nebel so weit lichtete, dass sie sich besser fühlte. Zur Sicherheit hatte sie dennoch alle ihre Schlaftabletten in der Toilette hinuntergespült.

Lee erhob sich aus dem Liegestuhl an Deck der *Marveloso* und schleppte sich zur Mitte des Schiffs. Sobald man einmal drinnen war, fand man meist schnell den Aufzug, und wenn man erst einmal im Aufzug stand, war es nicht mehr schwierig, sich zu orientieren. Das Schiff bestand aus einem riesigen Netzwerk aus Gängen und prächtigen Veranstaltungsräumen. Wer Lust zum Herumwandern hatte, fand irgendwann immer den Weg nach Hause. (Es war schon seltsam, dass Lee ihre Kabine als *Zuhause* bezeichnete, aber vermutlich kam sie dieser Vorstellung seit Langem am nächsten.)

Aber mal ehrlich, dachte Lee, als sie sich auf dem Außendeck an der Reling entlanghangelte, um sich aufrecht zu halten. *Was wäre, wenn ich einen Job auf dem Schiff annähme?* Vielleicht wäre es gar nicht so schlecht, der Tanzgruppe *Velvet Vibe* beizutreten oder die weibliche Version von Bryson zu spielen, die Rock-N-Glow-Partys der Achtzigerjahre zu veranstalten, einen Schaumstoffwürfel zu werfen und banale Fragen zu kreischen. Sie könnte DJ Neon ersetzen (oder ergänzen).

Was dieser Kreuzfahrt fehlte, war ein ernst zu nehmender Schauspieler, befand Lee. Wurden diese Leute des ganzen Rah-Rah-Gehampels nicht müde? Lee hatte bisher noch keine Abendshow außerhalb einer Bar besucht, aber nach allem, was sie im Fernsehen in ihrer Kabine gesehen hatte, waren die einzigen Aufführungen im Teatro Fabuloso musikalische Revuen. Was war mit Ibsen? Lee schloss die Augen und gab sich der Erinnerung an ihren Triumph als Nora in *Nora oder ein Puppenheim* in ihrem letzten Jahr an der Highschool hin. Die Schulzeitung hatte sie als *fesselnd* bezeichnet.

Lee blieb unter dem SkyRide stehen, schloss die Augen und murmelte die Zeilen aus dem Gedächtnis. »Wir müssen zu einer Einigung kommen, Torvald. Ganze acht Jahre … haben wir kein ernstes Wort über ernste Dinge gewechselt.«

Lee öffnete die Augen und blinzelte. Die Hafenstadt (in welchem Land befand sie sich überhaupt?) war von Festungsmauern mit winzigen länglichen Fenstern umgeben. Sie wirkte sogar noch prächtiger als auf Rhodos.

»Ganze acht Jahre«, wiederholte Lee die Zeilen, die ihrem Gedächtnis entsprangen, »haben wir kein ernstes Wort über ernste Dinge gewechselt.«

Was bedeutete das überhaupt? Was waren überhaupt ernste Dinge? Eine Frau, die wie Nora allein in die Nacht hinausging? Der Nebel der Verzweiflung, der Winston verschluckt hatte und vor dem auch Lee Angst hatte, wenn er sie wieder umhüllte?

»Unser Zuhause war nichts als ein Spielzimmer«, sagte Lee, und die Worte sprudelten aus den Tiefen ihrer Seele empor »Ich war deine Puppenfrau, so wie ich zu Hause Papas Puppenkind war.«

Ein Jogger mittleren Alters lief an Lee vorbei und wandte den Blick ab.

Es wurde Zeit, in Bezug auf die Männer eine Pause einzulegen, entschied Lee. Wie Nora hatte auch sie Männern gedient … nun ja, ihr ganzes Leben lang. Als Kind wusste sie es nicht besser und hatte sich gefügt, als Erwachsene hatte sie um die Männer geworben. Sie musste herausfinden, wer sie wirklich war, in einer Umgebung, in der taufrische Haut und aufregende Kurven nichts galten. Sie unternahm diese Reise nach Europa und hatte sie im Grunde bisher vertan, indem sie versuchte, Männer zu verführen, ihrer Familie zu entfremden und die kulturellen

Reichtümer, die sich ihr darboten, außer Acht zu lassen. Hier war die Chance, ihr Leben anders anzugehen, und sie wollte ihren Geist für die wahre Schönheit öffnen. Schon viel zu lange befasste sie sich mit immer dem Gleichen: vorzusprechen, zu verführen, sich herauszuputzen. Was wäre, wenn sie das Blatt wenden und der Welt zur Abwechslung einmal gestatten würde, sie für sich zu gewinnen?

In ihrer Kabine nahm Lee vier Ibuprofen und rief den Zimmerservice. Nach einer halben Stunde brachte Steward Paros ihr ein Tablett. Er stellte es auf ihren kleinen Couchtisch, und Lee bedankte sich bei ihm. Er zögerte und sagte dann: »Ihre Mutter war besorgt. Wenn Sie möchten, sage ich dem maltesischen Reiseleiter Bescheid.«

»Hmm?«, machte Lee und starrte hungrig auf den French Toast.

»Ihre Familie nimmt an einer Führung über die Insel Malta teil«, erklärte der Steward.

»Malta?«

»Ja, Madam«, sagte Paros. »Ich kann versuchen, den Aufenthaltsort Ihrer Familie in Valletta herauszufinden, wenn Sie möchten.«

»Oh nein, danke«, wehrte Lee ab.

Paros nickte und schien von Lee enttäuscht zu sein. Er stand vor ihr und hatte wie ein strenger Pinguin die Hände hinter dem Rücken verschränkt. Wann würden Männer endlich aufhören, sie zu bewerten? Und wann würde sie sich nicht länger darum kümmern, was die Bewertung ergab?

Sie seufzte. »Ist ja gut«, sagte sie. »Vielleicht werde ich mich ihnen anschließen.«

»Wunderbar!«, meinte Paros. »Ich rufe Sie gleich wieder an.«

Paros schien furchtbar fürsorglich zu sein, aber Lee vermutete, dass das die Aufgabe eines Stewards war. Sie aß den buttrigen French Toast und den knusprigen Speck, duschte und zog sich, um nicht aufzufallen, eine ausgebeulte Jogginghose und ein übergroßes T-Shirt mit der Aufschrift *Splendido* an, das in ihrem Willkommenskorb gelegen hatte.

Das Telefon klingelte. »Ich konnte Ihre Familie ausfindig machen«, sagte Paros. »Ich komme gleich mit einer Karte in Ihre Kabine und zeige Ihnen, wie Sie sie finden. Wenn Sie möchten, begleite ich Sie auch.«

»Das ist wirklich nett von Ihnen«, sagte Lee.

»Das ist mein Job, Miss Perkins«, sagte der Steward.

»Dürfte ich Sie eigentlich auch noch um etwas anderes bitten?«, fragte Lee.

»Aber natürlich.«

»Könnten Sie mir einen Schwangerschaftstest besorgen?«

Es folgte eine Pause, doch der Steward fing sich wieder. »Ja, Madam«, sagte er.

Lee legte auf, ihr war weinerlich zumute. Es hatte etwas mit der väterlichen Fürsorge des Stewards zu tun. Wie sehr wünschte sie sich, ihren Vater anrufen zu können, die Version von Winston, der ihr vermeintlich aus der Klemme half und ihr den Rücken freihielt. Den Vater, den sie verdiente. Doch Lee wusste auch, dass dieser Mann ein reines Fantasiegebilde war. Ihr wirklicher Vater war ein depressiver Alkoholiker gewesen. Er hatte ihr beigebracht, dass der Kampf gegen den Nebel ein verlorener Kampf war.

Oh, wie sehr Lee ihm das Gegenteil beweisen wollte! Sie hatte ihm zeigen wollen, dass sie stärker war, dass sie Lebensfreude empfinden konnte.

Winston war siebenundvierzig Jahre alt gewesen, als er eine Krawatte zu einer Schlinge verknotet hatte. Sie war jetzt achtunddreißig und von ihrem Vater beeindruckt. Er hatte neun weitere Jahre durchgehalten.

Lee legte die Handflächen auf den Bauch und betrachtete den prächtigen Grand Harbour. Es klopfte an die Tür, und sie stand auf.

5 / Charlotte

KIKO BRACHTE CHARLOTTE und ihre Familie zu seinem Bauernhaus und hieß sie in seinem Wohnzimmer willkommen. Es war etwas Besonderes, eins dieser Gebäude zu betreten, einen höhlenartigen Raum mit freiliegenden Kalksteinwänden, Bücherstapeln neben gemütlichen Stühlen und einer Couch mit einer Decke, die laut Kiko von seiner Mutter gehäkelt worden war. Es fühlte sich an wie in einer gut ausgestatteten Grotte, eine Verschnaufpause außerhalb der sengenden Hitze.

Kiko brachte kühle Dosen aus der Küche, auf denen so etwas wie Kinnie stand. Es war eine seltsame Limonade aus bitteren Orangen und Wermut. Charlotte kostete von dem Getränk, schüttelte aber den Kopf. Stattdessen bot ihr Kiko Honig- oder Kaktuslikör an und deutete auf einen Barwagen, der in der Ecke unter einer Holzgitarre stand, die wie ein Gemälde an der Wand hing.

»Wasser reicht mir«, sagte Charlotte. »Gereinigt, bitte.«

»Ich hätte gern ein Kinnie«, bat Cord freundlich.

»Wasser für mich, danke«, verlangte Regan.

»Was trinken Sie?«, fragte Lee, die am Hafen zu ihrer Familie gestoßen war. Paros hatte sie zu ihnen gebracht, nachdem er Kiko selbst kontaktiert hatte. Wie nett von ihm!

Lee hatte bei der Ankunft blass und kränklich ausgesehen, doch der hübsche Kiko schien sie zu neuem Leben zu erwecken. Als sie sich trafen, hatte Kiko Lee angestarrt, als wäre sie die körperliche Offenbarung eines Lebens voller Träume. Sex lag in Malta in der Luft, befand Charlotte und bewunderte Paros' Hintern in der gestärkten weißen Hose, als er zum Schiff zurücklief.

»Ich nehme den Kaktuslikör«, sagte Kiko und lächelte. »Kommen Sie, probieren Sie! Man nennt ihn auch Zeppis Bajtra. Ich habe eine frische Flasche in der Küche. Folgen Sie mir!«

»Danke, ich warte hier«, wehrte Lee ab. Sie war zufrieden mit sich selbst, weil sie statt des anwesenden Mannes die Kunst an den Wänden bewunderte. Sie hatte schon immer ein Auge für so etwas gehabt. Charlotte gegenüber hatte sie einmal geäußert, wie viel besser es doch aussähe, die Couch an die Südwand des Wohnzimmers zu stellen. Zu Charlottes Überraschung hatte Lee völlig recht gehabt.

»Ist es für Schnaps zu früh?«, fragte Regan.

»Nicht, wenn man sich auf Malta befindet«, sagte Cord und warf einen Blick auf Kikos Bücherregal. »Ich liebe das Buch hier«, sagte er und zog ein Exemplar des Wälzers *Unendlicher Spaß* heraus.

»Das liebe ich auch«, stimmte Kiko zu und tauchte mit einer Platte mit warmem Brot und Gurkenkäsesalat wieder auf. »Wirklich ein weiser Mann.«

»Ja«, sagte Cord. »Das war er. Aber auch selbstquälerisch.«

Kiko sah Cord an. »Ich habe davon gelesen«, sagte er. »Er hatte Depressionen. Eine Krankheit, über die wir hier nicht gern reden.«

»Wir reden auch nicht viel darüber«, sagte Lee und warf Charlotte einen vernichtenden Blick zu.

»Ich bin nicht deprimiert«, beharrte Charlotte.

»Das hat auch niemand behauptet«, konterte Lee.

»Warum siehst du mich dann an?«, fragte Charlotte verärgert. Ihre Kinder brachten es wirklich fertig, jedes sonnige Picknick zu ruinieren! Noch bevor Lee antworten konnte, sprach sie weiter. »Ich sage immer: Sieh die positive Seite von allem! So lebt man viel besser«, behauptete sie. »Finden Sie nicht auch, Kiko?«

»Nicht jeder kann fröhlich sein, Mom«, wandte Lee ein.

»Ich habe keine Ahnung, wovon du sprichst«, sagte Charlotte, obwohl sie vermutlich mehr über Depressionen wusste als jeder andere. Nach Winstons Selbstmord hatte sie unzählige Bücher darüber gelesen, um zu verstehen und einen Weg zu finden, sich selbst zu verzeihen. In den Büchern stand, dass es eine Krankheit sei, dass Charlotte Winston nicht hätte retten können, egal. Und Charlotte wollte glauben, was sie gelesen hatte. Aber sie hatte nie aufgehört, sich selbst die Schuld an seinem Tod zu geben.

»Kommen Sie, wir bringen das Essen in den Garten«, schlug Kiko vor.

»Ja, genau!«, rief Charlotte. Der Innenhof war schattig und selbst am helllichten Tag angenehm kühl. Kiko deckte mit Leinenservietten und stellte gekühlte Flaschen mit rosa Gellewzawein auf den Tisch. »Der schmeckt nach Erdbeeren«, sagte er. »Kommen Sie, Charlotte!«, fügte er hinzu und reichte ihr ein langstieliges Glas.

Sie nippte. Der Wein war süß und genau im richtigen Maß gereift. Sie versuchte, sich auf den Geschmack zu konzentrieren, ihr Gehirn von den Gedanken an Winston und an sein im Tod friedliches Gesicht zu befreien und davon, wie sehr Lee noch Tage danach vor Schreck am ganzen Körper gezittert hatte. Oder wie Lee dagestanden hatte, die Lippen in einem stummen Schrei aufeinandergepresst, sodass sich der Abdruck ihrer Zähne tief in die Unterlippe gedrückt hatte, als Charlotte ins Badezimmer gekommen war. Sie war erst vierzehn Jahre alt gewesen. Die Muskeln in ihren vom Schwimmen trainierten Armen hatten sich unter der Haut gewölbt, während sie ihren Vater halten wollte, obwohl keine Kraft dieser Welt ändern konnte, was Winston sich angetan hatte.

Kiko brachte Gebäck, Kanincheneintopf, Rindfleisch mit Oliven und frischen Steinfisch, der mit Kräutern angebraten und mit Zitrone serviert wurde. Umgeben von Aleppokiefern, genossen alle ihre Mahlzeit.

Irgendwann fiel Charlotte auf, dass Lee aus Kikos

winzigem Badezimmer kam und sich die Hände ab-
trocknete. Lee wirkte so jung, wie sie dastand und den
Garten betrachtete. Sie sah wieder wie das Mädchen
aus, das sie vor einer halben Ewigkeit einmal gewesen war, ein glückliches Kleinkind, das vor Charlotte
herumtänzelte, wenn sie im Forsyth Park spazieren
gingen.

Charlotte ergriff eine Welle der Fürsorge und Liebe
für ihre erstgeborene Tochter. Als Kiko an Lees Seite
trat und auf einen Mauerläufer deutete, war Charlotte
überrascht, dass Lee höflich, aber bestimmt Abstand
von ihm nahm.

Lees neu gewonnene Zurückhaltung schien Kiko
zu faszinieren. Und Lee sah auch ohne ihr Make-up
und Haarspray reizend aus. Sie hatte ihre Kurven
unter einem großen T-Shirt der Kreuzfahrtgesell-
schaft verborgen.

Regan hingegen verhielt sich wie eine Studentin,
die sich auf eine Prüfung vorbereitet. Sie stellte viele
Fragen über die verschiedenen Besatzer Maltas, und
Kiko antwortete bereitwillig. Charlotte wurde bei den
Erzählungen ganz schwindelig. Malta war von den
Phöniziern, den Karthagern, den Römern, den Van-
dalen, den Goten und noch einmal den Römern, den
Arabern, den Normannen besetzt worden. An diesem
Punkt der Geschichte verlor Charlotte den Überblick,
doch als sie wieder zuhörte, sprach Kiko über die Rit-
ter von Malta. »Die Türken zwangen sie, Rhodos zu
verlassen, und so kamen sie hierher«, erzählte er.

»Rhodos!«, rief Charlotte. »Da waren wir gerade.«

Es war ihr eine große Freude, diese Aussage machen zu können. »Ah, Rhodos ...«, fügte sie wehmütig hinzu und hoffte, die Äußerung noch öfter machen zu können.

»Ich liebe Rhodos«, sagte Kiko. »Haben Sie den Großmeisterpalast besichtigt?«

»Nein«, gab Charlotte zu.

»Die Akropolis von Lindos?«

»Ähm ...«, stotterte Charlotte.

»Waren Sie am Strand?«, fragte Kiko lächelnd.

»Ein wunderschöner Strand!«, rief Lee.

Kiko lachte. »Sie müssen wiederkommen! Manchmal muss man in die Fußstapfen der Geschichte treten, und manchmal muss man einen Tag am Strand verbringen.«

Regan hielt einen Bleistift und ein kleines Notizbuch in der Hand, das sie irgendwo gekauft hatte. »Und nach den Malteserrittern?«, fragte sie.

»Entschuldigung. Oh ja, danach kam Frankreich an die Macht«, erwiderte Kiko. »Und schließlich Großbritannien, bis 1964, da wurden wir unabhängig. Sie sehen also, wir sind eine sehr wichtige Weltgegend.«

»Verblüffend«, staunte Regan.

»Wir haben dreihundertsechzig Gotteshäuser«, fuhr Kiko fort. »Wie wäre es damit? Möchten Sie eine dieser Kirchen besichtigen? In der St. John's Co-Cathedral hängen zwei Gemälde von Caravaggio. Eine kurze Fahrt, danach bringe ich Sie zum Hafen zurück.«

Charlotte hob ihr Glas und dachte an Pfarrer Thomas. Wie sollte sie ihm sagen, dass sie rosafarbenen Wein einer berühmten Kathedrale vorgezogen hatte? Er hatte ihr das Versprechen abgenommen, ihn zum Mittagessen einzuladen und ihm jedes einzelne ihrer Bilder zu zeigen. »Sie könnten eine Diashow veranstalten«, hatte er vorgeschlagen und dabei mit den großen Händen gestikuliert. »Ich wette, irgendwo im Keller habe ich noch einen alten Projektor. Und dazu können wir europäische Vorspeisen essen.«

Manchmal dachte Charlotte, dass Pater Thomas vielleicht sogar noch einsamer war als sie.

Seufzend setzte sie das Glas mit Gellewzawein ab. Als ob Pater Thomas sie hören könnte, ergriff sie das Wort. »Wir würden gerne die Kathedrale besichtigen.«

Kiko fuhr sie in seinem VW-Cabrio nach Valletta zurück. Charlotte spürte den nach Meer duftenden Wind im Haar (und machte sich eine Notiz, um Pater Thomas genau dieses Detail mitzuteilen … nach Meer duftender Wind!).

Von außen wirkte die Kathedrale schlicht und besaß zwei Glockentürme, doch das Innere war wunderschön. Charlotte hatte das Gefühl, dass ihr Gehirn dahinschmolz. Barock, schätzte sie, doch die Kirche war *verrückt*, wie ihre Enkelinnen gesagt hätten. Jede Oberfläche der Kalksteinwände war geschnitzt, bemalt oder vergoldet. Jede Stelle verlangte nach Aufmerksamkeit. Es war die Definition von *glorreich*. Doch der ganze Pomp war ein bisschen zu viel. »Sehen Sie sich den Boden an!«, flüsterte Kiko.

Wie konnte sie nicht auf den Boden sehen? Marmorengel und Skelette lagen unter ihren Füßen. »Wir stehen auf über vierhundert Gräbern«, erläuterte Kiko. »Sie erzählen von der Unausweichlichkeit des Todes und der Verzückung eines Lebens danach.«

Charlotte war schweigsam, überwältigt. Lee kam und stellte sich neben sie. »Was denkst du?«, fragte sie.

»Es ist so traurig«, klagte Charlotte. Sie konnte den Gedanken nicht ertragen, dass sie diese Verzückung in den kostbaren Jahren, die ihr noch blieben, nicht erleben würde, dass sie warten musste, bis sie tot war.

»Aber auch voller Hoffnung«, sagte Lee und legte den Arm um ihre Mutter. »Verzückung klingt schön.«

Es war wunderbar, Lee neben sich zu haben. Später, als sie jeden Moment durchging, der Lee dazu gebracht hatte, sich auf ihren Balkon hoch über dem Meer zu hocken, verfluchte sich Charlotte, dass sie in jenem Moment nichts anderes gesagt hatte. Statt *Verzückung klingt schön* zu sagen, hätte sie besser *Lee, ich habe dich lieb* erklären sollen.

Vielleicht hätte sie auch sagen sollen: *Bitte verlass mich nicht!*

Aber nein, Charlotte hatte gesagt: »*Verzückung klingt schön.*« Sie hatte einfach nicht nachgedacht. Sie hatte keine Ahnung. Sie wollte einfach nur etwas sagen, während ihre Tochter zuhörte.

Sieben

SIZILIEN, ITALIEN

1 / Charlotte

ALS KIND HATTE Charlotte mit ihren Eltern Italien bereist. Sie erinnerte sich lediglich noch daran, dass sie in einem kühlen Badezimmer neben ihrer Mutter gestanden hatte. Louisa hatte sich zu ihr umgedreht und gesagt: »Ich habe nicht geweint. Jetzt geh und gib deinem Vater einen Kuss!«

Charlotte erinnerte sich, wie sie das Badezimmer verlassen und in ein schummriges Restaurant gelaufen war, um sich ihrem Vater, der einen Anzug trug und nicht aufblickte, in die Arme zu werfen.

Und jetzt, über sechzig Jahre später, wachte sie wieder in Italien auf. In italienischen Gewässern. Hach, bellissimo!

»Ich bringe Kaffee«, sagte Paros vom Flur aus.

Charlotte erstarrte, zupfte verzweifelt das vom Schlafen platt gedrückte Haar vor dem Spiegel zurecht und kramte ohne Erfolg in der Schublade nach einer Bürste.

»Ähm …«, sagte sie.

»Ich lasse ihn hier und komme später. Dann hole ich das Tablett ab, Mrs. Perkins.«

Charlotte atmete erleichtert auf. »Danke!«, rief sie. Als sie hörte, wie sich seine Schritte entfernten, holte sie das Tablett mit der Kaffeekanne und einer Himbeertasche (welch wunderbare Überraschung!) herein, ging damit auf den Balkon und ließ die italienische Brise über ihr Gesicht gleiten. Sie griff nach dem Zettel, den sie für die Rechnung hielt, entdeckte stattdessen aber eine handgeschriebene Notiz.

Homer schrieb in der Odyssee, dass ein vielköpfiges Monster (SCYLLA) den Eingang zur Straße von Messina bewachte und Seeleute verschlang, die sich ihr nähern wollten … und dass der Strudel CHARYBDIS auf Schiffe wartete … Glücklicherweise hat die Splendido Marveloso bereits sicher angedockt. Ich liebe die Aussicht auf Sizilien und die kalabrische Küste.
Ich wünsche Ihnen einen wunderschönen Tag,
PAROS

Charlotte griff nach dem Zettel. Sie wollte Sex, das stimmte, aber Paros' Aufmerksamkeiten riefen ein tieferes Bedürfnis in ihr hervor. Sie sehnte sich nach Liebe. In so vielen Morgenstunden war sie allein – oder mit imaginären Liebhabern – aufgewacht und hatte sich nie die Vorstellung gestattet, welch tiefe Befriedigung es bedeutet hätte, nachts die Hand nach einem warmen Körper neben sich ausstrecken zu können.

Sie nippte an ihrem Kaffee und betrachtete die felsige Küste, die tiefgrünen Hügel und die Wölkchen am Himmel. Wie einsam war es doch, kein Zeugnis von ihrem Leben zu haben. Niemand, der ihren Übergang in den Schlaf bewachte, niemand, der wusste, dass sie die Nacht überstanden hatte.

2 / Cord

WIE KONNTE ES sein, dass dies Cords erste Reise nach Italien war, in das weltweite Mekka für schicke, kohlenhydratessende Schwule? Es war nahezu ein Verbrechen, dass er nicht mit Giovanni hier war. Stattdessen saß er mit seiner Mutter und seinen Schwestern in einem Reisebus, der von einer äußerst enthusiastischen Frau namens Diana gesteuert wurde. »Buon giorno!«, rief sie, sobald sie und etwa ein Dutzend anderer Kreuzfahrtpassagiere Platz genommen hatten. »Buon giorno! Das bedeutet *Hallo* auf Italienisch. Können mich alle hören?«

Sie sprach mit aufgedrehter Lautstärke in ein Mikrofon. Jeder konnte sie also hören.

»Ist das nicht aufregend?«, flüsterte Charlotte, die hinter Cord und Regan saß und wie ein bunt gekleideter Springteufel auf ihrem Sitz hin und her rutschte.

»Sehr aufregend«, stimmte Cord zu. Er war frisch geduscht und völlig übernächtigt. Er hatte die vergangene Nacht beim Texas Hold'em Poker verbracht und so viel Cappuccino getrunken, dass ihm die Hände zitterten. Dadurch hatte er das Treffen der *Friends of Bill W* (Code für Anonyme Alkoholiker … Bill W hatte mit seinem Freund Bob das Programm der AA ins Leben gerufen) und sein geplantes Gespräch mit Handy verpasst. Er war seit zwei Tagen nüchtern und hoffte, es zu bleiben. Aber er hatte kaum geschlafen, weil er in Gedanken Horrorszenarien heraufbeschworen und verzweifelt versucht hatte, einen Weg von dort, wo er jetzt war, zu einer Hochzeitszeremonie im Garten seiner Mutter zu finden.

»Die Strände sind kleine Stürme, wie Sie sehen«, sagte Diana. Jedenfalls glaubte Cord, dass sie *Stürme* gesagt hatte. Oder meinte sie *Steine*? »Der Ätna, und unten der Wein«, sagte Diana. »Lavafelsen, und dann der Sand-e. Sizilien, es ist so schön! Jetzt wisst ihr es auch.« (Ihre Aussprache war bemerkenswert.)

Diana setzte sich.

»Was wissen wir?«, fragte Cord. »Habe ich etwas verpasst?« Regan, die in ihrem Notizbuch gezeichnet hatte, wirkte ähnlich verwirrt. »Was schreibst du da?«, fragte Cord.

»Willst du's wirklich wissen?« Ihre Schüchternheit war herzzerreißend. Was hatten Matt oder die Mutterschaft seiner Schwester bloß angetan, diesem Mädchen, das ihn in Harlem zu äthiopischem Essen verführt hatte und das nach einem Glas Honigwein aufgestanden war, um mit den Bauchtänzerinnen herumzuwirbeln?

»Ja, Ray Ray! Ich will es wirklich wissen.«

»Nun, auf Malta ging es in gewisser Weise nur um Knochen. Diese Skelette in der Kirche. Alle diese gewaltsamen Versuche, die Vergangenheit an sich zu reißen, die Vergangenheit auszulöschen … aber Knochen kann man nicht auslöschen. Man kann sie nicht einmal vollständig verbrennen, zumindest ist das schwierig. Ich denke also darüber nach und höre von den Vulkanen hier, was sie begraben haben, was übrig geblieben ist …« Sie starrte in die Ferne und sah etwas, das sich Cord kaum vorstellen konnte.

»Faszinierend«, staunte Cord. Sie wandte sich zu ihm um und war offenbar überrascht, dass er ihre Gedanken ernst nahm. Sie sah ihn fragend an, ob er sich über sie lustig machte. »Das ist es auch. Wirklich interessant«, sagte er und freute sich, dass er sie mit seiner Freundlichkeit überrascht hatte. Gleichzeitig betrübte es ihn aber auch, dass sie sich so verzweifelt nach Aufmerksamkeit sehnte.

Sie hob die Schultern und wurde rot. »Ich werde mich wieder mit meiner Kunst befassen«, sagte sie leise.

Regan war einst eine Studentin mit pink gefärbtem Haar gewesen, die atemberaubende Collagen schuf. Ihre großformatigen Bilder vornehmer weißer Südstaatenfrauen, zusammengesetzt aus zerschnittenen Fotos von Sklaven, waren brutal und mutig. Cord wusste nicht, wie er sie an diese Studentin erinnern sollte, ohne seine Schwester in Verlegenheit zu bringen. Er wusste nicht, wie er die schockierenden Fotos des Privatdetektivs ansprechen sollte, nachdem Regan diese Tür so fest verschlossen hatte. Also schwieg er lieber.

Matt war an Bord geblieben, doch abgesehen von der erschreckenden Tatsache, dass er ein erwachsener Mann war, der keinen Fuß nach Italien setzen wollte, schien Regan ganz gern allein zu sein. Vielleicht war sie ja immer noch eine große Künstlerin, die erst in ihren späteren Jahren aufblühte.

Cord wurde blass. Wenn Regan in ihren *späteren Jahren* angelangt war, dann war Cord das auch. Cord war zwar recht zufrieden mit seiner Karriere, aber es gab noch so viel mehr zu tun. Die Heirat mit Giovanni schien der Beginn eines erfüllteren Lebens zu sein, und er war dankbar dafür, dass er von dem vor ihm Liegenden so begeistert war. Er musste nur trocken bleiben. Das war alles. Cord wusste, dass ihm alles entgleiten würde, wenn er wieder trank.

»Ehrlich gesagt, ist es einfach schön, etwas Luft zu haben, um noch einmal über alles nachzudenken«, sagte Regan mit ernster Miene.

»Ja«, sagte Cord. Er drehte sich zu ihr um. »Regan, bist du sicher, dass du nicht über Zoës E-Mail sprechen willst?«, fragte er.

»Ich bin mir sicher«, entgegnete Regan. »Bitte, lass es einfach sein!«

»Aber, Regan, er ist …«

Sie starrte ihn an. »Cord«, sagte sie so leise, dass er sie kaum hören konnte, »bitte, vertrau mir!«

Ihr vertrauen? Cord war verwirrt. Er hatte Regan immer für … nun ja … leicht einfältig gehalten. Für einen Fußabtreter. Es war ihm nie in den Sinn gekommen, dass sie ihr Leben im Griff haben könnte. »Aber brauchst du denn nicht meine Hilfe?«, fragte er.

Sie lachte ... sie lachte tatsächlich! »Nein«, sagte sie. »Aber trotzdem danke. Ich danke dir.«

»Eine andere Stadt-e«, sagte Diana, die nun wieder aufgestanden war, frischen Lippenstift aufgelegt hatte und wieder überaus lebhaft wirkte. »Sehr berühmt für das amerikanische Volk. Sie machen den Film. Welchen Film? Al Pacino und der Film *Der Pate!* Francis Ford Coppola, er kommt hierher. Sie sehen einige kleine Städte, und sie sind hier. Zum Beispiel Corleone? Wenn er Wein verkostet? Er ist hier. Hier wurde auch *Der Pate Zwei* gedreht.«

Die Aussicht aus dem Bus war herrlich, buschige Hügel, Bauernhäuser und ein wunderbarer Blick zum Meer hinunter. Der Bus fuhr in einen Tunnel, aber das schien Diana nicht aufzuhalten. »Jetzt wissen Sie, wie wir hier essen. Wir essen Antipasti und Nudeln«, sagte sie, wobei ihr Gesicht im Schatten verschwand. »Nudeln, Nudeln, Nudeln! Wir essen Nudeln!«, rief Diana im Dunkeln des Busses.

»Ja, ja, Schätzchen!«, sagte ein Mann in einem Jimi-Hendrix-T-Shirt.

Licht ergoss sich über sie. »Jetzt, Taormina!«, sagte Diana. »Heute Abend spielt im antiken Theater Robert Plant. Ich gehe hin. Mein Mann hat bezahlt, also weiß ich nicht. Ich kaufe nur zu essen, und er macht alles. Das ist richtig. Ich koche.«

»Oh, verflixt!«, murmelte Charlotte und stieß Cord an. »Ich wette, du hast gehofft, dass sie ein Single ist.« Cord zuckte zusammen und bemerkte dann, dass Lee zugehört hatte. Sie hob die Brauen.

Sag es ihr!, formte Lee mit den Lippen.

Cord wandte sich ab und tat so, als hätte er sie nicht verstanden.

»Ich mache Fleischbällchen, ja, Fleischbällchen«, fügte Diana hinzu. Der Mann im Jimi-Hendrix-T-Shirt jubelte wieder.

»Jetzt muss ich Ihnen unsere Mama vorstellen. Den Ätna«, sagte Diana und wies aus dem Fenster auf einen enormen Berg, der stahlfarben vor dem türkisfarbenen Himmel aufragte.

»Der Ätna«, sagte Charlotte ehrfürchtig. Cord blickte aus dem Fenster auf den schlummernden Vulkan. Regan skizzierte den Vulkan mit einem Stift von der *Splendido*.

»Die ersten beiden erloschenen Krater auf der linken Seite. Ein Teil der touristischen Stätten wurde durch den Lavastrom zerstört.« Diana zog laminierte Fotos heraus. »Niemand hört zu«, sagte sie und blickte über ihr Publikum, das größtenteils zu schlafen schien. Cord versuchte, ihren Augen zu begegnen und interessiert dreinzuschauen. Warum meinte er bloß, er müsse Diana davor bewahren, sich gekränkt zu fühlen? Aber er tat es.

»Sie interessiert nur die Küche«, sagte sie enttäuscht, obwohl Cord sich redlich Mühe gab. »*Va bene*. Wer was wissen will, fragt. Also schauen Sie«, sagte sie. »Draußen vor dem Fenster, ein paar Kiefern, Koriander. Mehr Bäume. Vegetation. Typische Vegetation.«

Diana setzte sich.

»Vegetation«, flüsterte Charlotte, nickte und blickte aus dem Fenster. *Vegetation* schrieb Regan in ihr Notizbuch.

Sie fuhren von der Autobahn ab und bogen in eine Straße ein, die auf beiden Seiten von weiß getünchten hohen Mauern begrenzt war. Sie kamen an einer offenbar ausgebrannten, leer stehenden Kirche vorbei, in deren Turm eine der drei Glocken fehlte. Schließlich parkte der Bus, und Diana stand wieder auf. »Hier ist der Giardino di Villa Romeo«, sagte sie. »Villa, wie nennen Sie eine Villa?«

»Haus?«, rief Cord unterwürfig.

»Nein, das glaube ich nicht«, sagte Diana. »Jedenfalls spucken wir aus.«

Lee und Cord lehnten an einer Kalksteinmauer. Cord fuhr mit der Hand über die raue Oberfläche. Blendendes Licht, der Geruch von Rauch, eine streunende Katze, die sie aus der Ferne beobachtete. »Italien«, sagte Lee und drückte seinen Arm.

»Italien«, sagte er und küsste sie auf den Kopf, der nach Minze roch »Hör auf, mir das Leben so schwer zu machen!«, flüsterte er in ihr Haar.

»Aber im Ernst«, beharrte Lee.

»Das ist nicht deine Sache«, wies Cord seine Schwester zurecht.

»Bringt dich das nicht um?«, fragte Lee. »So zu tun, als seist du jemand, der du nicht bist?«

Cord sah sie an und seufzte. »Ja, du hast recht«, seufzte er.

»Dann sag es ihr!«, bat Lee.

»Du sagst das so einfach«, murmelte Cord.

»Ich weiß, dass es nicht einfach ist«, gab Lee zu. »Glaub mir.«

»Warum fühlen wir uns so verantwortlich für sie?«, fragte Cord. »*Sie* sollte die Erwachsene sein. Aber ich …«

»Ich habe das Gefühl, dass ich mich um sie kümmern muss«, meinte Lee.

»Du auch?«

Lee lächelte traurig und nickte. Er nahm ihre Hand. »Ich habe dich lieb«, sagte Cord. »Du bist vielleicht die Einzige, die mich wirklich kennt.«

»Cord …«, fing Lee an.

Er schnitt ihr das Wort ab. »Nachdem du gegangen warst, habe ich jeden Abend am Telefon gewartet«, sagte er und merkte, dass er wie ein bockiges Kind klang, sich aber nicht zurückhalten konnte.

Lee riss die Augen auf. »Das war vor zwanzig Jahren, Cord.«

»Du hattest mir versprochen, dass du jeden Abend anrufst.« Cord erinnerte sich, wie er im Pyjama neben dem Telefon mit den großen Knöpfen saß, das nie klingelte. »Du bist einfach nach Kalifornien gefahren, und das war's. Du bist nicht einmal zu Weihnachten zurückgekommen.«

Lee seufzte und starrte in die Ferne. »Ich dachte, ihr hättet eine Chance, wenn ich einen sauberen Schnitt mache ...«

»Eine Chance? Was soll denn das heißen?«, fragte Cord. »Eine Chance wofür?«

»Ich wollte ... doch nur ...«, stammelte Lee. Sie sah weg und biss sich auf die Unterlippe.

»Eine Chance wofür?«

»Eine Chance zu heilen«, erwiderte Lee. Die Wut in ihrer Stimme überraschte Cord.

»Ich verstehe nicht ganz«, sagte er.

»Ich weiß«, gab Lee zu. »Ich weiß, dass du es nicht verstehst.« Sie musterte ihn flehentlich, Tränen standen ihr in den Augen. »Du verstehst es nicht. Das ist der Punkt.«

»Dann erklär es mir!«, verlangte Cord.

Lee schüttelte den Kopf. »Vergiss es!«, stieß sie hervor. »Ich hätte nichts sagen sollen.«

»Ich werde es aber nicht vergessen«, beharrte Cord und wurde nun selbst wütend. »Wenn du irgendeine Ausrede hast ... auf irgendeine Weise rechtfertigen willst, warum du uns einfach sitzen gelassen hast, um ein verdammter Filmstar zu werden, dann sag mir bitte, was es ist.«

»Ich habe euch nicht einfach sitzen gelassen«, beteuerte Lee. »Beruhige dich wieder!«

»Du hast mich sitzen gelassen«, beharrte Cord, den Tränen nahe. Er fühlte sich wieder wie der verlassene kleine Junge. »Du hast mich sitzen gelassen«, wiederholte er.

Cord erinnerte sich an den Tag, als Lee in ein Flugzeug gestiegen war, um aufs College zu gehen. Auf der Rückfahrt vom Flughafen hatte Cord auf dem Rücksitz von Charlottes VW neben Regan gesessen und eine kalte Orangenlimo von McDonald's mit einem Plastikstrohhalm getrunken. Charlotte verfuhr sich immer. Manchmal vergaß sie auch, das Abendessen einzukaufen. Ab und zu stellte der Stromversorger den Strom ab. Lee war immer diejenige gewesen, die die Rechnungen fand und bezahlte, damit das Licht wieder anging. Ohne Lee, das wurde Cord klar, war er derjenige, der die Verantwortung übernehmen musste. Die Welt vor dem Autofenster schien plötzlich riesig und voll drohender Katastrophen zu sein.

»Cord«, sagte Lee jetzt. »Es gab ... es gibt Dinge, die du nicht verstehst.«

»Verschone mich!«, herrschte Cord seine Schwester an. »Verschone mich mit deiner Theatralik, Lee!«

»In Ordnung«, erklärte Lee. »Du hast recht. Ich hätte anrufen sollen. Es tut mir leid.«

Sie sah unsäglich traurig aus. Cord wusste, dass er eine Wunde aufgerissen hatte, und plötzlich wollte er sie nur wieder schließen. »Und außerdem«, sagte er, ein Witz, ein Vorwand.

»Und außerdem ...«, sagte Lee.

3 / Regan

»*BUON GIORNO!* WILLKOMMEN in meinem Zuhause!«, rief ein Mann im Polohemd mit Sonnenbrille und roter Kappe. Zwei schwarze Labradore eilten schwanzwedelnd auf Regan zu, als sie und ihre Familie einen palmenumsäumten Hof betraten.

Der Villenbesitzer führte sie in seine Gärten und sprach über sein Regenwassersammelsystem, über die aus einem einzigen Lavabrocken gemeißelte Olivenpresse, die Pfefferbäume, Aloen, Kaktusfeigen, Kakis, Kastanien und Aprikosen. Regan seufzte, als er ihnen einen hinter den Gärten verborgenen aquamarinblauen Teich zeigte. Diese Schönheit, diesen funkelnden Pool, diese Gärten gab es außerhalb ihres kleinen Lebens in Savannah zu entdecken.

»Kommen Sie in die Küche!«, rief Diana. »Es ist Zeit für die sizilianische Kochschule.«

In der Küche der Villa warf Diana Auberginen und rote Paprika für eine Caponata auf den Tisch. »Ich werde jetzt beiseitegehen und schwitzen«, sagte sie und stellte eine Schüssel auf einen Tisch mit Stahlplatte. In der engen, mit blauen Kacheln ausgelegten Küche verteilte sie Gemüsemesser und erklärte, wie man seidige lange Zucchinibänder schnitt, die in Olivenöl, Zitronensaft und Minze gewendet wurden, um Zucchini-Carpaccio herzustellen.

Cord war ein eifriger Schüler, er schnappte sich ein Gemüsemesser und machte sich an die Arbeit. Lee und Charlotte standen zu beiden Seiten des Topfs neben dem Kerl im Jimi-Hendrix-T-Shirt, der eine Flasche mit nicht etikettiertem Rotwein gefunden hatte und mit einem rostigen Korkenzieher kämpfte, um sie zu öffnen.

Regan bemerkte, dass sie in der heißen Küche, in der auf einem glühenden Herd zwei Töpfe mit kochendem Wasser Dampfschwaden in die Luft stießen, kaum noch Luft bekam, und eilte zu der Holztür des Bauernhauses.

»Regan!«, rief Lee. »Wohin läufst du denn?«

Wohin lief sie? Das wusste nur Gott. Regan ließ sich im Hof auf einen Stuhl fallen. Die Sonne fühlte sich gut auf ihrer Haut an, Salbei mit einer Spur von Zitronenduft wehte ihr von irgendwoher um die Nase. Sie atmete tief durch und betrachtete die alten Terrassensteine. Der Villenbesitzer kam nach draußen und öffnete eine Zigarettenschachtel. »Stört es Sie?«, fragte er.

Es störte sie, aber natürlich sagte Regan: »Oh, nein.«

Der Mann zog kein Handy heraus und plauderte auch nicht. Er zündete einfach seine Zigarette an und rauchte. Das Schweigen lastete auf Regan. Ihre Gedanken wirbelten umher, sie überlegte, was sie sagen sollte, und schalt sich dann, weil sie es nicht wusste. »Oh, Hunde!«, platzte sie heraus. »Ich liebe Hunde.« Doch eigentlich stimmte das nicht. Sie mochte weder die sabbernden Mäuler noch die Art und Weise, wie sie an ihrem Schritt schnüffelten.

»Eh«, sagte der Mann. Er zuckte die Achseln und schaute weg.

Regan lächelte. »Eh.« Das würde sie wohl auch benutzen müssen. *Wie ihre Tage wohl aussehen würden, wenn sie jemand wäre, der auf dumme Aussagen mit Eh antwortete?*, sinnierte Regan. Was für ein cooles, stressfreies Leben, sich von anderen Menschen abzuwenden und sich einen feuchten Dreck darum zu scheren, was sie dachten.

Regan stand auf. Es war an der Zeit, Eh zu sagen. »Ich brauche ein Taxi«, sagte sie zu dem Mann. Er drehte sich zu ihr um und hob die Brauen.

»Alles, was ich tue, ist nur Essenmachen«, sagte Regan. »Frühstück, Mittagessen, Abendessen. Ich weiß nicht, wer sich im Urlaub für einen Kochkurs angemeldet hat. Aber ich bin nicht den weiten Weg nach Sizilien gekommen, um in einer heißen Küche zu stehen und mich von Diana unterrichten zu lassen«, erklärte sie und verschränkte die Arme vor der Brust.

»Sie wollen ein Taxi?«, fragte der Mann.

»Ja, Sie haben verdammt recht, ich will ein Taxi«, antwortete Regan.

4 / Lee

LEE BEOBACHTETE IHREN verschlossenen Bruder, ihre einsame Schwester, ihre alternde Mutter. Schmerz schien von ihnen auszugehen, und Lee fühlte, wie der Schmerz auch ihre Gedanken ergriff. Sie hätte sich am liebsten hingelegt und geschlafen. Doch seit Kikos unglaublichem Picknick zu Mittag – was für ein Brot, herrlich! – war sie gefräßig. Das Brot hatte er in dem kleinen AGA-Herd aufgewärmt, in seiner süßen Küche in dem Haus, in dem er aufgewachsen war. Seither hatte sie das Gefühl, als wäre in ihr ein Schalter umgelegt worden. Sie fühlte sich, als hätte sie jahrelang gehungert und könne jetzt nicht genug zu essen bekommen.

Ihre Gedanken machten ihr Angst. Wie konnte sie Mutter sein, wenn sie so verwirrt war, wenn ihre Gefühle so widersprüchlich waren? Und was war überhaupt mit ihrem Riesenappetit? Bedeutete der vielleicht, dass sie wirklich schwanger war? Paros hatte ihr in Valletta einen Test gekauft und ihn in einer diskreten braunen Papiertüte in ihr Zimmer gebracht.

Lee aber hatte zu viel Angst gehabt, die Schachtel zu öffnen. Solange sie nicht wusste, dass sie schwanger war, brauchte sie auch keine Entscheidungen zu treffen. Sie verstand sich gut darauf, mit Scheuklappen herumzulaufen. Dadurch blieb ihr Kopf frei für das Vorsprechen, selbst dann noch, als ihre Chancen immer schlechter standen.

Wollte sie überhaupt schwanger sein? Lee wusste es nicht. Sie hatte noch nie genau gewusst, was sie selbst wollte. Sie konnte genau sagen, was die Leute im Kochkurs über sie dachten, hatte aber keine Ahnung, was sie sich selbst wünschte. Sobald sie versuchte, sich das zu fragen, herrschte Stille.

Lees Handy vibrierte, und sie blickte auf den Bildschirm. Sie hatte eine Nachricht von einer Nummer erhalten, die sie nicht kannte. Mit gerunzelter Stirn öffnete sie sie.

Liebe Lee, ich muss ständig an dich denken. Glaubst du an die wahre Liebe? Dein KIKO

Er hatte sie um ihre Nummer gebeten, als sie in der Schlange gestanden hatten, um an Bord der *Marveloso* zurückzukehren. Sie hatte sie ihm zugerufen und nicht damit gerechnet, dass er sie jemals anrief. Er sah gut aus, und sie hatte sich in seinem kuscheligen Heim so sicher gefühlt. Aber glaubte sie an die wahre Liebe? Nein, daran glaubte sie nicht. Sie schrieb zurück.

Es tut mir leid, aber daran glaube ich nicht.

Sie sah sich in dem alten sizilianischen Bauernhaus um, gefolgt von den beiden zotteligen Hunden, die dort lebten. Es gab einen riesigen Kamin, daneben einen Stapel Holz. Lee konnte sich die kalten Winternächte auf dem dick gepolsterten Sofa und das Lesen im Feuerschein vorstellen ... gekuschelt an Kiko.

Lee runzelte die Stirn. Sie wollte ihre Bindung an ihre Familie stärken, den Mut haben, auf den Schwangerschaftstest zu pinkeln und sich einen neuen Weg für ihre Karriere zu überlegen. Sie musste einen Weg finden, um sich stärker zu fühlen. Der Tagtraum von einem maltesischen Reiseleiter förderte keins dieser Ziele. Und dennoch starrte sie auf den Kamin. Ob auch Kiko vor einem Kamin kuschelte?

Ihr Telefon vibrierte erneut, und sie las die Nachricht.

Darf ich dich davon überzeugen?
Air Malta-Flug 63
18 : 10 Uhr Abflug
Von Rom, Fiumicino-Leonardo da Vinci Intl. (FCO)
Nach Malta International (MLA)
1h 25 m, direkt
Ich habe dieses Ticket auf deinen Namen gekauft.
Dein KIKO

In zwei Tagen würden sie in Rom sein. Welch ein Abenteuer, nach Malta zurückzufliegen! Lee legte ihr Telefon beiseite und fühlte sich durch Kikos Einladung ermutigt. Bei Tisch sog sie die köstlichen Düfte

ein und häufte sich üppige Portionen von Knob-
lauchspaghetti, gebackenem Hühnchen mit gerösteten Trauben und würziger Caponata auf. Regan hatte
sich hingegen ein Taxi bestellt und war zum Hafen
zurückgefahren, sodass Lee sich noch zwei Stücke
Kokosnusscremetorte gönnen konnte.

Als sie im Bus zurück zur Marveloso saß, schrieb sie
Kiko zurück.

Vielleicht.

5 / Charlotte

DAS SCHIFFSHORN ERTÖNTE, und von ihrem Tisch im *Shells*-Restaurant beobachtete die Familie Perkins, wie die mächtigen *Marveloso*-Motoren die sizilianischen Gewässer durchpflügten, wie sie sich von der Insel entfernten und über das Tyrrhenische Meer Kurs auf Neapel nahmen.

»Ich muss immer wieder an Malta denken«, sagte Lee und stützte das Kinn in die Hand.

»Du meinst wohl Kiko«, vermutete Regan.

Lee lächelte verlegen. »Er war nett«, stimmte sie zu. »Aber ich habe das Gefühl, ich brauche eine Pause von den Jungs. Ehrlich gesagt, muss ich zu mir selbst finden.«

»Eine Pause?«, echote Charlotte. »Und was ist mit Jason?«

Lee seufzte und legte die Hände zu beiden Seiten des Tellers ab. »Ich denke, ich kann es dir genauso gut einfach sagen«, sagte sie. »Jason hat mich für das Mädchen aus *Me & My Robot* verlassen. Alexandria Fumillini.«

»Das Mädchen, dem er in der Serie gehört?«, fragte Cord.

Lee nickte.

»Das tut mir leid«, sagte Regan. »Er ist wie ihr … Haustier.«

»Das beschreibt die Situation nicht«, bestätigte Lee und schüttelte den Kopf. Cord legte ihr eine Hand auf den Arm. »Und da ich gerade schon mal beim Erzählen bin«, sagte Lee und sprach immer schneller, »kann ich euch auch gleich noch sagen, dass meine Karriere vorbei ist. Seit der Tampax-Werbung bin ich für keinen Job mehr gebucht worden. Ich habe gelogen, als ich euch von dem großen neuen Projekt erzählt habe. Und ich habe auch wegen *Law & Order: Special Victims Unit* gelogen.«

Alle schwiegen. Charlotte wurde nervös und versuchte mit Nachdruck, die Wogen zu glätten: »Du warst toll in der Tampax-Werbung.«

Lee sah sie traurig an. »Danke, Mom«, sagte sie.

»Nicht immer klappt alles«, meinte Regan.

»Ja«, seufzte Lee und atmete aus. »Es fühlt sich gut an, euch das einfach zu erzählen«, sagte sie. »Ich weiß also noch nicht, wie es weitergehen wird. Ich schätze mal, ich muss herausfinden, was zum Teufel ich will.«

»Das wüsste ich auch gern«, pflichtete Regan ihrer Schwester bei.

»Regan!«, rief Charlotte. »Was soll denn das bedeuten? Und wo ist Matt?«

»Ja«, sagte Cord und nippte an einem Perrier. »Wo ist der alte Matt?«

»Du machst dich immer über mich lustig«, warf ihm Regan vor. »Ich weiß nicht, wo Matt steckt. Er ist nicht in unserer Kabine. Ich kann ihn nirgends finden.«

»Beruhige dich!«, riet ihr Charlotte und sah sich um, ob sie jemand beobachtete. Sie hörte förmlich die Stimme ihrer Mutter im Ohr. *Mach keine Szene! Mach dich nicht lächerlich!* Ihre Gedanken irrten hilflos umher, sie suchte nach Worten, um Regans unangenehmen Ausbruch zu vertuschen. Charlotte hatte ihren Kindern beigebracht, immer die positive Seite zu sehen. Oder zumindest in öffentlichen Räumen fröhlich zu wirken.

»Ich mache mich nicht über dich lustig«, widersprach Cord.

»Doch, das tust du«, beharrte Regan. »Du merkst es nicht einmal. Alle halten mein Leben doch für einen Witz.«

»Du bist hysterisch, Liebes«, mahnte Charlotte und tätschelte Regans Hand. »Beruhige dich doch!«

»ICH BIN NICHT HYSTERISCH!«, schrie Regan.

»Regan!«, rief Charlotte entsetzt.

Der Zusammenbruch der Perkins-Familie wurde durch den Auftritt der *Fun Times Dance Squad* unterbrochen. Der Leadsänger trug eine paillettenbesetzte rote Hose und hielt ein Mikrofon in der Hand. Er stand an der Salatbar und wartete darauf, dass die Tänzer ihre Positionen einnahmen. Aus versteckten Lautsprechern ertönte Musik, Schweigen senkte sich über das *Shells*-Restaurant, und der Sänger führte das

Mikrofon an die Lippen. Dann warf er den Kopf in den Nacken. »*You're simply the best!*«, schmetterte er. »*Better than all the rest!*«

Die Kellner gesellten sich zu den Tänzern und lieferten eine abgehackte Show. »Steht auf!«, intonierte der Sänger. »Steht alle auf! Es wird Zeit für den abendlichen Serviettenwirbel!«

Gehorsam wie immer befolgte die Familie Perkins die Anweisungen und stand auf.

»*Simply the best!*«, sang Lee und warf ihre Serviette in die Luft. »*Better than all the rest!*« Charlotte überlegte, dass Lee vielleicht auf ein Kreuzfahrtschiff gehörte.

Cord sah krank aus, er hob nur lahm eine Hand. Regan gab den Text mit traurigen, heruntergezogenen Mundwinkeln zum Besten. Die Lichter im *Shells*-Restaurant wurden gedimmt, Scheinwerfer blinkten.

»*Ooooh, you're the best!*«, sangen die Darsteller und zogen flink um die runden Tische. »*I'm stuck on your heart, Baby!*«

Die *Fun Times Dance Squad* beendete schwungvoll den Song von Tina Turner, fiel auf die Knie und rief: »*You're the best!*«

Die Musik verebbte, und Charlotte sank müde auf ihren Stuhl zurück. Sie nahm die Menükarte zur Hand. »Regan«, sagte Cord, »es tut mir wirklich leid, wenn du glaubst, ich würde mich über dich lustig machen. Im Gegenteil, du bist erstaunlich. Das finde ich wirklich.«

»Wirklich?«, fragte Regan.

Cord nickte.

»Wisst ihr, was sich toll anfühlt?«, fragte Lee. »Wenn man die Wahrheit sagt.« Aus irgendeinem Grund starrte sie dabei Cord an. »Wir alle haben dich lieb, Cord«, sagte sie.

»Wovon redest du, Lee?«, wollte Charlotte wissen.

»Natürlich haben wir Cord sehr lieb.« Doch ihr Körper wusste es: Ihr Magen verkrampfte sich.

»Ja«, sagte Regan. »Wovon redet ihr da?«

»Cord?«, sagte Lee.

»Was?«, fragte Cord.

»Findest du nicht, dass jeder die Wahrheit sagen sollte?«, fragte Lee.

Cord gab ein seltsam würgendes Geräusch von sich. »Stimmt etwas nicht?«, fragte Charlotte. Lees Worte machten sie nervös. Was die Wahrheit betraf … Charlotte musste ihren Kindern von ihrem pornografischen Essay erzählen, bevor sie ihn im Teatro Fabuloso laut vorlas.

»Ist jemand krank?«, fragte Charlotte. »Was geht hier vor?«

»Ich bin nicht krank«, beteuerte Cord. »Aber mal ehrlich, Lee! Ich wüsste es zu schätzen, wenn du die Klappe halten könntest. Das wüsste ich sehr zu schätzen.«

»Cord!« Charlotte zuckte zusammen, als wäre sie geschlagen worden.

»Eigentlich fühle ich mich tatsächlich krank«, sagte Cord und stand auf. »Ich gehe ins Bett. Bis morgen!« Er verließ das *Shells*-Restaurant und ließ sie schweigend zurück. Charlotte hatte Magenkrämpfe, aber sie wusste, wie man Verwirrung und Schmerz überspielte. Das hatte sie ihr ganzes Leben lang getan. »Seht euch dieses Brot an!«, rief sie mit schriller Stimme und hörte selbst, wie spitz sie klang. »Seht euch dieses Brot an! Es ist einfach köstlich.«

»Ja«, sagte Regan. »Lecker.«

Lee wirkte enttäuscht. Was auch immer sie versucht hatte, es hatte nicht funktioniert.

»Halli, hallo!«, grüßte Matt, der völlig entspannt, mit sonnengebräuntem Gesicht und einem frischen Hemd am Tisch auftauchte. »Wie war Sizilien?« Er setzte sich und drückte Regan demonstrativ einen Kuss auf die Wange.

»Wo warst du, Matt?«, fragte Regan mit gespielter Gelassenheit.

»Ich war den ganzen Tag auf dem Zimmer«, erwiderte er grinsend. »Sehr erfrischend«, fügte er hinzu. Wie ein Extrastück Torte thronte seine Lüge in der Mitte des Tisches.

Lee beobachtete ihre erste Liebe, als wäre er ein exotisches Tier im Zoo. »Oh, Matt«, sagte sie. »Was ist aus dir geworden?«

»Was soll das heißen?« fragte Matt.

»Lasst uns etwas Brot essen«, sagte Charlotte nachdrücklich. Niemand rührte sich. »Lee!«, rief Charlotte. »Regan! Esst etwas von dem leckeren Brot!«

»Ich esse von dem leckeren Brot«, sagte Matt.

Acht
NEAPEL, ITALIEN

1 / Charlotte

CHARLOTTE WAR SO aufgebracht über das Fehlverhalten ihrer Familie, dass sie der Musikrevue zu Michael Jackson gar nicht richtig folgen konnte. Cord hatte ihr gesagt, er freue sich sehr auf die Show, doch obwohl sie ihn in seiner Kabine anrief und sogar an seine Tür klopfte, tauchte er nicht wieder auf. So viel zu der Tatsache, dass er sich auf einem Schiff nicht verdünnisieren konnte!

Als sie das Theater betraten, setzte sich Regan ganz bewusst zwischen Charlotte und Lee, Matt ließ sich neben Lee nieder. Neben Charlotte nahm ein dicker Mann Platz, der auch im Theater seine Baseballkappe der *Yankees* nicht abnahm. Charlotte wusste, dass *Kreuzer* (wie sie im Internet genannt wurden) nicht besonders fein waren. In den Chats im Internet ging es vorwiegend darum, wie man Schnaps an Bord schmuggeln konnte … aber mal ehrlich, eine Baseballmütze? Charlotte schnaubte angewidert und rutschte so weit wie möglich zu Regan hinüber.

Als die Lichter gedimmt wurden und die Bühne

zum Leben erwachte, schien Matt sich richtig zu amüsieren. Er rockte zu *Billie Jean* und rief laut »Oohh« und »Ahhh«, als eine schlanke Frau in einer roten Jacke mit Reißverschluss um einen käfigartigen goldenen Apparat wirbelte, der in der Luft schwebte. Doch Charlotte fiel es schwer, sich neben ihrem kleinen Mädchen Regan zu vergnügen, das so offensichtlich verstört war. Regans Gesicht wirkte teilnahmslos, und Charlotte sah, wie sie die Hände im Schoß zu Fäusten ballte.

Ein Mann im Smoking und eine schöne Frau in Weiß betraten die Bühne und sangen die Ballade *You Are Not Alone*. Regan wirkte wie versteinert, ihr Gesicht war eine Maske des Schmerzes. Lee sang leise mit, einfühlsam und bewegend. Der Mann mit der Baseballmütze holte ein Riesensandwich aus einer Tüte, packte es aus und biss hinein. Als Charlotte den Geruch von Fleischbällchen wahrnahm, war sie entsetzt und bekam selbst Hunger. Cord blieb verschwunden.

Charlotte seufzte hörbar auf, doch niemand schien auf sie zu achten. Die Darbietung ging weiter. Mit summenden Motoren glitt die *Splendido Marveloso* durch die Nacht in Richtung Neapel. Für einen Moment wünschte sich Charlotte, sie wäre nie auf diese Kreuzfahrt gegangen. Sie sehnte sich nach Godiva, einem Teller Triscuits und einigen Scheiben vom einfachen und guten alten amerikanischen Cheddarkäse. Offenbar waren ihre Kinder unwiederbringlich verkorkst. Und das war ihre Schuld.

Und überhaupt …

2 / Cord

DER BLICK VON Cords Balkon wirkte düster: eine Reihe roter Backsteingebäude, Lastwagen auf einem Parkplatz, ein Hügel, der sich zum nebeligen Horizont erstreckte. Einige Beiboote waren am Molo-Beverello-Dock verankert. Er beobachtete, wie einige Passagiere bereits das Schiff verließen und sich zur blauen Stazione Marittima begaben, durch die man nach Neapel gelangte.

Cord lief ein Schauder über den Rücken. Am liebsten wäre er in die Stadt gerannt, hätte sich gleich drei Stücke Pizza geschnappt, die knusprige Kruste und den heißen Käse in den Mund geschoben (er schmeckte ihn förmlich), um sich dann einen Fremden zu schnappen und ihn in einer schmutzigen Ecke auf die öligen Lippen zu küssen. Allein schon der Gedanke erregte ihn.

Da er kein Zoldem mehr gehabt hatte, hatte er drei Tabletten Emesan Benadryl eingenommen und gut geschlafen. Glücklicherweise hatte er den Steward gebeten, die Minibar auszuräumen. Andernfalls hätte er am Abend zuvor nach seiner Rückkehr die Schraubverschlüsse der winzigen Fläschchen geöffnet. Die Nähe zu seiner Familie quälte ihn. Das war das richtige Wort … Qual. Da war nichts zu ändern, da gab es nichts zu kitten. Er wollte die Qualen einfach nicht spüren. Das war alles. Er hätte Handy anrufen oder ein Treffen an Bord arrangieren sollen. Stattdessen nahm er leuchtend rosa Pillen, legte sich ins Bett und wartete, bis ihn glücklicherweise der Schlaf überkam.

Als die Sonne aufging, fühlte sich Cord zwar wackelig auf den Beinen, aber halbwegs in Ordnung. Er musste nur noch vier weitere Tage überstehen, Neapel, Rom, Florenz und Marseille. Dann würden sie in Barcelona anlegen, und er konnte nach Hause fliegen. Doch die leise, ehrliche Stimme im Kopf flüsterte ihm zu: *So kannst du das nicht machen. Verlass das Schiff oder sag deiner Mutter, wer du wirklich bist, und dann nimm hin, was kommen wird.*

Doch wie immer wies er die Stimme an, die Klappe zu halten.

Bedrückt kehrte Cord an den Frühstückstisch seiner Familie im *Shells*-Restaurant zurück. Regan wirkte aufgedunsen und unglücklich, als sie neben dem leeren Stuhl ihres Mannes saß. Charlotte sah irgendwie blass, aber munter aus. Lee wirkte ungeschminkt und mit hoch auf dem Kopf gebundenen Pferdeschwanz wie eine Sechzehnjährige. Niemand verlor auch nur ein Wort über das gestrige Theater beim Abendessen.

»Guten Morgen«, sagte Cord.

»Oh, hallo Liebling!«, begrüßte ihn Charlotte. »Hast du gut geschlafen? Ich habe wunderbar geschlafen. Und jetzt sind wir in Neapel! Kannst du das glauben? Ich kann es nicht glauben. Du etwa?«

»Ich kann es auch nicht glauben«, sagte Cord. Er fand es unerträglich, wie sie sich Mühe gab. Es erinnerte ihn an die Tage nach dem Herzinfarkt seines Vaters, als Charlotte weiterhin für Winston kochte und sich auftakelte, als ob er irgendwie von den Toten auferstehen würde. Cord musste an den Abend denken, als er mit ansehen musste, wie seine Mutter innehielt, bevor sie Winstons Teller auf den Tisch stellte und wie erstarrt neben dem Schrank stand, bevor sie den Teller dann doch wieder zurückstellte.

Cord beugte sich vor und umarmte Charlotte. »Hier wurde die Pizza erfunden, Cord!«, flötete sie. »Hast du das gewusst? Die Geburtsstätte der Pizza!«

»Stimmt das?«, fragte Cord.

»Ja!«

Cord setzte sich und versuchte, sein entspanntes Urlaubsgesicht aufzusetzen. »Und welche Bustour erwartet uns heute?«, erkundigte er sich.

»Lee, ich möchte dich etwas fragen«, sagte Regan. »Okay? Und ich möchte, dass du mir ehrlich antwortest.«

Lee blickte auf und errötete. »Was meinst du mit ehrlich?«, fragte sie und klang piepsig. Cords Alarmglocken läuteten. Lee verhielt sich definitiv verdächtig.

»Matt ist letzte Nacht nicht in unsere Kabine zurückgekehrt«, berichtete Regan leise und resigniert. »War er bei dir?«

»Was?«, rief Lee. »Oh, mein Gott, was redest du denn da?«

»Regan, was ist los mit dir?«, fragte Charlotte. »Seekrank«, flüsterte sie Cord zu. Cord schloss die Augen und atmete tief durch.

»Die Frage ist, was mit Lee los ist«, sagte Regan ruhig.

»Herrgott noch mal!«, stieß Lee hervor und starrte angestrengt auf die Plastikspeisekarte. »Ich tue jetzt einfach mal so, als hättest du das nicht gesagt.«

»Ich habe keinen Hunger«, erklärte Regan, legte ihre Serviette auf den Teller und stand auf. »Wir treffen uns um zehn beim Ausflugsschalter.« Sie verließ das Shells-Restaurant, und am Tisch herrschte vorübergehend Schweigen.

»Ich nehme ein Omelett!«, rief Charlotte.

»Wir sollten über Regan und Matt reden«, forderte Cord. »Offensichtlich braucht sie unsere Hilfe.«

»Ich liebe Omeletts«, beharrte Charlotte. Cord umklammerte seine Oberschenkel. Ah, seine Mutter! Sie roch nach Chanel No. 5. Ihre Liebe lastete so schwer. Als Kind hatte er sich danach gesehnt, dass sie sich um ihn kümmerte, und als Erwachsener hatte er das Gefühl, er müsse seine Identität verleugnen, um ihr keinen Schmerz zuzufügen. Doch auch er war verwundbar! Obwohl er am liebsten vom Tisch aufgestanden und weggerannt wäre, blieb er regungslos sitzen. Ein Limoncello hätte ihm genügt, um den Tag zu überstehen. Nur ein Limoncello, vielleicht auch zwei.

3 / Regan

EINE JUNGE FRAU in engem rotem Tanktop erzählte, wie alt die Olivenpresse ihrer Familie sei, sehr alt. Regan berührte den riesigen runden Kalkstein, der in einem großen Steinbecken rollte, in dem die Oliven gepresst wurden. Regan hatte sich noch nie gefragt, woher das Olivenöl kam. Die Leute stellten langweilige Fragen.

Wie oft werden im Jahr Oliven gepresst?

Was passiert mit dem Fruchtfleisch nach der Extraktion des Öls?

Kann ich Ihr Olivenöl kaufen?

Leben Sie hier auf dem Bauernhof?

Wie lange wird dieser Mahlstein schon benutzt?

Kann ich Olivenöl selbst machen?

Und so weiter und so fort. Interessierten sich die Leute wirklich für die Antworten auf diese Fragen, oder wollten sie alle nur die Frau im Tanktop beeindrucken? Oder wollten sie sich gegenseitig beeindrucken?

Regan konzentrierte sich auf die Mechanik der Olivenpresse, doch ihre Gedanken schweiften immer wieder ab. Hatte Matt das Telegramm erhalten? Wo hatte er die Nacht verbracht? Nach der Michael-Jackson-Musikrevue war er noch in die *Galaxy Bar* gegangen, um einen Absacker zu trinken, wie er sagte, und nicht mehr in ihre Kabine zurückgekehrt. Zum ersten Mal seit Jahren wusste sie nicht, was er zum Frühstück gegessen hatte.

Regan war natürlich wütend, aber auch traurig. Bisher war ihr nicht klar gewesen, wie traurig es sich anfühlte, das Leben niederzubrennen. Sie war eher davon ausgegangen, dass es sich wie ein Triumph anfühlen würde.

Regan erinnerte sich noch gut an ihre Kindheit, als sie in einer Mietwohnung wohnten, in der das Badezimmer neben dem Esszimmer lag. Sie sah Lee vor sich, die das Haar und den Körper in Handtücher gehüllt hatte, neben Charlottes Porzellanschrank stand und in das Telefon jammerte, das an der Wand hing. Oder Cord, der mit ausgestreckten langen Beinen in seinem kleinen Zimmer auf dem Boden saß, umgeben von seinen Comics, und laute Musik von Depeche Mode aus seinem Gettoblaster hörte. Irgendwie hatte sie diese Zeit als erniedrigend abgestempelt. Sie hatte ihre Entscheidungen – ihr riesiges Haus, die Schulen ihrer Töchter, die Konzentration auf das Familienleben – darauf gegründet, eine Mauer zwischen ihrer düsteren Kindheit und ihrer strahlenden Zukunft zu errichten. Doch allmählich wurde ihr klar, dass die Kameradschaft zwischen ihr, ihrem Bruder und ihrer Schwester, die leckeren Abendessen aus der Mikrowelle, die Art und Weise, wie sie sich um den kleinen Fernseher scharten, um *Family Feud* zu schauen und Antworten hinauszuschreien, wunderbar gewesen waren. Und so beteuerte sie sich jetzt selbst: *Alles wird gut.*

Matt musste das Telegramm erhalten haben. Vermutlich stand er kurz davor, sie zu verlassen. Und sobald die Dominosteine gefallen waren, brauchte Regan Geld.

Nach der Vorführung der Olivenpresse nahm die Reisegruppe vor einer Freiluftküche Platz. Auf einem Stück Treibholz standen die Worte FURMAGG E MILLICENT. Erwartungsvoll hatte sich die Gruppe versammelt.

Auf der einen Plattform befand sich ein Ofen mit einem riesigen Metallzuber voller Wasser, das zum Kochen gebracht wurde. Auf dem Tisch standen vier Schüsseln sowie Flaschen und Gläser mit Öl und verschiedenen Honigsorten. Getrocknete Paprika, Zwiebeln und drei Stoffkühe hingen vom Treibholz herab. Dann tauchten zwei dicke Frauen auf, eine trug ein gelbes T-Shirt, die andere ein sackartiges ärmelloses Hauskleid. Ein amerikanischer Jugendlicher mit Filzhut begann mit einer Videoaufzeichnung.

»Willkommen zur Käseherstellung!«, rief die Frau im gelben T-Shirt. Die ältere Frau (Millicent?) rührte in dem Topf, der auf dem Herd stand. »Das auf der Seite da ist kein kochendes Wasser, sondern kochende Molke, ja?«, sagte die Frau in Gelb. »Und glauben Sie mir, das ist wirklich heiß. Wenn die Molke kocht, entsteht auf der Oberfläche eine Käsesorte, weiß wie Sahne, das muss man abschöpfen.«

Die ältere Frau tauchte die Arme in eine der Schüsseln, die auf dem Tisch standen, und ihre Mitarbeiterin erläuterte den Prozess des Einrührens von Quark und des Knetens. Sie erwähnte auch die Stunden, die es dauerte, um einen Käsezopf herzustellen. »Sie dürfen ein schönes Foto mit Millicent machen, wenn Sie warten«, sagte sie. »Sie spricht kein Englisch, aber … halten Sie Ihre Kameras bereit!«

Gehorsam hielten alle ihre Handys bereit. Millicent hob den frischen Käse aus der Schüssel, ihr freundliches Gesicht war gerötet »Sind Sie bereit? Millicent hat Ihnen etwas mitzuteilen«, sagte sie.

»Käse!«, rief Millicent.

Bei der anschließenden Käseverkostung brachte ein junger Mann Tabletts voller Limoncello vorbei. Das Getränk schmeckte nach medizinischer Reinigungsflüssigkeit, doch Regans Schultern entspannten sich ein wenig. Regan sah, wie Cord auf ihr Getränk starrte. Sein begehrlicher Blick beunruhigte sie. »Cord, alles in Ordnung?«, fragte sie.

»Alles in Ordnung«, beruhigte er sie, stand auf und begab sich in den Bereich, an dem man die Nutztiere streicheln konnte. Auch Lee erhob sich und folgte ihm. Schweine eilten grunzend auf die beiden Geschwister zu.

»Wirklich köstlich«, murmelte Charlotte. Regan hätte sich gern ihren Geschwistern angeschlossen, doch dann blieb sie neben Charlotte stehen. Sie sah ihre Mutter an, die sowohl gebrechlich als auch irgendwie bösartig wirkte. Die Zeit war reif.

»Mom?«, sagte sie.

»Hm?«, fragte Charlotte, ohne von der Käseplatte aufzublicken.

»Ich brauche Geld«, sagte Regan und ballte die Fäuste auf ihrem Schoß.

»Hm?«, wiederholte Charlotte und hob den Blick.

»Matt hat … ähm …«, begann Regan. Jetzt sah ihr Charlotte unverwandt ins Gesicht. »Es lässt sich nicht leugnen, dass Matt und ich Probleme haben«, sagte Regan. »Ich glaube … also … es könnte sein, dass wir es nicht schaffen. Es könnte sein … dass ich auf mich allein gestellt bin. Die Mädchen und ich brauchen dann Hilfe. Finanzielle Hilfe. Und ich brauche einen Anwalt, und zwar sofort.«

Regan erwartete, dass ihre Mutter antwortete, dass ihre Tochter sie beschämte. Sie schluckte.

Doch ein zärtlicher Zug legte sich auf Charlottes Gesicht. Sie klang freundlich und mitfühlend, als sie das Wort ergriff. »Ich bin vorsichtig mit meinen Ersparnissen umgegangen und bekomme jetzt Rente«, sagte Charlotte. »Ich helfe dir, Liebling.«

Regan spürte, wie sie von einer Welle der Erleichterung ergriffen wurde. Sie drückte ihre Mutter fest an sich. »Mom«, flüsterte sie.

»Das reicht«, sagte Charlotte, doch Regan drückte sie weiter, und Charlotte ließ es geschehen.

4 / Lee

TATSÄCHLICH WAR MATT am Abend zuvor in Lees Zimmer gekommen. Er war zwei Stunden nach der Musikrevue aufgetaucht, als Lee gerade im Pyjama mit dem Abendnewsletter der *Splendido* zu Bett gegangen war. (Lee hatte sich einen Pyjama auf Kosten ihrer Mutter gekauft, denn es erschien ihr unpassend, in ihrem Alter ein seriöseres neues Leben in hauchdünnen Negligés zu beginnen.) »Oh«, sagte sie, als sie die Tür öffnete und Matt mit hochrotem Gesicht davorstand. »Matt, was ist los? Was willst du hier?«

»Ich weiß es nicht«, sagte er kläglich. »Lee, ich weiß es ehrlich nicht. Irgendetwas stimmt nicht mit mir. Mit uns. Ich weiß nicht, wie ich es in Ordnung bringen soll, und ich will einfach nur nach Hause.«

»Bist du betrunken?«

»Ich habe nicht viel getrunken«, wiegelte Matt ab.

»Matt …«, stammelte Lee und blockierte die Tür.

»Sie liebt mich nicht mehr«, erklärte Matt. »Sie hat diese ganze Töpferware. So viel Töpferwaren aus dem Einkaufszentrum.«

Bestürzt und verwirrt schüttelte Lee den Kopf.

»Erinnerst du dich an das *Hilton Head Island Holiday Inn*, Lee?«, fragte er. »Ich hätte dich geheiratet. Ich hätte dich geheiratet!«

»Ich weiß«, sagte Lee. Das war im Sommer nach ihrem ersten Studienjahr gewesen. Matt hatte sie zu ihrem Geburtstag mit einem Zimmer am Strand überrascht (er hatte monatelang im *Piggly Wiggly* gearbeitet und Lebensmittel eingetütet, um es bezahlen zu können). Lees Periode war ein paar Tage zu spät gekommen, sodass sie in einem Walgreens in der Palmetto Bay Road einen Schwangerschaftstest gekauft hatten. Nachdem er negativ ausgefallen war, feierten sie mit Wein in Kühlern und Safer Sex mit Kondom. Lee seufzte und hätte Matt am liebsten gesagt, dass sie vielleicht schwanger war. Sie wollte sich jemandem mitteilen, entschied sich dann aber dagegen.

»Ich denke manchmal daran«, sagte Matt. »Wie es hätte sein können.«

»Herrgott, Matt!«, rief Lee. »Im Ernst?«

»Im Ernst«, bejahte Matt. »Ich habe es ernst gemeint, was ich bei der Hochzeit gesagt habe, Lee. Ich wollte, dass du es bist.«

»Das war beim Probeessen«, sagte Lee. »Was hätte ich tun sollen?«

»Ich wollte, dass du mich aufhältst«, erklärte Matt.

»Jetzt ist es zu spät«, sagte Lee.

»Ich weiß«, gab Matt zu.

»Also betrügst du sie?«

»Ja«, seufzte er.

»Und deine Töchter ...«

Matt blickte auf, und so etwas wie Wut blitzte in seinen Augen auf. »Du hast ja keine Ahnung«, stieß er hervor. »Auf diese verdammte Reise bin ich nur mitgekommen, um vielleicht wieder etwas Liebe zu finden. Um zu versuchen oder zu sehen, ob da ... noch irgendetwas zwischen uns ist. Aber es ist vorbei. Ich wollte das nicht! Aber Janet ... dann habe ich Janet getroffen. Sie ist alleinerziehend. Und sie braucht mich, Lee. Ich bin alles, was sie hat. Ich liebe sie. Ich weiß nicht, was ich sagen soll. Ich hasse mich dafür, aber ich liebe Janet. Mit Regan und mir ist es vorbei.«

»Was ich da höre, ist nicht zu fassen«, murmelte Lee. »Es macht mich so traurig.«

»Mich auch«, beteuerte Matt. »Aber sie wird es überstehen. Regan wird es überstehen. Das versichere ich dir.«

»Baby Ray Ray ...« Lee schüttelte den Kopf. Wie gern hätte sie ihre Schwester beschützt, den Schmerz über Matts Affäre vor ihr verborgen.

»Ich dachte, ich hätte sie gerettet«, sagte Matt. »Ich dachte, ich könnte mich um sie kümmern. Aber sie ... es ist, als wäre sie innerlich ein Geist. Sie verhält sich liebevoll ... Es gibt immer leckeres Abendessen oder was auch immer. Aber das ist alles nur Illusion ... alles sieht immer top aus, aber sobald ich versuche ... sie zu berühren, sie zu erreichen ... löst sich alles in Luft auf.«

Lee dachte an ihre Schwester, die liebevolle Mutter, die sie geworden war. Sie war verwirrt über die unterschiedlichen Aussagen, die Matt und Regan trafen, und das, was Lee selbst beobachtet hatte. Für Lee wirkte Regan tiefgründig und kraftvoll. Klar, Regan war widersprüchlich, sogar besorgt (und das aus gutem Grund), aber sie war so authentisch, so erwachsen, so lebendig. »Du irrst dich«, sagte Lee.

»Ich war so einsam«, klagte Matt und schien Lee nicht zu hören. »Ich dachte, ich werde verrückt. Aber dann habe ich Janet getroffen und habe mich in sie verliebt. Das kommt vor. Was soll ich nur tun?«

»Viele träumen davon … was du mit Regan hast«, gab Lee zu bedenken.

»Ich bin kein Versager«, beteuerte Matt. »Ich habe mich nur verliebt. Wahre Liebe. Und die kann ich nicht aufgeben, Lee. Ich kann es einfach nicht.«

Lee erinnerte sich noch, wie sie Matt über ihren Umzug nach Los Angeles informiert hatte. Er war wütend und verzweifelt gewesen. »Du brauchst jemanden, der das Gleiche will wie du«, hatte Lee damals zu ihm gesagt. Ihr Verstand war hellwach gewesen, und sie hatte eine Vision von einer Zukunft in Kalifornien gehabt. Matt hatte sie in die Arme genommen und sich an sie geklammert.

Nun fiel ihr wieder ein, dass auch Regan da gewesen war. An der Schwelle ihrer Schlafzimmertür hatte Lee rotbraunes Haar aufblitzen sehen. Das Geräusch von Schritten, die eilig die Treppe hinunterliefen, doch als Lee in den Flur getreten war, hatte sie nur eine Käseplatte mit Crackern vorgefunden.

Mein Gott! Hatte Lee geahnt, dass Regan Matt auffangen würde, nachdem sie gegangen war? Hatte sie es unbewusst deshalb so eingerichtet, damit sie sich aus dem Staub machen konnte? »Matt, schau mal, Käse und Cracker!«, hatte sie gesagt. »Käse und Cracker.«

»Regan ist einfach wunderbar«, hatte Matt gemurmelt und sich einen Cracker genommen.

5 / Charlotte

IM ARCHÄOLOGISCHEN PARK von Pompeji war es heiß, und Charlotte fand es schrecklich. Sie überquerte die buckligen Straßen, die einst eine Stadt gewesen waren. Regans Eingeständnis, dass ihre Ehe kurz vor dem Aus stand, lastete schwer auf ihr. Wie traurig, dass Regan so leben würde wie einst sie selbst! Allein, verängstigt und ungeliebt. Sie stellte sich vor, wie bestürzt Louisa gewesen wäre, wenn sie von der zerrütteten Familie ihrer Enkelin erfahren hätte. Charlotte hatte damals völlig aufgelöst und weinend ihre Mutter angerufen, nachdem sie Winstons Leichnam gefunden hatte. »Mama! Es geht um Winston! Er hat sich … er hat sich erhängt!«

»Rühr dich nicht weg! Sag niemandem etwas!«, hatte Louisa geantwortet. Sie war bei Charlotte angekommen, als die Sanitäter Winston gerade hinaustrugen. »Ein Herzinfarkt. Sag allen, dass es ein Herzinfarkt war!«

Charlotte war auf ihre Mutter zugeeilt und hätte sie umarmen wollen, doch Louisa war zurückgetreten und hatte ihre Tochter angesehen. »Was hast du getan?«, hatte sie gefragt.

Oh, so vieles! Seit Winstons Tod hatte sie die Jahre mit ihm analysiert. Sie hatte sich gehen lassen, ihn vom Trinken abzuhalten versucht, den Kindern das Sagen überlassen und sie nicht ruhig oder unterwürfig genug erzogen. Aber vielleicht hätte sie auch nicht so offensichtlich zeigen sollen, wie sehr sie den Sex mit ihrem aufgeblähten, versoffenen Ehemann hasste. Sie hatte sich in sehr jungen Jahren von einem alten Mann entjungfern lassen, und das hatte ihr irgendwie gefallen. Sie war keine gute Partie. Sie war immer farblos gewesen.

Und hier stand sie nun mit fast zweiundsiebzig und hörte im Stillen noch immer Louisas und Winstons kritische Stimmen. Und damit nicht genug ... Nun musste sie auch noch die deprimierende Geschichte ihrer Tochter miterleben. Ihre Gedanken kreisten, sie stellte sich vor, wie Regan weinend auf ihrer zitronengelben Couch saß, wie Regan bei *Denny's* kellnerte, wie Flora und Isabella an einer öffentlichen Schule gedemütigt wurden und schreckliche lila Wimperntusche trugen, die auch bei Regan die rebellischen Teenagerjahre eingeläutet hatte.

Ihr Fremdenführer Massimiliano, ein hochgewachsener Mann, hielt eine Stange mit einem Schild in die Luft, auf dem *Splendido* 27 stand. Unter Menschentrauben und unzähligen Fremdenführern, die Schilder hochhielten, hatte Charlotte Mühe, die Nummer 27 im Auge zu behalten. Überall standen Säulen und erhoben sich Backsteinmauern. Es gab ein Amphitheater, auf das – natürlich – die Sonne herunterknallte.

»Mir ist so heiß«, klagte Lee.

»Um Himmels willen, geh einfach weiter!«, rief Cord.

»Ich könnte ein kaltes Getränk vertragen«, sagte Lee. »Oder einen Eisbeutel auf dem Kopf.«

Massimiliano schien das Talent zu besitzen, rückwärtsgehen zu können, durch einen Hitzschlag nicht ohnmächtig zu werden und gleichzeitig einen Vortrag zu halten. Der Vesuv war im Jahr 79 n. Chr. ausgebrochen und hatte die römische Stadt unter vulkanischer Asche begraben. Die Asche hatte sich nach Massimilianos Worten wie eine Flut über das Land ausgebreitet.

Pfui Teufel! Charlotte hielt Lees Hand und bemühte sich, Schritt zu halten.

»Die Stadt wurde von Dunkelheit erfasst, wie durch das Schwarz geschlossener, unbeleuchteter Räume. Das ist ein Zitat. Können Sie sich das vorstellen? Versuchen Sie, sich dieses Bild vor Augen zu halten!«

Charlotte wollte es sich nicht vor Augen halten.

»Zweitausend Menschen starben, die Überlebenden verließen die Stadt.«

Massimiliano führte sie freundlicherweise in ein Gebäude. Hier war es nach wie vor drückend heiß, doch wenigstens konnten sie einen Moment der sengenden Sonne entfliehen. Charlotte lehnte sich an eine Wand und schloss die Augen. »1748 haben Forscher diesen Ort wiederentdeckt. Pompeji war nahezu vollständig erhalten. Skelette, Gebäude, Gemälde und Werkzeuge zeigen uns, wie das Leben vor dem Vulkanausbruch hier aussah«, dozierte Massimiliano weiter.

Minnie hätte Pompeji geliebt. Sie liebte Geschichte, sah sich spätabends Dokumentarfilme an und erzählte Charlotte davon, ob die es hören wollte oder nicht. Oh, wie Charlotte Minnie vermisste, ihre langweiligen Geschichten und ihr schallendes Gelächter! Es war immer noch ein Schock, dass Minnie sie einfach so verlassen hatte und Charlotte sie nie mehr sehen würde. Ganz zu schweigen vom egoistischen Teil der Geschichte ... ob Charlotte vielleicht die Nächste war.

Massimiliano führte sie durch die Räume des Hauses und wieder nach draußen. An einer Straßenecke hielten sie inne, und Massimiliano erklärte, dass dort eine große Schlange wartete, die einen steinernen Penis sehen wollte, der in die Straße eingeritzt worden war und den Weg in ein altes Bordell zeigte. »Wenn wir den Penis sehen wollen, müssen wir ungefähr fünfundvierzig Minuten warten«, erklärte er. »Manche Leute machen ein Selfie mit dem Penis.«

»Oje«, stöhnte Charlotte.

»Nein, danke«, sagte Cord.

Regan wirkte unentschlossen, Lee hingegen schüttelte den Kopf. »Nein, kein Penis-Selfie!«

»Wir gehen weiter«, verkündete Massimiliano, offenbar erleichtert.

Auf dem Weg zum Ausgang blieb ihr Reiseleiter an einem Schaufenster mit Keramikgefäßen stehen.

»Wollen Sie hören, wie es all jenen erging, die nicht rechtzeitig fliehen konnten?«, fragte er. Er klang eifrig, und es war klar, dass er seinen großen Auftritt vorbereitete. Als niemand antwortete, wies Massimiliano auf eine Steinfigur, die zwischen den Töpfen stand. »Sehen Sie diesen Menschen?«, fragte er.

»Wo?«, fragte Charlotte und kniff die Augen zusammen. »Oh«, machte sie, als sie die mumifizierte Figur entdeckte, die zusammengekauert, die Knie bis an die Brust hochgezogen, mit dem Kopf nach unten dalag. Hätte sie nicht genau hingesehen, hätte sie nicht erkannt, dass die Vase ein Mann war.

»Fuck!«, stieß Cord hervor.

»Cord, achte auf deine Wortwahl!«, mahnte Charlotte müde.

»Als sich der Himmel verdunkelte, hätten Sie Ihre Wertsachen aus Ihren Häusern geholt. Und Ihre Kinder. Und Ihre Frau. Und Sie hätten versucht, ans Meer zu gelangen, um von einem Boot gerettet zu werden. Doch die Dunkelheit und die Erdstöße hätten es Ihnen unmöglich gemacht, den Weg zum Wasser zu finden«, erläuterte Massimiliano eifrig. »Die Gebäude wären eingestürzt, und trotz Ihrer Panik hätten Sie beschlossen, sich still zu verhalten, und darauf gehofft, dass bald alles vorbei wäre und die Sonne wieder aufginge.«

Offensichtlich hatte Massimiliano Schauspielunterricht genommen. Er war geübt, seine Stimme über die Menge zu erheben. Alle waren gebannt, und die Hitze des Tages schien vergessen zu sein.

»Also begeben Sie sich in die Hocke und scharen die Kinder um sich. Sie beten zu Gott und warten. Genau wie dieser alte Mann, sehen Sie?« Massimiliano deutete auf die Figur.

Charlotte spürte, wie ihr die Tränen kamen.

»Doch dann, im Morgengrauen, kommt ein gewaltiger Glutlawinenstrom«, erzählte Massimiliano düster. »Beim Sterben begibt sich der Körper in Embryonalhaltung. Dann kommt der Regen und verwandelt den Glutlawinenstrom in Zement, der den Leichnam konserviert.«

Einen Moment blieben alle in ehrfürchtigem Schweigen stehen. Regan schmiegte sich an ihre Mutter. Lee rückte näher zu Regan, und Cord schloss sie alle drei in die Arme. Familie Perkins starrte die Gestalt eines Mannes an, der seit zweitausend Jahren tot war. Es war heiß. Charlotte roch den Schweiß in den Achselhöhlen. Das Leben war so kostbar und so kurz.

Neun

ROM, ITALIEN

1 / Charlotte

CHARLOTTE WACHTE FRÜH auf. Ihre Laken waren warm und dufteten leicht nach Waschmittel. Einen Moment lang lag sie still da und genoss es einfach. Endlich war es so weit. Ihre Kinder kamen zu ihr zurück. Sie wurde wieder gebraucht, besonders von Regan, aber auch von Cord und Lee. Es fühlte sich gut an, um Hilfe gebeten zu werden. Sie begriff, dass sie sich auf Erden immer um ihre Kinder kümmern musste.

Dennoch bedauerte sie, dass die Aussichten auf eine neue Romanze dahinschwanden. Einen Mann, nur für Charlotte allein, der sie mit Haut und Haaren liebte. Der sie schön fand, auch wenn sie alt war, der sie festhielt, wenn sie Angst hatte. Jemand, der dem düsteren Gang in den Tod mit hitzigem Verlangen und gierig ineinander verschlungenen Gliedern entgegenwirkte. Charlotte wollte erwachen und eine Kanne mit heißem Kaffee vorfinden, einen Morgen erleben, an dem sie einfach einen Becher aus dem Schrank nehmen und sich einschenken konnte.

Minnie war der festen Überzeugung gewesen, dass

es die eine wahre Liebe nicht gab und diese nur von schweinischen Autoren erfunden wurde, die ihre Bücher verkaufen wollten. Oder von Männern, die ihre Frauen kleinhielten, statt ihnen zu gestatten, die Welt zu verändern. Das sollte nicht heißen, dass Minnie *lesbisch* war (obwohl, wer konnte das schon sagen?), nein, sie war eher pragmatisch veranlagt. Nach dem Tod ihres Mannes hatte Minnie mit der romantischen Liebe abgeschlossen.

»Wenn man die Suche nach dem Richtigen aufgibt«, hatte sie Charlotte auf einem ihrer täglichen Spaziergänge um die Lagunen gesagt, »dann findet man sich selbst. Sein Inneres.« (Und dabei hatte sie sich neben einer Kreppmyrte in voller Blüte mit der Faust auf den Brustkorb geschlagen.) »Weißt du, was ich meine?«

»Sicher, ich denke schon«, hatte Charlotte gesagt. »Aber ich kann doch nichts dafür, dass ich mich nach dem Richtigen sehne, oder?«

Doch nach Minnies Ansicht konnte sie sehr wohl etwas dafür.

Wie seltsam, dachte Charlotte, dass Minnie nicht mehr miterleben konnte, dass Charlotte ihre mürrischen Äußerungen zu ihrer eigenen Überzeugung machte. »Also gut«, sagte sie sich, »ich gebe auf. Es ist Zeit, Min. Ich habe die Kinder, und das ist sehr viel. Ich muss mit Pater Thomas reden. Du hast recht.« Sie sah Minnie förmlich vor sich, wie sie mit ihrer türkisfarbenen Golfkappe auf dem Kopf selbstzufrieden nickte.

Charlotte stand auf und schob die Vorhänge beiseite. Es war zu dunkel, um viel zu sehen, als sie sich dem Hafen näherten. Beim Anblick der blockartigen grauen Gebäude bemitleidete Charlotte die Einwohner von Civitavecchia, die jeden Tag von Touristen überrannt wurden, die (wie die Familie Perkins) auf ihrem Weg ins schillernde Rom durch ihre Stadt trampelten.

Sie zog die Vorhänge wieder zu und konzentrierte sich auf das Glück. War es dieses Gefühl im Brustkorb? Es war ein kribbelndes Gefühl, als hätte man zu viel Kaffee getrunken, bevor man am Weihnachtsmorgen die Treppe hinuntereilte. Vielleicht würden ihre Kinder ja wieder bei ihr einziehen! Wahrscheinlich war das übertrieben, doch die Abendnachrichten mit Cord und Lee anzuschauen, während Regan eine Platte mit Käse und Crackern zubereitete ... nun, das war ein schönes Bild.

Charlotte duschte und fuhr sich mit einer Bürste durchs Haar. Erst als sie in den Spiegel sah, merkte sie, dass sie laut sang. Sie hatte gedacht, Tony Bennetts Lied *Song of the Jet Set* existiere nur in ihrem Kopf.

Shining Rio, there you lie, summte Charlotte. *City of sun, of sea and sky!*

2 / Cord

CORD TRÄUMTE, ER schlafe in einer Badewanne aus Samt, als sein Telefon klingelte. Völlig orientierungslos schreckte er auf, und der seltsame Uringeruch in seiner Kabine beförderte ihn in die Realität zurück. Sein Gehirn war von Pillen und Bourbon völlig benebelt. Sein Handy summte. Sie befanden sich offenbar so dicht an der Küste, dass er Empfang hatte. »Hallo?«, fragte er.

»Ich bin's«, sagte Giovanni.

»Na, du!«, rief Cord. Er stand auf und trat in Unterwäsche auf den Balkon, von dem aus er in der Ferne funkelnde Lichter vor der dunklen Meeresoberfläche erkennen konnte. »Wie spät ist es?«, fragte er, holte tief Luft und genoss die salzige Meeresbrise.

»Hör zu, Cord, es ist wichtig!«, sagte Gio.

»Ich höre dir zu«, erwiderte Cord und wunderte sich, wie gelassen er dank der vielen Beruhigungspillen war, die seine einsame Stimme für einen Augenblick zum Schweigen gebracht hatten. Aber sie würde zurückkommen und sich rächen.

Doch vorerst genoss Cord die wunderbare Ruhe.

»Hast du deiner Mutter von mir erzählt? Weiß deine Familie Bescheid?«, fragte Gio. Er klang aufgeregt.

»Ja, natürlich«, log Cord, ohne zu zögern. Herrgott, war es leicht zu lügen! Er hatte vergessen, wie einfach das Leben doch sein konnte. Der Schiffsmotor unter ihm schnaubte wie ein schnarchendes Tier.

»Hast du gerade Ja gesagt?«, erkundigte sich Giovanni.

»Sie können es kaum erwarten, dich zu treffen«, behauptete Cord und zog eine Zigarette aus einem Päckchen, das er in der *Galaxy Bar* gekauft und in die Tasche seines Bademantels gesteckt hatte.

»Charlotte kann es kaum erwarten, mich kennenzulernen?«, hakte Giovanni nach.

»Meine Rede«, bestätigte Cord und zündete die Zigarette mit einem Streichholz aus einem Streichholzbriefchen von *Shells* an. Der Rauch drang in seine Lunge und machte ihn noch träger.

»Sie wissen es also«, stellte Giovanni staunend fest. »Sie wissen, wer du bist.«

»Ja«, sagte Cord.

»Willst du darüber reden?«

»Nein«, wehrte Cord ab. »Nein.«

»Ihr seid heute in Rom, richtig?«

»Ja«, bestätigte Cord, setzte sich in seinen Liegestuhl auf dem Kabinenbalkon und legte die Füße auf die Glastrennwand, die ihn davor bewahrte, über Bord zu fallen. »Ich glaube, unsere Rundfahrt mit dem Bus heißt Panoramatour. Wir fahren an den Glanzstücken der Stadt vorbei, machen eine Pause für Fotos und fahren dann weiter.«

»Ihr steigt nicht einmal aus dem Bus aus?«, quiekte Giovanni.

»Das glaube ich nicht, nein«, seufzte Cord.

»Ach herrje!«, rief Giovanni.

»Na ja, Mom ist schon alt«, befand Cord. »Eines Tages werden du und ich gemeinsam nach Rom fahren.«

»Versprochen?«, fragte Giovanni. »Versprichst du mir Rom?«

»Du versprichst mir Rom«, sagte Cord. »Ich verspreche dir alles.«

»Ich liebe dich«, beteuerte Giovanni.

»Und wie ich dich erst liebe«, echote Cord. Wenigstens das entsprach der Wahrheit.

»Ich muss los«, sagte Giovanni, und in seiner Stimme schwang ein seltsamer Ton mit.

»Wohin?«, fragte Cord. »Wohin?«

»Sag ich nicht!«, wiegelte Giovanni ab und klang erschreckend wie Charlotte. »Schönen Tag in Rom, mein Schatz!«

»Ich wünsche dir auch einen schönen Tag, kleiner Spinner.«

Cord blieb noch eine Weile auf dem Balkon sitzen und beobachtete, wie sich das Schiff dem Hafen näherte. Sosehr er sich auch über die Bustouren, die Getränkespezialitäten und die ganze Kreuzfahrt lustig machte, so sehr berührte es ihn doch, wenn sie sich vom Meer dem Land näherten. Cord fühlte sich mit den Entdeckern und Soldaten verbunden, denen es ähnlich ergangen war. Wie viel schrecklicher und aufregender war doch ihr Leben gewesen!

Er wünschte sich nur, dass seine beiden Welten nicht kollidierten. Aber taten sie das denn? Taten sie es wirklich? Wie schwer wäre es, sie getrennt zu halten? Mit einem versoffenen Hirn schien es jedenfalls möglich zu sein.

Beim Frühstück war Charlotte ungewöhnlich fröhlich. »Ich bin so glücklich«, sagte sie. »Mit meinen Kindern, hier an diesem Tisch!«

»Oh, Mom!«, rief Regan, beugte sich vor und nahm Charlotte in die Arme. Sie trug eine Baseballkappe, ein zerknittertes Sommerkleid und orthopädische Sandalen. Cord kniff die Augen zusammen und betrachtete seine Schwester. Ihre Nase war gerötet, ihre Augen lagen tief in den Höhlen. Es ging ihr nicht gut, das sah er. Sorge ergriff ihn. Wo war Matt?

Charlotte versuchte, sich aus Regans überschwänglicher Umarmung zu befreien. Sie musterte Cord einen Moment lang und zwinkerte. Das Zwinkern sollte so viel heißen wie: *Wie dämlich ist Regan eigentlich?* Damit schien Cord die Ansicht seiner Mutter zu teilen, dass Regan dämlich und ihre gescheiterte Ehe ein Witz war. Doch in Wirklichkeit teilte er diese Ansicht nicht. Er hatte Angst um seine Schwester, war untröstlich darüber, dass ihr Mann ein Lügner war, machte sich Sorgen um seine Nichten. Am liebsten hätte er Regan über die Schulter geworfen und sie weggezaubert, sie durch Museen geschleudert, ihr exotische Speisen bestellt und sie wieder zu der Regan gemacht, die sie vor langer Zeit einmal gewesen war. Er wollte sie in Ordnung bringen, alles in Ordnung bringen. Doch stattdessen griff er nach einem Pain au Chocolat und schob es sich in den Mund.

Lee tippte auf ihrem Handy herum. Sie hatte ihre Lederhose und ihr Bandeautop gegen ein seltsam schlichtes Kleid mit Peter-Pan-Kragen getauscht. Cords Magen rebellierte. Seit seiner Kindheit hatte er noch nie so lange Zeit mit seiner Familie verbracht. Nun war es genug.

Als sie das Schiff verließen, nahm Cord den Arm seiner Mutter und hielt inne, um für ein Foto hinter dem gefälschten Rettungsring zu posieren, auf dem SPASS IN CIVITAVECCHIA stand. Würde seine Mutter das Foto im Laden auf Ebene drei kaufen? Würde Cord es sich eines Tages ansehen, wenn sie nicht mehr lebte? Wäre dies das Foto, das er zu OfficeMax brachte und vergrößern ließ, um es neben ihrem Sarg oder ihrer Urne oder wo auch immer aufzustellen?

Er schüttelte seine rührseligen Gedanken ab und schritt vorwärts, setzte seine Sonnenbrille auf und scannte die Menge der Männer, die allen nur möglichen Mist verkauften und Schilder für verschiedene Tagestouren hochhielten.

»Sie müssten genau hier stehen«, meinte Charlotte. »Auf dem Schild sollte *Perkins* oder *Panorama Rom* oder so was stehen.«

»Ich sehe niemanden«, sagte Regan.

»Cord!«, rief eine ihm bekannte Stimme.

Cord drehte sich um und erstarrte.

3 / Regan

REGAN KANNTE SICH mit Geheimnissen aus, und zwar
sehr gut. Aber selbst sie war verblüfft, als ein zarter
junger Mann im Leinenanzug und mit Vuarnet-Son-
nenbrille mit offenem Mund auf ihren Bruder zu-
rannte und ihn umarmte. Der junge Mann schloss die
Augen und schmiegte das Gesicht mit glückseligem
Ausdruck an Cords Brust. Dann nahm er Cords Hand
und stellte sich vor allen auf. »Na dann, also hallo!«,
rief er fröhlich. »Sicher habt ihr euch schon gefragt,
wer eurem Bruder das Herz gestohlen hat. C'est moi!«

Natürlich bestand die Möglichkeit, dass der junge
Mann geistesgestört war. Aber es passte alles zusammen: Cords ewiges Singledasein, dass er sich von
ihnen fernhielt, seine plötzlichen Aufbrüche an den
Urlaubswochenenden in Savannah. Irgendwie hatte
es Regan schon immer gewusst.

»Was geht hier vor?«, fragte Charlotte mit piepsi-
ger Stimme und schnaufte. »Kann mir mal jemand
erklären, was hier los ist?«, fragte sie und legte eine
Hand an die Brust.

»Cord?«, sagte der junge Mann und umklammerte weiter Cords Hand. Auf seinem Gesicht lag ein hoffnungsvoller Ausdruck. Er sah italienisch aus, hatte dunkles Haar und Bartstoppeln, doch sein Akzent klang amerikanisch.

»Giovanni«, flüsterte Cord. Er schien völlig panisch.

Regan hatte ihren Bruder schon lange nicht mehr so gesehen und erinnerte sich plötzlich an den Nachmittag, als ihr Vater von der Fasanenjagd zurückgekommen war. »Ein Schuss, direkt zwischen die Augen«, hatte Winston stolz verkündet. Als Winston sich umgedreht und ein Getränk eingeschenkt hatte, hatte sich der Gesichtsausdruck ihres Bruders vollkommen verändert. Cord hatte verzweifelt versucht zu verbergen, wie dieser Tag ihn gebrochen hatte, doch Regan hatte es gesehen. Und jetzt begriff sie, dass ihr scheinbar starker Bruder sie immer noch brauchte. Und worauf Regan immer stolz sein konnte … sie wusste stets, was zu tun war.

Also ging sie auf Giovanni zu und streckte ihm eine Hand entgegen. »Ich bin Regan«, stellte sie sich vor.

»Regan, ich habe das Gefühl, dich schon ewig zu kennen!«, rief Giovanni.

»Und ich bin Lee«, sagte Lee, folgte Regans Beispiel und schüttelte dem jungen Mann die Hand.

»Natürlich«, bestätigte Giovanni. »Ich folge dir auf Instagram und Snapchat.«

»Wo geht es zum Bus zur Panoramafahrt durch Rom?«, fragte Charlotte.

»Das kam mir so *deprimierend* vor, wisst ihr?«, meinte Giovanni. »Also habe ich mir gedacht, dass wir Rom *richtig* besichtigen sollten, und habe einen Golfcart gebucht.«

Offensichtlich war der junge Mann nervös. Er erinnerte Regan an ihre Tochter Flora vor einem Chorauftritt.

»Also, worauf warten wir dann noch?«, fragte Lee und straffte die Schultern. Regan suchte nach ihrem Blick, doch Lee sah entschlossen geradeaus. Regan wünschte sich, sie und Lee könnten zu den Tagen zurückkehren, als ihre Liebe füreinander noch unkompliziert war. Regan hatte einmal gedacht, Lee würde sich immer um sie kümmern. Wie schön war es gewesen, das zu glauben, auch wenn es sich dann als Lüge herausgestellt hatte.

»Gut, gehen wir«, sagte der junge Mann.

»Ich verstehe nicht, was hier vor sich geht«, beschwerte sich Charlotte.

»Glauben Sie mir, ich kenne das Gefühl«, sagte Giovanni. »Übrigens, ich finde Ihren Hut sehr schön.«

»Den?«, fragte Charlotte und berührte die Krempe. »Oh, das ist nur ein Hut, den ich in Athen gekauft habe.«

»Das ist der glamouröseste Satz, den ich seit Langem gehört habe«, sagte Giovanni.

Charlotte schenkte ihm ein benommenes Lächeln. »Oh, na dann«, befand sie.

»Also, dann fahren wir mit dem Bus zum Golfcart«, kündigte Giovanni aufgeregt an. »Und dann gehen wir zum Trevibrunnen, zur Spanischen Treppe, zum Pantheon … Pizza im Campo de' Fiori. Wir besuchen die Villa Borghese und holen uns ein Eis …«

»Ich liebe Gelato«, schwärmte Regan und versuchte, beruhigend zu klingen.

»Ich habe auch überlegt, uns Tickets für den Vatikan zu besorgen«, schwatzte Giovanni weiter. »Aber ich war mir nicht sicher, ob wir an nur einem Tag …«

Cord wandte sich an Giovanni. »Das ist schon in Ordnung«, beruhigte er ihn.

»Bist du gar nicht überrascht?«, fragte Giovanni.

»Es ist in Ordnung«, wiederholte Cord und sah vor sich hin. Der Fahrer half Charlotte an Bord, und Lee folgte ihr. Auch Regan kletterte in den Bus. Charlotte klappte einen Stadtplan von Rom auf und konzentrierte sich. Durch das Fenster beobachtete Regan ihren Bruder. Er wirkte jünger und errötete, als er mit Giovanni sprach. Und genau dort, mitten auf dem Parkplatz, streckte Giovanni eine Hand aus und berührte Cords Wange mit den Fingerspitzen. Cord genoss die Berührung.

»Oh«, sagte Regan. Sie erkannte Liebe auf den ersten Blick. Sie hätte sich gern für Cord gefreut, doch was sie stattdessen als brennenden Schmerz empfand, war Neid.

Regans Ehe gehörte der Vergangenheit an. Nachdem sie am Tag zuvor aus Pompeji zurückgekehrt waren, hatte Matt seine Koffer gepackt. Als Regan die Kabinentür öffnete, stand er auf und räusperte sich. Diesen Gesichtsausdruck zeigte er immer, wenn er seiner Familie nach dem Verlauf einer Operation schlechte Nachrichten überbringen musste. »Regan«, sagte er, »wir müssen reden.«

Regan setzte sich aufs Bett. Es war ein heißer Tag gewesen, und ihre Füße schmerzten, aber sie wollte die Schuhe nicht ausziehen. Sie straffte die Schultern. »Warum steht dein Koffer vor der Tür?«, fragte sie und wies zum Handgepäck hinüber.

»Ich bin in eine andere verliebt«, erklärte Matt. Seine Stimme klang sicher, einstudiert und kühl.

»Oh«, machte Regan. Sie wusste, dass dieses Eingeständnis kommen würde, trotzdem tat es weh.

»Ich wollte das nicht«, sagte Matt. »Ich wollte es nicht. Es ist einfach passiert. Ich liebe sie.«

»Wer ist sie?«, fragte Regan.

»Sie ist Lehrerin. Ihr Name ist Janet.«

»Janet«, wiederholte Regan.

»Ich habe es versucht, Regan.« Er erhob sich und richtete sich auf, sein Ton wurde flehend. »Ich dachte, diese Reise könnte unsere Ehe retten, aber jetzt ... scheint sich die Qual nur zu verlängern. Ich möchte das Richtige tun.«

»Was ist mit mir ... und den Mädchen?«, fragte Regan. Matt kniete neben dem Bett nieder und nahm Regan in die Arme. Sie wehrte sich nicht.

»Ich werde immer für dich sorgen, Ray Ray«, sagte er. Sie schloss die Augen und hielt den Atem an. *Lass mich gehen!*, dachte sie. *Lass mich einfach nur gehen, bitte!*

»Es tut mir so leid«, murmelte Matt.

Regan wusste, dass er aus seiner Sicht der Retter sein musste, also war sie vorsichtig. »Ich weiß, dass du dich immer um uns kümmern wirst«, sagte sie.

»Auf jeden Fall«, versicherte er ihr. »Das verspreche ich dir. Immer.« Regan senkte den Kopf und atmete langsam aus. Ihr Herz schlug regelmäßig wie ein Metronom. »Du solltest bleiben«, sagte Matt. »Genieß die Kreuzfahrt mit deiner Familie, ich fliege zurück. Sie ... braucht mich drüben. Ich muss los, bevor das Schiff den Hafen verlässt. Aber ich ... ich wollte es dir persönlich sagen.« Matt erhob sich und ging zur Tür. »Es tut mir so leid«, sagte er, und dann war er einfach weg.

Regan zog ihr Handy aus der Handtasche und rief Zoë an, die bereits beim ersten Klingeln abnahm, obwohl es in Atlanta bereits Vormittag war und sie sicherlich schon arbeitete. »Gott sei Dank«, sagte Zoë.

»Ich bin's«, meldete sich Regan.

»Hast du meinen Bericht gelesen?«, fragte Zoë.

»Ich brauche einen Anwalt«, erklärte Regan. »Einen guten.«

»Ich habe da jemanden«, erwiderte Zoë.

»Das wusste ich«, sagte Regan.

»Es wird dir guttun«, meinte Zoë.

Regan nickte schweigend.

»Ich habe dich lieb«, sagte Zoë.

»Ich weiß«, antwortete Regan.

Noch vor dem Abendessen hatte Regan den Anwalt angerufen, den Zoë ihr empfohlen hatte. Sie hatte ihm eine Nachricht hinterlassen und dann den Bericht des Privatdetektivs per E-Mail geschickt. Als Regan an ihrem Computer gesessen hatte, hatte sie entdeckt, dass Matt das Telegramm in den Mülleimer unter dem Schreibtisch geworfen hatte. Sie hätte es herausholen können, um es durchzusehen. Aber wozu?

Sie wusste bereits, was darin stand.

4 / Lee

DIE LUFT IN Rom war sengend heiß. Lee hielt die Hand über die Augen und entdeckte einen extralangen Golfwagen, der auf sie zusteuerte. Ein muskulöser Mann mit dicker Goldkette um den Hals saß am Steuer.

Als er sie erreichte, hielt der Mann den Wagen an. Seine Augen versteckten sich hinter einer Pilotenbrille. »Ich bin Donte«, stellte er sich vor. »Steigen Sie ein ... für das Abenteuer Ihres Lebens.«

»Oh, ich bin so aufgeregt!«, rief Giovanni. Er rutschte in den Wagen und klopfte auf den Sitz neben sich. »Charlotte? Ich habe Ihnen einen Platz freigehalten«, sagte er.

»Gütiger Himmel«, stieß Charlotte hervor. Sie gab sich Mühe, unnahbar zu wirken, doch Giovannis offensichtliche Freude war ansteckend. »Ist das auch sicher?«, fragte sie.

»Ich halte Ihre Hand«, versprach Giovanni. »Sie brauchen keine Angst zu haben.«

»Ich habe keine Angst«, verkündete Charlotte

und nahm trotzdem Giovannis Hand, als sie in den Wagen stieg.

»Ist das nicht ein Traum, der wahr geworden ist?«, fragte Giovanni. »Ich meine, Sie lieben Golfwagen, und alle lieben Rom.«

»Ich würde nicht sagen, dass ich Golfwagen mag«, schränkte Charlotte ein. »Aber sie sind einfach praktisch und verbrauchen nicht so viel Benzin.«

»Und der Wind im Haar!«, flötete Giovanni. »Vergessen Sie nicht den Wind im Haar!«

»Nun ja, das ist ein schönes Gefühl«, gab sie zu.

»Et *voilà!*«, sagte Giovanni und zog ein Sechserpack Sektdosen aus seinem Rucksack, jede Dose mit einem winzigen Strohhalm. Er öffnete die von Charlotte, steckte den Strohhalm hinein und reichte sie ihr. »Ich möchte Ihr Darling sein«, sagte er, drehte sich dann um und lächelte gewinnend. »Ich möchte jedermanns Darling sein«, wiederholte er. Lee beobachtete, wie Giovannis Blick über ihre Gesichter streifte und wie ihn die verhaltene Reaktion der Familie Perkins auf seine überbordende Fröhlichkeit verwirrte. Er wandte sich zu Cord um, der auf seine Schuhe starrte.

»Bitte halten Sie sich fest, wir fahren los!«, verkündete Donte.

»Es ist wirklich heiß«, sagte Lee und legte die Lippen um den winzigen Strohhalm, doch dann erinnerte sie sich.

»Die kühle Brise, sie fängt an«, sagte Donte, und mit einem Ruck setzten sie sich in Bewegung.

Als sie mit dem Golfwagen dahinrauschten, Touristen nur knapp verfehlten und dann scharf abbogen, um das Kolosseum, den Circus Maximus, den Konstantinsbogen und den Aventinhügel zu passieren, legte Lee eine Hand auf den Bauch unter ihrem Sommerkleid. Er war noch immer straff gespannt, doch sie wusste, dass sich das ändern würde. Wenn sie das Baby behielt. Sollte sie das Baby behalten?

Wohin auch immer sich Lee wandte, rückte ein Gebäude in ihr Blickfeld, das noch atemberaubender war als die Gebäude, die sie bereits gesehen hatte. Sie bedauerte zutiefst, seinerzeit keinen Kurs in Kunstgeschichte an der Chico State belegt zu haben. Aber selbst ohne zu wissen, was die Gebäude bedeuteten oder wann und warum sie errichtet worden waren, empfand sie eine tiefe Freude, die ihr fast den Hals zuschnürte. Vor Rom hatte Lee nie begriffen, wie abscheulich in Wahrheit der Großteil der Welt war.

Regan saß schweigend neben Lee. Sie waren sich einmal so nahe gewesen, aber das war eine Million Jahre her. Doch seit den Tagen, als Regan noch ihre Schwester anbetete, hatte sich das Blatt gewendet. Jetzt hatte Lee viel von Regan zu lernen, die wusste, wie man Mutter war. Lee beobachtete ihre Schwester, die eine Baseballmütze und ihr luftiges Sonnenkleid trug. Regan fühlte sich wohl in ihrer Haut. Vielleicht hatte Matt recht, und sie war die Stärkste von allen.

Diese Erkenntnis verunsicherte Lee. Sie war immer davon ausgegangen, dass sie die Anführerin des Dreiergespanns sei. Aber egal, was mit Regan geschah, sie würde Flora und Isabella an ihrer Seite haben. Und was hatte Lee?

Regan drehte sich zu Lee um und unterbrach ihre Träumerei. »Was denkst du?«, fragte Regan.

»Du meinst ... wegen Matt?«, sagte Lee und war angenehm überrascht, dass sie um Rat gefragt wurde. Sie überlegte, was sie sagen sollte oder wie sie ihrer kleinen Schwester Weisheit vermitteln konnte. »Nun ja ...«, fing sie an.

»Nein!« Regan schnitt ihr das Wort ab. »Nicht Matt. Was hältst du von Rom?«

»Oh!«, machte Lee verlegen. Natürlich würde Regan Lee niemals um Hilfe bitten. Sie hatten wirklich keine Beziehung mehr. Lee und ihre Schwester waren wie Fremde, die zusammengepfercht in einem Golfwagen saßen. »Hier ist es wunderschön«, sagte Lee, als sie sich wieder gefangen hatte, und strich sich das Haar von den nackten Schultern. »Ich fühle mich wie Sophia Loren«, sagte sie und schlüpfte mühelos in die neue Rolle.

Regan lächelte flüchtig und runzelte die Stirn. Lee war traurig, als sie bemerkte, dass ihre Schwester sie zwar freundlich, aber auch mitleidig betrachtete.

Ihr Reiseführer sagte nicht viel, er fuhr den Wagen nur mit halsbrecherischer Geschwindigkeit durch die Straßen und versuchte hektisch, alles mit der GoPro-Kamera festzuhalten, die er um den Kopf geschnallt hatte. Hatte er vor, ihnen dieses Videomaterial später zu verkaufen? Wer hätte Lust, dieses im Eiltempo gedrehte Material über die herrlichen Gebäude anzuschauen? Nun ja, Lee vielleicht.

Sie mochte Giovanni bereits. Auch wenn Cords Coming-out ein ziemlicher Schock gewesen war, so wusste Lee schon immer, dass ihr Bruder schwul war. Sie hatte schließlich *Will & Grace* gesehen. Er hatte nie einen Freund gehabt, jedenfalls nicht in Savannah, aber eine richtige Freundin auch nicht. Stets war er der allgemein beliebte Junge gewesen.

Cord war nur einmal auf die Situation eingegangen. Lee war spät nach Hause gekommen, und ihr betrunkener Vater hatte sie angeschrien. Nachdem er endlich aufgehört hatte, war Lee weinend ins Bett gegangen, und Cord war in ihr Zimmer gekommen. Er hatte sich zu ihr ins Bett gelegt und ihr unter der Decke den Rücken gekrault. Das war unglaublich tröstlich gewesen, und Lee hatte aufgehört zu schluchzen.

Sie war fast eingeschlafen, als sie Cord flüstern hörte: »Stell dir vor, was er mir antäte!«

Sie fuhren auf den Platz Campo de' Fiori. »Fiori, das bedeutet Blumen«, erklärte Donte. »Hier fanden die Hinrichtungen statt.« Er wies auf die Statue eines vermummten düsteren Mannes. »Dieser Kerl war Giordano Bruno«, berichtete er. »Er wurde auf dem Scheiterhaufen verbrannt. Hier gibt's auch gute Snacks und Souvenirs zu kaufen. Wir sehen uns in einer Stunde.«

Nach dieser Erklärung betrat er eins der vielen Restaurants, die den Platz säumten.

»Huiiiiii … das war ja was!«, rief Giovanni, und seine Augen funkelten.

Lee hätte am liebsten losgelacht. Fast hätte sie sich bei dem süßen Kerl eingehakt und sich an ihn gelehnt, sich mit ihm angefreundet. Sie wartete darauf, dass Cord das ermöglichte. Doch er stand einige Schritte entfernt und runzelte die Stirn. »Willst du …«, begann Giovanni.

»Was soll ich wollen?«, fragte Cord kühl. Er klang wie sein Vater Winston, und davon wurde Lee ganz schlecht.

»Bis in einer Stunde«, sagte sie, sprang vom Wagen und folgte ihrer Mutter in das Labyrinth der überdachten Stände. Es gab Tische mit herrlichem Gemüse, riesige Auberginen, blutrote Tomaten, saftig grüne Bohnen und die reifsten Erdbeeren, die Lee je gesehen hatte. Charlotte bewunderte winzige Flaschen mit Grappa, die unter einer Reihe von Schinkenkeulen aufgereiht standen. Als Lee sich näherte, hob sie den Kopf.

»Liebling«, fragte Charlotte, »glaubst du, sie lassen mich mit dem Grappa aufs Schiff?«

»Mom«, sagte Lee, »wie findest du Giovanni?«

»Hm?«, machte Charlotte. »Oh, und schau mal! Olivenöl!« Sie hielt eine Flasche mit einer dicken Flüssigkeit in die Höhe. Lee seufzte. So hatte ihre Mutter ihr Leben lang reagiert und fröhlich immer so getan, als würde sie nicht hören, was Lee sagte. Lee hatte immer das Gefühl, *sie* sei die Verrückte. Es war unerträglich.

Lee wandte sich von Charlotte ab, ging am Markt vorbei und stellte sich vor einem Pizzaladen namens *Forno Campo de' Fiori* an. Als sie an der Reihe war, deutete sie auf ein Quadrat mit dünnkrustiger Pizza, und ein Mann mit einer kleinen weißen Kappe schob es in Wachspapier. Lee reichte ihm eine Banknote, er sagte etwas voller Begeisterung und gab ihr ein wenig Kleingeld zurück.

Vor dem Fenster des Pizzaladens beobachtete Lee Giovanni und Cord. Cord blickte immer wieder zu Boden, und Giovanni schrie ihn leidenschaftlich an. Regan saß an einem majestätischen Brunnen auf der anderen Seite des Platzes und wandte ihr Gesicht der Sonne zu.

Lee packte ihre Pizza aus und biss ab. Die heiße Kruste und der salzige Belag schmeckten göttlich. Sie stellte sich sofort wieder in die Schlange, um ein weiteres Stück zu bestellen, und atmete den Duft von Teig, frischem Oregano und Mozzarella ein.

Wenn sie in ein Taxi stieg, wäre sie in einer Stunde am Flughafen und abends in Malta. Oder sie konnte mit ihrer Familie wieder in den Golfwagen steigen. Sie konnte sich einer neuen Romanze oder der Mutterschaft hingeben. Sie konnte beides ablehnen.

Ihr Telefon klingelte, sie schaute darauf und fragte sich, ob Kiko einen weiteren Liebesbrief schickte. Aber es war eine SMS ihrer Agentin Francine.

Lee, GROSSE NEUIGKEITEN. Du sollst für eine Rolle in einer Realityshow vorsprechen. Ruf mich an, sobald du

kannst. Ich schicke dir eine Mail mit einem Persönlich-
keitstest mit 150 Fragen. Brauche bis morgen auch ein
Video. Wo bist du?

Lee hatte den Anfang der Schlange erreicht. »Si?«,
sagte ein Mann in Weiß und strich sich mit dem
Handrücken über die Stirn. Er hielt einen Bleistift
und wartete. »Lady, was darf es sein?«, fragte er.

5 / Charlotte

NACH DEM MITTAGESSEN schienen alle gereizt zu sein. Cords Freund Giovanni drückte Charlotte ein schnelles Küsschen auf die Wange. »So war das nicht geplant«, flüsterte er ihr zu und verschwand leichtfüßig in den flirrenden Straßen der Stadt. Lee wirkte geistesabwesend. Regan war still. Cord war blass im Gesicht und wirkte mürrisch. Donte lenkte den Golfwagen mit ungebremster Leidenschaft und wirbelte am herrlichen Trevibrunnen vorbei zum Pantheon, während Charlotte ihn verzweifelt anzuhalten bat, weil sie schon immer das Pantheon besichtigen wollte. Doch er fuhr kein bisschen langsamer, bevor er sie auf den Parkplatz vor dem Kolosseum zurückbrachte.

»Jetzt machen Sie Ihren Rundgang«, sagte Donte und deutete auf eine verschwitzte junge Frau mit einem Fähnchen. »Schönen Tag noch!«, schloss er und fügte hinzu: »Sie erhalten Ihr Video in Kürze per E-Mail. Ciao.«

Nun gut! Charlotte hatte gehofft, dass der Schluck Grappa zum Mittagessen dem Tag eine freundlichere

Note verliehen hätte, doch das Gegenteil schien der Fall. Nach wie vor machte sie sich Sorgen, wer Giovanni eigentlich war und was mit Cord los war, selbst nachdem Giovanni längst gegangen war. Übrig blieben nur die harten Fakten … Cord war schwul. Er liebte Männer oder jedenfalls einen Mann, und zwar Giovanni. Große Angst lastete auf Charlotte, und sie stellte sich vor, was ihre Kirchenfreunde sagen würden. Charlotte wusste, dass sie den gütigen Pfarrer Thomas verlieren würde, wenn sie ihren Sohn ins Herz schloss. Pater Thomas hatte ihr einmal einfach so einen Strauß Hortensien vorbeigebracht.

Louisa hatte Charlotte nur dann ihre Liebe geschenkt, wenn sie sich angemessen verhielt. Doch sobald sie aus der Reihe tanzte, entzog ihr Louisa ihre Liebe. Das trostlose Gefühl, das aufkam, wenn man von einem Elternteil nur ab und zu geliebt wurde, wollte Charlotte nicht weitergeben.

»Welche Enttäuschung!«, hatte Louisa zu Charlotte gesagt, nachdem sie ihr von dem berühmten Maler erzählt hatte. Charlotte hatte Trost gesucht, doch Louisa hatte ihr nur das Gefühl der Schande vermittelt.

Charlotte kletterte eilig aus dem Golfwagen und hielt sich an Regans Arm fest. Um sich abzulenken, konzentrierte sie sich auf die Reiseleiterin, die sie durch das Kolosseum führen sollte. Die Reiseleiterin reichte jedem von ihnen Kopfhörer, wies ihnen den Weg zu einer großen Gruppe, der sie sich anschließen sollten, und führte dann alle über die belebte Piazza del Colosseo.

Charlotte konzentrierte sich auf die antike Arena. Mein Gott, war das Gebäude prächtig!

Sie hatte gerade ihre kleinen Ohrstöpsel eingesetzt (die irgendwie an schreckliche Hörgeräte erinnerten ... die sie nicht brauchte), als ihr die Stimme der Reiseführerin ins Ohr drang. *Willkommen zu der unterirdischen Führung durch das römische Kolosseum!*

Es war so heiß, heißer, als Charlotte es sich vorgestellt hatte.

Folgt mir auf der Reise in die Vergangenheit!, sagte die Stimme in Charlottes Ohr. *Stellen Sie sich bitte Zehntausende Römer vor, die mit angehaltenem Atem darauf warten, genau hier die Spiele zu sehen. Gladiatoren im Kampf gegen Panther, Flusspferde, Krokodile und sogar ... LÖWEN!*

Lee und Cord schienen wie vom Erdboden verschluckt zu sein. Charlotte versuchte, auf den Beinen zu bleiben, während Regan die raffinierte hölzerne Vorrichtung bewunderte, mit der damals die Löwen in die Arena befördert wurden. (*Es ist ein Nachbau*, sprach die Reiseführerin in ihr Ohr, wo immer sie gerade war.) Sie stolperten durch dunkle und unheimliche Gänge in den Kerker des Kolosseums.

Hier im Kerker, sagte die Stimme in ihrem Ohr, *warteten die Gladiatoren auf ihr Schicksal. Stellen Sie sich vor, welch ein Gefühl es gewesen sein musste, ein Gladiator zu sein, der die Arena betrat und wusste, dass er bald vielleicht seinen letzten Atemzug tun würde ...*

»Huch!«, lachte Regan und sah Charlotte an.

»Was ist daran so lustig?«, fragte Charlotte. Regans Lachen schwand. Sie gingen weiter, kletterten nach oben und betraten die Arena durch einen riesigen Bogen.

Jetzt gehen wir durch die Porta Libitinaria … oder das Tor des Todes!, rief die Reiseführerin. Stellen Sie sich fünfzigtausend jubelnde Menschen vor. Stellen Sie sich vor, Sie stünden einer Armee von Tigern oder anderen bewaffneten Gladiatoren gegenüber! Werden Sie überleben?

In der Ferne entdeckte Charlotte ihren Sohn. Er sah sie, hob den Arm und winkte ihr zu. Sein Gesicht wirkte offen. »Mom!«, rief er und eilte auf sie zu. »Mom!«, sagte er.

Welche Enttäuschung.

Charlotte wusste, dass sie auf ihren Sohn zugehen und ihn umarmen sollte. Doch seine Sehnsucht nach Liebe und Anerkennung glich zu sehr ihrer eigenen. Sie war offensichtlich endlos, und Charlotte war schwach.

Sie tat so, als sähe sie ihn nicht. Sie wandte sich ab und kehrte in das Labyrinth der unterirdischen Gänge zurück. Sie lief in ihren Ballerinas schnell über die harte Erde, bog nach links ab, dann nach rechts, verirrte sich im Kolosseum und wollte nur noch den Ausgang erreichen.

Zehn

FLORENZ, ITALIEN

1 / Charlotte

IM TRAUM WAR Charlotte wieder jung. Jemand hatte ihr ein Überraschungsgeschenk gemacht, ein silbernes Päckchen, doch in einem riesigen Schloss hatte sie es verlegt. Ihr war kühl, sie trug einen Bademantel aus rosafarbenem Flanell, den sie vor mindestens zehn Jahren weggeworfen hatte. Sie kramte in der Küche, durchsuchte den Keller, den Dachboden und das Schlafzimmer. Sie wollte das Geschenk auspacken.

Charlotte öffnete die Augen. Es dauerte einen Moment, bis ihr klar wurde, dass es kein Päckchen gab. Es war zwei Uhr morgens. Charlotte hatte mit Regan den Bus von Rom zurück zum Schiff genommen. Waren Lee und Cord auch zur *Marveloso* zurückgekehrt, oder waren sie noch auf dem Festland? Charlotte hatte sich hingelegt, um ein Nickerchen zu machen, und offenbar das Abendessen verschlafen.

So allein mitten in der Nacht, machte sich Charlotte Sorgen. Sie sollte *Der Maler und ich* am folgenden Abend im Teatro Fabuloso laut vorlesen. Ihre Kinder hatten immer noch keine Ahnung, worum es in dem

Aufsatz ging. Und niemand hatte sie danach gefragt. Vielleicht nahmen alle an, dass es um Winston oder um sie selbst ging.

Einerseits war Charlotte entsetzt bei dem Gedanken, im Rampenlicht zu stehen und sich zu offenbaren, andererseits aber war sie auch bereit, ihre Kinder in ihre Geheimnisse einzuweihen. Nun ja, ihr einziges Geheimnis, so peinlich es auch war. Vielleicht würden sie erkennen, wenn auch nur für einen Moment, wer sie wirklich war.

Um ehrlich zu sein, hatte Charlotte alles getan, um zu verhindern, dass ihre Kinder es erfuhren. Vielleicht war die größte Errungenschaft in ihrem Leben dieser Aufbau eines falschen Selbst. Sie hatte Mütter in der Nachbarschaft gekannt, die auf die schiefe Bahn geraten waren, ihre Ehemänner für Handwerker oder die Ehemänner anderer Frauen verlassen hatten, das Geld zum Fenster hinauswarfen oder (wie in einem Fall) nach Puerto Vallarta in Mexiko flohen. An ihr wohlanständiges Selbstbild hatte sie sich wie an ein Rettungsboot geklammert. Und vielleicht glaubte sie ja mittlerweile selbst daran, dass es real war.

Doch Charlotte konnte sich durchaus auch ein anderes Selbst vorstellen. Eine Frau, die sich einem Kuss entgegenstreckte. Eine Charlotte, die Liebhaber einlud und ihren Körper furchtlos für sie öffnete, sich dem Vergnügen hingab. Eine Frau, die sich der Liebe für würdig erachtete.

In ihrem Nest unter der Decke an Bord der *Splendido Marveloso* erinnerte sich Charlotte an ihren

Hochzeitstag. Seit dem Tod ihres Vaters waren sechs Monate vergangen, als sie entdeckten, dass seine schlechten Investitionen sie in Armut gestürzt hatten. Winston hatte neben dem Priester gewartet, er war elegant gekleidet gewesen und hatte sie erwartungsvoll angesehen. Sie hatte sich ihm nicht sonderlich verbunden gefühlt. Und dennoch stand sie in ihrem elfenbeinfarbenen Kleid vor ihm.

Warum hatte Winston Charlotte geheiratet, wenn er sich doch täglich über sie ärgerte? Viele Gewohnheiten, die sie hatte, schienen ihn förmlich zu zermürben. Charlotte wusste, dass ihr Verhältnis sich darauf gründete, wie sie sich einst gesehen hatten. Für Winston war Charlotte eine Trophäe, ein Preis, den sogar ein berühmter Künstler begehrt hatte. Ihre Eroberung schenkte ihm den Glauben, dass ihm mit ihr ein aufregendes Leben bevorstand, selbst als er in der Anwaltskanzlei seines Vaters weitermachte. Und Charlotte musste miterleben, wie Winstons Hoffnungen im Lauf der Jahre schwanden. Doch sie war keine Zauberin, konnte ihn nicht vom Alkoholismus und den Depressionen befreien, die ihn die ganze Zeit über im Griff hatten.

Charlotte hatte unsäglich gelitten, als erst der Maler und dann ihre Mutter sie verachteten. Sie wollte sich geborgen fühlen und hatte dafür die Liebe aufgegeben. Winston hatte Geld, wenn auch nicht sonderlich viel, und ihn zu heiraten eröffnete Charlotte und Louisa eine Perspektive.

An ihrem Hochzeitstag hatte Charlotte neue

Schuhe getragen, die am rechten Knöchel scheuerten. Sie schmerzten, als sie zum Altar schritt. Danach hatte sie wochenlang eine schreckliche Blase und einen frisch angetrauten Ehemann, der sie anherrschte, sie solle nicht jammern.

Charlotte wälzte sich hin und her. Es war so viel Platz in ihrem Bett. War das ihr Schicksal ... nachts allein und tagsüber unsichtbar zu sein?

Das Boot schaukelte langsam, fast unmerklich, und Charlotte wurde klar, dass sie nie wirklich gewusst hatte, was es bedeutete, die große Liebe eines Mannes zu sein. Sie versuchte, wieder einzuschlafen, in ihren Traum zurückzufinden. Sie wollte das silberne Päckchen, ihm das Papier abreißen und sehen, was sich darin verbarg.

2 / Cord

CORD VERMISSTE SEINE Mutter. Er vermisste sein hartes, eingepferchtes kleines Bett in der muffigen, staubigen Kabine auf dem kitschigen Ungetüm *Splendido Marveloso*. Während er dastand und die Fontana dei Quattro Fiumi anstarrte, das Rauschen des Brunnens im Ohr, mit schmerzendem Kopf und schwerem Herzen, wurde ihm klar, dass er das große Kreuzfahrtschiff vermutlich für den Rest seines Lebens vermissen würde. Hatte man erst einmal den Komfort der Kreuzfahrt kennengelernt, war das Leben an Land rau und tatsächlich schwierig. Kein Paros, kein Frühstückstablett, kein Büfett voll leckerer Kohlenhydrate, kein Lidodeck mit einer Kaffeekanne, deren Inhalt niemals versiegte. Cord hatte sich selbst aus dem Gelobten Land verbannt.

Cord streckte sich. Auf der Suche nach Giovanni war er durch die Ewige Stadt geirrt. Jedes Mal, wenn er um eine Ecke bog, traf er auf einen neuen historischen Schatz und malte sich die Wiedervereinigung mit Giovanni aus: Cords tränenreiche Entschuldi-

gung, Gios vergebende Umarmung. Es wäre ein mit-
reißender Schwarz-Weiß-Film von einem Wiedersehen geworden.

Nur dass Cord Giovanni nicht gefunden hatte.
Vielleicht war er nach New York zurückgeflogen. Er
ging weder ans Telefon, noch hatte er irgendetwas ge-
postet. Als Giovanni Cord neben dem Golfwagen zur
Rede gestellt hatte, war sein Gesicht wutverzerrt und
schmerzerfüllt gewesen. »Du hast ernste Probleme«,
hatte Giovanni zu ihm gesagt.

»Hilf mir!«, hatte Cord gefleht.

Giovanni hatte die Arme vor der Brust verschränkt.
»Ich dachte, du müsstest die Sache mit deiner Mutter
klären. Aber jetzt begreife ich, es liegt an dir, daran,
wie du bist.«

»Das will ich nicht«, hatte Cord hervorgestoßen.
»Ich will nicht so sein.«

»Adieu, Cord«, hatte Giovanni gesagt, bevor er
schnell um die Ecke bog und verschwand.

»Verlass mich nicht!«, hatte Cord geschrien.

Doch da war Gio bereits außer Sicht.

Cord konnte Rom nicht einfach verlassen. Unzählige glitzernde Bars warteten auf ihn. Er konnte
sich betrinken. Er konnte am nächsten Hafen auf
den Kreuzer treffen (Florenz, oder?) oder sogar nach
Hause fliegen und sich mit dem Chaos befassen, das
er mit 3rd Eyez angerichtet hatte.

Die Sonne spiegelte sich auf dem Wasser des majestätischen Brunnens und warf Licht auf ein junges
Paar, das hemmungslos knutschte.

Cord zog sein Telefon heraus und starrte darauf. Herrgott, er hätte es am liebsten wieder weggesteckt und seine ergebnislose Suche fortgesetzt. Aber er war bereits jeden nur erdenklichen Weg gegangen, um alles wieder in Ordnung zu bringen. Und er war keinen Schritt weitergekommen. Er selbst war, wie man so schön sagte, sein ärgster Feind. Er brauchte Hilfe. Niedergeschlagen und unfähig, an eine andere Möglichkeit zu denken, wählte er Handys Nummer.

»Aha«, sagte Handy und ging beim ersten Klingeln dran. »Du bist es, Mann.«

»Ja«, sagte Cord. »Ich bin's, Mann.«

»Trinkst du?«

»Nein«, beteuerte Cord. »Nein.«

»Da bin ich froh.«

»Heute nicht. Nicht jetzt, nicht in dieser Minute.«

»Das ist gut.«

»Aber ich habe getrunken. Ich hab's versaut.«

»Schon gut, Mann«, sagte Handy. »Wir sind Alkoholiker. Wir trinken.«

Cord seufzte tief.

»Wo bist du?«, fragte Handy.

»In Rom«, antwortete Cord. »Ich sitze vor einem großen Brunnen und weiß nicht, wohin ich gehen soll, ich weiß nicht, wie ich die Dinge in Ordnung bringen soll.«

»Ja«, sagte Handy.

»Was soll das heißen?«, fragte Cord wütend.

»Das heißt, dass ich dich höre.«

»Es tut mir leid«, sagte Cord und rieb sich die Augen.

»Es muss dir nicht leidtun.«

»Tut es aber«, sagte Cord. »Es tut mir leid.«

»Weißt du, was ich jetzt sagen werde?«, fragte Handy nach einer Pause.

»Ja.« Cord lachte traurig.

»Was denn?«, fragte Handy

»Geh zu einem Treffen der AA!«

»Genau. Was noch?«, fragte Handy.

»Nimm die Dinge hin, die du nicht ändern kannst.«

»Gut. Und weiter … ?«

Cord hob den Kopf und blickte in den strahlend blauen Himmel. »Du wirst mir sagen, dass ich warten soll, bis Gott mir sagt, was ich tun soll.«

»Wie kommst du allein zurecht, Mann?«, fragte Handy.

»Nicht so gut.«

»Ja«, bestätigte Handy.

Cords Zorn verebbte, und er musste lachen. »Gio war gekommen, um mich zu überraschen«, erzählte er. »Er hatte ein Golfcart gemietet, Handy. Um meine Mutter durch Rom zu kutschieren. Und ich … ich weiß auch nicht. Ich hatte einen Blackout oder so was.«

»Warst du betrunken?«

»Nein«, sagte Cord. »Trocken wie eine Maus oder wie die das nennen.«

»Eine Kirchenmaus«, sagte Handy.

»Ja, aber ich saß wie betäubt im Golfwagen.« Gelächter war zu hören, und Cord kicherte. »Gio hat mich zum Teufel geschickt«, sagte er. »Meine Familie hatte keine Ahnung, was da vor sich ging. Meine Mom ...«

»Und was ist mit dir?«

»Hm?«

»Was ist mit dir?«, fragte Handy.

Cord hörte auf zu lachen. Ein japanisches Ehepaar, das in einem Café im Freien saß und zu Abend aß, starrte ihn an. Es war ihm egal. »Du weißt, was ich will«, sagte Cord bitter.

»Natürlich weiß ich das«, sagte Handy.

Sie schwiegen. Cord war froh, nicht allein zu sein. »Danke«, sagte er. »Du verstehst es, das weiß ich. Und das ist eine Menge.«

»Soll ich nach Italien kommen?«, fragte Handy. »Soll ich dich zu einem Treffen schleppen?«

»Ich schaffe das schon«, sagte Cord.

»Dann tu es doch!«, verlangte Handy. »Und ruf mich danach an!«

»Okay«, sagte Cord.

»Immer nur für einen Tag, Mann.«

»Ich hasse diesen beschissenen Spruch.«

»Ja«, sagte Handy.

»Handy?«, fragte Cord.

»Ich bin da«, sagte Handy.

»Legst du bitte noch nicht auf?«, bat Cord und klang wie ein Kleinkind, wie ein gottverdammtes Baby. Doch obwohl er sich schämte, fühlte es sich gut an, um das Nötige zu bitten.

»Ich bin für dich da«, versicherte ihm Handy.

3 / Regan

NUR REGAN ERSCHIEN zur Ausflugstour *Das Wunderbare
Florenz*. Sie saß allein im Bus von Livorno bis Florenz
und sah aus dem Fenster, als er an der Kathedrale
Santa Maria del Fiore hielt. Der Bau der Kathedrale
war 1296 im gotischen Stil begonnen worden und erstreckte sich nun über eine Fläche von fast neunzig-
tausend Quadratmetern. Regan trat ein wenig zurück,
um sie sich richtig ansehen zu können. Die Fassade
der Basilika, die wie eine reich verzierte Hochzeits-
torte wirkte, war mit weiß eingefassten Marmorplat-
ten in Rosa und Grün versehen. Schönheit, das war
das Wort, das Regan in den Sinn kam.

Während ihrer gesamten Zeit auf der Highschool
hatte Regan riesige Sammelalben aufbewahrt und sie
mit Skizzen, Gedanken, Polaroidfotos und Ticket-
abschnitten bestückt. Manchmal Haarsträhnen und
sogar (einmal) ein blutiges Pflaster, das sie an die
Nacht bei einem Green-Day-Konzert erinnern sollte,
als sie hingefallen war und sich die Ellbogen aufge-
schürft hatte. Regan war der festen Überzeugung, dass

sie etwas Schönes, sogar Wichtiges aus den Relikten ihrer Tage machen konnte.

Zu Beginn ihrer Ehe und nach der Geburt der Mädchen hatte sie ihre Projekte fortgesetzt, Rezept um Rezept hinzugefügt. Sie hatte die Fingerfarben und Buntstifte ihrer Kinder benutzt und schlaflose Nächte mit dieser Arbeit oder damit verbracht, im Schneidersitz auf dem Boden des Spielzimmers zu sitzen, während die Mädchen ihre eigene Kunst schufen. Warum hatte sie damit aufgehört? Ihr fiel ein, dass sie ein neues Sammelalbum brauchte und einfach nie in den Laden kam, um eins zu kaufen. Nach und nach hatte sie ihr Gehirn mit Einkaufslisten, Fahrgemeinschaftszeiten und Farbmustern für das Büro vollgepfropft. Regans Kunst schien weniger wichtig zu sein als die Bedürfnisse ihrer Familie zu befriedigen.

Ihr Reiseleiter war ein blonder Mann mit Brille, der ein Klemmbrett in der Hand hielt. Er sprach eine Weile über *Il Duomo* und die hundertvierzehn Meter hohe Kuppel. Sie bestand aus Backstein und war ein architektonisches Wunderwerk, wie ihr Reiseleiter sagte. Regan linste auf das Namensschild auf seiner Brust, er hieß Nico. Filippo Brunelleschi, der Baumeister, hatte sich bei der Planung des Pantheons mit der römischen Baukunst befasst und dabei herausgefunden, wie er die Kuppel ohne Holzskelett bauen konnte. Stattdessen hatte er auf ein Mauerwerk in Fischgrätentechnik und ein Gerüst aus Steinbalken gesetzt.

Es ging also nicht nur um Schönheit, wie Regan

fand. Es ging auch um Mathematik und ums Beeindrucken. Regan fühlte einen vertrauten Drang, starrte auf die Marmorfassade der Kirche und wollte mehr darüber erfahren. Sie fragte Nico, wie die Muster und Steinbalken tatsächlich funktionierten, und sog seine Erklärung gierig auf, während er mit den Händen wild gestikulierte und dabei ineinandergreifende Formen skizzierte.

Regan dachte an ihre friedlichen Morgenstunden in *Monet's Playhouse*. Natürlich war dieses architektonische Wunderwerk nichts im Vergleich zum Bemalen von Keramikfiguren, aber der Prozess — eine Idee und ihre Umsetzung oder Verwerfung —, das war doch dasselbe, oder nicht?

Während sie in Richtung Ponte Vecchio fuhren, berichtete Nico immer weiter. Die steinerne Brücke mit den geschlossenen Bogen war im Mittelalter in drei Abschnitten erbaut worden. Während die Geschäfte entlang der Brücke ursprünglich Metzger und Goldhändler beherbergten, verkauften sie nun Schmuck und Nippes an Touristen. »Bitte, kaufen Sie kein Schloss!«, flehte Nico. »Wir müssen die Schlösser wöchentlich entfernen lassen. Sie stellen eine Gefahr dar.«

Als die Brücke in Sichtweite kam, zog Nico einen Lautsprecher heraus. »Puccini hat diese Brücke in *O Mio Babbino Caro* erwähnt«, sagte er. »Ich bitte Sie, seien Sie eine Weile still und genießen Sie die Musik!«, fügte er hinzu.

Er drückte auf *Play*. Die Stimme einer Sopranistin

erhob sich mit der Musik. Regan überlief eine Gänsehaut, obwohl sie die italienischen Worte nicht verstand. Als der Bus anhielt und die Fahrgäste sich an ihr vorbeischoben, um zu den Geschäften zu gelangen, war sie überrascht, als sie eine Hand auf der Schulter spürte. Sie hob den Kopf und blickte in Nicos freundliche Augen. Er war noch sehr jung.

»Sie haben es verstanden«, sagte er.

Regan nickte. Sie hatte es verstanden.

Sie bekamen mehrere Stunden Zeit, um durch die Stadt zu streifen, und erhielten Anweisung, wo sie den Bus nehmen sollten, der sie zum Hafen zurückbrachte. Regan schlenderte über das Kopfsteinpflaster und sah sich die Auslagen der Goldschmiede an. Immer wieder kehrte die leidenschaftliche Stimme der Opernsängerin zu ihr zurück, und Wehmut ergriff sie. Sie drängte sich vorwärts und hätte sich gewünscht, nicht allein zu sein.

Und dann sah sie ihn, als hätte ein guter Geist ihre Wünsche erhört. Beim Überqueren eines geschäftigen Platzes, über den Vespas rauschten und Einheimische schrien, erkannte Regan ihn am Hinterkopf. In fließendem Italienisch feilschte er mit einem Verkäufer und hielt eine Flasche Balsamicoessig hoch. Regan kam näher und fühlte sich plötzlich verunsichert.

Er beendete sein Gespräch, nahm den Essig und drehte sich um. »Regan!«, rief er.

»Giovanni«, fragte Regan, »was tust du hier?«

»Oh, mein Gott!«, stieß Giovanni hervor, nahm

ihren Arm und schritt zielstrebig voran. »Es ist mir so peinlich, dass ich am liebsten im Boden versinken würde. Ich habe eine Woche Urlaub genommen und meine ganzen Ersparnisse ausgegeben. Ich habe eine Kabine auf eurem blöden Kreuzfahrtschiff gebucht. Ich habe den Hund im *Bark-Ave*-Hundehotel untergebracht. Ich habe gedacht, dass das die beste Woche meines Lebens werden würde ...«

»Warte!«, unterbrach ihn Regan. »Du bist mit uns auf dem Schiff?«

»Erbärmlich, nicht wahr?«, meinte Giovanni und fuhr sich mit der Hand durch das glänzende Haar. »Aber was soll ich tun, das Ticket wegwerfen? Nein. Ich habe die ganze Nacht in einer abscheulichen Disco getanzt. Meinen Kummer in billigem Tequila ertränkt. Ich schäme mich, aber ich muss dir gestehen, dass ich fast mit DJ Neon rumgemacht hätte.«

Regan musste lachen. »Ich lache nicht über dich«, beschwichtigte sie ihn.

»Doch, du lachst über mich, aber was soll's«, wehrte Giovanni ab. »Lass uns etwas essen gehen!«

Sie betraten ein Restaurant mit hohen Decken und blassblauen Wänden. Giovanni sprach mit der Frau am Eingang, die ihnen sofort einen Platz anwies. Alle anderen Tische waren bereits besetzt, der Lärm war unglaublich. Weit und breit entdeckte Regan keine Amerikaner, und sie fühlte sich wie eine Insiderin.

»Darf ich bestellen?«, fragte Giovanni.

»Bitte«, sagte Regan. »Ich mag alles.«

»Du bist die Frau meiner Träume!«, lachte Giovanni. Er bestellte auf Italienisch bei einer jungen Brünetten, die ihr Haar als Pferdeschwanz trug und deren Arme mit Tellern voll beladen waren.

Als er zu Ende gesprochen hatte, nickte die Frau und sagte: »Sì, prego.«

»Ich weiß, dass ich mir die architektonischen Kunstwerke ansehen sollte«, räumte Giovanni ein. »Aber während meiner Zeit am College habe ich ein Jahr lang hier gelebt und kenne sie alle. Außerdem bin ich verkatert.«

Mit einer Karaffe Wein, zwei Gläsern und einer blauweißen Schüssel voller Nudeln kehrte die Kellnerin an den Tisch zurück. »Pomodoro e basilico e tagliatelle fiori di zucca e scamorza«, sagte sie.

»Oh, mein Gott!«, seufzte Regan und kostete die Nudeln. »Das schmeckt unglaublich.«

»Kürbisblüten«, sagte Giovanni und deutete mit der Gabel auf das Gericht. »Und, schmeckst du diesen milchigen, karamellisierten Käse auf den Tagliatelle? Das ist Scamorza.«

»Scamorza«, wiederholte Regan.

»Also«, sagte Giovanni. »Wo ist dein Mann?«

»Oh …«, begann Regan. Giovanni musterte sie mitfühlend und wartete, dass sie weiterredete. »Das ist kein schönes Thema«, schränkte sie ein.

Giovanni nickte und hob sein Weinglas. »Sprich einfach weiter!«, bat er.

»Lass uns einfach das Mittagessen genießen«, widersprach Regan.

»Spuck es aus!«, verlangte Giovanni. Regan lächelte,

weil er so anders war als ihre Familie. Wann hatte sie sich zuletzt einem anderen Menschen als Zoë anvertraut? Aber sobald sie zu sprechen begann, konnte sie kaum wieder damit aufhören. Sie erzählte Giovanni alles, von der Absage der Kunstschule bis zu dem Moment, als Matt zugab, dass er in eine andere verliebt war und sie verlassen wollte.

»Es tut mir leid«, murmelte Giovanni. »So ein Arschloch.«

»Darf ich dir ein Geheimnis verraten?«, fragte Regan.

»Bitte«, sagte Giovanni.

Regan trank einen Schluck Wein und erinnerte sich an die Nacht, als sie Janet zum ersten Mal gesehen hatte, die lebhafte, junge rothaarige Janet. Regan und Matt hatten die Mädchen zum Abendessen in den *Bonna Bella Yacht Club* mitgenommen, eins ihrer Lieblingslokale (Regan liebte die Krabbenpfannkuchen, die dort serviert wurden). Sie waren mit dem Boot hingefahren und hatten am Gemeinschaftsdock des Restaurants angelegt. Als sie die Holztreppe zum Eingang des *Bonna Bella* hinaufgestiegen waren, hatte Regan eine Gruppe junger Lehrer aus dem Savannah Country Day entdeckt, die auf der Terrasse die Happy Hour genossen. Regan hatte sich mit Flora und Isabella an einen Tisch in der Nähe gesetzt, während Matt an die Bar gegangen war, um Getränke zu holen. Während die Mädchen mit Buntstiften zeichneten, hörte Regan, wie Matt so laut und herzhaft lachte, wie sie es schon lange nicht mehr gehört hatte.

»Dad spricht mit Miss Janet«, sagte Flora. »Ihr rotes Haar sieht wie das von Ariel der Meernixe aus.«

Die Kellnerin kam, um ihre Bestellung aufzunehmen, und Regan stand auf, um Matts Aufmerksamkeit zu erregen. Matt lehnte an der Bar, sein Bier in der einen Hand, Regans Glas Wein in der anderen. Regan beobachtete den Gesichtsausdruck ihres Mannes, während er lebhaft mit einer bezaubernden jungen Frau sprach, die ein gelbes Sommerkleid trug. Er sah fröhlich, glücklich, ja sogar nett aus.

»Miss Janet unterrichtet im Kindergarten, aber ihr Mann ist gestorben«, berichtete Isabella.

»Oh, nein!«, rief Regan.

Matt lachte erneut, der Klang seines Lachens hatte einmal dafür gesorgt, dass Regan sich geborgen gefühlt hatte, doch nun erfüllte es sie mit Schrecken. Janet schien von Matts Worten begeistert zu sein, und in Regan reifte ein Gedanke, ein Plan, der ihr einen Weg aus dem goldenen Käfig versprach.

Regan betrachtete Flora und Isabella und stellte sich vor, wie sie in einem Haus ohne Matts beißende Stimme, ohne seinen kritischen Blick, ohne ihn aufwachsen würden. Sie könnten den ganzen Tag im Pyjama bleiben und zum Mittagessen Müsli essen. Hoffnung war in Regan aufgekeimt.

Erst später war Regan klar geworden, dass Lee ihr vielleicht unwissentlich dasselbe angetan hatte, indem sie sie direkt in Matts Weg gestellt hatte, in der Hoffnung, dass er abgelenkt würde, wenn Lee ging.

An jenem Abend, als sie mit dem Boot über den Skidaway River nach Hause fuhr und Matt im *Bonna Bella* zurückließ, damit er *sich ein wenig amüsieren konnte*, wies Regan auf einen Fischadler. »Seht ihr? Die Mutter sitzt da in ihrem Nest.«

»Das sehe ich«, bestätigte Isabella.

»Ja, ich sehe die kleinen Vögel«, sagte Flora.

Regan bremste das Boot ab. Die Luft war feucht, es roch nach Sumpf. Sie sahen zu, wie das Fischadlerweibchen den Fluss und den Himmel beobachtete und sich dann in die Lüfte erhob.

Giovanni hörte sich Regans Geschichte bis zum Ende an und schlug die Hand auf den Mund. »Wow!«, sagte er. »Einfach ... wow, Regan. Du hast also die Affäre deines Mannes inszeniert? Das ist wie *Gefährliche Liebschaften* in der Vorstadt Savannah.«

»Es war nicht einmal meine Idee, einen Privatdetektiv anzuheuern, obwohl ich sicher bin, dass mir die Bilder bei der Einigung zugutekommen.«

»Ich bin beeindruckt«, staunte Giovanni. Er leerte sein Glas und rief nach der Kellnerin, die Wein und Schüsseln mit Trüffelravioli brachte. »Und was wirst du jetzt tun?«

»Das weiß ich ehrlich gesagt nicht«, erwiderte Regan. »Ich habe mich noch nie wirklich ernsthaft auf einen Job beworben.«

»Das ist hart«, meinte Giovanni. Regan hielt inne und merkte, dass Giovanni ihr offenbar keine Ratschläge erteilen wollte. Es war hart, aber sie würde ihr

Problem lösen. In Gios Lage würde sie glauben, alle Probleme lösen zu müssen.

»Was ist mit dir?«, fragte Regan, hob die Gabel und beschloss, einfach zuzuhören.

»Manchmal ist es besser, einfach weiterzugehen«, sagte Giovanni und schüttelte den Kopf. »Entweder Cord kriegt es auf die Reihe, oder er kriegt es nicht auf die Reihe. Ich weiß, das klingt hartherzig.«

»Ja«, sagte Regan und dachte an den kleinen Cord und wie seine Augen feucht wurden, wenn Winston schrie. Doch Cord schrie nie zurück. Er blickte nur nach unten. Er nahm es einfach hin. »Unser Vater ...«, begann Regan.

»Erspar mir das!«, bat Giovanni und hob abwehrend die Hände. »Er ist sechsunddreißig Jahre alt.«

Die Kellnerin erschien mit einer dritten Portion. »Fusilli *alla contadina e ai peperoni*«, sagte sie. Regan fühlte sich unbehaglich voll, ihr Gesicht war gerötet. Sie füllte ihr Glas Wein wieder nach und aß.

»Hör zu!«, sagte Giovanni. »Ich weiß, dass ihr eine schwere Kindheit hattet, wirklich schwer, aber das ist jetzt vorbei. Wir haben alle unsere Probleme. Mach eine Therapie, nimm Medikamente, irgendetwas, ich weiß auch nicht. Aber dass er noch immer seine Homosexualität verbirgt ... ist einfach eine Schande, mit der ich nicht umgehen kann.«

Regan nickte.

»Ich dachte, ich könnte einen mutigeren Menschen aus ihm machen. Ich habe es versucht. Aber offensichtlich bin ich machtlos.« Traurig schüttelte er den Kopf. »Ich will nicht aufgeben«, sagte er. »Ich will ihn nicht aufgeben.«

Regan nahm Giovannis Hände in ihre eigenen. Sie wollte sagen: *Gib niemals auf! Halte an der Liebe fest, was immer passiert. In Freud und Leid.* Aber in Wahrheit glaubte sie diese Worte selbst nicht. Nicht mehr.

»Er ist ein unglaublicher Mensch«, erklärte sie.

»Ich weiß«, sagte Giovanni. »Was soll ich deiner Meinung nach tun?«

»Er ist ein wunderbarer Mensch«, sagte Regan. »Ich habe ihn sehr lieb.« Es war kaum eine Antwort, aber es war die Wahrheit.

»Ich habe ihn auch sehr lieb«, stimmte Giovanni traurig zu.

Nachdem sie Espresso getrunken und bezahlt hatten und (Regan leicht beschwipst) auf die Piazza hinaustraten, hatte sich diese inzwischen mit Leben gefüllt. Das Licht der Nachmittagssonne tauchte die Stadt in einen sanften Schein, und Regan liebte den Geruch nach Benzin und Knoblauch, der in der Luft hing. Giovanni führte sie zum Arno. Sie hielten sich an den Händen und blickten auf das Wasser.

»Wir müssen weiter«, verlangte Giovanni.

»Ich will nicht weg!«, rief Regan. Sie gingen durch die kopfsteingepflasterten Straßen, und Regan fühlte sich benommen und einfach fabelhaft. Als sie ein Schreibwarengeschäft entdeckte, blieb sie stehen. Dort im Fenster sah sie ein großes, in dunkelbraunes Leder gebundenes Notizbuch. Im hinteren Teil des

Ladens stand ein Mann, der ein Blatt Papier in einen Farbbottich zu senken schien. »Sieh nur, er marmoriert!«, rief Regan. Sie hatte die Technik schon einmal ausprobiert, Farbe und Klebstoff gemischt und das Papier hineingetaucht, um die unterschiedlichsten Muster zu erzeugen.

»Wir müssen zurück zum Bus«, drängte Giovanni.

»Nein«, widersprach Regan und legte eine Hand auf den Türknauf aus Messing. Der Mann im Laden hob das Papier hoch, und Regan sah den blaugrünen Druck, zarte Farbfächer, die an Pfauengefieder erinnerten. Sie steckte die Hand in die Tasche und fühlte die Quittung vom Mittagessen. Sie würde den Druck zeichnen, die Quittung einkleben und aufschreiben, was ihr von Florenz in Erinnerung geblieben war.

Das ledergebundene Notizbuch war so anders als die Haushaltswaren, die sie in der Oglethorpe Mall kaufte. Es war für sie persönlich, nicht für ein Leben von Wunschträumen.

»Wir kommen zu spät«, warnte Giovanni.

Eine Klingel ertönte, und die Tür öffnete sich.

4 / Lee

LEE ARBEITETE SICH den ganzen Tag durch den Inhalt des braunen Umschlags. Es gab hundertfünfzig bohrende, indiskrete und unsinnige Fragen:

Was ist Ihr Lieblingsgetränk?

Welche sexuellen Stellungen bevorzugen Sie?

Was erhoffen Sie sich von Sloppy Seconds?

Wollen Sie heiraten?

Haben Sie an einer Orgie teilgenommen?

Was ist Ihre Lieblingsfrucht?

Francine, die sie über FaceTime angerufen hatte und auf dem Bildschirm verpixelt und mit orangefarbenem Lippenstift zu sehen war, bestätigte ihr, dass die Realityshow tatsächlich *Sloppy Seconds* hieß. Lee hatte der Sendung *The Bachelor* schon Jahre zuvor ein Vorsprechpaket geschickt, zusammen mit einem Video, das Jason von ihr im Stringbikini auf einem Pferderücken aufgenommen hatte, auf dem sie sich den Hintern wund gescheuert hatte. Obwohl sie es nur in die zweite Runde geschafft hatte, wühlten sich erfahrungsgemäß neue Shows routinemäßig durch alte Aufzeichnungen.

Sloppy Seconds sollte eine Realityshow über gewöhnliche Menschen werden, die von berühmten Menschen abserviert worden waren. Jetzt, da Jason berühmt war, war Lee (wie man so sagt) die richtige Kandidatin dafür.

Vom Kaffee aufgemuntert, den der Zimmerservice vorbeigebracht hatte, kritzelte Lee ihre Antworten nieder. Sie erfand Lieblingsgerichte, die dem Produzenten vielleicht schmeckten, und machte sich zu einer Verführerin, die vielleicht ein wenig labil war, aber ein gutes Herz hatte. Sie schrieb, bis ihr die Hand wehtat.

Andere, dringlichere Fragen schob sie vor sich her. *Möchte ich in einem Malibu Beach Dream House mit siebzehn anderen Menschen leben und um Liebe und Preise wetteifern?*

Was ist mit meinem Baby?

Hätte ich nach Malta fliegen sollen?

Warum bin ich hier in meiner Kabine, wenn ich in Florenz sein könnte?

Wie könnte mich dieser Job glücklich machen?

Um ihre lästigen Gedanken zum Schweigen zu bringen, brach Lee zu einem kleinen Spaziergang zum Frozen-Joghurt-Kiosk in der Aqua Zone auf, der rund um die Uhr geöffnet hatte. Irgendwie hoffte sie, einem Mitglied ihrer Familie über den Weg zu laufen, wusste aber, dass sie wahrscheinlich ohne sie nach Florenz gefahren waren. Niemand hatte Lee angerufen und sie gefragt, ob sie mitkommen wollte, sie fühlte sich ausgeschlossen und einsam.

Alle Liegestühle am Pool waren besetzt, und Lee fühlte sowohl Abneigung als auch Mitgefühl, als sie über das Meer aus Körpern blickte. Die Szene erinnerte an einen Tierfilm: Menschen in Gefangenschaft. Auf dem hinteren Deck sah sie einen Mann, der eine Zigarette rauchte. Aus der Entfernung sah er Matt ähnlich, Lee ging auf ihn zu.

Lee musste an den Abend vor Regans Hochzeit denken. Matt und Lee hatten vor dem Lokal *Elizabeth* an der 37. Straße, in dem noch das Probeabendessen in vollem Gang war, eine Zigarette geraucht. Damals war sie noch eine andere gewesen, ein Star, der zum Himmel schoss und kurz vor dem Durchbruch stand (jedenfalls hatte sie das geglaubt). Matt hatte die Zigarette auf den Boden fallen lassen.

Es hatte leicht geregnet. »Ich gebe alles auf, wenn du mich zurücknimmst. Bitte«, hatte er gesagt.

»Sie ist meine Schwester«, hatte Lee geantwortet. Sie erinnerte sich, dass sie beschwipst vom Champagner ihm entrüstet, wenn auch geschmeichelt entgegengetreten war. »Liebst du sie denn nicht?«

»Das ist nicht dasselbe. Du bist meine Schönste«, hatte Matt gesagt und dabei den Spitznamen verwendet, den er ihr gegeben hatte.

Regan hatte Lees erste Porträtfotos gemacht, Lees Haare so gestylt, dass sie das Licht einfingen, und ihre Augenlider mit dem Lidschatten von Clinique am Tresen im Oglethorpe-Einkaufszentrum geschminkt. Lange bevor es Selfies gegeben hatte, hatte Regan Lees Schönheit eingefangen. Lees Loyalität stand außer

Frage. Sie hatte Matt im Regen stehen gelassen und war ins Restaurant zurückgekehrt. Sie hatte Regan in die Damentoilette gezerrt und ihre Schwester aufgefordert, die Hochzeit abzublasen.

»Warum?«, hatte Regan sie gefragt. »Warum sagst du so etwas? Warum sagst du das gerade jetzt?«

»Er ist nicht der Richtige«, hatte Lee gesagt und sich gerade noch zurückgehalten, ihrer Schwester von Matts Verrat zu erzählen und wie grausam er sein konnte.

»Ich verstehe«, hatte Regan geantwortet und sich wütend vor ihre Schwester gestellt. »Du gönnst mir noch nicht einmal eine Nacht«, sagte sie.

»Es geht hier nicht um mich«, hatte Lee geantwortet.

»Es geht immer nur um dich«, hatte Regan gezischt. Dann hatte sie die Tür der Damentoilette aufgedrückt und war verschwunden. Lee hatte tief durchgeatmet und versucht, sich zu beruhigen. Danach war sie hinausgegangen und hatte ein Taxi gerufen. Am nächsten Tag war sie bereits wieder in Los Angeles.

Lee war die Schöne, das war sie schon immer gewesen. Winston hatte ihr beigebracht, dass ihr Aussehen ihr kostbarstes Gut war. Darauf verließ sie sich immer noch und hoffte, diese Schönheit nutzen und sich dadurch einen Job sichern zu können. Dabei wusste sie nicht einmal, ob sie ihn überhaupt wollte. Aber sie hatte ja nichts anderes, keine Familie, kein Talent, kein Zuhause.

5 / Charlotte

CHARLOTTE WAR VÖLLIG erschöpft. Statt einen Wecker zu stellen, um die Tagestour durch Florenz mitzumachen, hatte sie ausgeschlafen und nach dem Frühstück beschlossen, einfach in Livorno umherzuspazieren. Sie war stolz auf sich selbst, als sie von Bord ging. Da war sie nun, eine moderne, alleinstehende Frau in dieser Hafenstadt. Die Stadt war voller Menschen und … nun ja … ziemlich schmutzig. Aber ein äußerst netter Nigerianer verkaufte ihr eine gefälschte Guccitasche, die täuschend echt aussah. Charlotte sehnte sich nach Minnie, die Charlotte für ihren Mut gelobt hätte. Was hätte Charlotte darum gegeben, ihrer Freundin eine gefälschte Guccitasche zu kaufen!

Charlotte schlenderte eine belebte Straße voller Cafés entlang, als sie plötzlich ihren Steward Paros entdeckte, der selbst ohne Uniform gut aussah. Er hatte seinen Blick auf ein Café gerichtet, und Charlotte folgte ihm unverschämt (Du Flittchen, du!, hörte sie Minnies fröhliche Stimme). Das Café war voller junger Leute, die gleichzeitig rauchten und Eis aßen.

Es war seltsam, Paros blass im Neonlicht an einem runden Tischchen sitzen zu sehen.

»Ciao«, sagte Charlotte, ging auf ihn zu und legte eine Hand auf die Hüfte.

»Charlotte!«, rief Paros. »Bitte, setzen Sie sich doch zu mir!«

»Warum nicht?«, antwortete Charlotte. Paros trug abgetragene alte Kleidung, eine ausgewaschene Cordhose und eine Jacke, die ein Bauer hätte tragen können, dazu armselige Schuhe. Im Grunde sei er ein Bauer, gestand er Charlotte, nachdem sie einen Espresso bestellt hatte. Ein Bauer im Ruhestand, doch dann war die griechische Wirtschaft zusammengebrochen, und mit ihr hatte er alle seine Ersparnisse verloren.

»Ich musste wieder arbeiten gehen«, sagte er und rührte ein Zuckerpäckchen in seinen Kaffee. »Meine Kinder sind von mir abhängig.«

»Meine auch«, seufzte Charlotte. »Nun, ich weiß nicht, ob sie wirklich von mir abhängig sind, aber sie …« Sie schüttelte den Kopf und fühlte sich müde.

»Sie werden es schon schaffen«, sagte Paros.

»Ich weiß«, sagte Charlotte nervös. »Ja, es könnte so sein, aber um ehrlich zu sein, weiß ich es nicht.«

»Ich bin nur froh, dass ich an meinem Zuhause festgehalten habe«, sagte Paros und wechselte geschickt das Thema. »Ich ernte Oliven, und mein Zuhause ist nur einen kleinen Spaziergang vom Strand entfernt.«

»Das klingt wirklich schön«, sagte Charlotte.

»Was ist mit Ihnen?«, fragte Paros. »Erzählen Sie mir von Ihrem Zuhause!«

»Oh«, sagte Charlotte. »Es ist klein, aber ich liebe es. Meine Wohnung geht auf einen hügeligen grünen Golfplatz hinaus. Mit dem Golfwagen kann ich zur Kirche und zum Lebensmittelladen fahren.«

Paros lächelte, und Charlotte lächelte zurück. Es knisterte zwischen ihnen, ein Gefühl, das Charlotte schon lange nicht mehr verspürt hatte. Sollte sie es wagen, sich mit den Lippen seinem Mund zu nähern?

Küss ihn!, hörte sie Minnie sagen. *Du bist einundsiebzig Jahre alt! Worauf wartest du noch?*

Wie die Heldin in einem Liebesroman lehnte sich Charlotte über den Tisch und spitzte die Lippen. Doch dann – und es geschah fast in Zeitlupe –, als Charlotte mit ihrem Gesicht näher kam, bemerkte sie, dass Paros nervös wurde und keinen verträumten oder willigen Schlafzimmerblick bekam.

Charlotte bäumte sich auf, ein leises, gedemütigtes Wehklagen entfuhr ihrem Mund. Sie stand schnell auf, kramte in ihrer Handtasche nach einigen Münzen und ließ sie auf den Tisch fallen.

»Halt!«, rief Paros. »Warte, Charlotte!«

Doch sie war bereits auf halbem Weg zum Ausgang des Cafés. Oh, wie sie sich hasste!

»Charlotte, komm zurück!«, rief Paros im Stehen. Seine Stimme klang so laut, dass sich die Leute nach ihm umdrehten.

Sie eilte nach draußen und irrte durch die Straßen von Livorno. Wo war das Schiff? Was hatte sie getan?

Das hat man davon, hörte sie Louisa sagen, *wenn man sich überschätzt.*

elf
MARSEILLE,
FRANKREICH

1 / Charlotte

ACH, IHR KÖRPER! Charlotte hatte ihn ihr Leben lang schlecht behandelt, ihn ausgehungert, mit Gymnastik zur Kassette von *Body by Jacques* gequält, Kinder geboren, Kinder gesäugt, ihn Winstons halbherzigen Diensten unterworfen, Hitzewallungen hingenommen, ihm Mammographien und Koloskopien zugemutet. Käse gegessen und Wein getrunken. Nur alle Jubeljahre Rad gefahren und gelegentlich Golf gespielt. Ihr Körper (solange er schlank genug gewesen war, um in Kleidergröße small zu passen) war ihr nicht so wichtig. Alles funktionierte, warum sich also damit aufhalten?

Sie war noch nie in einem Kurort gewesen. Der Gedanke, dass Fremde sie berühren würden, missfiel ihr. Wie hätte sie sich bei einer Massage verhalten sollen ... einfach nur daliegen? Wie langweilig und anstrengend! Sie nahm die Empfindungen ihres Körpers nicht zur Kenntnis. Warum hätte sie sie noch verstärken sollen?

Dennoch enthielt ihr Magnifico-Rundum-sorglos-Paket einen Abend Glückseligkeit. Also saß sie hier auf einer seltsam warmen Chaiselongue in einem Kimono der *Splendido*, unter dem sie nur ihren Slip von Macy's trug. Für Charlotte bedeutete ein Abend Glückseligkeit ein Glas Chardonnay, dazu Triscuits mit ihren drei Kindern und ein Anruf von Pater Thomas, der ihr Nachrichten hinterließ und ihr versicherte, dass sie geliebt und geschätzt wurde, ohne dass sie etwas dafür tun musste. Dann würde ein Fremder mit nicht allzu viel Brusthaar mit ihr schlafen ... hmmmmm. Er würde sich in sie hinein- und aus ihr herausbewegen, sich an sie klammern und ihren Namen seufzen. Dann würde er sie zudecken, sie zärtlich küssen und wieder gehen.

Der Pool für die Thalassotherapie, der sich tief im Schiffsbauch befand, glich einer finsteren Disco. Schon beim Wort Thalassotherapie erschauerte Charlotte. »Charlotte Perkins?«, fragte eine stämmige Frau, die ein Klemmbrett in der Hand hielt.

Charlotte stand auf. »Hallo«, sagte sie unbeholfen.

»Ich bin Norma«, stellte sich die Frau vor. »Sind Sie bereit für Ihre Kombinationsbehandlung Spa-Topia, Hot Rock Sampler, Fantastic Feet Fantastic You.«

Das schien zwar eine Frage zu sein, doch sie sagte es so, als sei es eine Erklärung. »Ja«, stimmte Charlotte zu.

»Gut. Dann lassen Sie uns anfangen«, sagte Norma. Sie drehte sich um und trottete einen neonbeleuchteten Flur entlang. Charlotte hörte den eigenen Herzschlag. Warum war es für alle anderen so leicht zu vergessen, dass sie sich unter Wasser befanden? Wenn Charlotte hingegen darüber nachdachte, wurde ihr schwindelig. *Das ist falsch!*, schrie ihr Gehirn ihr zu. *Ich bin UNTER WASSER! HILFE!*

Norma drehte sich um und vergewisserte sich, dass Charlotte ihr folgte. Aber Charlotte folgte ihr nicht. Wie gelähmt, stand sie da. »Ich weiß nicht …«, stammelte sie.

UNTER WASSER! UNTER WASSER! NUR IN UNTERHÖSCHEN! UNTER WASSER!

»Ich glaube nicht, dass ich dafür bereit bin«, brachte Charlotte heraus. »Ich bin nicht gern nackt«, sagte sie oder glaubte, den Satz gesagt zu haben. Sie setzte sich und spürte den ekelhaft nassen Boden unter dem Hintern. Zum Glück trug sie einen Slip. Wo war sie? Warum gab es da mitten in einem Casino einen Pool? Und warum befanden sich nackte Menschen in einem Pool mitten in einem Casino?

Jemand kraulte ihr den Kopf, und Charlotte hätte in der Gegenwart bleiben können, aber sie wollte es einfach nicht. In der Vergangenheit lag so viel mehr Freude! Der Tag, an dem sie ihn getroffen hatte, der Tag, an dem er nach ihr gerufen hatte, die Art, wie er ihren Körper berührt hatte, der eine Sommer, in dem sie frei war! Paella, nach Safran duftend, bei einem Stierkampf in Arles. Charlotte ließ sich in die Erinnerung zurückfallen, die um so viel reicher als das nasse Casino in der hiesigen Welt war.

Sie trug ein Leinengewand. Die Sonne der Provence, die durch das Fenster warm auf ihren Schoß fiel. Er legte seinen Bleistift nieder. Und in nur weniger Augenblicken hatte er ihr Leinengewand geöffnet. Sie war nackt, sie war offen wie das Geschenk, das sie für ihn sein würde.

Das Geräusch von Schritten drang in ihren Dämmerschlaf. Sie öffnete die Augen und stellte fest, dass sie in ihrem Bademantel auf einer Massageliege lag. »Ach«, sagte ein Mann in einem weißen Kittel. »Ich bin froh, dass Sie wieder wach sind. Ist Ihnen noch schwindelig? Oder übel?«

»Nein«, antwortete Charlotte.

»Gut, offenbar hat Sie die Seekrankheit ein wenig erwischt«, sagte der Mann. »Vielleicht möchten Sie noch eine Weile liegen bleiben. Wir können Sie aber auch in Ihre Kabine zurückbringen und Sie mit einem Film und einer Tasse Tee ins Bett stecken.« Er legte den Kopf zur Seite und wirkte wie ein seltsamer Vogel.

»Bitte rufen Sie meine Kinder!«, bat Charlotte. »Ich bin mit meinen Kindern hier. Ich bin auf dieser Kreuzfahrt nicht allein. Wenn Sie sie einfach anrufen, kommen sie sicher sofort.«

»Nun ...«, sagte der Arzt und druckste ein wenig herum. »Wir haben versucht, die ...«

»Haben Sie es bei allen probiert? Bei allen dreien?«, fragte Charlotte.

Er sah sich im leeren Raum um. »Es tut mir leid«,

sagte er. »Wir haben Nachrichten hinterlassen, aber …«

»Oh«, machte Charlotte. »Ich verstehe.«

»Möchten Sie in Ihre Kabine zurückbegleitet werden?«, fragte er.

»Nein, danke«, lehnte Charlotte ab, und ein vertrauter Magenschmerz breitete sich in ihr aus. »Ich komme schon allein zurecht.«

»Soll ich Ihren Steward rufen? Ich glaube, das wäre das Beste.«

»Paros?«, fragte Charlotte und dachte an den netten Paros. Den hübschen Paros. »O ja, danke«, stimmte sie zu.

Leise öffnete Paros die Tür zum Massageraum. Charlotte war fertig angezogen und hatte ihre Handtasche auf dem Schoß. »Oh, Charlotte. Geht es dir gut?«, fragte Paros.

»Ich«, sagte Charlotte. »Meine Kinder …« Sie senkte den Blick und war plötzlich zu müde, um ein glückliches Gesicht aufzusetzen. »Ich bin hingefallen, und keins meiner Kinder kam, um mir zu helfen. Ich habe sie auf diese Kreuzfahrt mitgenommen, aber ich bin noch immer ganz allein.«

Über diese Nachricht schien Paros traurig zu sein, und er machte ein grimmiges Gesicht. Dann kam er näher und streckte einen Arm aus. Sie hakte sich unter und lehnte sich an ihn. »Nun, Charlotte, ich bin hier.«

»Du bist hier«, bestätigte Charlotte.

»Verzeih mir, dass ich vorhin Angst hatte!«, bat er.

»Natürlich verzeihe ich dir«, sagte Charlotte.

Paros näherte sich ihr und schloss die Augen. Sie entzog sich nicht. Und dann küsste er sie.

2 / Cord

NOCH VOR DEM Frühstück im *Shells* und vor dem Tagesausflug nach Arles und Aix-en-Provence stand Cord früh auf, duschte und machte sich auf den Weg zum Treffen der *Friends of Bill W* in der *Starlight Lounge*. Ermuntert durch Handy, hatte er noch in der Nacht ein Taxi genommen, für das er Zillionen ausgegeben hatte, war benebelt an Bord der *Marveloso* zurückgekehrt und hatte sich gezwungen, an einem Treffen der Gruppe Sundowner Anonyme Alkoholiker teilzunehmen. Es war ein nettes Grüppchen, und aus Mangel an anderen Plänen hatte er den Wecker für das morgendliche Treffen gestellt, bevor er völlig übermüdet in seiner Kabine eingeschlafen war.

Der Gruppensprecher des Treffens bei Sonnenaufgang war ein Kerl, der eine Badehose und dazu ein Cozumel-T-Shirt trug. Er hatte langes silbergraues Haar, durch das er beim Sprechen immer wieder mit einer Hand fuhr. »Hi! Vielleicht sollte ich einfach gleich anfangen«, sagte er. »Mein Name ist Jacob, und ich bin Alkoholiker.«

»Hi, Jacob«, antworteten die vier anderen Alkoholiker in der Disco.

»Mein Thema heute ist Kontrolle, weil ich immer noch versuche, alles zu kontrollieren«, sagte Jacob. »Und damit meine ich alles«, sagte Jacob. »Zum Beispiel, ob meine Frau Schweinekoteletts bestellen sollte. Oder ob wir beim Rundgang im Kolosseum in Rom dabeibleiben oder … einfach gehen sollten, wenn wir müde sind. Ob wir Sex haben sollten. Ob sie das möchte, ob ich das möchte.« Er schüttelte den Kopf. »Ich bin es so leid, es sollte mein Urlaub sein. Das nervt«, sagte er. »Ich will einen Drink, aber ich werde keinen Drink nehmen. Wie sehr wünsche ich mir, dass sich meine Gedanken nicht unaufhörlich drehen! Es ist … es ist einfach wahnsinnig anstrengend. Danke. Danke, dass ihr hier seid, Leute. Danke fürs Zuhören. Ich liebe euch alle.«

»Mein Name ist Gerrie«, sagte eine hübsche junge Frau in einem roten Kleid. »Geraldine. Ich bin Alkoholikerin.«

»Hallo, Geraldine.«

»Ich bin in den Flitterwochen«, erzählte Gerrie. »Und ja, ich habe schreckliche Angst. Ich muss ständig darüber nachdenken, was passiert, wenn mein Mann mich verlässt. Was wäre, wenn wir Kinder hätten und sie … ich weiß nicht … krank würden? Ich versuche, mit den destruktiven Gedanken aufzuhören, ich versuche, mich selbst zu umarmen, versteht ihr? Aber natürlich will ich nicht, dass Ben mich für verrückt hält. Wie dem auch sei, ich habe es verstanden. Ich versuche auch, die Kontrolle aufzugeben. Aber im Ernst, wie verlockend sind diese vielen Schnapsflaschen überall?«

Alle lachten.

»Ich weiß, wozu es führt, wenn ich einen Cocktail trinke«, sagte sie. »Ich hab's kapiert. Ich hab's schon mal durchgemacht und mich im Badezimmer meiner Mutter übergeben. Ich hatte einen Blackout … ich weiß. Aber es ist schwer.«

Cord nickte. Es war schwer. Aber während er in diesem Raum saß, in diesem Nachtclub, in dem noch immer überall leere Gläser herumstanden und die Sonne durch die Fenster hereinschien, blickte er in die Gesichter von Fremden, die ihn verstanden. Und der Tag schien ein kleines bisschen einfacher zu sein.

Bevor er sich mit seiner Familie zum Tagesausflug traf, versuchte Cord, noch einmal Giovanni anzurufen, doch das Telefon klingelte und klingelte. Cord hinterließ eine Nachricht, es war gefühlt seine dreißigste. Er schrieb eine weitere lange Nachricht, wie leid es ihm tue.

oOo

Charlotte wirkte total beschwingt. Sie trug ein fuchsiafarbenes Seidenkleid, dazu passende Schuhe mit Pfennigabsätzen und schwebte über die Landungsbrücke nach Frankreich. Lippenstift, Goldschmuck …

das stempelten Cord und Lee scherzhaft gern als *volle Charlotte-Perkins-Montur* ab.

»Oh, Liebling«, sagte Charlotte und blieb stehen, um mit Cord für den Schiffsfotografen zu posieren.

»Legen Sie jetzt den Arm um Ihre Frau«, sagte der junge Mann und knipste. Sein Akzent klang nicht gerade britisch, vielleicht war er ja Südafrikaner. Cord hatte ihn am Tag zuvor beim Limbowettbewerb in der Aqua Zone gesehen.

»Oh!«, rief Charlotte. »Sie Schmeichler, Sie! Das ist mein Sohn.«

»Das hätte ich niemals gedacht«, behauptete der Kerl.

»Alles klar«, sagte Cord und entfernte sich von der aufgemalten Rettungsweste, auf der *Fun in Marseille* stand. »Lass uns weitergehen. Wo sind meine Schwestern? Wo ist Matt?«

»Das weiß ich nicht«, erwiderte Charlotte.

Cord war verärgert. Er dachte, alle hätten sich große Sorgen um ihn gemacht und nur über ihn geredet. Doch offenbar schien niemand in seiner Familie sein Fehlen bemerkt zu haben.

In Arles zwang sie ihre Reiseleiterin, eine ältere Frau mit weißem Hut, der zu klein für ihren Kopf schien, aus dem Bus auszusteigen und sich neben eine niedrige Betonmauer und einen schlammigen Fluss zu stellen. In der Ferne war eine Brücke zu sehen. Zu Cords Füßen lagen Müll, eine leere Schachtel französischer Zigaretten und eine zerquetschte französische

Bierdose. Während die Reiseleiterin sprach, machte sie ständig eine Pause, um dramatische Stille zu erzeugen.

»Betrachtet die Rhône!«, befahl sie. »Genau an dieser Stelle hatte Vincent van Gogh gestanden und gemalt … *Sternennacht über der Rhône.* Wunderbar! Einfach wunderbar!«

Cord erinnerte sich dunkel an das Gemälde mit dem satten, kobalt-, ultramarin- und preußischblauen Himmel und den goldenen Sternen. »Nachts muss es hier herrlich sein«, flüsterte Charlotte leise und in beglücktem Ton. Für eine Frau, deren Kinder ganz offenbar litten, wirkte sie äußerst fröhlich. Vielleicht wusste sie aber auch nicht, wie sehr sie litten. Vielleicht nahm sie es nicht einmal wahr.

Cord badete in Selbstmitleid, behielt seine Gedanken aber für sich. Er war sechsunddreißig Jahre alt. Vielleicht war es an der Zeit, seine Mutter nicht mehr für seine Probleme verantwortlich zu machen. Cord erinnerte sich an das Gelassenheitsgebet. Es sagte nichts über Schmollen aus oder darüber, dass man sich wünschte, die Menschen wären anders, als sie tatsächlich waren. Dieses Gefühl, dass ihm Unrecht zugefügt worden war, war Teil seines Problems und der Art und Weise, wie er das Trinken zu rechtfertigen versuchte. Cord sah zu Charlotte hinüber, die seinen Blick erwiderte und ihm zuzwinkerte. Es war, wie es war. Er zwinkerte zurück.

»Van Gogh wohnte in einem Haus, das Sie alle kennen«, sagte die Reiseführerin. »Man nennt es das Gelbe Haus … an der … Place Lamartine. Er war sehr traurig. Verzweifelt. Und … er kam genau hierher, um … den Nachthimmel zu malen.«

Ein Großmaul mit einer Kappe der Universität von Texas fragte nach dem genauen Jahr.

»1888«, antwortete die Reiseleiterin. »Wunderbar. Einfach wunderbar!«

Das Staunen fiel Cord schwer, während er den Mief aus dem Bus einatmete, doch pflichtbewusst versuchte er es. Van Gogh! Es war ziemlich erstaunlich. Cord mochte auch den französischen Akzent der Reiseleiterin. Immer wieder machte sie eine Pause und zwitscherte dann in hohen Tönen englische Wörter. Vielleicht sollte er sich einen Franzosen suchen, denn Gio würde sowieso nie mehr zu ihm zurückkehren.

Märtyrertum war eine Gewohnheit, mit der man nur schwer brechen konnte.

Als sie durch Arles fuhren und efeubewachsene Gebäude mit pastellfarbenen Holzfensterläden betrachteten, fühlte sich Cord wie auf einem Filmset. Er erwartete jeden Augenblick, dass Audrey Tautou mit einem Halstuch und einer fadenscheinigen Bluse aus einem Fenster blickte. Irgendetwas an den Kopfsteinpflasterstraßen, den mit Blumen gefüllten Blumenkästen, den Metalltischchen und Tafeln mit den aufgelisteten Spezialitäten des Tages – Plat du Jour, Courgettes – weckte in ihm die Lust zu rauchen.

Neben einem Karussell mit echten französischen Kindern gab es einen Tabakladen, den Cord betrat, um sich echte französische Zigaretten und französisches

Kaugummi zu kaufen. Auf den Stufen zu einer verlassenen staubigen Arena schloss er sich der Gruppe wieder an. Seine Mutter blickte wie versteinert auf das Gebäude. Das Amphitheater von Arles war im Jahr 90 n. Chr. aus Kalkstein aus dem Mesozoikum erbaut worden und bot laut Reiseführerin zwanzigtausend Besuchern Sitzplätze. Die zweistufige Struktur wies einhundertzwanzig Bogen auf. Die Reiseleiterin sprach von Wagenrennen, Stierkämpfen, Blut und von berühmten Künstlern.

»Am Nachmittag, als ich ihm zum ersten Mal begegnet bin, hat er mich hierhergebracht«, sagte Charlotte, lehnte sich an Cord und berührte den Ärmel seines Hemdes.

»Was?«, sagte Cord.

»Er hat mich hierhergebracht. Wir haben Paella gegessen. Niemand konnte glauben, dass ich bei ihm war. Niemand sonst bekam ein Mittagessen! Nur wir bekamen Paella.«

Cord betrachtete seine Mutter. Sie wirkte fröhlich und vital. Sie drückte sich klar aus. »Tut mir leid, Mom«, sagte er. »Wovon redest du eigentlich?«

Er war verunsichert und wartete auf ihre Antwort. Waren das Anzeichen von Demenz? Der Mutter ging es offenbar gut, doch dann erzählte sie plötzlich, dass sie in Arles einen Stierkampf besucht hatte.

Charlotte schüttelte den Kopf. »Ich wollte es nur jemandem erzählen«, sagte sie. »Ich bin nicht davon ausgegangen, dass du es verstehst. Und ehrlich gesagt, ist es mir auch egal.«

Cord stieß ein bellendes, fast keuchendes Lachen aus, als Charlotte sich von ihm entfernte und schnell die Treppe zur ersten Sitzreihe hinunterstieg. Sie bewegte sich elegant in ihrem fuchsiafarbenen Kleid. Cord ergriff tiefe Zuneigung zu seiner verrückten Mutter. Sie hatte kein leichtes Leben gehabt. Ihre Hochnäsigkeit hatte sie sich hart erkämpft, und sie war nur aufgesetzt (das wusste Cord). Und jetzt schien es, als verlöre sie den Verstand.

»Picasso und seinen Malerfreunden wurde Paella serviert, wenn sie herkamen« fuhr die Reiseleiterin fort. »Man servierte ihnen … Paella!«

Das hatte seine Mutter offenbar irgendwo gelesen.

Cord betrat das Amphitheater, und schließlich entdeckte er Charlotte. »Wie wäre es mit einem kleinen Ausflug?«, fragte sie. Ihre Augen leuchteten, und sie hob kokett die Brauen. »Komm schon, lass uns gehen!«, forderte sie ihn auf.

Cord lächelte. Er wollte sich ihr nahe fühlen, das hatte er schon immer gewollt. Aber warum? Warum fühlte er sich so verantwortlich für sie? (*Weil du co-abhängig bist*, hörte er Handys Stimme in seinem Kopf. *Nimm die Dinge hin, die du nicht ändern kannst, Bruder!*) Aber das war verdammt unfair. Er hätte sein Bedürfnis, Charlotte zu beschützen, am liebsten unterdrückt, nicht hingenommen.

Er ließ es zu, dass Charlotte ihn am Arm packte und aus dem Amphitheater zu einem Taxi zerrte. War das Hinnahme oder Schwäche? Das musste er Handy fragen. War es vielleicht ein und dasselbe?

Als sie ins Taxi stiegen, legte der Fahrer den *Figaro* beiseite und ließ den Motor an. Cord war verwirrt. Seine Mutter sprach mit dem Fahrer französisch. Er hatte vergessen, dass sie französisch sprach.

Das Taxi verließ Arles und fuhr zu grasbewachsenen Hügeln hinaus. Cord sah Rosmarinhecken, hohe Mandelbäume, Buscheichen. Die Luft war klar und trocken, helles zitronengelbes Licht fiel auf die Umgebung. Überall wucherten wilder Lavendel und Thymian. »Wohin fahren wir?«, fragte er.

»Ich möchte dir gern einiges erzählen«, sagte Charlotte. Ihr Tonfall war ernst. Die ganze Situation, das französische Taxi, die herrliche provenzalische Landschaft, die fast surrealistisch anmutete, die Berge in der Ferne weckten plötzlich Ängste in Cord. War Charlotte krank? »Was ist los, Mom?«, fragte er. »Was ist los mit dir?«

Ihr Gesichtsausdruck kam ihm nicht mehr vertraut vor. Vielleicht hatte er sie aber auch schon eine Weile nicht mehr angesehen. Sie hatte tiefe Furchen im Gesicht, und ihre gepuderte Haut – sie hatte keine Grundierung aufgetragen – wirkte dünn wie Pergament. Ihre blauen Augen waren ungeschminkt, ihr Gesicht hatte nie Botox zu spüren bekommen, war nie unter das Messer eines Schönheitschirurgen geraten. Mit unverwandtem Blick sah sie ihn an, blickte in ihn hinein. Wann hatte er Charlotte das letzte Mal in die Augen gesehen?

»Ich war sechzehn«, sagte sie, und ihre Stimme klang sachlich. »Ich bin ihm zum ersten Mal im *Café*

Le Zinc begegnet. Er hat mich zum Stierkampf eingeladen. Sein Bruder holte mich mit einem Cabriolet ab. Und danach sind wir hierhergekommen. Weil er mich malen wollte, wie er sagte.«

»Du sprichst doch nicht etwa von …«, begann Cord.

Das Taxi hielt an, aber der Fahrer ließ den Motor weiterlaufen. Er sagte irgendwas zu Charlotte, die ihm auf Französisch antwortete. »Er sagt, dass wir nicht näher herandürfen.«

Sie stiegen aus dem Taxi. »Da«, sagte Charlotte und wies in die Ferne. »Siehst du das Schloss?« Cord erkannte eine prächtige Festung mit verblassten gelben Mauern und rötlichen Fensterläden, die sich vor dem Nordhang des Berges erhob.

»Ich dachte, es sei Liebe«, sagte Charlotte.

»Mom, willst du damit sagen, dass …?«

»Er sagte mir, ich sei so schön, dass ihm das Herz aufgehe«, sprach Charlotte weiter.

Cord spürte, wie ihn eine gespenstische Ruhe ergriff, ein Gefühl, das ihn immer überkam, wenn er drei Gin Tonic getrunken hatte. (Der vierte hingegen führte zum Absturz.) Vielleicht war Charlotte verrückt, vielleicht hatte sie aber auch mit einem berühmten Maler geschlafen. Welche Rolle spielte das schon? Cords Vater war ein schwieriger, heimgesuchter Mann gewesen, und wenn diese Eskapade seiner Mutter Freude bereitet hatte, war er der Letzte, der sich darüber aufregte. »Ich habe deinen Vater nie wirklich geliebt«, fuhr Charlotte fort. »Vermutlich hat er mich auch nie geliebt. Mir kam nie in den Sinn, mich zu fragen, wie es wirklich in mir aussah.«

Cord schnitt eine Grimasse. Er wollte sich nicht auf seine schreckliche Kindheit einlassen. Er wollte nicht erkennen, nicht zugeben, was ihre Worte in ihm auslösten.

Mir kam nie in den Sinn, mich zu fragen, wie es wirklich in mir aussah.

Er betrachtete die schlanken grünen Zypressen, die üppigen Hügel, den tiefblauen Himmel. Er betrachtete das prachtvolle Gebäude, die buttergelben Mauern, die das Schloss schützten … aber wovor? Vor Charlotte und Cord?

»Andere haben diese Hügel gemalt, aber jetzt gehören sie mir. Das hat er gesagt«, sagte Charlotte. Sie schien sich in einem Tagtraum zu befinden. »Ich war noch Jungfrau«, fügte sie nach einer Weile hinzu. »Es hat wehgetan. Aber ich dachte …«

Cord hatte Fotos von seiner Mutter als Sechzehnjährige gesehen. Er erinnerte sich an eine Aufnahme von ihr in Schuluniform, mit einem Faltenrock und Kniestrümpfen, auf der sie unschuldig, aber draufgängerisch aussah. Diesen Ausdruck hatte er im wirklichen Leben noch nie auf ihrem Gesicht wahrgenommen.

»Woran ich mich am meisten erinnere, ist das Gefühl, dass mein Leben jetzt erst richtig begann. Als ich hierherkam, lag alles vor mir. Irgendwann im Leben gelangt man an einen Punkt, Cord, an dem man sich fragt, ob einem noch etwas Großes bevorsteht.«

»Mom«, sagte Cord, »es liegt noch so viel vor dir.«

»Was willst denn du?«, fragte Charlotte. »Was willst du wirklich, Liebling? Das Leben geht nicht ewig weiter, wie du weißt.«

»Ich will glücklich sein«, sagte Cord. Und jetzt, genau jetzt war der Moment gekommen, an dem er seiner Mutter sagen konnte, wer er wirklich war. Schließlich hatte auch sie ihm ihr Herz geöffnet. »Mom?«, fragte Cord.

»Ich will auch glücklich sein«, sagte Charlotte.

Cord räusperte sich. »Mom?«, fragte er erneut. Doch Charlotte hatte bereits den Saum ihres Kleides angehoben, tief Luft geholt und war auf das Schloss zugerannt.

»Mom!«, rief Cord.

Der Fahrer sprang aus dem Taxi und schrie ihr hinterher, sie solle stehen bleiben. Cord sah ihr fassungslos nach. »Mom!«, wiederholte er. Charlotte drehte sich nicht um.

»Sie wird im Gefängnis landen!«, erklärte der Taxifahrer. »Das ist für die Öffentlichkeit nicht zugänglich. Das ist nicht für die Öffentlichkeit. Arrêtez, arrêtez, Madame!«

Cord rannte los, doch Charlotte hatte ihre Schuhe ausgezogen und war schneller. Sie rannte, bis sie das Schloss erreicht hatte, und trommelte gegen die Tür. »Ich bin hier!«, rief sie: »C'est moi!«

Schließlich holte Cord sie keuchend ein. Der Taxifahrer war nur wenige Schritte hinter ihnen. Cord hielt Charlotte an den Armen fest. Die Tür war schwer, riesig und verschlossen. Nach einer Weile befreite sich Charlotte aus Cords Griff und rannte zum Taxi zurück. Sie hatte den Verstand verloren.

»Was kümmert mich das?«, schrie Charlotte. Sie drehte sich in einem langsamen Kreis auf dem weiten Rasen, die Arme weit geöffnet, hinter ihr die schroffen Berggipfel, die in den Himmel aufragten. Sonnenlicht überflutete Cords Mutter, bis sie erstrahlte. »Er ist tot!«, rief sie. »Und ich bin noch am Leben!«

Cord konnte nicht anders und musste lächeln. Vielleicht war sie die Geliebte eines berühmten Malers gewesen. Alles war möglich. Er konnte ihr sogar die Wahrheit sagen. »Mom«, sagte er.

Sie drehte sich zu ihm um.

»Ich bin schwul«, sagte Cord. »Giovanni ist meine große Liebe. Ich liebe ihn.« Charlotte schwieg. Sie nickte, nicht schockiert, aber auch nicht erfreut. »Dich liebe ich auch«, sagte Cord. Er ging auf seine Mutter zu und schloss sie sanft in die Arme.

»Hach, ich Glückliche!«, rief Charlotte und gab sich seiner Umarmung hin.

3 / Regan

REGAN WAR BIS fast zur Morgendämmerung aufgeblie-
ben, hatte Tee getrunken und an ihrem Sammelalbum
gearbeitet, winzige Aquarelle auf dem Kabinenboden
ausgelegt, Tickets und Speisekarten eingeklebt, Seiten
aus Reiseprospekten herausgerissen und hinzugefügt.
Irgendwann gegen Morgen hatte sie eine Kanne Kaffee
und einen Teller Croissants mit Butter und Marme-
lade bestellt. Sosehr sich Regan danach sehnte, Frankreich zu besuchen und an einem echten Café au lait zu
nippen, hatte sie beschlossen, den Tag in der Kabine
mit ihren Kunstgegenständen zu verbringen. Sie hatte
gar nicht bemerkt, wie die Stunden vergingen, während sie Bilder aus ihrer Fantasie auf Papier übertrug.

Regan legte eine Pause ein, um sich die Füße zu ver-
treten, öffnete den Kabinenschrank und sah, dass
Matt seine ganze Kleidung mitgenommen hatte.
Ihr Plan war aufgegangen. Doch als sie mit den
Fingern über die leeren Kleiderbügel fuhr, ergriff sie
eine Welle der Angst. Was hatte sie getan? Sie stellte

sich die Gesichter der Mädchen vor, wenn sie es ihnen erzählte, und Übelkeit stieg in ihr auf. War sie egoistisch, weil sie eine zweite Chance haben wollte? Natürlich war sie egoistisch.

oOo

Im morgendlichen Newsletter der *Marveloso* wurde eine *Schlank machende Ionithermic-Super-Detox-Behandlung, entwickelt von einem französischen Biochemiker,* im Spa-Bereich angepriesen. Nach der Entgiftung, so verkündete die Broschüre, werde man *erfrischt und verjüngt* nach *Hause zurückkehren und acht bis zehn Jahre jünger aussehen.*

Vor acht Jahren, so sinnierte Regan, war sie die Mutter einer Einjährigen gewesen, die sich glücklich in ihrem Häuschen in der Vorstadt versteckt und ihre Tage mit endlosen Listen leicht zu erledigender Aufgaben verbracht hatte. Im Wesentlichen bestand ihre Aufgabe jeden Morgen darin, ihre kleine Familie zu ernähren und dafür zu sorgen, dass das Haus um 17.00 Uhr noch genauso aussah wie um 6.30 Uhr, wenn Matt zur Arbeit ging. Auch Blowjobs, wie sie in einer Zeitschrift gelesen hatte, würden Matt treu und mit seinem Leben glücklich machen. Alle paar Tage riss sie ihm pflichtbewusst die Boxershorts im Bett herunter, blies ihm einen und schluckte hinunter. Sobald er eingeschlafen war, spülte sie den Mund gründlich mit Desinfektionsmittel aus. Und jeden Morgen machte sie Kaffee, Eier und sogar Pfannkuchen. Sie hatte sich für glücklich gehalten.

Doch nun war es bitter, auf diese Tage zurückzublicken und sie als das zu sehen, was sie waren ... nämlich erbärmlich. Wenn Regan der perfekte Haushalt und die glückliche Ehe nicht gelungen waren, was war dann der Sinn dieser mühsamen Aktionen gewesen? Im Rückblick schien sie ein Rädchen an einem Fließband gewesen zu sein, das saugte und schluckte und schrubbte und sautierte, um ihren Teil dazu beizutragen, dass ... ja was? Die jüngere Regan war so energisch, so dämlich gewesen.

Sie zog ihren blassrosa Morgenmantel an und empfand plötzlich Mitgefühl für ihr jüngeres, zartes Selbst. Sie erinnerte sich an ihr Probedinner bei *Elizabeth* auf der 37. Straße, als Lee sie in der Damentoilette in die Enge getrieben und verkündet hatte, dass Matt nicht der Richtige für sie sei und sie die Hochzeit abblasen solle. Nun erst verstand Regan, dass ihre Schwester recht gehabt hatte.

Regan starrte sich im Badezimmerspiegel an. Ihr wirres Haar war zu einem Haarknoten hochgesteckt und mit einem Bleistift der Stärke zwei gesichert. Ihre Fingerspitzen waren mit Farbe befleckt. Ihre Haut wirkte faltig. Sie war im Begriff, eine alleinerziehende Mutter zu werden. Sie würde einen Job, eine neue Wohnung brauchen.

Sie öffnete die Schiebetüren zu ihrem Balkon, sah den Hafen von Marseille vor sich und fühlte sich, als ob sie – wenn auch nur für einen Moment – die Person sei, die sie einmal hatte werden wollen.

4 / Lee

AM ABEND HATTE bei Lee die Blutung eingesetzt. Nachdem sie die Unterlagen an Francine gemailt hatte, war sie ins Badezimmer gegangen, um sich umzuziehen, und hatte die scharlachroten Flecken bemerkt. Sie war zurück ins Bett gekrochen, hatte sich auf die Seite gerollt und inbrünstig gebetet. Zu spät begriff sie, dass dieses Baby ihr größter Wunsch gewesen war, alles gewesen war, was sie je gewollt hatte. *Bitte, oh bitte, verlass mich nicht!*, beschwor sie ihr Baby. *Bitte, oh bitte! Ich werde mich ändern.*

Wellen von Schmerz und so viel Blut … Lee bekam Angst und rief erst Regan, dann Cord an. Als keiner von beiden antwortete, rief sie den Schiffsarzt, der in ihr Zimmer kam und bestätigte, dass sie eine Fehlgeburt erlitten hatte. Er gab ihr Schmerztabletten und eine Schlaftablette und sagte ihr, dass das Schlimmste offenbar vorbei sei. Sie könne in der Krankenstation einchecken, sagte der Arzt, oder sich einfach in ihrer Kabine ausruhen. Lee sagte ihm, sie wolle hierbleiben und in Ruhe trauern. Als er gegangen war, wechselte sie die Laken und legte sich ins Bett. Sie nahm nichts von den Medikamenten, denn sie hatte irgendwie das Gefühl, diesen Schmerz verdient zu haben. Als sei er eine Strafe dafür, dass sie egoistisch und ängstlich war. Als die Krämpfe nachließen, schlief sie ein.

Als sie aufwachte, sah Lee, dass sie einen Anruf verpasst hatte. Sie konnte es kaum glauben, als sie die Voicemail anhörte. Es war Jason, seine Nachricht war kurz und freundlicher, als sie es von einem betrügenden Mann erwartet hätte. Sie sah ihn förmlich vor sich, wie er sich die Augen rieb, während er sprach: »Lee, ich bin's. Ich schalte die Polizei nicht ein, okay? Ich habe Angst und mache mir Sorgen. Für wen sind diese Flugtickets? Bist du auf der Kreuzfahrt durch Europa, für die ich wohl bezahle? Mit drei Freunden? Ich lasse die Karte sperren, Lee. Ich bin nicht böse, denn du wirst einen Weg finden, um mir die Summe zurückzuzahlen. Ich mache mir Sorgen, Lee, wirklich. Und ich bin einfach … Du solltest nur wissen, dass die Karte ungültig ist.«

Lee hatte das Gefühl, als schlössen sich Türen entlang eines Flurs. Zuerst hatte Jason sie verlassen, und jetzt stand ihre Karriere kurz vor dem Aus. Und am Ende schloss sich für sie auch die Tür zu einem Leben als Mutter.

Lee hatte ihr Leben damit verbracht, ihre Familie vor Schmerzen zu schützen. Sie hatte Jasons Kreditkarte benutzt und ein Urlaubspaket gekauft, das war ihr letztes Aufbäumen gewesen, das sah sie jetzt. Selbst Lee, die immer alles richtete, konnte Charlotte nicht vor dem Altern bewahren. Sie konnte die Ehe ihrer Schwester nicht retten. Und ihr wurde klar, dass sie sich nicht ändern konnte, um Mutter zu werden, um Schauspielerin zu werden. Sie hatte ihr Bestes versucht, ja, das hatte sie wirklich. Aber selbst Tausende von Dollars für Flugtickets, Ausflugspässe und lustige Tage auf See waren nicht gut genug gewesen.

Plötzlich wurde ihr klar, dass es so wie bei ihrem Vater auf das alles nur eine einzige Antwort gab. Sie erschien ihr plötzlich so klar. Sie hatte schon früher einmal Selbstmord in Betracht gezogen, mit dem Gedanken gespielt, allem ein Ende zu setzen. Aber dann hatte sie es immer wieder geschafft, diesen Gedanken fallen zu lassen. Doch nun war offensichtlich, dass sie einen Ausweg brauchte.

Ihre Hände zitterten, als sie ihr Make-up auftrug. Aus irgendeinem Grund schien es wichtig, dass sie an ihrem letzten Tag am besten aussah. Schließlich war sie die Schöne. Sie schlüpfte in ihre goldene Hülle, legte die Hände auf den leeren Körper.

Auf ihrem Balkon dachte sie darüber nach, sich ins Meer zu stürzen. Und wie schon damals als Kind bewunderte sie die funkelnden Sterne. Doch statt einer Liste von Wünschen hatte sie nur einen einzigen Wunsch … dass der unerbittliche Schmerz der unerfüllbaren Sehnsüchte, des Wollens und Nie-Erreichens … dass dieses Leben enden möge.

5 / Charlotte

CHARLOTTE LAS DEN abendlichen Newsletter der *Splen-dido*, in dem eine Talentshow der Passagiere angekün-digt wurde. Sie fand es seltsam, dass niemand sie zur Lektüre ihres Aufsatzes kontaktiert hatte, doch auf der Website des Wettbewerbs hatte klar und deutlich gestanden: *Der Gewinner des Wettbewerbs Werde ein Ur-laubs-Jetsetter wird seinen oder ihren preisgekrönten Auf-satz bei der Talentshow der Passagiere am letzten Abend der besten Kreuzfahrt aller Zeiten vorlesen.*

Charlotte fürchtete die Rückkehr nach Savannah. Sie wollte nicht länger ihre Wäsche waschen, ihren Käse in Scheiben schneiden oder sich selbst Char-donnay einschenken. Sicher, das Leben an Bord der *Marveloso* war wie das Leben in einer Seifenblase. Viertausend Menschen trafen gemeinsam die Ent-scheidung, die Möglichkeit eines Untergangs außer Acht zu lassen. Es gab keine Wahlmöglichkeiten oder Lebensmitteleinkäufe, es gab keine schmerzlichen oder schwierigen Nachrichten. Es gab den Nerven-kitzel, jeden Morgen aufzuwachen und vom Balkon aus eine neue Aussicht zu genießen. Ach, wie sehr sie den Klang des Horns vermissen würde, den Klang der Champagnergläser, wenn die *Marveloso* vom Hafen ablegte.

Leider hatte die Reise die Distanz zwischen Charlotte und ihren Kindern nur noch verstärkt. Sie wusste nicht einmal, wo sie waren. Als sie in ihrer Kabine zu Abend aß, hatte sie eigentlich eine Flut besorgter Anrufe erwartet, doch ihr Telefon war stumm geblieben. Es war jedoch eine gewisse Erleichterung, damit zu rechnen, dass ihre Kinder während ihres Auftritts wahrscheinlich nicht im Publikum saßen. Und so beschloss Charlotte, sich erst am nächsten Morgen mit ihren Töchtern und ihrem Sohn in Verbindung zu setzen. Dann war alles vorbei, und sie konnten einen letzten Tag der Besichtigung genießen, nachdem sie in Barcelona von Bord gegangen waren und bevor sie nach Hause in ihr jeweils eigenes Leben zurückflogen.

Der Bereich hinter der Bühne des Teatro Fabuloso war kleiner, als sie es sich vorgestellt hatte. An einer Wand hingen Bügel voller Kostüme, Charlotte sah verlockende Lederstreifen und durchsichtige schwarze Hemden. Von den engen Räumen ging etwas Magisches aus, und sie roch förmlich den Schweiß der Tänzer. Sie lieh sich eine Dose Haarspray aus und sprühte ihre Frisur ein, blickte in einen von Lichtern umrandeten runden Spiegel, strich sich über das Haar und zupfte die Locken zurecht.

Bryson näherte sich mit einem Klemmbrett. »Sind Sie wegen der Talentshow hier?«, fragte er.

»Natürlich bin ich wegen der Talentshow hier«, beteuerte Charlotte.

»Schreiben Sie Ihren Namen hierhin!«, befahl er.

Charlotte war verblüfft. Bryson schien nicht zu wissen, dass sie die Gewinnerin des Wettbewerbs *Werde ein Urlaubs-Jetsetter* war. Bevor sie ihre Ängste jedoch zerstreuen konnte, nahm er das Klemmbrett und ging auf eine Frau zu, die noch älter war als Charlotte. »Ich singe Show-Tunes«, sagte die Frau. »Ein Medley aus *Guys and Dolls* und *Carousel.*«

»Fantastisch«, begeisterte sich Bryson.

Nach acht weiteren Passagieren, die offenbar Talent besaßen oder nach eigener Meinung talentiert waren, was vielleicht (dachte Charlotte) der entscheidende Faktor war, betrat Bryson mit ein paar lahmen Witzen über die Schiffstoiletten (klein) und sein männliches Glied (groß, aber auch hmm) die Bühne. Charlotte seufzte und trug erneut Lippenstift auf. Sie räusperte sich und fühlte, wie ihr Herz pochte, als Bryson sagte: »Und für den letzten Programmpunkt des Abends begrüßen Sie bitte Charlotte Perkins, die einen Aufsatz vorliest.« Er sah auf sein Klemmbrett. Er heißt »*Der Maler und ich.*«

Bryson drehte sich zu Charlotte um und winkte sie auf die Bühne. Sie blinzelte.

»Nun gehen Sie schon!«, sagte ein Bühnenarbeiter und schob Charlotte voran.

»Aber ich habe den Wettbewerb gewonnen«, sagte Charlotte. »Warum sagt er nicht, dass ich den Wettbewerb gewonnen habe?«

»Bitte, Sie sind dran!«, sagte die junge Frau.

»Charlotte Perkins?« Ein Scheinwerfer schwenkte auf Charlotte zu und blendete sie.

»Aber ich bin die Gewinnerin«, beharrte Charlotte.

»Sie sind die Gewinnerin«, wiederholte die Frau so langsam, als wäre Charlotte bescheuert. »Sie sind ganz klar die Gewinnerin.«

»Ich bin nicht bescheuert«, wehrte sich Charlotte.

Die Frau nahm Charlottes Hand und zerrte sie zu Bryson.

»Hier ist sie«, verkündete Bryson.

»Wer hat den Wettbewerb gewonnen?«, fragte Charlotte.

Bryson kicherte leise. »Willkommen auf der Bühne!«, rief er.

»Der Wettbewerb *Werde ein Urlaubs-Jetsetter*«, sagte Charlotte. »Ich habe ihn gewonnen.«

»Was für eine Komödiantin«, murmelte Bryson. Er neigte sich zu ihr herüber. »Er wurde abgesagt«, flüsterte er ihr zu. »Der Wettbewerb wurde abgesagt. Alles klar? Niemand hat gewonnen. Bitte lesen Sie jetzt Ihren Aufsatz vor!«

Er lächelte ins Publikum und legte einen Arm um Charlotte. In ihrem Kopf drehte sich alles. Wenn sie den Wettbewerb nicht gewonnen hatte, wie kam sie dann auf dieses Schiff? Träumte sie? War sie dement?

»Sind Sie bereit?«, fragte Bryson.

Charlotte faltete ihren Ausdruck auf. Die Bühnenbeleuchtung brannte ihr auf der Haut. Sie errötete, war verwirrt und verlegen. Als sie diese Worte geschrieben hatte, hatte sie sich gefühlt, als würde sie die Geschichte ihrer großen Liebe abtippen, einer historischen Liebe, einer Liebe, die ihre Schönheit und Einzigartigkeit zelebrierte. Aber etwas hatte sich in ihr verändert seit der Nacht, als sie es in fieberhafter Eile niedergeschrieben hatte. Jetzt erschien ihr die Geschichte geschmacklos, eine traurige Geschichte eines jungen Mädchens, das verführt und verlassen worden war. Für sie war ihr ganzes Glück, dass sie ausgewählt und bewundert wurde. Der Maler hatte sie benutzt, und sie hatte es zugelassen.

Charlotte hatte einmal einen Roman über die Frau eines berühmten Künstlers gelesen. Die Erzählerin schrieb, sie habe überlebt, weil sie sich nie über die Porträts des Künstlers von ihr definiert habe. Die Frauen, die sich vollständig mit den von ihrem Mann geschaffenen Bildern identifizierten, seien zerstört worden, so schrieb sie, denn sobald er das Interesse verlor, existierten sie für ihn nicht mehr. Nun sammelte Charlotte ihre Kraft zum Sprechen, sie würde den berühmten Maler lange überleben.

Die Stille im Teatro Fabuloso war erdrückend. »Ich …«, stammelte Charlotte. Sie schloss die Augen und sah Louisas verkniffenes Gesicht. *Welche Enttäuschung*, hörte sie ihre Mutter sagen.

»Ich …«, sagte sie und öffnete die Augen. »Ich dachte einmal, ich würde geliebt«, begann sie und schürzte die Lippen. »Aber Liebe«, fuhr sie fort und schob den zerknitterten Ausdruck beiseite, »Liebe ist nichts, worauf man warten muss. Sie ist nichts, das dir jemand schenkt oder nicht schenkt. Sie ist . . .«

Das Publikum stöhnte genervt. Charlottes Scham verwandelte sich in Zorn, in eine klare Flamme. Sie war es plötzlich leid, sich ständig darum zu kümmern, was jeder – was irgendjemand – über sie dachte. Zur Hölle mit ihrer Mutter und zur Hölle mit der Scham! Sie hob das Kinn. »Ich will euch von meinem ersten Liebhaber erzählen!«, rief sie.

Das glättete die Wogen. Sogar Bryson wirkte erstaunt.

»Wenn Sie einfach still sitzen und zuhören, erzähle ich Ihnen alles darüber«, fuhr Charlotte fort. Der Raum wurde still. Charlotte begann. »Als ich zum ersten Mal sein Schloss betrat, war ich ein wunderschönes Mädchen. Er war wie ein Gnom, aber auf eine attraktive Weise. Es ist schwer zu erklären, aber ich werde es versuchen.« Sie hatte das Publikum fest in der Hand, als sie ihre ganze Geschichte vorlas. Schließlich schloss sie ernst. »Ich bin ganz sicher, der Akt auf der Couch ... *c'est moi.*«

Dröhnender Applaus brach über sie herein. Charlotte war außer sich. Sie stellte sich vor, wie stolz Minnie gewesen wäre. Charlotte nickte und nahm die Huldigung des Publikums entgegen, in die sie glückselig eintauchte. Sie faltete ihren Aufsatz wieder zusammen.

Der Jubel des Publikums wurde durch einen Schrei aus den hinteren Reihen des Theaters unterbrochen. »Mann über Bord!«, schrie jemand.

»Es ist eine Frau!«, schrie jemand anderes. »Oh, mein Gott!«, schrie jemand.

Bryson stürmte auf die Bühne. »Beruhigen Sie sich!«, herrschte er Charlotte an und schob sie beiseite. »Wir müssen uns beruhigen.« Das Publikum füllte schreiend und drängelnd die Gänge und eilte zu den Ausgängen.

»Ende«, sagte Charlotte in das Mikrofon. Bryson führte sie von der Bühne, und es fiel ihr leicht, in der Menge unterzutauchen. Doch statt sich zum Lidodeck zu begeben, um sich über eine geschmacklose Katastrophe zu ärgern, kehrte Charlotte in ihre Kabine zurück, wo sie eine handgeschriebene Karte fand. *Ich bin um 22.30 Uhr mit der Arbeit fertig, und es wäre mir eine Ehre, mit dir über das Deck zu schlendern. Meine Handynummer ist beigefügt. Dein PAROS*

Charlotte saß eine Zeit lang still da. Sie hatte keine Ahnung, wo sich ihr Handy befand, wahrscheinlich in ihrer falschen Guccitasche oder in ihrer Abendtasche, also nahm sie das Telefon in ihrer Kabine und wählte die Nummer. Sie war es leid, auf das Vergnügen zu warten. Das war ihre Nacht, und sie war bereit, einen gut aussehenden Mann zu verführen. Sie war mehr als bereit.

Zwölf

BARCELONA, SPANIEN

1 / Charlotte

SO WIE MINNIE sie ermutigt hätte, begrüßte Charlotte Paros im Nachthemd. Er riss die Augen auf, als sie die Kabinentür öffnete. »Oh, Charlotte!«, stieß Paros hervor.

»Hallo!«, begrüßte ihn Charlotte.

»Du bist wunderschön«, sagte Paros.

»Danke«, erwiderte Charlotte. »Möchtest du hereinkommen?«

»Ja, gern.«

Charlotte zog die Vorhänge zu, schaltete das Telefon aus und suchte nach Loungemusik im Radio, das neben dem Bett stand. »Ich möchte, dass du mit mir schläfst«, sagte sie mutig. War sie tatsächlich so verwegen? Ja, so war sie!

»Es wäre mir eine Ehre«, sagte Paros. Er dimmte das Licht. »Bitte leg dich hin!«, bat er sie.

»Oh ja«, sagte Charlotte und folgte freudig seinen Anweisungen. »Findest du, dass wir es überstürzen?«

»Deine Wünsche sind meine Wünsche«, versicherte ihr Paros.

»Es ist schon lange her«, sagte Charlotte und war plötzlich nervös.

»Für mich auch«, bekannte Paros.

»Nun, wir haben keine Zeit zu vergeuden, oder?«, meinte Charlotte.

»Richtig«, sagte Paros.

»Dann lass uns zum schönen Teil übergehen«, schlug Charlotte vor.

Er legte sich neben ihr ins Bett und bedeckte ihr Gesicht, ihre Lippen und ihren Hals mit Küssen. »Ich liebe deinen Duft«, flüsterte Paros. Charlotte fühlte sich wie in einem Traum. Ihr Duft?

Er bedeckte ihre Brust mit Küssen bis hinunter zu ihrem faltigen Bauch und ihren Schenkeln. Seine Lippen glühten, und jeder Kuss fühlte sich an wie ein elektrischer Schlag.

»Oh«, stieß Charlotte hervor.

Paros hob den Kopf. »Nein?«, fragte er.

»Ja«, seufzte Charlotte. Und dann drückte er seine Lippen an ihren geheimsten Ort. Sie war entsetzt und zutiefst erregt. Sie fühlte eine Erregung, die sie ein- oder zweimal gespürt hatte, doch dann gewann sie an Kraft.

»Oh, meine Güte!«, stöhnte Charlotte, und ihr Gehirn schaltete sich aus.

Eine Welle der Lust ergriff sie, ihr Herz schien zu explodieren. Sie kam zum Höhepunkt, und plötzlich wurde ihr klar, dass die Bemühungen des Malers nichts im Vergleich hierzu gewesen waren. Und Winstons Fummelei hatte wenig mit Charlotte zu tun gehabt. Diese Männer waren nicht mehr als Fußnoten in ihrem Leben gewesen. Doch das hier, das aus ihrer tiefsten Mitte aufstieg, das, was sie verdient hatte … ja … das … ja! Das war nur der Anfang von Charlottes Liebesgeschichte.

2 / Cord

CORD SASS IM Neonlicht neben dem Bett seiner älteren Schwester, die überlebt hatte. Cord und Regan hatten die ganze Nacht neben Lee gewacht. »Mom antwortet immer noch nicht«, sagte Regan. »Soll ich sie holen?«

»Ich denke schon«, meinte Cord.

»Okay«, sagte Regan, stand auf und streckte sich. Sie warf einen Blick auf Cords Telefon, das auf dem Nachttisch lag. »Du hast übrigens eine Million Nachrichten«, sagte sie.

»Irgendwelche von Giovanni?«, fragte Cord.

Regan ging sie durch. »Nein«, erwiderte sie.

»Dann interessiert es mich nicht«, erklärte Cord.

»Es tut mir leid«, sagte Regan. Cord zuckte die Achseln. »Vielleicht ist es ja noch nicht zu spät«, setzte Regan fort.

»Vielleicht«, antwortete Cord.

»Vielleicht ziehe ich ja mit den Kindern zu dir nach New York«, schlug Regan vor. Cord sah auf. »Das sollte ein Witz sein«, lenkte Regan ein. »Aber ich weiß es nicht. Vielleicht wäre es schön, Savannah zu verlassen. Was meinst du dazu?«

»Das leuchtet mir ein, Ray Ray«, sagte Cord und lächelte matt. Er blickte auf Lees Gesicht, auf ihre falschen Wimpern, ihre blassen Lippen.

»Sie ist so viel mehr als das«, sagte er. »Gott, was ist mit ihr dort draußen in Hollywood passiert? Wer ist diese Person? Erinnerst du dich noch, als sie Gedichte in ihr Ringbuch schrieb?«

»Sie war meine Heldin, als wir klein waren«, erinnerte sich Regan.

»Ja. Sie hat sich gut um uns gekümmert.«

»Bis sie uns verlassen hat«, ergänzte Regan.

Cord atmete aus. »Sie durfte«, sagte er.

»Du bist auch gegangen«, warf Regan ihm vor und blinzelte die Tränen weg. »Aber wir konnten doch nicht alle Mom verlassen, oder?«

Cord seufzte. »Oh, Regan«, sagte er, »es tut mir so leid.«

»Bei mir musst du dich nicht entschuldigen«, wehrte Regan ab. »Das war vor langer Zeit.«

»Du hast recht«, meinte Cord, schloss die Augen und dachte an Giovanni. »Gibst du mir eine Sekunde?«

»Aber natürlich.«

Cord trat in den Flur und ging ein Dutzend Nachrichten durch. Die New Yorker Börse hatte eröffnet, und heute war der Börsengang von 3rd Eyez. Die neueste Nachricht stammte von Wyatt: *3rd Eyez ist bereits von 10 auf 35 Dollar gestiegen, du Hurensohn!!! DU BIST REICH.*

Eigentlich hätte sich Cord freuen sollen, doch er fühlte sich nur müde. Er wählte Giovannis Nummer. Wo war der gerade? Cord sah ihn vor sich, wie er auf ihrer Feuerfluchttreppe saß – oder war es jetzt nur noch Cords Feuerfluchttreppe? –, wie er mit seinem dunklen Haar spielte, während er Bücher aus der Bibliothek las. Cord litt unter dem Verlust. Er wusste, dass Giovanni nicht antworten würde, doch dann geschah es doch.

»Ja bitte?«

Cord zog es den Magen zusammen. »Giovanni. Giovanni. Es tut mir so leid.«

»Ich weiß«, sagte Giovanni. »Ich weiß, dass es dir leidtut, Cord. Ich weiß das. Aber es ist nun mal passiert. Bitte hör auf mit deinen Anrufen!«

»Aber es tut mir leid«, sagte Cord. »Es tut mir so leid.«

»Auf Wiedersehen«, sagte Giovanni und legte auf.

Auf diesem keimfreien Flur fühlte sich Cord plötzlich wieder wie ein Kind, gefangen in einem der schlimmsten Tage seines Lebens. Sein Vater hatte ihn gezwungen, in ihrem Hinterhof Ball zu spielen, einer von Winstons vielen Versuchen, aus seinem Sohn einen Mann zu machen.

Cord hatte immer wieder den Ball verpasst, und Winston wurde immer wütender. Im Rückblick war er aber wahrscheinlich einfach nur begierig darauf, mit seiner frühabendlichen Routine zu beginnen und bis zum Umfallen zu saufen, doch das wusste Cord damals nicht. Er wusste nur, dass sein Vater etwas von ihm erwartete und er diese Erwartung nicht erfüllen konnte, wie sehr er es auch versuchte.

Er konnte den Ball nicht fangen.

Statt ihm den Ball sanft zuzuwerfen, pfefferte ihm sein Vater den Ball immer heftiger entgegen. Cord wusste, dass sein Vater ihn liebte … oder lieben wollte. Es war nicht so, dass Winston ein schlechter Mann war. Und Cord wusste damals noch nicht, dass er Männer küssen, Männer und nicht Frauen lieben wollte. Er wusste nur, dass er ein Versager war. Er verpasste einen Ball nach dem anderen, nach jedem Fehlschuss musst er losrennen und in den Azaleen danach graben.

Cord spürte es förmlich, die Hitze im Gesicht, die Kratzer an den Händen, als er versuchte, den Ball zu finden, die Sorge, dass seine Shorts beim Bücken zu tief rutschen würden. Als er sich das letzte Mal erhob, warf er den Ball zu Winston zurück. Er sah dessen grimmigen Gesichtsausdruck, als er den Arm nach hinten riss und den Ball auf seinen Sohn warf.

Der Ball traf Cord mitten ins Gesicht und brach ihm das Nasenbein. Winston hielt es nicht länger in der Nähe des gebrochenen Jungen aus. Von oben betrachtete er, wie der traurige Junge mit den Händen vor dem Gesicht zu Boden ging. Cord fühlte nichts, als der Vater sich dem Jungen ohne Mitgefühl näherte. Winston hob den Baseball auf, der dicht neben Cord lag. »Schwuchtel«, flüsterte er und lief zum Haus. Cord sah zu, wie der Junge reglos auf dem Rasen lag.

»*Steh auf!*«, sagte er zu dem Jungen. »Du schaffst es.«

Er atmete schwer und fühlte wieder den brennenden Schmerz aus seiner Kindheit … Schrecken und
Scham. Er hielt es aus. Er war stark und nüchtern,
und er war nicht allein. Langsam und am ganzen Körper zitternd, stand der Junge auf. Cord rief Giovanni
erneut an, sein Herz klopfte.

»Hallo?«, sagte Giovanni.

»Du täuschst dich in mir«, erklärte Cord.

»Oh, Liebling«, raunte Giovanni.

»Ich habe ihr von uns erzählt, und ich werde dich
zurückgewinnen«, versprach Cord. »Es ist für immer,
Gio. Es ist für immer. Darf ich es versuchen?«

Es folgte eine lange Pause. Alles wartete dort auf
ihn. Schließlich sprach Giovanni, seine Stimme klang
freundlich und von ängstlicher Liebe erfüllt. »Verdammt noch mal«, sagte er.

Es war, als ob Gio direkt zu der einsamen Stimme
in ihm sprach und sie zum Verstummen brachte.

Der kleine Junge in Cord stand auf und ballte ju-
belnd die Fäuste.

3 / Regan

ALS REGAN DEN Anruf ihrer Schwester nicht zur Kenntnis genommen hatte, wusste sie, dass etwas nicht stimmte. Und obwohl Lee keine Nachricht hinterlassen hatte und nicht ans Telefon ging, als Regan sie zurückrufen wollte, hatte Regan als Mutter gelernt, ihrem Bauchgefühl zu vertrauen. Sie rannte zu Lees Kabine und hämmerte gegen die Tür. Sie war verschlossen, also rief Regan den Sicherheitsdienst, der nach quälenden zwanzig Minuten mit einem Schlüssel eintraf.

Als Regan Lees Zimmer betrat, stand Lee bereits an der Reling ihres Balkons, schluchzte, schwafelte wirres Zeug und bereitete sich auf den Sprung vor. Der unglückliche Sicherheitsbeamte, der auf Regans Anruf geantwortet hatte, forderte über Funk Verstärkung an. Eine Menschenmenge hatte sich in den unteren Stockwerken zusammengerottet.

»Lee«, sagte Regan, öffnete die Schiebetüren und versuchte, so ruhig wie möglich zu klingen.

»Fass mich nicht an!«, schrie Lee wie ein gefangenes Tier. »Lass mich in Ruhe! Fass mich nicht an!«

»Ich bin's«, sagte Regan. »Ich habe dich lieb. Ich habe dich lieb. Bitte.«

»Das verstehst du nicht«, sagte Lee. »Ray Ray, ich bin genau wie er. Ich halte es nicht mehr aus. Es geht einfach nicht mehr.«

»Genau wie *wer*?«, fragte Regan, während sie versuchte, ihrer Schwester zuzuhören und die Lee zu sehen, die sie einst gewesen war, und nicht die verzweifelte Frau, die sich ins Meer stürzen wollte (und schlimmer noch, auf eins der unteren Decks aufprallen würde).

»Dad. Ich bin genau wie Dad. Ich kann nicht mehr. Es ist einfach zu schwer.«

»Dad?«, fragte Regan. »Du bist nicht wie er, Lee.«

»Er hat sich umgebracht«, gestand Lee. »Ich durfte es dir nicht sagen.«

Regan holte tief Atem. Doch, das ergab tatsächlich Sinn ... die Dunkelheit um Winston, die Tatsache, dass Charlotte ihnen verboten hatte, über ihn zu sprechen. Lees Flucht nach Kalifornien.

»Es ist alles in Ordnung«, beteuerte Regan. »Du bist nicht Dad, Lee. Komm zurück!«

Lee drehte sich zu ihr um. Ihr schönes Gesicht wirkte blass und verzweifelt.

»Ich helfe dir«, versprach Regan und streckte die Hand aus.

4 / Lee

ALS KLEINES MÄDCHEN hatte Lee nur eines im Sinn gehabt, nämlich die Sommerstunden hinter sich zu bringen, wenn Charlotte Tennis spielte oder etwas Aufwendiges kochte. Lee hörte Casey Kasems *American Top 40* an oder spielte Freunden und Fremden Telefonstreiche. Wenn Winston zu Hause war, gingen sie hinaus, spielten *Cave Family* im Hinterhof, schlenderten durch die Straßen ihrer Heimatstadt, kauften Pizza, Eiscreme und Süßigkeiten von Jolly Rancher. Die Zeit war flexibel, der Abend dehnte sich unendlich aus, bevor er in eine funkelnde Nacht überging. Das Quaken der Frösche und das Zirpen der Zikaden. Der Geruch nach Kiefernnadeln und Moor. Eis, das in Winstons geschliffenes Kristallglas plumpste. Seine messerscharfe Stimme.

Nachdem Winston nicht mehr lebte, waren sie natürlich in ein kleineres Haus gezogen, in dem es aber immer Gelächter, Schränke mit japanischen Ramennudeln und Popcorn aus der Mikrowelle gab. Charlotte, die nach einem Tag voller Termine mit Leuten, denen sie Häuser zeigte und die sie wie Dreck behandelten, abends auf dem Rattansofa zusammenbrach. Regan, die ihrer Mutter kalte Getränke brachte. Cord, der auf dem Sofa lümmelte und ihren Geschichten lauschte. Lee, die hinein- und hinaushuschte, die Telefonschnur um die Hand gewickelt hatte und immer herumlief, Lipgloss auftrug und nach Aqua Net roch.

Lee hatte immer alles für selbstverständlich gehalten, ohne zu wissen, wie sehr sie ihre Familie brauchte, und war abgehauen, sobald es ihr möglich war. Sie war überzeugt, dass ihre Familie eine Belastung für sie sei.

Sie hatte sterben wollen. Irgendwer – vermutlich ein Passagier mit einer hochauflösenden Handykamera – hatte sie auf ihrem Balkon gefilmt. Am Ende war daraus der Film von ihrem Selbstmordversuch geworden, der ihr endlich Ruhm bescherte. Das Video wurde auf YouTube hochgeladen, millionenfach angeklickt und ermöglichte Francine, für sie einen Vertrag für eine Realityshow abzuschließen, bevor Lee Barcelona überhaupt verlassen hatte.

Es gab vieles, wovon sie in diesen heißen, endlosen Sommern ihrer Kindheit geträumt hatte – strahlender Ruhm, das Blitzlicht der Fotografen, wenn sie ihr Haus in Hollywood verließ, Titelseiten von Zeitschriften und schließlich echte Rollen in Spielfilmen nur wenige Monate nach dem Debüt ihrer Realityshow *One of You to Love Me*.

In dem Video war sie zu sehen, wie sie auf dem Balkon des Kreuzfahrtschiffes stand, über ihr der spanische Himmel, unter ihr die hysterischen Passagiere. Die hinreißende Lee, unvergesslich, barfuß, in einem goldfarbenen Kleid. In einem Zustand, der später als postpartale Psychose diagnostiziert wurde. Ihr Haar vom Wind gepeitscht. Ihre Wimperntusche verschmiert. Sie öffnet den Mund und schreit: »Ich wollte doch nur, dass einer von euch mich liebt!«

5 / Charlotte

DAS MUSEUM LAG im historischen Teil von Barcelona und war von einem alten Innenhof umgeben. »Stellen wir uns in die Schlange!«, schlug Paros vor, der sich in einfacher bäuerlicher Kleidung wie versprochen mit ihr getroffen hatte. Wie auch immer, wenn sich alles weiterentwickelte, würde Charlotte mit ihm ins Outlet Hilton Head einkaufen gehen. Paros würde in Slippern und Vineyard Vines-Hose mit Mustern winziger rosafarbener Wale fabelhaft aussehen.

Charlotte und ihre Kinder waren drei Wochen lang in Barcelona geblieben. Sie hatten eine Wohnung über Airbnb gebucht, bis die Ärzte meinten, dass Lee nach Hause fliegen könne. Charlotte und Paros hatten sich voneinander verabschiedet, als die *Marveloso* ablegte, und sich wieder getroffen, als sie erneut anlegte. »Wird man dich feuern, weil du dich mit einer Passagierin eingelassen hast?«, hatte Charlotte ihn kokett gefragt.

»Eigentlich möchte ich am liebsten gefeuert werden«, entgegnete Paros.

Charlotte legte eine Hand an die Brust. Sie war sich nicht sicher, ob er von seinen eigenen Plänen sprach.

Jetzt küsste Paros sie auf die Stirn. Sie reihten sich in die Schlange ein und huschten ins Museum. Paros bezahlte ihre Tickets. *Wie galant er doch ist*, dachte Charlotte. Außerdem gefiel ihr seine silberne Geldklammer. Winston hatte immer zerknitterte Scheine aus der Brieftasche gezogen.

Sobald Charlotte das Museum betreten hatte, fühlte sie sich in dem roten Ziegelbau wie in einem Bunker. Mithilfe einer Karte und zwei Dozenten fand Charlotte schließlich das Gemälde *Nude on a Couch*. Sie stand vor dem Kunstwerk, zu dem sie den Künstler inspiriert hatte. Das Bild wirkte sehr lebendig, violett und magentafarben, das Gesicht der jungen Frau lag im Schatten, ihre Brüste zogen den Blick auf sich. Charlotte hatte tatsächlich einen schönen Busen. Doch die Frau auf dem Gemälde wirkte offen, schien sich anzubieten. Sie war da, um zu gefallen, um ausgekostet, verschlungen zu werden.

»Bist das wirklich du?«, fragte Paros.

Erstaunt drehte sich Charlotte zu ihm um.

»Ich habe von deinem Aufsatz gehört«, sagte Paros. »Mein Freund Jonas hat an dem Abend an der Theaterbar gearbeitet, als du deine Geschichte erzählt hast. Er hat mir erzählt, du seist der Star gewesen.«

Charlotte errötete und wandte sich wieder dem Gemälde zu. »Vermutlich war ich das einmal«, sagte sie. Sie hatte Mitleid mit dem Mädchen, das zu diesem Bild inspiriert hatte, und mit der Trauer kam die Dankbarkeit, dass sie so weit gekommen war, dass sie ihre Kinder großgezogen und nach Europa mitgenommen hatte, dass sie einen neuen Liebhaber gefunden hatte, mit dem sie Barcelona genießen konnte. Der Maler hatte sie nicht zur Frau gemacht, nachdem er sich an ihr vergangen hatte. Doch jetzt war sie eine Frau.

Eine Weile betrachteten sie die Gemälde, dann zog Paros Charlotte an sich. Mit jeder Faser spürte sie seinen Körper. Welch ein Glück, dass sie ihn gefunden hatte und dass sie sich hatte finden lassen!

»Ich will mich nicht verabschieden«, flüsterte Paros in ihr Haar.

Charlotte schwieg. Was hätte sie auch sagen sollen? *Lass uns heiraten?* Sie war keine sechzehn mehr und wusste, dass eine Hochzeit keine Antwort auf alle Fragen war. *Lass uns nach Griechenland ziehen? Nach Savannah? Nach Paris?* Das schien unüberlegt, selbst in Anbetracht von Paros' flinker Zunge. »Küss mich!«, bat Charlotte.

Und er küsste sie.

Sie trafen Charlottes Kinder und Enkelkinder in der *Dulcería de la Colmena,* einer charmanten Konditorei an der Plaza del Angel, in deren Auslage kunstvoll arrangierte Leckereien ausgestellt waren, die wie Diamanten beleuchtet wurden. Verträumt las Charlotte die filigranen goldenen Buchstaben: *Bombonería* (gab es ein treffenderes Wort auf der Welt?) und *Pastelería.*

Als sie den Laden betraten, sah sie sich die Auslage mit Turrón an.

»Das ist Nougat«, flüsterte Paros. Er roch köstlich nach Limetten. »Man sagt, es wurde im alten Rom von Gladiatoren gegessen.«

Sie drehte sich zu ihm um. »Welche Sorte soll ich …?«, fragte sie.

»Oh, es gibt harten Turrón, weichen Turrón, Turrón mit Marcona, Mandeln, Eigelb und Karamell …«

Während er sprach, fiel Charlottes Blick auf ein Tablett mit Pudergebäck. Von der kleinen Karte, die zwischen ihnen stand, las sie die Bezeichnung ab: *Buñuelo.*

»Das ist ein Donut«, erklärte Paros.

Als Charlotte darauf deutete, bestellte er, und dann stand sie auf der Plaza und hielt eine Pappschachtel mit Leckereien in den Händen. In einem nahegelegenen Café bestellten sie heißen Kaffee, der in winzigen Tassen gereicht wurde.

»Glückliche Familie«, sagte ein Kerl mit einer Polaroidkamera, in der Hoffnung, ihnen ein Foto zu verkaufen. Er trat zurück und richtete seine Kamera auf sie. »Glückliche Familie, lächeln!«, befahl der Mann. Charlotte sah das Bild bereits vor sich: Lee, die noch immer mitgenommen aussah und sie in Kürze verlassen würde; Cord, benommen und voller Hoffnung; Regan, schon bereit, ihre neue Rolle als alleinerziehende Mutter anzutreten, flankiert von ihren Töchtern, die den Tag im zauberhaften Parc Güell gespielt hatten.

Als sie klein waren, war Charlotte zu sehr mit ihrem eigenen Schmerz, Geldverdienen und der Zusammenstellung von Fahrgemeinschaften beschäftigt gewesen. Sie hatte es ihren Kindern übelgenommen, wenn sie zu ihr ins Bett geklettert kamen, neben ihr lasen oder ihr die Füße auf die Beine legten. Sie hatte Tiefkühlpizza, Makkaroni, Käse und Obst, Milch und Entenmanns schokoladenüberzogene Donuts gekauft, und ihre Kinder hatten alles aufgegessen, bis für Charlotte nur noch Krümel übrig geblieben waren.

Sie würden sie wieder verlassen, und sie würde wieder allein mit ihrem Chardonnay und ihrer Katze in Savannah landen. Doch als die Kamera aufblitzte, drängte sich ihre Familie um Charlotte, schludrig, unvollkommen und bereit, nach Hause zu fliegen. Es war genug, mehr als genug, wie es vielleicht schon die ganze Zeit gewesen war.

Charlotte öffnete die Pappschachtel. Das schwache Licht von Barcelona warf Schatten auf den Platz. Der süße Duft nach karamellisiertem Zucker der Pastelería mischte sich zu dem mineralischen Hauch eines Brunnens mit Hoffnungsgroschen. Ihre Kinder griffen nach der Schachtel.

Ein heißer, süßer Donut blieb übrig, Charlotte nahm ihn und biss hinein.

Epilog

LEE HIELT EIN Champagnerglas mit Sprudelwasser in der Hand, gönnte sich einen Moment für sich allein im Wohnzimmer ihrer Mutter und betrachtete das Ölporträt, das über dem Kamin hing. Da war Lee, gerade sechs Jahre alt, mit strahlendem, angstvollem Lächeln. Sie spürte förmlich, dass ihr Vater in der Nähe war und mit seiner Kamera hantierte. Sie hörte Charlottes hohes, nervöses Lachen. Die salzige, schwüle Luft auf Hilton Head Island; Regans Babyfinger, die sie eng umklammerten. Das Gefühl des warmen Rückens ihres Bruders unter seinem Polohemd.

Vielleicht glichen Lee und ihr Vater sich. Beide waren rastlos, traurig und brauchten Chemie im Gehirn, das die Natur ihnen nicht geliefert hatte. Doch eine Handlung trennte Vater und Tochter. Eine Sekunde in einem Leben voller Sekunden.

Drei Jahre zuvor, auf ihrem Balkon hoch über dem Meer, wusste Lee, dass sie es nicht mehr aushielt. Sie hatte keine Wahl gehabt, sie musste sich fallen lassen. Vor ihr die schäumenden Wellen, die ihr ein Ende aller Schmerzen versprachen. Sie atmete ein und hob die Arme.

Doch dann hörte sie hinter sich Regans Stimme. Lee drehte sich um und sah wie in einem Traum ihre kleine Schwester, die in einem wogenden Morgenmantel aus Seide mit zuversichtlichem, freundlich offenem Gesicht dastand und die Arme nach ihr ausstreckte.

Winston war an seinem letzten Tag dem Nebel erlegen. Lee verstand und blickte sehnsüchtig aufs Meer hinaus.

»Ich halte dich«, sagte Regan.

Gegen den Reiz des Sturzes. Trotz des Wunsches, frei zu sein. Die Erinnerung an das blau angelaufene Gesicht ihres Vaters. Der Geruch nach Meer und Erdbeershampoo. Regans Stimme, die ihr zuflüsterte, dass sie geliebt wurde. Die Hand ihrer Schwester in ihrem Haar.

Danksagung

SOGAR FÜR GLÜCKLICH Introvertierte kann es sich mitunter einsam anfühlen, den ganzen Tag im Pyjama vor sich hin zu tippen. Deswegen bin ich wirklich froh über meine community aus Müttern, Autor*innen und Freund*innen, darunter Beth Howells, Roz Gillespie, Terra Lynch, Susan Chopra, Jamie Perkins, Amelia Canally, Debby Wolfinsohn, Stacey Gardner, Biz Ramberg, Genny Mounce, Tina Donahoo, Caroline und Adam Wilson, Moyara und Stefan Pharis, Liz und Andy Gershoff, Doug Dorst, Owen Egerton, Mary Helen Specht, Dalia Azim, die LLL, die BFB, meine Mittwochnachmittagscrew, Masha Hamilton, Andrew Sean Greer, Christina Baker Kline, Jane Green, Vendela Vida, Tomas Rivera, Leah Stewart, Jardine Libaire, Allison Lynn, Laurie und Drew Duncan, Paula Disbrowe, Emily Hovland, Erin und Tim Kinard, Jenny und Sean Hart und Ben und Francie Tisdel.

Ein wichtiger Hinweis: Charlotte Perkins ist komplett fiktiv und basiert nicht auf meiner glamourösen, wunderschönen, golfmobilfahrenden Mutter Mary-

Anne Westley. [Ebenso wenig hat Paros etwas mit ihrem jungen, gut aussehenden Ehemann zu tun.]

Danke an meine Familie, die Westleys, die McKays, die Bennigsons, die Meckels, die Shabers, Wards und die Toans – danke für die Gabe, alles anzunehmen, was meine Fantasie hervorbringt.

Danke an Heather und Russel Courts, die ultimativen Jetsetter (und die einzigen Menschen, die ich kenne, die ihr erstes Date auf dem Rücken ägyptischer Kamele verbracht haben … ich kann es bezeugen, ich war dabei!), dass sie mich und meine Familie in Athen beherbergt haben. Wir können es nicht erwarten wiederzukommen.

Michelle Tessler ist eine brillante Agentin und teure Freundin. Danke für mittlerweile 18 Jahre Unterstützung, Orientierungshilfe, wilde Abenteuer, große Träume, Steak mit Pommes frites und Einladungen nach Kauai. Ich bin gespannt, was wir als Nächstes anstellen.

Ich dachte, der Roman *Die Urlauber* wäre leicht zu schreiben. Ich lag falsch. Ich weiß nicht, was ich ohne Kara Cesare getan hätte, die mir Seite für Seite und während der ganzen Reise beigestanden hat. Kara, du hast mir so viel über Figuren und Plots beigebracht und wie man sein ganzes Herz in die Arbeit steckt. Ich bin dir sehr dankbar für deine redaktionelle Anleitung, die Tees im Plaza und für unsere Freundschaft.

Abgesehen davon, bin ich geehrt und immer wieder begeistert, von den Besten des Business umgeben zu sein: Gina Centrello, Kim Hovey, Kara Welsh, Benjamin Dreyer, Jennifer Hershey und Jesse Shuman.

Und wie glücklich kann ich mich schätzen, einen Mann zu haben, der einfach »Mach's doch« sagt, wenn ich frage, ob ich unsere gesamten Ersparnisse in eine Mittelmeerkreuzfahrt mit den Jungs stecken soll, um für einen Roman zu recherchieren. Ich liebe dich, Meckel, und auch wenn du sagst, du würdest lieber erschossen werden, als eine Kreuzfahrt zu machen, werde ich nicht eher ruhen, bis ich dich vom Gegenteil überzeugt habe. Ich bin überwältigt von deinem großartigen THM, unserem wilden SJM und dem süßen, leidenschaftlichen NRM.